LILLY GLASE
All those promises

Lilly Glase

All those promises

WIE AUCH IMMER
DU MICH LIEBST

Roman

Bibliografische Information der Deutschen Nationalbibliothek: Die
Deutsche Nationalbibliothek verzeichnet diese Publikation in der
Deutschen Nationalbibliografie; detaillierte bibliografische Daten
sind im Internet über dnb.dnb.de abrufbar.

Bildmaterial und Schrift auf dem Cover und dem
Innendesign: Canva.

Charakterillustration im Buch auf Seite 9 ist gezeichnet von:
Emma Munzert, @emma.unlimitedd

Alle erwähnten Lieder sind Eigentümer ihrer jeweiligen Urheber.

Verlag: BoD · Books on Demand GmbH, Überseering 33, 22297
Hamburg, bod@bod.de
Druck: Libri Plureos GmbH, Friedensallee 273, 22763 Hamburg

ISBN: 978-3-7693-3812-6

Liebe Leserschaft,

in diesem Buch gibt es potentielle Inhalte, die bei einigen Lesern unangenehme Gefühle hervorrufen können. Aus diesem Grund findet sich auf der letzten Seite eine Inhaltswarnung. Diese enthält Spoiler für das gesamte Buch!

Für Larissa <3
Und für alle, die jede Nacht nach dem hellsten
Stern am Himmelszelt sehen.

The heart wants what it wants

Scann mich um zur
Playlist zu gelangen:

Playlist

FROM EDEN – HORIZER

SOMETHING IN THE ORANGE – ZACH BRYAN

THE GREAT DIVIDE – NOAH KAHAN

I'VE SEEN IT – OLIVIA DEAN

SIDELINES – PHOEBE BRIDGERS

FAMILY LINE – CONAN GRAY

SPARKS – COLDPLAY

SOMEONE TO STAY – VANCOUVER SLEEP CLINIC

PATIENCE – TAKE THAT

WHERE'S MY LOVE – SYML

ANCHOR – NOVO AMOR

HEAL – TOM ODELL

REFLECTIONS – THE NEIGHBOURHOOD

I WANNA BE YOURS – ARCTIC MONKEYS

NERVOUS – THE NEIGHBOURHOOD

Vergissmeinnicht

Sie sind ein Zeichen wahrer Liebe und symbolisieren Treue und Zusammengehörigkeit. Jemandem diese Blume zu geben bedeutet, dass du die Person ewig lieben wirst und respektierst. Diese Geste ist ein Beweis eurer Beziehung und ein Versprechen, die Person nie zu vergessen.

Prolog

Audrey

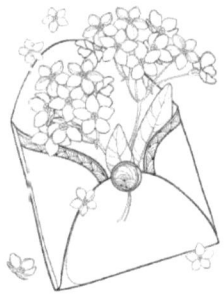

8 April.

Leere.

Das Gefühl purer Leere durchdringt meine Seele, breitet sich wie ein Schatten aus und hüllt mich in Dunkelheit. Langsam, aber unaufhaltsam nähert sie sich, unsichtbar und doch so spürbar. So schnell wie sie gekommen ist, so schnell verschwindet sie auch wieder, doch das Gefühl bleibt. Es wächst unaufhörlich und erfüllt meinen gesamten Körper.

Ich sitze regungslos da, unfähig mich zu bewegen. Mein Blick verliert sich in der Ferne, während ich in meiner Starre gefangen bin. Kein Funken Kraft bleibt mir, um mich zu regen, alles scheint sinnlos zu sein.

Bilder spielen sich wie ein Film immer wieder in Dauerschleife vor meinem inneren Auge ab und ich kann sie nicht ausblenden. *Wieso nur? Wieso wurde mir genau diese eine Person, genommen, die mir am wichtigsten ist?* Sie ist gestorben, und ich konnte sie nicht retten. Ich spüre überhaupt nichts mehr, sondern starre lediglich vor mich hin. Mein Körper bebt, ich habe keine Kontrolle mehr über ihn.

Der gestrige Abend hat mich verändert und ich schätze, in diesem Moment ist auch ein Teil von mir gestorben. Jetzt bin ich ganz auf mich alleine gestellt, denn sie ist die Einzige gewesen, die für mich da war, mir geholfen und mich immer verstanden hat. Nun habe ich niemanden mehr und muss Trost in mir selbst finden.

Langsam öffnet sich meine Zimmertür und meine Mutter streckt sachte den Kopf hinein. »Audrey«, haucht sie leise und setzt sich neben mich.

Mir fließt ungewollt eine Träne über die Wange, woraufhin sie mich in den Arm nimmt. »Ich weiß, dass das schwer ist, aber Schatz, du musst es akzeptieren und lernen, normal weiterzuleben«, höre ich meine Mutter sagen.

Ich schlucke schwer.

Normal.

Ich soll also einfach *normal* weitermachen, so als wäre nichts geschehen? *Normal* in die Schule gehen, *normal* Freunde treffen, *normal* Spaß haben. Was ist überhaupt noch *normal*, ganz ohne sie?

Sachte nimmt Mam mein Kinn in ihre Hand, so als würde ich gleich auseinanderfallen, wenn sie zu fest zudrückt. »Versuche, etwas zu schlafen, das brauchst du«, fährt sie fort und streicht mir eine Strähne hinters Ohr. Ihre warmen Berührungen auf meinem kalten Körper fühlen sich tröstend an. Ich brauche meine Mutter nun mehr als je zuvor.

»Ich kann nicht«, schluchze ich leise, jedoch versagt meine Stimme daraufhin. Ich werde kein Auge zukriegen, so sehr ich das auch möchte, es geht nicht. *Wird das für immer so sein? Schlaflose Nächte, mit diesem Gefühl?*

»Doch, du kannst. Das weiß ich«, sagt sie bestimmt.

Ich blicke erst verzweifelt zu ihr, dann zu Boden.

»Rede mit mir, bitte« fleht meine Mutter, allerdings bekomme ich keinen Ton hinaus. Stattdessen sehe ich zu ihr. So viel Schmerz liegt in ihrem Blick. Als ich das sehe, verziehe ich traurig das Gesicht und fange wieder an, zu zittern. »Bleib. Bitte«, bringe ich gerade so hervor und versuche, mich auf meine Atmung zu konzentrieren. Tief ein und wieder aus.

Ich kann jetzt nicht reden, es ist zu schmerzhaft. Ich will lediglich abwarten, bis es mir besser geht. *Einen Schritt nach dem anderen, oder?*

Meine Mutter nickt leicht und legt sich zu mir.

Große Angst breitet sich in mir aus.

Angst wie es weitergehen soll.

Angst mich selbst zu verlieren.

1

Audrey

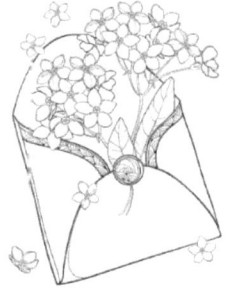

10 Tage später.

Eleanor. Blut. Tod.

Ich schrecke schweißgebadet auf, die Uhr zeigt kurz vor drei. Seufzend lasse ich mich auf meine Matratze zurückfallen und blicke in die Dunkelheit der Nacht.

Meist gebe ich mir selbst die Schuld für das, was passiert ist. Selten rede ich mir ein, dass ich ihren Tod nicht hätte verhindern können.

Es tut so weh.

Es tut so unglaublich weh.

Denn zu oft kommt mir der Gedanke, dass ich früher etwas hätte unternehmen sollen. Ich habe keine Ahnung, wie ich mit diesem Schmerz umgehen soll. Er bohrt sich tief in meine Seele und hinterlässt ein dunkles Loch.

Ich kann nichts dagegen tun, ich muss es einfach überstehen.

Mein ganzes Leben fühlt sich wie ein einziger Albtraum an, und ich hoffe, dass ich daraus bald erwache. Aber das tue ich nicht, denn ich bin bereits wach. Ich *lebe*.

Es darf nicht so weitergehen. Eleanor hätte das nicht gewollt.

Ich atme noch einmal kurz durch, bis ich aus meinem Zimmer gehe. Geschwind laufe ich in den Gang hinaus und möchte gerade ins Bad verschwinden, da kommt mein Vater zur Tür hinein.

Er stellt seine Arbeitstasche neben sich auf den Boden und als sein Blick meinen findet, beginnen seine Augen zu leuchten. Es tut mir gut, diese Warmherzigkeit seinerseits zu spüren und verleitet mich dazu, etwas Hoffnung zu schöpfen, das irgendwann in ferner Zukunft wieder alles in Ordnung sein wird.

Nach ein paar Schritten ist er bei mir angekommen und schlingt seine Arme fest um meinen Körper. Als hätte dies irgendeinen Art Schalter in mir umgestellt, fängt mein gesamter Körper schrecklich an zu zittern.

»Oh, Audrey«, bringt er leise hervor und legt seine Hand schützend auf meinen Kopf. Für mehrere Augenblicke verweilen wir in dieser Position, bis ich mich schließlich von ihm löse und mit wehleidigem Ausdruck zu ihm hochsehe.

»Ich glaube, ich bin nicht starkgenug«, flüstere ich, als wären diese Worte verboten. Sie hinterlassen einen bitteren Nachgeschmack auf meiner Zunge und fühlen sich wie reines versagen an. *Ich sollte doch durchhalten, für Ellie.*

»Du weißt überhaupt nicht, *wie* stark du bist. Stärke zeigt sich nicht dadurch, dass du sofort wieder aufstehst nachdem du gefallen bist, sondern, dass du es immer wieder aufs Neue versuchst.« Liebevoll streicht mein Vater über meine Haare und schenkt mir ein zaghaftes Lächeln. Womöglich soll es dafür sein, um mich aufzumuntern, jedoch funktioniert das in dieser Situation nicht.

»Wird es leichter werden?«, frage ich und ziehe dabei scharf die Luft ein. Ich bin der festen Überzeugung, dass Zeit keine Wunden heilt, man lernt lediglich mit dem Schmerz umzugehen. Doch das was ich erleide, der Verlust meiner besten Freundin, fühlt sich zu schwer an, um je damit klarzukommen.

»Anfangs ist es schwer, doch ich versichere dir, danach *wird* es einfacher werden«, antwortet er mit Bedacht.

Ich lasse mir seine Worte für einen kurzen Augenblick durch den Kopf gehen. *Was wenn ich nie so weit kommen werde?*

»Du bist nicht allein, hörst du? Ich bin an deiner Seite, genauso wie deine Mutter«, versichert mir mein Vater mit einer solch einfühlsamen Stimme, dass ich ihm fast glaube. Allerdings gab es schon genug Momente in meinem Leben, die mir bewiesen haben, dass ich mich auf *nichts* verlassen kann, was meine Mutter angeht. Sie versucht es … wirklich, das sehe ich. Jedoch ist versuchen nicht genug.

Meine Mutter leidet unter einer bipolaren Störung und immer, wenn ich denke, es wird besser, beweist die Krankheit das Gegenteil. Sie sieht mein deprimiertes Verhalten als Faulheit an und hat keinerlei Mitgefühl.

Für einen kurzen Augenblick, in der Nacht nach dem Unfall, da hat sie mir ihre Liebe und Zuneigung gezeigt. Sie hat mir das Gefühl gegeben, welches ich brauche, doch dies ist nun Vergangenheit. Ich kann mich lediglich an der Erinnerung festklammern und warten, bis meine Mutter wieder so wird.

»Es ist schlimmer geworden … mit Mam«, antworte ich knapp und blicke zu Boden. Ich liebe meinen Vater, doch er blendet alles aus, was die Krankheit meiner Mutter angeht. Ständig tut er so, als wäre sie nicht vorhanden, was mir wiederum das Gefühl vermittelt, mit keinen meiner Sorgen zu ihm kommen zu können. Gerne wäre ich sauer auf ihn doch … auf eine verkorkste Weise verstehe ich ihn. Er ist so oft am Arbeiten, da bekommt er gar nicht alles mit, was hier zuhause abläuft.

»Mach dir darüber keine Gedanken. Ich spreche mit ihr.«

So wie immer? Jedes Mal antwortet er das, nie bringt es etwas. Das Bedürfnis, zu schreien, steigt in mir auf, doch ich *muss* akzeptieren, wie es ist. Schließlich tue ich das bereits mein ganzes Leben.

»Ich mache mir über vieles Gedanken, glaub mir«, flüstere ich mit brüchiger Stimme, wobei ich augenblicklich an meine größte Angst denken muss.

Ellies Beerdigung.

Ich will selbst nicht einmal wahrhaben, dass dieser Tag morgen kommt und mit jeder Stunde, die verstreicht immer näher rückt, doch ich kann nicht ständig verdrängen, was geschieht. Ich habe versucht, es zu unterdrücken, wirklich, aber ich glaube, ab einem bestimmten Zeitpunkt geht es nicht mehr.

Mam hat mir vor ein paar Tagen ein schwarzes Kleid und Make-up in die Hand gedrückt. *Damit die Menschen auf der Trauerfeier nicht denken, dass du auch tot bist. So bleich, wie du aussiehst, wie ein Geist,* hatte sie gesagt.

Und eigentlich hätte ich schon seit Tagen damit beginnen sollen, eine Rede vorzubereiten, ich habe es aber nicht übers Herz gebracht. Nicht weil ich keine Lust hatte, nein, weil mir die Kraft dazu gefehlt hat.

Jedes Mal, wenn ich versuchen möchte, damit zu starten, fühlt es sich so an, als würde ich gleich zusammenbrechen. Mit jeder Zeile die ich verfasse erfasst mich die Realisation etwas mehr.

Früher habe ich mir immer vorgestellt, was ich machen würde, wenn Ellie plötzlich stirbt. Da ich diesen Gedanken allerdings so grausam fand, habe ich gedacht, wenn das passiert, bin ich alt und dann wird es nicht so schlimm sein.

Ich wünschte, mein jüngeres Ich hätte rechtbehalten, doch dem ist ganz und gar nicht so. Die Sehnsucht danach, wieder ein unbeschwertes Kind zu sein, erfüllt mich. Doch dann kommen mir Erinnerungen in den Sinn, welche ich lieber vergessen würde. Meine Kindheit war nicht unbedingt *unbeschwert.*

»Alles wird gut werden.« Die Worte meines Vaters wirken so surreal, denn ich *kann* ihnen keinen Glauben schenken.

Dieser Schmerz ist unerträglich.

»Mhm«, bringe ich hervor und wende meinen Blick von ihm ab, sodass er nicht erkennt, dass ich erneut kurz vorm Zusammenbruch stehe.

Er möchte schon seinen Mund öffnen, da spreche ich weiter. »Ich muss auf die Toilette.« Ohne überhaupt seine Antwort abzuwarten stürme ich in ins Bad und sobald die Tür hinter mir ins Schloss fällt, breche ich in mich zusammen.

Ich weine nicht.

Schon viel zu oft habe ich das getan.

Jetzt fühlt es sich so an, als hätte ich alle Tränen aufgebraucht, sodass keine mehr übrig sind.

Denk an was Schönes, Audrey.

Komm schon.

Ich schließe meine Augen und erinnere mich an ein Ereignis, das ich schon fast vergessen hatte.

Vergangenheit.

»Audrey?«, flüstert Eleanor leise und blickt mich mit ihren wunderschönen, blauen Augen an. Der Wind streicht sanft durch unsere Haare und die Sonne prickelt auf unsere Gesichter, während wir gemeinsam auf einem Steg sitzen. Es ist einer dieser Sommertage, die einem für immer in Erinnerung bleiben.

»Ja?«, antworte ich.

Ellie schmiegt sich an mich und legt ihren Kopf auf meine Schulter. »Versprich mir, dass wir für immer beste Freundinnen bleiben.«

Ich schaue sie durchdringend an. Natürlich wird sie für immer meine beste Freundin bleiben. Keiner könnte sie je im Leben ersetzen.

»Ich verspreche es«, murmle ich ihr ins Ohr.

Versprechen werden nicht nur gegeben, um sie zu brechen, nein. An ein Versprechen hält man sich, und zwar für immer. In diesem Moment habe ich keinerlei Zweifel, für mich steht es sowieso fest.

Eleanors Lippen verziehen sich ruckartig zu einem breiten Grinsen. Ich weiß, dass sie sich nun irgendetwas in den Kopf gesetzt hat, das erkenne ich ganz genau an ihrem Blick.

Ich liebe es, wie gut wir uns kennen. Ich gehöre zu den Wenigen, die Eleanor lesen können. Das ist sehr vorteilhaft, denn sie verschließt sich mir gegenüber oft und verbirgt ihre wahren Gefühle.

»Beweis es!« Grinsend blickt sie mich an. »Beweis mir, dass du es ernst meinst und springe in den See!«

Erstaunt sehe ich sie an und räuspere mich. »Wie? Jetzt?«

Sie nickt lächelnd und zuckt mit den Schultern. »Na, meinst du es jetzt ernst oder nicht?«, gibt sie neckend von sich.

Ich überlege noch einen kurzen Moment, aber was habe ich für eine Alternative? Schließlich tue ich das einzig Richtige, nehme Anlauf und springe samt meiner Klamotten in den See.

Als ich auftauche, lächelt Ellie breit und ich kann ein Grinsen nicht mehr unterdrücken. Ich schwimme an den Rand des Steges und strecke meine Hand nach ihr aus. »Kannst du mir wenigstens hochhelfen?«

Sie hält mich fest und will mir raushelfen, da ziehe ich sie zu mir ins Wasser. Als sie wieder auftaucht, sieht sie wie das glücklichste Mädchen auf

23

Erden aus und ab diesem Moment bin ich mir sicher, dass sie für immer meine beste Freundin bleiben wird.

Ich hole tief Luft und halte daran fest, an dieser Erinnerung.

Mit wackligen Beinen stehe ich wieder auf und bewege mich in Richtung Toilette. Ich hätte nie gedacht, dass es mich einmal so viel Kraft kosten würde, alltägliche Dinge, wie den Toilettengang zu bewältigen. Nach jedem Schritt, den ich gehe, werden meine Beine stetig schwerer, als bestünden sie aus Blei.

Am Montag muss ich wieder in die Schule und habe keine Ahnung, wie ich das schaffen soll. Meine angeblichen Freunde haben sich kein einziges Mal bei mir gemeldet, obwohl sie ganz genau wissen, was passiert ist.

Ich meine bei Asher kann ich es noch verstehen, wir sind nicht so eng und kennen uns noch nicht lange. Aber was ist mit den anderen? Was ist mit meinen Freunden, welche ich schon so lange an meiner Seite habe?

Wenn ich nur daran denke, alle wiedersehen zu müssen oder auf der Straße ständig von Menschen die mich nicht einmal richtig kennen, angesprochen zu werden, wird mir ganz übel. Viele denken, wenn sie etwas wie: *Herzliches Beileid*, oder: *Du schaffst das schon*, sagen, würde mir das helfen, weil ich ja nicht alleine sei. Aber jedes Mal, wenn das jemand zu mir sagt, ist es, als würden sie mir ein Messer tiefer ins Herz stoßen.

Ich war seit dem Unfall nur einmal draußen und das war, als ich zur Polizei musste, um zu schildern, was geschehen ist. Schon als ich aus der Haustür hinausgegangen bin, hat meine Nachbarin wehleidig zu mir herübergeschaut und mich mit: Herzliches Beileid, belagert. Es war die Hölle. *Wie wird es dann erst sein, wenn ich wieder in die Schule gehe?*

2

Easton

Eine Entschuldigung ohne irgendeine Veränderung ist reine Manipulation. Das ist wohl etwas, das ich schon früh begriffen habe.

Schmerzliche Erinnerungen, die mich stetig daran erinnern, dass es am besten ist, in niemand anderen als mich selbst Vertrauen zu stecken, erfüllen mein gesamtes Dasein. Womöglich scheint dies wie ein einziger Hilferuf, den jedoch niemand zu hören bekommt. Letzten Endes ist es nicht relevant, ich muss lernen, selbst mit allem klarzukommen.

»Alles in Ordnung?« Mein Blick schnellt in die Höhe, als ich die Stimme meines Bruders wahrnehme.

»Alles in Ordnung.« *Jedoch ist das womöglich die größte Lüge, welche ich je von mir gegeben habe.*

3

Audrey

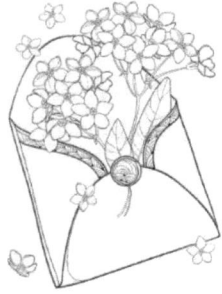

Niemand hat mich darauf vorbereitet, wie es sich anfühlt, wenn alles in meinem Leben sinnlos erscheint. Das ist nicht unbedingt etwas, das Eltern ihrem Kind beibringen, womöglich, da dies ein äußerst seltener Zustand ist.

Ich lag die ganze Nacht wach, konnte mich nicht regen und fühlte mich, als wäre ich festgefroren. Ständig habe ich mir Gedanken gemacht, was für letzte Worte ich von mir geben möchte, doch ständig bin ich zu dem Entschluss gekommen, dass ich mich nicht von ihr verabschieden *kann*, denn dieses Mal bedeutet es für immer. Eleanor verdient eine schöne Beerdigung, aber so gerne ich auch eine Rede schreiben würde, schaffe ich es psychisch nicht und dafür hasse ich mich so sehr.

Schlaf habe ich mal wieder keinen bekommen, wie eigentlich fast jede Nacht. Wenn ich dann doch kurz die Augen geschlossen habe, wurde ich von Albträumen verfolgt. Immer wieder derselbe Traum, immer wieder dieser grauenhafte Abend und nie habe ich sie gerettet.

»Audrey, aufstehen!«, ruft meine Mutter laut. Sie zieht die Rollladen hoch, öffnet das Fenster und schnappt mir die Decke weg. Die Sonnenstrahlen treffen meine Augen und brennen aufgrund der Helligkeit unerträglich. Ich fühle mich so schlapp und am liebsten würde ich den ganzen Tag in meinem Bett bleiben, mein ganzes Leben. *Doch ich muss mich zusammenreißen, für Ellie.*

26

»Um halb zehn essen wir, bis dahin hast du geduscht und dein Bett gemacht. Jetzt ist fertig mit Faulenzen!«, gibt sie harsch von sich und seufzt laut.

Meine Mutter ist von mir enttäuscht, das weiß ich selbst. Ich bin in keiner Weise so, wie sie sich ihr Kind vorgestellt hat, und diese Tatsache frustriert mich selbst enorm. Jedoch ist das schon immer so gewesen und es scheint so, als könnte ich alles tun und würde ihr dennoch nicht gerecht werden.

Ihr Blick verweilt noch einen kurzen Moment auf mir, bevor sie kopfschüttelnd den Raum verlässt und mich allein zurücklässt. Ich brauche erstmal etwas Zeit, bis ich es schließlich schaffe, mich aufzuraffen und zum Badezimmer zu laufen.

Wie ein Roboter ziehe ich meine Klamotten über den Kopf und stelle mich unter das fließende Wasser in der Dusche. Ich drehe den Regler auf so kalt, dass es mir fast vorkommt, als würde ich zu Eis montieren, doch ich brauche das. Ich muss mich lebendig fühlen, denn letztlich fühle ich mich diesem Gefühl deutlich entfremdet.

»Du isst den ganzen Teller leer, sonst magerst du mir noch ab«, ermahnt mich meine Mutter als ich etwa eine halbe Stunde später das Wohnzimmer betrete und mich an den Tisch setzte. Dort steht bereits eine Schale mit Müsli, die ich schweigsam in mich reinstopfe. *Letztlich fällt mir das Essen so schwer...* Ich habe abgenommen, ja, aber nicht, weil ich das wollte. Der Hunger ist wie weggeblasen und ich muss mich dazu zwingen, um überhaupt zu Kräften zu kommen.

»Dein Vater ist heute bei der Arbeit, er kann nicht mitkommen«, beginnt meine Mutter zu sprechen.

So viel zu seinen Worten, dass er für mich da sei.

Arbeit ist und bleibt die Priorität meines Vaters und das hasse ich.

Wieso kann er sich nicht für mich entscheiden?

»Wenn du aufgegessen hast, ziehst du dein Kleid an, schminkst dich und dann gehen wir zur Beerdigung.«

Ich nicke schwer.

Das Wort aus ihrem Mund kommt mir so surreal vor.

Beerdigung.

Es hört sich so an, als wäre das nur ein böser Albtraum.

»Vergiss nicht, deine Rede mitzunehmen«, erinnert mich meine Mutter.

Scheiße.
Scheiße.
Scheiße.
Ich spiele mit dem Essen in meinem Mund und beiße verlegen auf meine Lippe. Nach kurzer Zeit antworte ich zögernd. »Ich habe keine.«

Ihre Augen werden groß und ihr Gesicht läuft rot an. Meine Mutter ballt ihre Hände und ich sehe genau, wie sie sich zurückhalten muss, nicht handgreiflich zu werden. »Wie du hast keine? Du hattest die ganzen zwei Wochen Zeit, eine zu schreiben. Willst du mich jetzt auch noch vor allen anderen blamieren?«, fragt sie außer sich.

Ich habe Angst ihr die Wahrheit zu sagen, denn wenn ich ihr erzähle, dass ich keine Kraft dazu habe, wird sie sagen, ich sei faul. Es zählt nicht, was ich denke, wie es mir geht oder was ich sagen möchte. Ich muss das tun, was sie für richtig hält.

»Es tut mir leid, ich habe es vergessen«, flüstere ich. Das ist zwar nicht ganz die Antwort, welche meine Mutter hören möchte, aber immerhin ist diese Ausrede besser, als der eigentliche Grund.

»Du blamierst mich nicht vor den Gästen. Schreibe noch eine!«, gibt sie schroff von sich.

Mit einem gezwungenen Lächeln sehe ich sie an und nicke schließlich erschlagen. Damit scheint sie sich zufriedenzustellen, denn ich kann genau beobachten, wie sich ihre Faust lockert.

Worte, die ich nie sagen konnte.
Zeilen, welche die bittere Wahrheit meiner Seele enthüllen.
Verzweifelt sitze ich vor einem leeren Blatt an meinem Schreibtisch und möchte mich überwinden, den Stift anzusetzen. Ich *muss* etwas tun, für die Zufriedenstellung meiner Mutter, aber vor allem für meine beste Freundin, das bin ich ihr schuldig.

Ich habe keine Ahnung, wie lange es gedauert hat, bis ich überhaupt die Begrüßung verfasst habe, doch allein das fühlt sich erdrückend an.

Selbst wenn ich damit nicht gerechnet hätte, läuft mir still eine Träne über die Wange. Eigentlich dachte ich, ich wäre nie wieder

28

imstande, in meinem Leben zu weinen. Doch es geschieht, denn endlich schreibe ich das auf, was mir auf dem Herzen liegt. Ich blute Tinte auf die Seiten und weine unaufhörlich, bis ich zitternd den Stift fallen lasse.

Jetzt geht es gleich los, verinnerliche ich. *Ich werde mit meiner Mutter zusammen aus dem Haus gehen.*

Zum Friedhof.

Zu Ellies Beerdigung.

»Beeil dich, wir wollen nicht zu spät kommen«, schimpft sie gestresst und blickt mich warnend an.

»Ich komm ja schon«, erwidere ich geschlagen und steige schnell ins Auto. Mit meinem Kopf angelehnt an der Fensterscheibe, schließe ich meine Augen.

Ich muss stark sein.

Für sie.

Für Eleanor.

Als wir ankommen, fällt mein Blick sofort auf Joey, Asher und Juliet. Sie stehen alle beisammen in einer Ecke, als würden sie diese schwere Zeit schon seit Beginn gemeinsam durchstehen.

Wieso nicht mit mir?

Es fühlt sich wie Verrat an, doch das ist nichts, worauf ich mich jetzt fokussieren darf, denn ich bin hier einzig und allein für Ellie.

Meine Freunde und mich trennen mehrere Meter, weswegen ich nicht verstehen kann, über was sie sich unterhalten, dennoch stehe ich wie angewurzelt da und starre.

Wieder.

Joeys Blick trifft auf meinen und ich spüre so viel Mitleid seinerseits, dass ich kaum mehr richtig denken kann. Er macht die anderen auf mich aufmerksam und es scheint so, als wollen sie auf mich zulaufen, da schiebt mich meine Mutter nach vorne, sodass wir die kleine Kapelle vor dem Friedhof betreten.

Ich erstarre.

Mein Blick liegt auf *ihrem* toten Körper.

Sofort erscheinen die Bilder von dem schrecklichen Abend vor meinem inneren Auge. *Überall Blut, ihr Blut. Ich presse ihre Hand*

29

an meine Brust, eiskalt. Ihr lebloser Körper in meinen Armen. Sie ist gestorben und das in meinen Armen.

»Beweg dich!« Die dringliche Stimme meiner Mutter bringt mich wieder in die Wirklichkeit zurück und verleitet mich dazu, mich neben sie in eine Reihe auf eine Bank zu setzen und auf den Pfarrer zu warten.

Ich kann nicht aufhören *sie* anzustarren.

Ich *starre. Wieder.*

Mein Blick fällt auf Ellies Eltern, welche weinend vor dem Sarg stehen. Es muss sehr schlimm sein, ein Kind zu verlieren. Sein eigenes Kind, welches gerade einmal sechzehn Jahre alt war.

Ich erkenne Sarah, Eleanors Schwester. Sie sitzt ein paar Reihen vor mir auf der anderen Seite. Jedoch weint sie nicht, nein, sie sitzt nur da. Sie *starrt.* So wie ich.

Der Pfarrer betritt den Raum, es wird ruhig in der kleinen Kapelle und alle Angehörigen nehmen Platz. Ich bemerke, wie er Worte von sich gibt, aber ich höre nicht zu, ich kann nicht. Ständig muss ich zu Ellie schauen und verliere mich in Erinnerungen, die ich so gerne vergessen würde.

Noch ein letztes Mal blicke ich sie an, bevor der Sarg geschlossen und hochgehoben wird. Alle stehen auf und laufen den Sargträgern hinterher, ich tue es ihnen gleich.

Eleanor wird in die Erde eingelassen und es fühlt sich an, als würde man mir das Herz herausreißen. Sie kannte mich *besser* als ich mich selbst, jede meiner Fassaden und nun ist sie ... einfach nicht mehr da?

Wir werfen Blumen auf den Sarg und Eleanors Eltern halten eine Rede. Es fühlt sich nicht real an, nichts davon. *Alles ist nur ein schrecklicher Traum.*

»Audrey, möchtest du auch noch ein paar Worte sagen?«, fragt mich Miss Wheeler.

Ich zucke bei ihren Worten schreckhaft zusammen.

»Ja, will sie«, antwortet meine Mutter für mich und gibt mir einen kleinen Klaps, sodass ich aufstehe. Mit wackligen Beinen laufe ich nach vorne und stelle mich vor all die Leute.

Jetzt ist es an der Zeit mich bei ihr zu verabschieden, für immer. Miss Wheeler drückt mich kurz, bevor sie sich wieder hinsetzt und ich ganz auf mich allein gestellt bin.

»Wir haben uns heute hier versammelt, weil wir eine geliebte Person verloren haben«, beginne ich zu sprechen. »Sie war eine Tochter, eine Schwester, eine Bekannte, eine Verwandte, aber vor allem meine beste Freundin.«

Für einen kurzen Moment verweilt mein Blick auf meinen Freunden, die in der hintersten Reihe beisammensitzen. Juliet schenkt mir ein gezwungenes Lächeln und hebt ihre Hand in die Höhe.

»Ellie war ein wundervoller Mensch. Immer wollte sie das Beste für die anderen und hat sich erst als Letztes um sich selber gekümmert. Ich sehe sie vor mir am Strand, wie ihre Haare im Wind wehen und sie glücklich ist.«

Ich halte für einen Moment inne, bevor ich fortfahre. »Eleanor liebte es, zu backen. Ich weiß noch, einmal, da haben wir zusammen versucht, Schoko Muffins zu backen.« Ich lächle. »Sie sind uns verbrannt, aber nachdem wir die verkohlten, schwarzen Stellen abgeschnitten hatten, waren sie wirklich lecker und wir hatten eine Menge gelacht.«

Ellie hat es immer geschafft, mich zum Lachen zu bringen.

»Selbst in meinen schlechten Zeiten ist sie bei mir geblieben und hat mir Trost gespendet. Sie war immer für mich da und hat alles für mich getan. Auch wenn ich nicht in der Stimmung war, zu lachen, brachte sie mich immer wieder dazu. Bei ihr konnte ich sein, wie ich wollte und ihr alles sagen.«

Weinend fahre ich fort. »Sie hat ihr Versprechen gehalten, Eleanor hat meine Geheimnisse mit ins Grab genommen.«

Nur hätte ich nie vermutet, dass dieses Versprechen sich so früh als Wahrheit erweist.

»Vor fast neun Jahren haben wir uns kennengelernt. Ich bin gerade neu in die Stadt gezogen, weg von all meinen Freunden und meinem Zuhause, allem was ich kannte. An meinem ersten Schultag sah ich dann Eleanor. Sie saß in der zweiten Reihe und las in einem ihrer Bücher, als ich reinkam. Neugierig hob sie den Kopf und als die Lehrerin mich vorstellte, meldete sie sich freiwillig, um mir die Schule zu zeigen. Ich setzte mich neben Eleanor und sie lächelte mich verschmitzt an«, gebe ich fast mit einem Schmunzeln auf den Lippen von mir.

»Hier begann unsere Freundschaft. Seit diesem Tag sammelten wir viele, schöne Erinnerungen miteinander. Wir haben zusammen gelacht, aber auch geweint. Sowohl an guten als auch an schlechten Tagen. Sie hat mein Leben zu einem Besseren gemacht und dafür werde ich ihr für immer dankbar sein. Ich vermisse sie mehr als alles andere und ich denke, ich spreche hier für alle, wenn ich sage, dass sie etwas ganz Besonderes ist.«

Ich bin fertig, ich habe es geschafft.

Die Menschen applaudieren und selbst meine Mutter ist von meiner Rede gerührt. Ich erkenne, wie sie mit den Tränen kämpft und erst jetzt bemerke ich, wie sehr ich selbst weine.

Meine Mutter kommt zu mir gelaufen und nimmt mich fest in den Arm. »Du hast das sehr gut gemacht Schatz.« Sie dreht meinen Kopf nach oben, sodass ich sie ansehe. »Ich bin stolz auf dich.«

Und da waren sie, die Worte, welche ich die ganze Zeit hören wollte.

Ich lächle leicht.

Meine Mutter lächelt zurück und zum ersten Mal seit langer Zeit fühle ich Geborgenheit.

4

Audrey

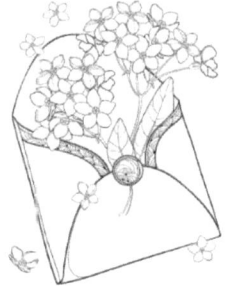

Heute beginnt wieder die Schule.

Ich habe Angst.

Angst davor, was passiert und was das alles in mir auslösen wird. Geschlafen habe ich natürlich wie eigentlich jede Nacht nicht viel und meine Augenringe sind nicht weniger geworden. Ich habe zwar wieder ein bisschen mehr Farbe im Gesicht, aber trotz allem sieht man mir noch genau an, wie viel ich durchmache.

Der Schulbus fährt an meine Haltestelle und für einen kurzen Moment spiele ich mit dem Gedanken, wieder nachhause zu verschwinden. Schnell schüttle ich den Kopf, denn schließlich muss ich irgendwann diesen grauenvollen ersten Tag hinter mich bringen und wenn nicht jetzt, dann definitiv wann anders.

Ich lasse mich auf einen Sitz fallen, lehne meinen Kopf an die Fensterscheibe und sehe den Wassertropfen zu, wie sie langsam hinunterlaufen. Als Eleanor und ich noch ganz klein waren und zusammen lange Autofahrten an einem regnerischen Tag hatten, wetteten wir immer gegenseitig, welcher der Regentropfen als erstes unten im Ziel ankommt.

Sie hatte fast immer recht. In allem, was sie gesagt hat, hatte sie fast immer recht. Wenn ich also etwas wissen wollte, ging ich nicht wie jedes normale Kind zu meinen Eltern, sondern fragte sie. Wenn sie es mir erklären konnte, war ich froh darüber. Wenn nicht, empfand ich es nicht mehr als wichtig, da sie es auch nicht wusste.

Zwanzig Minuten vergehen wie im Flug und der Bus kommt zum Halt. Unsicher laufe ich hinaus, gehe ein paar Schritte und betrete schließlich nach etwas zögern das Schulhaus.

Einige Personen starren mich an. Diesmal bin es nicht ich, die starrt, nein, es sind sie. Ich habe das Gefühl, als würde jeder in diesem Raum auf mich schauen und sich denken, wie froh sie ja seien, dass ihnen so etwas nicht passiert ist. *Oder sie sind einfach mit ihren eigenen Problemen beschäftigt.*

Mir schwirren bestimmt viel zu viele Gedanken im Kopf herum und ich steigere mich dort hinein, denn ich glaube, dass dies nicht einmal so viele mitbekommen haben, höchstens die aus meiner Stufe.

Schwer schluckend laufe ich die Treppen hoch und stoße die Tür zu meinem Kursraum auf. Kaum sehe ich hinein, erblicke ich meine Freunde. Eleanors und meine Freunde. Ich sehe wie sie lachend beieinandersitzen. *Es ist ja nicht so, als wäre Eleanor vor rund zwei Wochen gestorben. Und sie? Was machen sie? Sie haben den Spaß ihres Lebens. Und das sollen meine Freunde sein?*

Als mich Adam erblickt, stößt er die anderen an, um ihnen zu signalisieren, dass ich wieder da bin. Alle verstummen daraufhin, nun lacht keiner mehr.

Fünf Augenpaare landen auf mir und ich stehe immer noch wie angewurzelt in der Tür, als sie auf mich zugelaufen kommen.

»Hey«, begrüßt mich Celine zögernd.

Sie war nicht auf Ellies Beerdigung, genau wie Adam ...

Ich antworte mit einem kurzen Nicken. In dem Moment bin ich viel zu aufgebracht, um sie freundlich zu begrüßen.

»Wir wollten eigentlich zu Eleanors Beerdigung kommen, aber Jayden hat dort seinen Geburtstag gefeiert und nun ja, wir fanden es ein bisschen unhöflich, seine Einladung abzulehnen«, meldet sich jetzt Adam zu Wort und legt seinen Arm um Celine.

Unhöflich? UNHÖFLICH? Es ist unhöflich, nicht bei der Beerdigung seiner Freundin aufzutauchen und dann dies als Entschuldigung anzusehen. Nein, es ist unverschämt.

Ich bin kurz davor, sie alle zu erwürgen, denn in diesem Moment bin ich nicht mehr traurig, ich bin wütend und enttäuscht. Wir haben keinerlei Bedeutung für sie. Ellie und ich sind ihnen kein Stück wichtig. *Wie konnten wir früher nur mit ihnen befreundet sein?*

Wären sie echte Freunde, würden sie alles stehen und liegen lassen, um zu ihrer Beerdigung zu kommen. Es ist ja nicht mal so, dass sie zu traurig waren, um dort zu erscheinen. Nein, es war ihnen schlichtweg egal.

»Audrey …«, beginnt Juliet mit traurigem Ausdruck auf ihrem Gesicht zu sprechen. Ich laufe jedoch mit gesengtem Kopf vorbei an einen Platz in der hintersten Ecke des Zimmers.

Joey sieht mich entschuldigend an. Ein Blick voller Mitleid, so wie er ihn mir an der Beerdigung geschenkt hat. Ich denke, im Herzen ist er kein schlechter Freund, er wird nur von den anderen beeinflusst, was aber noch lange keine Entschuldigung ist.

Kurze Zeit später öffnet sich die Tür, jeder setzt sich schnell an seinen Platz und unsere Geographielehrerin Frau Rodriguez betritt den Raum.

Sofortig senke ich meinen Kopf, um möglichst keinen Blickkontakt mit ihr aufzubauen, aber das hindert sie nicht daran, ihre Aufmerksamkeit auf mich zu richten. Im Augenwinkel erkenne ich ihre Schuhe, welche sich immer näher in meine Richtung bewegen und ich spüre, wie sie nur darauf wartet, dass ich zu ihr aufsehe.

Mist.

»Miss Andersen, würden Sie bitte ihre Kopfhörer abziehen?«

Hektisch nehme ich sie mir vom Kopf und murmle ein leises: *Ja, tut mir leid.*

»Lassen Sie das nicht noch einmal vorkommen«, gibt sie mit einer leicht hörbaren Arroganz von sich. *Wieso muss sie mich gleich an meinem ersten Tag so demütigen. Hat sie denn keinerlei Mitgefühl?*

»Ich habe von Eleanor gehört und es tut mir außerordentlich leid, dass man so einen Verlust in so jungen Jahren durchstehen muss. Das geht an euch alle.« Bei ihren letzten Worten dreht sie ihren Kopf zu den anderen aus unserem Kurs und sieht jeden mit mitleidigem Blick an.

Das ist definitiv zu viel.

Ich stürme aus der Tür und schließe mich in der Mädchentoilette ein. Heulend sitze ich auf dem dreckigen Boden der Kabine und fühle mich so verloren. Ich bin nicht die Einzige, welche ihre Freundin verloren hat, alle anderen doch auch. Also wieso muss sie sich genau an mich wenden? *Weil ich bei ihrem Tod dabei war?* Ich wage nicht einmal, weiter darüber nach zu denken.

Es. Ist. Zu. Viel.

5

Audrey

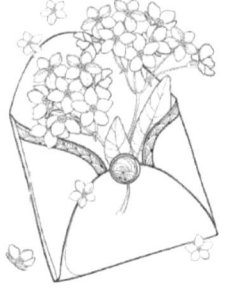

Vergangenheit.

Samstagabend.

Eleanor und ich sind auf einer Hüttenparty im Wald. Ein paar Jungs machen uns mit kitschigen Sprüchen an, wir trinken vielleicht ein, zwei Shots zu viel, tanzen miteinander und haben den Spaß unseres Lebens.

Als dann aber plötzlich die Polizei kommt, gerät jeder in Panik. Alle fahren so schnell sie können weg. Auch unser Fahrer verschwindet, ohne uns. Wir haben keine Möglichkeit wegzufahren also rennen wir davon.

Direkt in den Wald hinein.

Ich werde aus meinen Gedanken gerissen, denn es klopft sachte an der Toilettenkabine. »Hey, ich wollte nur sagen, dass wir jetzt kein Geographie mehr haben, also keine Frau Rodriguez mehr.«

Schnell wische ich mir die Tränen von meinem Gesicht und stehe auf. Daraufhin streiche ich meinen Pulli glatt und schließe zögernd die Tür auf.

Vor mir steht Celine und kaum, dass ich etwas sagen kann, nimmt sie mich in den Arm. Ich möchte etwas dagegen unternehmen, denn ich bin immer noch so verletzt, dass sie nicht zur Beerdigung gekommen ist, obwohl sie eine unserer engsten Freundinnen ist.

Doch ich habe das hier zu sehr vermisst und bin es leid, immer stark zu sein.

Für heute gewähre ich mir, mich fallen zu lassen.

Was wäre, wenn ...?
Was wäre, wenn ...?
Was wäre, wenn ...?
Diese Fragen quälen mich ununterbrochen. Ich frage mich, was passiert wäre, wenn Ellie und ich nicht weggerannt wären. Was wohl geschehen wäre, wenn wir an diesem Abend zuhause geblieben wären. *Würde sie noch leben, wenn ich etwas unternommen hätte?*

So sehr ich auch versuche, mich auf den Unterricht zu konzentrieren, es gelingt mir nicht. Ich schweife dauernd in Gedanken ab.

Was hat ihr Tod nur mit mir gemacht? Ich erkenne mich kaum wieder. Ständig ist mir zum Heulen zumute und auch, wenn ich ein sehr optimistischer Mensch bin, fällt es mir in diesem Augenblick schwer, positiv zu denken.

Im Grunde weiß ich, dass ich das schaffen werde, ich bin stark. Irgendwann werde ich lernen, mit diesem Schmerz umzugehen, doch jetzt ist die Zeit noch nicht gekommen.

Audrey, bleib stark.
Für Eleanor.
Und für dich selbst.

»Haben wir die Bestandteile des Blutes nicht schon früher durchgenommen?« Die Stimme meines Mitschülers hallt wie ein kaputtes Kassettentape in meinem Kopf.

Blut.
Blut.
Blut.

Vergangenheit.
Ich blicke starr auf meine Hand hinunter.

38

Blut fließt meinen Arm entlang und tropft auf den Boden.

Ihr Blut, Eleanors Blut.

Ich ringe nach Luft, aber mein Hals ist geschnürt.

Ich bekomme keine Luft.

Ich bekomme keine Luft.

Ich bekomme keine Luft.

Hilft mir denn niemand?

»E-El...Eleanor.« Zitternd lege ich meinen Zeige- und Mittelfinger auf ihre Halsschlagader, kein Puls.

Kein Puls.

Kein Puls.

Kein Puls.

Der Schultag naht sich zwar dem Ende zu, jedoch bewegen sich die Zeiger auf der Uhr wie in Zeitlupe. Fünf Minuten, welche sich wie eine halbe Ewigkeit anfühlen. Lange dauert es nicht mehr, bis dieser Schultag endlich zu Ende geht.

Wenn ich den heutigen Tag Revue passieren lasse, war es nicht so schlimm, wie ich es mir vorgestellt habe, es war noch schlimmer. *Das wird nun also mein neues Leben?* Jeden Tag aufs Neue durchstehen und hoffen, dass es irgendwann besser wird?

Ich hatte zuvor noch nie so starke, negative Gefühle, also woher soll ich wissen, wie ich damit umgehen soll? Niemand hilft mir damit, ich bin ganz auf mich alleine gestellt.

Schlagartig werde ich durch das ertönen der Klingel aus meinen Gedanken gerissen. So schnell ich kann, packe ich meine Schulsachen zusammen und stürme aus dem Raum. Eilig dränge ich mich an der Menschenmasse vorbei, um schnellstmöglich aus der Schule herauszukommen.

Ich spüre regelrecht, wie sich langsam eine Last von meinen Schultern löst und auch, wenn das hier nur der Anfang ist, bin ich froh, den ersten Schultag überstanden zu haben.

»*Audrey*«, höre ich jemanden meinen Namen rufen.

Diese Stimme kommt mir bekannt vor.

Sehr bekannt.

Zu bekannt.

Ein Schauer läuft mir über den Rücken, ich halte die Luft an und innerhalb von Sekunden drehe ich mich um.

Ich erstarre wie Eis.

Vor meinem Auge erblicke ich Eleanor, wie sie blutbeschmiert auf dem Boden liegt.

Ihre Augen, geschlossen.

Ihre Hände auf dem Boden, regungslos.

Schon von weitem höre ich die Sirenen des Krankenwagens und gleich dahinter die Polizei. Und dann erkenne ich auf einmal mich, wie ich blutbeschmiert vor Eleanor niederknie. Ich schreie furchtsam und sehe sie mit tränenüberströmtem Gesicht an. »Du darfst jetzt nicht sterben!«, höre ich mich immer auf ein Neues wiederholen.

Einen Schritt mache ich auf uns zu, nähere mich Eleanor, um ihr zu helfen. Sie noch einmal zu berühren, aber auf einmal ist alles weg. Keine Eleanor mehr, niemand.

Ich bin wieder im Hier und Jetzt.

Regungslos, stehe ich auf dem Pausenhof. *Habe ich mir das eben nur eingebildet? Es kam mir doch so real vor.* Erst jetzt bemerke ich, wie sehr ich an meinem gesamten Körper zittere. Meine Sicht fällt auf den Kreis von Menschen, der sich um mich gebildet hat. Menschen, die ich nicht kenne.

Panik kriecht in mir hoch.

Ich kann nicht mehr klar denken. *Werde ich nun etwa verrückt?* Ich bezweifle, dass ich es je schaffen werde, wieder Freude im Leben zu finden, und dieses Ereignis zieht mich gerade enorm zurück, ganz tief in ein schwarzes Loch hinein.

Es kommt mir so vor, als müsste ich jedes Mal, wenn ich einen kleinen Fortschritt mache, wieder von vorne anfangen, weil irgendetwas passiert. Das heute war alles zu viel für mich. Erst die Sache in Geographie und jetzt noch diese Erscheinung.

Es dauert nicht lange, bis mein Körper zusammenbricht, und ich zu weinen beginne. Ich möchte stark sein, möchte alle Gefühle zurückhalten, aber meine Beine tragen mich nicht mehr länger und die Tränen strömen ohne irgendeine Art von Kontrolle über meine Wangen.

Auf einmal spüre ich eine Berührung.

Eine echte Berührung!

Ich weiß nicht wer und ich weiß auch nicht warum, aber jemand nimmt mich von hinten in den Arm und stützt mich. Auch wenn das absurd kling, gibt es mir Kraft, da ich mich nun nicht mehr ganz so einsam fühle.

Langsam werden die Abstände meiner Schluchzer immer länger und ich zittere nur noch ein bisschen. Behutsam hebe ich den Kopf und drehe mich zu der Person um, die mich in ihren Armen hält. Ich hätte erwartet, dass es jemand ist, den ich kenne, doch das ist falsch.

Ein fremder Junge hält mich in seinen Armen.

Ich weiche ein Stück zurück, doch er scheint sofort zu verstehen und löst seine Hände von mir.

Schweigend betrachte ich ihn. Er hat dunkles Haar, grüne Augen, genauso wie ich, nur der Unterschied ist, dass seine viel dunkler sind, er trägt einen schwarzen Pullover mit einer blauen Jeans.

Der Junge blickt mich besorgt an und gerade, als er seinen Mund öffnet, werde ich weggezogen. »Audrey was ist hier los? Komm, wir gehen«, höre ich die ernste Stimme meiner Mutter. Ich erkenne in ihren Worten keinerlei Mitleid, sie sind nur eiskalt und voller Scham.

6

Easton

Ein paar Minuten zuvor.

»Matt, hier!«, rufe ich. Eilig umgehe ich meine Gegner und stehe nun frei. Geschickt passt Matt mir den Ball zu, ich renne vor ins Feld der anderen Mannschaft und bin nun keine zwanzig Meter mehr vom Tor entfernt.

Hastig schweift mein Blick zu der digitalen Tafel, welche noch acht Sekunden anzeigt. Es steht momentan Gleichstand und es liegt nun an mir, ob mein Team das Spiel gewinnt.

Als mein Blick zum Tor schweift sehe ich, wie sich davor langsam eine Mauer aus Menschen bildet und es gibt keinen meiner Mitspieler, zu dem ich passen könnte.

Ich höre, wie mein Name immer wieder gerufen wird, um mich anzufeuern. Obwohl die Chance sehr gering ist, gehe ich einen Schritt zurück, nehme Anlauf und schmettere den Ball direkt nach vorne.

Ich habe ihn in einem perfekten Winkel geschossen, sodass er geradeaus durch die Menschenmauer fliegt und mitten im Tor landet. Es ertönt ein lauter Pfiff und das Spiel ist beendet.

Wir haben gewonnen!

Ein paar meiner Mitspieler kommen auf mich zugelaufen, klopfen mir auf die Schulter und klatschen mich freudig ab. Ich grinse schief, doch nach kurzer Zeit mache ich mich auch schon auf den Weg zur Umkleide. Hastig ziehe ich mich um und laufe schleunigst nach draußen um den Bus nachhause rechtzeitig zu schaffen. Jeden Montag ist es immer das Gleiche und jedes Mal bin ich so in Eile.

Als ich den Schulhof überquere, erblicke ich, wie sich vor dem Schuleingang eine Menschenmasse bildet. Es schadet sicher nicht, kurz nachzusehen, was dort vor sich geht.

Mit großen Schritten laufe ich nach vorne, um mir das Spektakel von nahem anzusehen. Und dort sehe ich *sie*. Mir läuft ein Schauer über den Rücken und Panik steigt in mir auf. Ich hatte gehofft, sie nie wieder zu sehen und nun geht sie auf dieselbe Schule wie ich? *Wie konnte ich sie nie bemerken?*

Nun steht sie dort, wie erstarrt, und ich kann nichts dagegen unternehmen. In meinem Körper fängt sich alles an zu drehen und ich stütze mich an der Wand hinter mir ab, um ein wenig Halt zu finden. *Das kann nicht sein, das darf nicht sein.*

Ich gehe noch ein paar Schritte in ihre Richtung, um ihr näher zu sein und betrachte sie schweigend. Sie sieht anders aus, seit ich sie das letzte Mal gesehen habe, aber immer noch sehr hübsch. *Scheiße, wieso denke ich hierbei daran, ob sie gut aussieht? Ich sollte ihr helfen und nicht wie alle anderen ratlos dastehen.*

Selbst wenn sich alles in meinem Körper dagegen sträubt, in ihre Nähe zu gehen, laufe ich zu ihr. Es ist fast so, als würde sie mich wie ein Magnet anziehen. Ein so großes Verlangen, das all meine Bedenken weitaus übertrumpft.

Ich dränge mich an den Personen vorbei, bis ich schließlich hinter ihr stehe. Mein Herz erschüttert, sie so zu sehen ist grauenvoll. Ich erkenne ganz genau, wie sie am ganzen Körper zittert und ich wünschte, ich könnte ihr diesen Schmerz nehmen.

Ich weiß, wie sie sich gerade fühlen muss. Jahre vor ihr habe ich diesen Schmerz schon erlitten. Tag für Tag, immer wieder aufs Neue. Mein Körper zieht sich jedes Mal ein bisschen mehr zusammen, wenn ich daran denke.

Es tut weh, verdammt weh.

Ich denke, das ist auch der Grund, weshalb ich mich entschieden habe, zu ihr zu gehen. Als ich klein war, habe ich selbst jemanden gebraucht, der mich versteht und bei mir ist. Ich möchte nicht, dass sie das alleine durchstehen muss.

Behutsam lege ich meine Hand an sie. Es fühlt sich gut an, sie zu berühren, auch wenn es das nicht sollte. Ich weiß nicht einmal, ob das für sie in Ordnung ist, immerhin kennt sie mich nicht, aber nun ist kein guter Zeitpunkt um nachzufragen.

Sie sackt in sich zusammen und fällt schluchzend auf den Boden. Gemeinsam mit ihr gehe ich zu Grunde und nehme sie schließe in meine Arme.

Ich halte sie.

Das Mädchen reagiert nicht auf meine Berührung, also lasse ich sie auch nicht los. Ich bin bei ihr, um ihr das Gefühl zu geben, nicht alleine zu sein.

Es ist so seltsam, dass sie mir jetzt so nah ist, denn ich weiß, dass es nicht so sein darf. Mein Verstand sagt mir, ich sollte alles andere als das tun, aber mein Bauchgefühl vermittelt mir, das es richtig ist, so zu handeln.

Die Abstände ihrer Schluchzer werden länger und das Zittern nimmt immer mehr ab. Ich spüre die Blicke der Personen um uns herum und noch nie habe ich so viel Abneigung empfunden. Sie sollen entweder etwas unternehmen oder sich um ihre eigenen Probleme kümmern. Am liebsten würde ich aufstehen und ihnen sagen, sie sollen verschwinden, aber das würde nur noch demütigender für das Mädchen werden, also lasse ich es lieber.

Voller Konzentration lausche ich ihrem Atem, er ist ungleichmäßig und sagt doch so viel über sie aus. Ich erinnere mich noch genau an früher, tagelang hatte ich mich in meinem Zimmer eingeschlossen und wollte weder essen, noch trinken.

Niemand war für mich da, niemand half mir, wieder normal weiterzuleben. Wie sollten sie denn auch helfen? Meine Geschwister haben den gleichen Schmerz wie ich durchlitten.

Ich ganz allein habe ohne jene Hilfe mein Leben wieder in den Griff bekommen und das ist definitiv nicht fair. Es hat mich meine Kindheit gekostet. Dieser Lebensabschnitt wurde mir einfach genommen, ohne dass mich jemand gefragt hat.

Eine Träne fließt mir von der Wange.

Schnell wische ich sie mit meiner freien Hand weg. Niemand soll sehen, dass ich verletzlich bin und schon gar nicht *sie*. Wenn ich sie an mich heranlasse, zerstört das meine Mauer, welche ich um mich herum aufgebaut habe. Sie dient zu meinem eigenen Schutz. Wenn ich niemanden an mich heranlasse, kann mich auch niemand verletzen.

Das Mädchen dreht sich zu mir um und blickt mir direkt in die Augen. Wir sind uns nun so nahe, dass ich spüren kann, wie ihr Atem sanft an mir vorbei haucht.

Ich merke, dass sie sich unwohl fühlt, also lasse ich sie augenblicklich los. So etwas spüre ich sofort. Meine Schwester hat früher immer zu mir gesagt, es sei eine Gabe. *Der Männerschwarm aller Frauen, der genau weiß, was sie wollen.* Aber ich sehe dies als normal an. Man muss sich in die Personen hineinversetzten und erst dann kann man ihre Gefühle nachvollziehen.

Es ist wie, als würdest du in einem Tagebuch lesen wollen, ohne den Schlüssel dafür zu besitzen. Du siehst zwar die Hülle und kannst dir ausmalen, was dort drin geschrieben steht, aber du wirst es nie genau wissen. Erst nachdem du es geöffnet hast, erfährst du all die verborgenen Geheimnisse und Gedanken.

Genau dasselbe gilt für einen Menschen. Sie können dir etwas vorspielen, dich glauben lassen, sie seien okay, aber in Wirklichkeit sind sie ganz und gar nicht in Ordnung. Unsere Gefühle überwältigen uns und so lügen wir, doch im Grunde belügen wir uns selbst, in der Hoffnung, dass wir es eines Tages glauben.

Um tief in einen Menschen hineinzuschauen und seine wahren Gefühle zu entblößen, braucht man mehr, als nur ein paar warme Worte. Es benötigt lange Zeit, jemanden richtig kennen zu lernen und es beansprucht umso mehr Zeit, ein Fingerspitzengefühl für diesen bestimmten Menschen zu entwickeln, um zu wissen, wie diese Personen ticken. Erst dann kann man anfangen, sie zu lesen und ihr Innerstes zu entfalten.

Das Mädchen sieht mich innig an, mit ihren wunderschönen, grünen Augen. Es ist, als würden sie mir all ihre Gefühle offenbaren und das weckt das Bedürfnis in mir, mehr über sie erfahren zu wollen. Ich möchte sie kennen lernen, um sie lesen zu können.

Nein, diesen Fehlern darf ich auf keinen Fall begehen.

Sie blickt nervös an mir auf und ab. Verwirrung erkenne ich in ihrem Gesichtsausdruck und ein bisschen Verlegenheit. Ich kann mir vorstellen, wie schlimm das gerade für sie sein muss, immerhin hatte sie vor ein paar Sekunden noch eine Panikattacke.

Ihre Haut ist ganz blass, als ob ihr all die Farbe genommen worden ist. Trotzdem sieht sie wunderschön aus. Ihre seidenglatten Haare glänzen im Sonnenlicht, ihre Wimpern so lang und voll, wie ihr Haar und die Augenbrauen perfekt geformt.

Ich frage mich, ob sie morgens genauso lange braucht wie meine Schwester, um sich fertig zu machen. Aber sie scheint nicht so, als wäre sie der Typ Mensch, welcher sich stundenlang richtet, bevor er rausgeht. Natürlich kann ich es nicht wissen, sie ist immer noch ein geschlossenes Buch, aber meine Intuition verrät mir, dass ich in meiner Annahme richtig liege.

Gerne würde ich wissen, was sie wohl gerade denkt und wie es ihr ergeht, aber in dem Moment, als ich etwas zu ihr sagen möchte, wird sie von mir weggezogen.

Das Mädchen sieht mich noch ein letztes Mal an und blickt mir dabei tief in die Augen. Das ist ihre Art danke zu sagen, schätze ich. *Vergiss sie,* schreit mein Kopf. Ich bin nicht für sie zuständig und sollte mich ab jetzt am besten von ihr fernhalten. Das war nur eine einmalige Sache und dabei wird es auch bleiben.

7

Audrey

Am nächsten Tag wache ich todmüde auf. Ich habe verschlafen. Es wundert mich durchaus, denn ich habe seit einer Ewigkeit nicht mehr verschlafen. Nachts liege ich stundenlang wach und falls ich einschlafe, dann nur für eine kurze Zeit. Es ist zur Gewohnheit geworden, dass ich alle paar Stunden aufwache, unruhig im Bett liege und versuche, Ruhe zu finden. Morgens bin ich dann meist schon sehr früh wach.

Mein Wecker hat insgesamt schon dreimal geklingelt und alle dreimal habe ich ihn überhört. *Oder wobei, vielleicht habe ich auch im Unterbewusstsein den Alarm ausgeschalten.*

Schnell greife ich nach meinem Handy und seufze laut, als ich auf die Uhr sehe, ich bin durchaus zu spät dran. Wehleidig schlage ich die Bettdecke von mir und stehe eilig auf. Ich ziehe hektisch meine Klamotten drüber, richte mich und stehe nun vor der Bushaltestelle.

Heute starte ich sogar mit ein bisschen Hoffnung in den Tag, auch wenn er so schlecht begonnen hat. Celine hat mir gestern geschrieben und sich erkundigt, ob nach dem Ereignis in der Schule wieder alles in Ordnung sei. Ob sie nun das mit Frau Rodriguez meint oder das, als ich nach der Schule auf dem Pausenhof zusammengebrochen bin, weiß ich nicht, aber trotz allem fühlt es sich schön an, dass sie sich um mich sorgt.

In der Schule angekommen laufe ich auf direktem Weg zu unserem Geschichtsraum, entschuldige mich für meine Verspätung und setze mich an meinen Platz. Celine schenkt mir ein schmales Lächeln und auch wenn mir nicht danach ist, lächle ich zurück.

Ich habe gestern über vieles nachgedacht. Eigentlich würde ich ja lieber vergessen, was geschehen ist, aber sobald ich Sachen verdränge, brechen sie irgendwann wie ein Vulkan über mich herein und damit kann ich nicht erneut umgehen.

Wieso hatte mich dieser Junge gestern in den Arm genommen?

Was hat er sich dabei gedacht?

Wer ist er überhaupt?

Wie heißt er?

Woher kommt er?

Wie konnte er wissen, dass das genau das war, was ich gebraucht habe?

All diese Fragen schwirren mir ständig im Kopf umher und ich finde keine Ruhe. Ich meine, tat er das, weil es cool war oder weil er mir wirklich helfen wollte? Ich verstehe nicht, warum ein Fremder so etwas tun würde, außerdem kann ich mich nicht erinnern, ihn jemals zuvor gesehen zu haben.

Wenn man eines über mich wissen sollte, dann, dass ich trotz meiner Schüchternheit ein durchaus neugieriger Mensch bin. Ich kann das nicht auf mir sitzen lassen. Ich muss ihn finden und all meine Fragen klären. Außerdem sollte ich mich bei ihm bedanken. *Ich habe mich eh schon vor der ganzen Schule blamiert, also wie sollte es noch peinlicher für mich werden?*

Zielstrebig bewege ich mich in der Pause in Richtung Treppe und nehme immer zwei Stufen auf einmal, um schnellstmöglich oben anzugelangen. Hier sind die Räume der Oberstufe und hier finde ich hoffentlich auch diesen Jungen. Ich dränge mich durch den überfüllten Gang und stoppe ruckartig, als mein Arm von jemanden festgehalten wird. Mein Herz klopf, wie wild, bestimmt so laut, dass es hier jeder hören kann.

Es ist er, bestimmt.

Er muss es sein.

Mit einem kleinen Lächeln auf den Lippen drehe ich mich zu ihm um, doch schlagartig sacken meine Mundwinkel wieder nach unten.

Es ist nicht er, nein.

Ich sehe in das Gesicht von Timouty Moor.

Erwartungsvoll blickt er mich mit seinen Gewitterwolken Augen an, beobachtet mich einen Moment lang still, bis er sich regt und das Wort ergreift. »Hi, Audrey, lang nicht mehr gesehen.«

Ja, in der Tat lange nicht mehr gesehen, du Arsch.

Wütend sehe ich ihn an und auch, wenn er schon längst abgehakt ist, entfacht er immer noch Gefühle in mir. Aber keine romantischen, nein. Ich bin über Timouty hinweg und dass er mich betrogen hat, habe ich ihm zwar verziehen, aber noch lange nicht vergessen. Die Gefühle, von denen ich spreche, sind nur noch Wut, Wut und nochmal Wut.

Schnell wende ich meinen Blick von ihm ab und sehe nervös in der Gegend umher. Ich möchte weder, dass er mich berührt noch, dass er mit mir spricht. Allerdings wird er mich nicht in Ruhe lassen, bis ich antworte und wenn ich weglaufe, würde er mir nur hinterherrennen. »Hi«, murmle ich recht emotionslos.

Timouty merkt, wie ungern ich mit ihm reden möchte und das ist mir auch recht. Er soll es spüren, er soll einen kleinen Teil von dem spüren, was ich gefühlt habe. Am liebsten würde ich ihm genau denselben Schmerz zuführen, wie er mir, aber mein Charakter ist nicht so ekelig wie seiner. Ich kann es nicht und ich würde es auch nie tun, aber muss ich jetzt wirklich Smalltalk mit ihm führen, so als wäre nie etwas geschehen?

Bitte lass das bald zu Ende sein, damit ich weiter nach diesem Jungen suchen kann.

»Wie geht es dir?«, fragt er mit gesenktem Kopf.

Augenblicklich weiß ich, worauf er hinauswill. Die meisten würden jetzt denken, er fragt das wegen des Unfalls, aber dies ist ausnahmsweise mal nicht der Fall.

Perplex blinzle ich und balle meine Hände zu Fäusten. Tief bohre ich meine Fingernägel in meine Handinnenfläche. So tief, bis es schmerzt, aber auch dann habe ich nicht vor, aufzuhören. Das mache ich immer, wenn ich unter Stress stehe. Es hilf mir, mich zu beruhigen, und das habe ich gerade ganz arg nötig.

Mit einem so falsch aufgesetzten Lächeln, dass wohl jeder merkt, dass es nicht echt ist, strahle ich ihn an. Ich darf jetzt auf gar keinen Fall die Fassung verlieren, also zwinge ich mich zu einer Antwort. »Ganz okay«, entgegne ich so ernst es geht. Ich blicke ihn mit müdem Ausdruck an, denn die Situation ist immer dieselbe. Nicht ohne Grund habe ich mich dafür entschieden, dass es besser für mich ist, ihn aus meinem Leben zu streichen, und zwar ganz. Aber ich denke, ein Teil von mir hängt wohl immer noch an der Version von ihm, die ich mir ausgedacht habe. *Wieso war ich nur so verdammt naiv und habe nichts gemerkt?* Ich war blind vor Liebe, aber damit ist jetzt Schluss, er kontrolliert mich nicht mehr.

Mit einem kurzen Nicken verabschiedet sich Timouty, bevor er sich umdreht und geht. *Gott sei Dank.* Ich spüre, wie eine Last von meinen Schultern fällt, und gleichzeitig merke ich immer noch das laute Hämmern in meinem Kopf.

Für ein paar Wochen habe ich das mit ihm vergessen oder besser gesagt verdrängt, da ich viel größere Sorgen habe, aber nun trifft es mich wie ein Schlag ins Gesicht. Ein erdrückendes Gefühl schwirrt in mir herum und ein mulmiges Empfinden breitet sich langsam, aber sicher in meinem Bauch aus.

Mit suchender Miene sehe ich mich weiter in dem Gang um, welcher, der nun längst nicht mehr so voll ist. Als mein Blick zu den Spinden fällt, wandern meine Mundwinkel wieder nach oben.

8

Easton

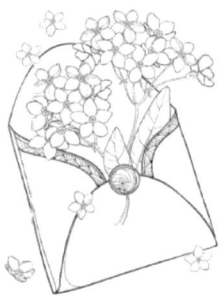

»Aaron? Ehrlich jetzt?« Lachend wende ich mich an meinen Kumpel und blicke ihn erstaunt an.

»Jap«, gibt er locker von sich und lehnt mit seinem Rücken gegen die Wand des Schulkorridors. Ich öffne die Tür meines Spindes und mein Blick schweift über meine Schulsachen. Es ist alles feinsäuberlich eingeordnet, die Hefte rechts und die Bücher links.

Meine Mutter hat früher immer gesagt: *Ordnung ist das halbe Leben.* Schon alleine, wenn nicht alles supersauber war, ist sie fast durchgedreht. Sie war nun mal ein Ordnungsfreak. Jetzt im Nachhinein verstehe ich sie und bin dankbar, dass sie mir alles im Leben beigebracht hat, was wichtig ist. Ich wünschte, ich könnte ihr das sagen …

Mit einer schnellen Bewegung verstaue ich meine Schulbücher, welche ich nicht mehr benötige in meinem Spind, angle mir das Geschichtsbuch für die nächste Stunde und knalle die Tür zu. Erst jetzt fällt mein Blick wieder auf Aaron, der mich vorwurfsvoll anblickt.

»Was ist denn?«, will ich von ihm wissen.

Er rollt mit den Augen und stößt sich von der Wand ab. »Ich weiß nicht, nur das es wirklich wichtig ist und du lachst«, gibt er von sich und nun bin ich derjenige, welcher die Augen verdreht. »Wenn es dir dann besser geht, es war nicht so gemeint, sorry«, kommt es knapp von mir.

Ich verstehe ihn ja, zumindest in gewissen Maßen, aber es ist mittlerweile einfach nur noch witzig diese Sachen anzuhören. Er beschwert sich über das Reichsein, obwohl er keinen Grund dafür hat, denn im Prinzip ist er dann derjenige, welcher mit seinem Rolles Roys davonfährt, und ich bleib dumm sitzen, weil ich noch auf den Bus warten muss. Das ist kein Vorwurf an ihn, er wurde dort hineingeboren, aber diese Reichen-Leute-Probleme, kommt schon, das ist witzig.

»Ach komm Aaron, du weißt genau wie ich darüber denke«, sage ich, als er mich schmollend mustert und fahre mir gestresst durch die Haare.

»Wie du über was denkst?«, entfährt es ihm, während sein Blick auf dem Boden liegt.

Ich hebe die Augenbrauen und verschränke meine Arme. »Du weißt genau, was ich meine. Ich glaub, das muss ich nicht noch einmal wiederholen«, kommt es nun von mir, da ich echt keinen Nerv dafür habe. Ich bin im Moment generell sehr gestresst, da brauch ich nicht noch eine Folge der Aaron Show.

»Wow«, gibt er theatralisch von sich und fasst an sein Herz. »So ist das also.«

Gerade als ich etwas erwidern möchte, höre ich eine zärtliche Stimme. Mir gefriert das Blut in den Adern und ich glaube sogar, mein Herz hört für einen Moment auf zu schlagen.

Es ist sie.

Sie steht vor mir mit ihrem unschuldigen, süßen Blick.

Scheiße, wieso nur?

Hilfesuchend blicke ich zu Aaron, dieser lehnt sich aber nur voller Euphorie gegen die Wand und sieht dem Geschehen gespannt zu.

Nervös beiße ich mir auf die Lippe, während ich mich wieder zu ihr drehe.

»Hi«, wiederholt sie ihr Wort leise.

Ich schlucke. Wäre wegrennen jetzt eine Option? Wenn ja, dann würde ich das gerne in Betracht ziehen. Aber ich bin nun mal alt genug und muss meine Probleme selbst lösen.

Fast flüsternd bringe ich ein gequältes: *Hallo*, über meine Lippen, aber sie scheint nicht zurückzuschrecken.

Verwundert blicke ich sie an, da sie länger nichts sagt. Erwartet sie nun etwa, dass ich mich mit einbringe? Das kann sie vergessen.

Ihr Mund öffnet sich leicht, schließt sich kurz darauf aber wieder Ehrlichgesagt habe ich Angst, vor dem, was sie sagen will. Diese Ungewissheit ist schrecklich und ich weiß nicht, wie lange ich das noch aushalte. Meine beiden Beine fühlen sich so weich wie Wackelpudding an und ich muss mich hinten an der Wand festhalten, um nicht sofort umzukippen.

»Können wir vielleicht mal reden? Also alleine?«

Mein ganzer Magen dreht sich und es gefällt mir ganz und gar nicht, in was für eine Richtung sich das hier bewegt. Hilfesuchend drehe ich mich zu meinem besten Freund um und flehe ihn mit meinen Blicken an, zu bleiben, dieser grinst aber nur schadenfreudig und hebt unschuldig die Hände in die Höhe. Dieser Arsch dreht sich einfach um und geht.

»Ehm, worüber möchtest du denn reden?«, ächze ich schlussendlich und kratze mich verlegen am Hinterkopf.

Das Mädchen spielt mit ihren Haaren, sie ist also auch nervös. »Du -« Ein Räuspern dringt aus ihrer Kehle. »Wie heißt du eigentlich?« Sie sieht mir direkt in die Augen und normalerweise sind es immer die Mädchen, welche den Blickkontakt brechen, aber diesmal bin ich es. So kann ich sie unmöglich anblicken, nicht, wenn sie mich so ansieht. Das überlebt mein Herz nicht.

Alles Mögliche in meinem Körper wehrt sich dagegen, ihr meinen Namen zu sagen. Ich sollte das nicht. Sie sollte nicht einmal wissen, dass ich überhaupt existiere und jetzt? Jetzt steht sie vor mir mit ihren verdammt großen Augen und will wissen, wie ich heiße.

Leise nuschle ich meinen Namen, wahrscheinlich so leise, dass nicht mal sie ihn richtig hört. Ich denke, es wäre nun angebracht, nach ihrem Namen zu fragen, aber ich weiß, dass ich dieses Gespräch nicht aufrecht halten sollte.

Sie wartet einen Augenblick. Erwartungsvolle Blicke, welche ich nicht zuordnen kann treffen auf meinen.

»Audrey«, sagt sie nach einer Zeit. »Ich heiße Audrey.«

Ich lasse mir das für einen Augenblick durch den Kopf gehen. *Audrey, so heißt sie also.* Jetzt habe ich zu dem Gesicht auch einen Namen. Er ist schön und ich muss sagen, er passt sogar sehr gut zu ihr.

Langsam werde ich ungeduldig und meine Panik steigt ins Unermessliche. *Was wollte sie mir jetzt überhaupt sagen und wie lange hält das mein Herz noch aus?*

»Easton?«

»Hm?«

»Du hast mir gestern geholfen, du hast mich in den Arm genommen. Wieso?« Ihr Blick durchlöchert mich und es fühlt sich an, als würden durch die offenen Stellen ein kalter Windzug rauschen.

Wenn ich ehrlich zu mir selbst bin, weiß ich selbst nicht einmal richtig, wieso ich es schlussendlich getan habe. Ein Fehler, das ist es, was es war. Von Anfang an waren mir die Konsequenzen, welche durch mein Verhalten resultieren werden, klar und trotzdem habe ich es gemacht.

Dieses Mädchen steht nun erwartungsvoll vor mir, möchte eine Antwort und ich Vollidiot weiß nicht, was ich sagen soll. »Ich…also…ehm«, stottere ich panisch und beiße mir auf die Lippe. Flüchtig weiche ich ihren Blicken aus und kratze mich verlegen am Nacken.

»Du hast mich gestern in den Arm genommen«, wiederholt sie erneut ihre Worte.

»Uh–huh.«

»Wieso?«

»Ich weiß nicht so richtig, ich dachte nur, du brauchst Hilfe und dann habe ich das Erste gemacht, was mir in den Sinn gekommen ist.« *Was ja auch eigentlich der Wahrheit entspricht, nur bin ich mir noch nicht ganz sicher.*

Sie steht einen Augenblick einfach nur da.

Sie steht vor mir, *Audrey* steht vor mir.

Mein Gott ist sie schön, wie kann ein Mensch nur so wunderschön sein? Kurz vergesse ich, wer sie eigentlich ist, aber schlagartig wird es mir wieder bewusst. *Es sollte nicht passieren.*

»Dann danke dafür, Easton«, bringt sie hervor und schenkt mir ein kleines, aber wunderschönes Lächeln, bevor sie sich endgültig umdreht und geht. Ihr Lächeln ist so wunderschön. Ich will es sehen, immer wieder aufs Neue. Ich möchte der Grund sein, wieso sie lächelt.

9

Audrey

Ein so ungemütlicher, kalter Ort sollte keiner sein, an dem Ellie ruht. Als ich den Friedhof betrete, verliert sich mein Blick in der durch den Regen aufgeweichten Erde.

Früher sind wir an regnerischen Tagen ständig nach draußen gegangen und haben getanzt, als gäbe es nur uns beide. *Wie kann irgendwer den Regen hassen*, waren ihre Worte.

Doch dieses Wetter hier ist kalt und schrecklich, ich würde sie gerne aus dem nassen Dreck holen und in ihr warmes Zuhause bringen. *Sie ruht nun hier, das muss ich akzeptieren.*

Zitternd knie ich mich vor ihren Grabstein nieder und in diesem Augenblick ist es mir egal, dass sich der Stoff meiner Hose in Sekundenschnelle mit der Feuchtigkeit vollsaugt.

»Hey, Ellie«, bringe ich mit brüchiger Stimme hervor.

Doch so schwer es mir fällt, sie zu besuchen, muss ich es tun. Das bin ich ihr schuldig.

»Ich möchte dich nicht anlügen … es fällt mir schwer, hier zu sein. Es fühlt sich so an, als würde ein Teil meiner Seele hier unter der Erde begraben sein.« Unterbewusst fasse ich mir an meine Brust und blicke für einen Augenblick starr auf ihren eingravierten Namen in dem Stein.

»Weißt du noch die Geschichte, welche uns meine Mutter früher immer erzählt hat? Jeder der Sterne am Himmel stellt eine Person dar und sobald ein geliebter Mensch von uns geht, erscheint diese leuchtend am Himmelszelt und strahlt heller als alle anderen. Ich weiß, es ist nur eine alberne Geschichte für kleine Kinder, aber wenn ich ganz ehrlich zu dir bin, habe ich mich jeden Abend nach dem hellsten Stern umgeschaut. Ich habe nach dir gesucht und ich habe dich gefunden. Du wachst hoch über mir und ich glaube daran, denn würde ich es nicht, könnte ich an nichts mehr festhalten.«

Mag sein, dass es nur ein Märchen ist, aber es ist *unser* Märchen.

»Die letzten Tage waren schlimm. Ich war das erste Mal wieder in der Schule und habe wenigstens etwas versucht, positiv zu denken.« Ich schlucke schwer. »Ich hatte eine Erscheinung ... von dir. Von deinem Tod. Und ich weiß nicht, was das zu bedeuten hat aber es war ... angsteinflößend.«

Ich streiche mir eine herunterlaufende Träne aus dem Gesicht und fokussiere mich auf meine Atmung. »Ein fremder Junge hat mir geholfen. Er hat mich in den Arm genommen und das hat sich auf irgendeine Weise gut angefühlt.«

Easton und mein letztes Gespräch war ... seltsam. Er wirkte recht kühl und so, als würde er mir nicht die ganze Wahrheit erzählen. Doch das ist übertrieben, richtig? Er wollte einfach helfen, nicht mehr.

»Ich denke, ich habe mich so verloren gefühlt, dass ich womöglich alles und jeden in kauf genommen hätte«, gestehe ich fast flüsternd.

So verloren fühle ich mich immer noch.

»Ohne dich ist nur alles so schwer.«

Und ich schätze, an dieses Gefühl muss ich mich gewöhnen, denn es wird ab jetzt ständiger Begleiter in meinem Leben sein, egal, wie sehr ich das vermeiden möchte.

10

Easton

»Avery, Finger weg!«

Unschuldig dreht meine kleine Schwester den Kopf zu mir und lächelt mich mit einem breiten Grinsen an. Ihre Haare sind noch ganz zerzaust, als wäre sie gerade erst aufgestanden, und in ihrem Gesicht klebt ein bisschen von der Tomatensoße, die sie probiert hat.

Mit schnellem Griff erfasse ich ein Tuch und werfe es ihr zu, damit sie sich säubern kann. »Wir essen gleich. Silas ist bestimmt bald da.«

Meine kleine Schwester nickt eifrig und wischt sich die Tomatensoße mit einem breiten Schmunzeln vom Gesicht. Ich hole währenddessen Teller und Besteck, um den Tisch zu decken. Mutters altes Geschirr, es war ihr heilig. Die Teller sind mit schönen Mustern verziert und in verschnörkelter Schrift sind die Initialen meiner Urgroßmutter eingraviert. Früher benutzten wir die Teller nur zu besonderen Anlässen, jetzt nehmen wir sie viel öfter. Dieses Geschirr erinnert mich an unsere Familie. Die Familie, welche wir früher einmal waren.

Als es an der Tür klingelt, springt Avery freudig auf und rennt durch den Raum. Ihr Strahlen im Gesicht kann ich nicht übersehen. *Sie hat ihr Leuchten nicht verloren.*

Ich wünschte, ich könnte dasselbe von mir behaupten, doch letztlich fühlt sich alles so schwer an. Jeden Schritt den ich gehe, alles was ich tue.

Mit einem Schwung öffnet sich die Tür und meine Schwester springt Silas in die Arme. Er wirbelt sie einmal im Kreis herum und gibt ihr einen flüchtigen Kuss auf die Stirn.

»Hey, Easton«, begrüßt er mich und lächelt breit.

Schnell schalte ich den Herd aus begrüße ihn mit einem kurzen Handschlag und lächle. »Ich hoffe, du hast Hunger.«

Silas nickt voller Begierde und setzt sich an den Tisch. Avery nimmt gegenüber von ihm Platz, während ich den großen Topf mit Spagetti und Tomatensauce in die Mitte des Tisches stelle.

Gerade als ich mich neben meine Schwester setzen möchte, klingelt es erneut an der Tür. Avery zuckt zusammen und sieht mich mit einer Mischung aus Traurigkeit, Angst und Erwartung an. Mein Herz bricht jedes Mal ein bisschen mehr, wenn sie das macht und vor allem in letzter Zeit, passiert das sehr oft. Früher war das nie der Fall. Ich denke, alle Gefühle, welche sie versucht hat, zu unterdrücken, kommen nun in ihr hervor.

Hastig laufe ich zur Tür und öffne sie. *Nur der Postbote.* Ich nehme einen Brief entgegen und schlage die Haustür zu. Es ist so erdrückend still, dass das Türknallen durch den ganzen Raum hallt.

Schweigsam schüttle ich meinen Kopf und blicke meine kleine Schwester entschuldigend an. »Es tut mir leid, Aves.« Schützend nehme ich sie in den Arm, als würde sie sonst zerbrechen. Wie sehr ich mich dafür hasse, dass ich ihr nicht mehr geben kann. Aber ich bin nun mal ihr Bruder, nicht unsere Mutter oder unser Vater.

Ich hasse es, sie traurig zu sehen und auch, wenn mich das selbst sehr belastet, darf ich mir nichts anmerken lassen, denn meine kleine Schwester ist für mich das Wichtigste überhaupt.

»Wie wär's, wenn wir heute Abend zusammen einen Film schauen, mit ganz viel Popcorn?« Ich streiche ihr durch die Haare und drücke sie ganz fest an mich. »Wie wäre das, mein kleiner Engel?«

Sie zwingt sich zu einem Lächeln und erwidert meine Umarmung. »Ja, das wäre cool. Aber nur, wenn ich den Film aussuchen darf.«

Geschlagen nehme ich meine Hände nach oben. »Alles, was du willst.«

»Hast du mal was von Hailey gehört?«, meldet sich Silas zu Wort, während er sich seinen Teller vollschöpft.

Eilig nehme ich einen großen Bissen von meiner Gabel und wende mich zu meinem Bruder. »Ja, sie hat vor ein paar Tagen aus der Uni angerufen«, bemerke ich. »Es gefällt ihr dort sehr gut und ach ja, ich soll euch von ihr grüßen.«

Silas sieht mich mit muffiger Miene an. »Sie hätte mich ruhig auch mal anrufen können. Ist ja nicht so, als wäre ich nicht auch ihr Bruder.«

Lachend boxe ich ihm gegen die Schulter. »Ist da etwa jemand eifersüchtig?«

Silas läuft knallrot an und stopft sich eine weitere Gabel mit Spagetti in den Mund. Zumindest lenkt ihn dies etwas von seinem stressigen Tag ab. Er arbeitet viel um uns über Wasser zu halten, sehr viel. Oft findet er gar keine Zeit, um für sich selbst zu sorgen und jetzt, nachdem er Hailey ermöglichen konnte, ihre Traumuniversität zu besuchen, muss er noch mehr schuften.

Ich würde ja gerne mehr dazu beisteuern, aber ich gehe nun mal noch in die Schule und mehr als einen Nebenjob könnte ich nicht machen. Aber da ich die meiste Zeit für Avery da sein muss und mich auf die Schule konzentrieren soll, will Silas nicht, dass ich einen Nebenjob annehme.

Ich sorge für Avery, das ist mein Job.

11

Easton

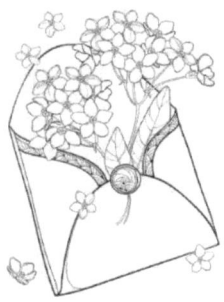

»Dad hat sich bei mir gemeldet.«

Ich erstarre.

Mir wird ganz schlecht und ich muss mich unmittelbar hinsetzen.

Das darf nicht wahr sein, nein.

»Er hat um Geld gebeten«, gibt Silas trocken von sich. Prompt spannt sich mein ganzer Körper an. *Was für ein elendiges Arschloch lässt seine Familie sitzen und kommt nur wieder angekrochen, um Geld zu bekommen?* Ich kann es echt nicht fassen.

»Mir egal in was für eine Scheiße er sich jetzt wieder reingeritten hat, aber er bekommt kein Geld von uns!«, entgegne ich energisch.

Silas sieht mich nicht an. Er spielt mit dem Ring an seinem Daumen und wendet seinen Blick auf den Boden. »Er hat es wirklich gebraucht«, sagt er kleinlich.

Mein Puls steigt auf hundertachtzig. *Das kann doch nicht wahr sein?* Fassungslos blicke ich mitten in seine Augen. Nichts, er sieht mich mit leerem Ausdruck an.

»Wie viel hast du ihm gegeben?«, frage ich ernst, aber Silas will nicht mit der Sprache rausrücken. »Verdammt, wie viel hast du ihm gegeben, Silas?!«, schreie ich nun. Mein ganzer Körper bebt vor Wut und ich muss mich zügeln, nicht komplett auszurasten.

»Fünftausend.«

Ich erstarre regelrecht bei seinen Worten.

Das ist eine Menge Geld, wir haben nicht so viel Geld.

Silas lehnt sich an die Küchentheke. »Er hat es wirklich gebraucht und ich habe sowieso ein bisschen Geld gehabt, weil ich etwas für die nächste Miete beiseitegelegt habe. Ich mach einfach ein paar Überstunden und dann passt das schon wieder.«

Umgehend balle ich meine Fäuste und blicke meinen Bruder fragend an. »Überstunden?! Willst du mich eigentlich komplett verarschen? Du arbeitest schon bis zum Anschlag, mehr geht nicht.«

Er ist auf einmal ganz ruhig geworden.

Es ist nicht Silas Schuld, das weiß ich. Er hat ein zu gutes Herz. Aber wie sollen wir bitte mit so wenig Geld über die Runden kommen? Das Letzte, was ich will, ist, dass Avery darunter leidet.

Als er mir immer noch nicht antwortet, frage ich ihn etwas, obwohl ich die Antwort darauf ungern hören möchte: »Wofür braucht er das Geld?« *Niemals kann das für etwas Sinnvolles sein.*

»Er hat in einer Bar eine Wette -«, fängt Silas an zu sprechen, doch ich unterbreche ihn umgehend. »Eine Wette, willst du mich verarschen?!«, schreie ich meinen Bruder an.

Silas kratzt sich verlegen am Nacken. »Die Typen sind echt mies. Die haben ihn schon krankenhausreif geprügelt und wer weiß, was noch alles passiert wäre, wäre er nicht weggerannt. Die hören nicht auf, bis sie ihr Geld bekommen.«

Ich kann es immer noch nicht glauben. Wegen unseres Erzeugers haben wir nun noch mehr Schulden. Er ist nicht unser Vater, nein. Ein Vater würde seiner Familie so etwas nie antun.

»Wo ist der Drecksack!?«, frage ich ganz außer mir.

Silas schüttelt heftig den Kopf und hält mich fest. »Du gehst nicht zu ihm. Das Geld bekommst du nicht wieder.«

Mir ist bewusst, dass ich von diesem elendigen Bastard keinen einzigen Cent zurückbekommen werde, aber ich will ihn leiden sehen. Er soll für seine Taten büßen.

»Hör zu, sag mir, wo er ist, und dann spielst du mit Avery«, fordere ich trocken. Mein Kiefer spannt sich an und meine Zähne knirschen laut. »Ich sag dir, ich werde nicht aufhören, bis du mir das sagst.«

Silas sieht mich erschöpft an, kramt aber schlussendlich in seiner Hosentasche und holt sein Handy heraus. »Ich weiß nicht, wo er wohnt, aber ich kenne eine Bar hier in der Nähe, in der er sich immer aufhält. Bau keine Scheiße.«

Ich stürme in die Bar und im Nachhinein betrachtet war das ziemlich unüberlegt. Jeder starrt mich an und der Barkeeper fängt herzlich an zu lachen. »Hast du dich verlaufen, Kleiner?«, erklingt seine tiefe Stimme.

»Wo ist George Miller?«, komme ich direkt zum Punkt.

Der Barkeeper zuckt mit den Schultern und nickt mir zu. »Du musst sein Sohn sein.«

Mir gefriert das Blut in den Adern. Es hört sich so falsch an. »Nenn mich nicht so«, gebe ich trocken von mir, obwohl ich innerlich fast explodiere. Denn es gibt einen wunden Punkt tief in mir drin, welcher immer noch meinen Vater vermisst.

»Er hat mir viel von dir erzählt, Owen«, beginnt der Mann zu sprechen. *Owen. OWEN?* George hat sich wirklich eine neue Familie gesucht. Uns einfach ausgewechselt, wie ein Spielzeug, wenn man keine Lust mehr hat, damit zu spielen. Es tut weh und in diesem Moment bemerke ich, dass etwas in mir kaputt ist.

Ich bin kaputt, kaputt von ihm.

Aufgrund meines Vaters bin ich so geworden.

Mein gesamter Körper zittert und Spannung strömt durch mich hindurch. Das ist alles *seine* Schuld.

»Wo ist George?«, frage ich erneut.

Nun lachen alle wieder, denn sie nehmen mich kein Stück ernst. Aber wieso sollten sie auch? Ich bin nur ein kleiner, hilfloser Junge, der vergebens nach der Aufmerksamkeit seines Vaters sucht. So fühle ich mich zumindest. So schwach und hilflos.

Der Mann lacht mir mitten ins Gesicht, während er antwortet. »Ich weiß nicht, wo dein Vater ist, Wilson, aber wenn du ihn siehst, sag ihm gefälligst, er soll seinen Arsch hierher bewegen und mir mein Geld zurückgeben.«

Noch mehr Schulden, was auch sonst.

Zwingend setze ich ein zuckersüßes Lächeln auf und bedanke mich freundlich.

Urgh.

Wilson also, du kleines Arschloch.

Rasch gebe ich den Nachnamen im Internet ein und Bingo.

Ich stehe vor Georges Haus.

Ich möchte klopfen, doch ich schaffe es nicht.

Scheiße, ich werde gleich meinen Vater sehen.

Er wohnt keine verfickte, halbe Stunde von uns entfernt und ich habe es all die Jahre nicht gewusst. *Wieso erfahre ich alles immer erst als Letztes?*

Silas hatte keinen Anschein gemacht, mir früher etwas zu erzählen. Mein Vater wusste genau, was er tat, als er Silas um Hilfe gebeten hat, denn er weiß, dass ich ihm niemals Geld gegeben hätte.

Noch ein letztes Mal atme ich tief durch und gebe mir einen Ruck, an der Tür zu klopfen.

Nichtmal ein paar Sekunden später öffnet sie sich und eine Frau kommt zum Vorschein. Sie ist klein, zierlich und hat blondes Haar. Das muss seine neue Freundin sein.

»Was kann ich für dich tun, Junge?«, fragt sie freundlich.

Ich bin verwirrt. Sie ist so… nett? *Wie kann sie es mit einem so narzisstischen Mann aushalten?*

»Ich möchte George besuchen, ist er Zuhause?«, frage ich recht emotionslos und schlucke laut.

»Oh, George ist gerade noch außer Haus, aber du kannst hier warten«, bietet mir die Frau an. Schon will ich mich zum Gehen wenden, da fügt sie noch etwas hinzu. »Ich könnte uns einen Tee machen, ich habe sonst im Moment eh nichts zu tun.«

Das kann unmöglich seine Freundin sein, niemals. Aber ich kann nicht anders als in diesem Moment zu fragen. »Und sie sind wer, wenn ich fragen darf?«

»Ach Schätzchen, ich bin nur die Reinigungskraft«, gibt sie lächelnd von sich.

Erleichtert atme ich aus. *Sie ist nicht seine Freundin.* Ich wüsste nicht, wie ich sonst mit ihr umgehen sollte.

»Also?«, hakt sie nach.

Ich gebe mir einen Ruck und nicke langsam.

12

Easton

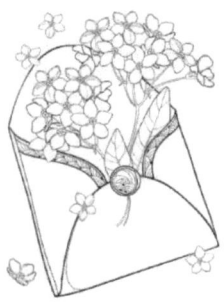

Das Haus ist enorm, die Decken sind dreimal so hoch wie bei uns zuhause und die Innenausstattung ist einfach nur atemberaubend. Riesige, goldene Kronleuchter erhellen den Gang. Die Küche, moderner geht es nicht. Draußen ist ein Garten mit Poolanlage und einer großen Terrasse.

Ich kann es echt nicht fassen. Er lebt hier, in so einem Zuhause, mit so einer reichen Familie und bittet uns verdammt noch mal um Geld? Er weiß genau, dass wir nur gerade so über die Runden kommen.

»Ist alles in Ordnung, du siehst ein bisschen blass aus?«, erkundigt sich die Frau mit zärtlicher Stimme.

Ich nicke knapp und stütze mich an der Wand hinter mir ab.

Er möchte eine Familie, nur nicht unsere.

»Setz dich doch.« Sie rückt einen Stuhl in der Küche nach hinten, damit ich Platz nehmen kann. Langsam taumle ich darauf zu und lächle sie dankbar an, auch wenn mir gerade ganz und gar nicht danach ist.

Sie setzt den Wasserkocher auf und sieht mich gespannt an. »Also, wie heißt du denn?«

Ich möchte ihr eigentlich nicht sagen, wie ich heiße. Niemandem der mit George zu tun hat. Aber sie ist wirklich, *wirklich* nett.

»Easton«, murmle ich.

Sie nickt freudig. »Schön dich kennenzulernen, Easton. Woher kennst du George?«

Dieser Frage wollte ich eigentlich aus dem Weg gehen, denn ich kann ihr unmöglich sagen, dass er mein Vater ist. »Er ist ein Bekannter«, antworte ich knapp.

Damit gibt sie sich zufrieden und nickt verständnisvoll. Sie hebt zwei Teesorten in die Höhe. »Welchen möchtest du? Falls dir keiner von denen gefällt, habe ich noch sehr viele andere.«

Das glaube ich ihr aufs Wort. »Den italienischen Süßkirschentee bitte«, gehe ich auf ihre Frage ein.

Sie gießt heißes Wasser in zwei Tassen, gibt die Teebeutel hinzu und läuft vorsichtig zu mir an den Tisch, um neben mir Platz zu nehmen. »Hier«, kommt es von ihr als sie mir die Tasse reicht.

»Vielen Dank«, entgegne ich und blicke sie dankerfüllt an.

»Und was macht ein so junger Bursche bei einem erwachsenen Mann?«

Sofort setze ich den Tee an meine Lippen und trinke, denn diese Frage möchte ich nicht beantworten. *Ganz dumme Idee.* Meine Zunge brennt höllisch und ich spucke den heißen Tee aus.

»Ach Gott, alles in Ordnung?« Die Frau blickt mich erschrocken an und nimmt die Tasse aus meiner Hand. »Der muss erst noch abkühlen. Ich gebe am besten ein bisschen kaltes Wasser dazu. Ist das okay?«

Erschöpft nicke ich und bedanke mich leise.

Sie füllt einen Schluck Wasser in meine Tasse hinein und bückt sich, um die Pfütze auf dem Boden aufzuwischen, da stehe ich auf und nehme ihr das Küchentuch ab. »Ich mach das schon.«

Ich schäme mich zu Grunde. Dies ist eine so tolle Frau und sie hat mich nicht verdient. Nicht, wenn ich in dieser Verfassung bin. Schnell wische ich die Teepfütze auf und lege das Tuch zum Trocknen auf den Wasserhahn. Ich will mich schon wieder hinsetzen, da öffnet sich die Haustür.

Ich erblicke *ihn*.

George betritt freudig das Haus. In dem einen Arm seine Freundin und in seinem anderen Owen. Mein Herz bricht noch mehr. *Wieso kann das nicht unsere Familie sein? Wieso?*

Mein Vater schließt die Tür hinter sich und erstarrt zu Eis, als er mich erblickt. In seinen Augen erkenne ich nichts mehr als Hass.

»Owen, Liebling, gehst du mal auf dein Zimmer?«, spricht mein Vater zu ihm. Owen nickt und verschwindet ohne wiederrede nach oben. Er ist ungefähr in meinem Alter. Passt ja perfekt, um mich zu ersetzen.

»Ich verstaue kurz meine Sachen, Schatz«, wendet sich die Frau nun an George. Sie hat mich noch nicht entdeckt.

Er nickt abwegig und wartet, bis auch sie aus dem Raum gelaufen ist, bevor er sich an mich wendet. »Beweg deinen Arsch aus meinem Haus!«, sagt er harsch, ohne auch nur mit der Wimper zu zucken.

Adrenalin durchfließt meinen Körper und ich erinnere mich an den Grund, weshalb ich hier bin. *Mit ihm kann man nicht normal reden.* Voller Beherrschung, konzentriere ich mich, nicht gleich auf ihn loszugehen. »Erst wenn du mit rauskommst«, gebe ich kalt von mir.

Er verdreht seine Augen, bewegt sich aber schließlich in Richtung Ausgang. Ich balle meine Hände zu Fäusten und kaum, dass er draußen angekommen ist, schlage ich zu.

George hat damit nicht gerechnet.

Mit festem Griff zwinge ich ihn zu Boden und prügle mit voller Wucht auf ihn ein. Ein paar Augenblicke verstreichen bis sich mein Vater wehrt und mir mitten aufs Auge schlägt.

Ich hasse diesen Mann!

Weiterhin prügle ich auf ihn ein, wie auch er auf mich, jedoch spüre ich nichts. Das Einzige, was ich fühle, ist das Gefühl von Adrenalin, was durch meinen ganzen Körper strömt.

Blut, das aus seinem Gesicht rinnt, klebt an meiner Hand und lässt mich komischerweise eine bestimmte Art von Befriedigung verspüren. Meine Faust trifft seine Nase, wobei mein Handgelenk mit einem trockenen Knacken bricht. Schmerzerfüllt fasse ich an die Stelle und in dem Moment übernimmt George die Oberhand. Er packt meine Hände und dreht mich auf den Rücken. Aggressiv prügelt er auf mich ein.

Nun spüre ich den Schmerz überall an meinem Körper und ich spreche nicht nur von den offensichtlichen Wunden, sondern die, die er tief in mir drin verursacht hat.

Ich habe keine Kraft mehr und er ist zu stark. Mein Vater schlägt wie ein verrückter immer wieder auf mich ein und ich merke, wie das Blut von meinem Gesicht tropft. Noch ein letzter Schlag und er wird von mir weggerissen.

Ich liege für die nächsten Sekunden mit geschlossenen Augen auf dem Boden. Langsam versuche ich meine Lider zu öffnen, aber es gelingt mir nicht, sie sind zu angeschwollen und tun weh.

Scheiße, ich habe mich gerade wirklich mit George geprügelt.

Auf einmal merke ich, wie mir eine Träne von meiner Wange rollt und gleich danach noch eine. *Wie habe ich so etwas verdient?* Nicht einmal meinen größten Feinden würde ich so etwas wünschen.

Wieso kann mein Vater mit ihnen eine so schöne Familie sein und uns einfach im Dreck sitzen lassen? Wieso können wir nicht diese fröhliche Familie sein?

In dem Moment, als ich meine Augen öffne, höre ich ein lautes Geräusch. Wumm, die Tür wurde zugeschlagen und ich liege alleine da. Sie haben mich wirklich alleine zurückgelassen …

»Was hast du dir dabei gedacht, Easton?«, schreit mich Silas an. Seine laute Stimme pocht in meinem Kopf und lässt das Gefühl in mir hervorrufen, mir meine eigene Haut vom Leib zu reißen.

Wehleidig fasse ich in mein Gesicht und stöhne schmerzerfüllt auf. »Wusstest du, dass das alles nur eine Lüge war?«, beginne ich energisch zu erzählen.

Silas blickt mich fragend an.

»Er hat eine verfickt reiche Freundin, der braucht unser Geld nicht!«

Silas verstummt und biegt mit dem Auto in unsere Einfahrt ein. »Avery darf dich so nicht sehen, das müssen wir erst verarzten. Du wartest hier und ich stelle sicher, dass sie in ihrem Zimmer bleibt.«

Ich nicke und lasse mich in den Autositz zurückfallen.

Keinen Moment später vibriert mein Handy.

Hey, Easton, hier ist Audrey:)

Laut seufze ich auf, das hat mir gerade noch gefehlt.

Ich öffne die Nachricht nicht. Ich kann es mir nicht leisten, zu antworten. Es ist für uns beide besser, wenn ich sie ignoriere, aber irgendwas in mir ist neugierig.

Zögerlich tippe ich ein kurzes: *Hey*, mit einem lächelnden Emoji und schicke die Nachricht ab.

Es dauert keine Minute bis Audrey antwortet.

> Ich bin das Mädchen aus der Schule. Erinnerst du dich an mich?

> Natürlich.

> Ich habe deine Nummer von Asher, ich hoffe, es ist in Ordnung, dass ich dir schreibe

> Ich wollte mich nur nochmal bedanken.

> Nichts zu danken.

> Geht es dir ... besser?

> Ich könnte jetzt Lügen und ja sagen, aber ich denke, wir wissen beide, dass das nicht die Wahrheit ist.

> Tut mir leid, es war taktlos von mir, das zu fragen.

Schon in Ordnung.

Mit einer schnellen Bewegung stelle ich mein Handy aus und verfrachte es in meiner Hosentasche, sodass ich nicht mehr auf die Idee komme, ihr erneut zu antworten.

Wieso überzeugt mich mein Herz ständig, dass ich diesem Mädchen auf irgendeine Art was schuldig bin?

13

Audrey

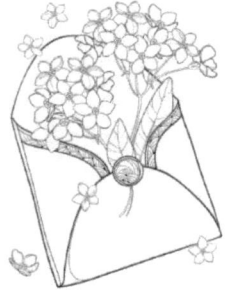

Easton Miller ist sein vollständiger Name.

Eventuell habe ich mich ein kleines bisschen über ihn erkundigt, aber nur, da mich das ganze etwas von meiner Trauer ablenkt. Ich finde es aufregend und … keine Ahnung, was es genau ist, aber ich würde gerne mehr über ihn erfahren.

Celine hat heute gefragt, ob wir zusammen etwas unternehmen wollen, und ich muss ehrlich zugeben, ich freue mich. Zum ersten Mal seit langem fühle ich mich wieder in der Lage, aus meinem Zimmer herauszugehen.

Ihr Haus ist nur ein paar Straßen von mir entfernt, also brauche ich nicht lange um zu ihr zu laufen. Wir haben uns kurz nach drei verabredet, daher bleibt mir noch ein bisschen Zeit, bis ich losmuss.

Eingekuschelt in meinem Jumpsuit und mit meinen weichen Wollsocken, welche ich letztes Jahr zu Weihnachten geschenkt bekommen habe, liege ich auf meiner Matratze. Mit einer Hand nehme ich das Buch: *Eleanor & Grey von Brittainy C Cherry,* und streiche sanft über das Cover. Es ist ein bisschen verstaubt, da es so lange in meinem Regal herumgelegen hat, aber sobald der Staub weg ist, sieht es aus wie neu.

Dies war Eleanors Lieblingsbuch und ich will nun endlich wissen, weshalb sie es so toll fand. Vorsichtig schlage ich die erste Seite auf und lese mir den Prolog durch. Ich liebe es. Gespannt blättere ich die Seite um und fahre mit dem Lese fort. Es ist, als würde sich eine neue Welt öffnen, in der ich mich selbst erfinden und fröhlich sein kann. Ich bin ganz gebannt und fühle mich Eleanor so nah wie noch nie.

Sie liebte das Buch, ich liebe das Buch.

»Hey, Audrey«, begrüßt mich Celine lächelnd, als ich ihr ein paar Stunden später gegenüberstehe.

Ich schenke ihr ein Lächeln zurück und dieses Mal ist es echt. *Keine vorgetäuschte Fröhlichkeit, wirkliche Freude.* »Hey, Celine.«

Sie neigt ihren Kopf zur Seite und verfolgt mit ihrem Blick jeder meiner Bewegungen, während ich mir meine Schuhe ausziehe. »Ich dachte, wir könnten vielleicht etwas backen, so wie früher«, schlägt sie vor.

Prompt schweife ich in Gedanken ab und denke an früher. *Ellie, Celine und ich stehen in der Küche, der Backofen qualmt, und wir machen uns fast in die Hosen vor Lachen.* Wie schön es doch war.

Freudig nickend wende ich mich zu Celine, wobei ich die schmerzvolle Erinnerung an Ellies Tod, welcher mir in den Sinn kommt, ganz gezielt ausblende.

»Entweder wir backen Brownies oder Muffins, aber da müssen wir ein Rezept aus dem Internet nehmen. Du entscheidest.« Celine läuft zu dem Waschbecken in der Küche und streckt ihre Hände unter das fließende Wasser.

»Lass uns Muffins backen«, antworte ich rasch und nachdem ich mir ebenfalls die Hände gewaschen habe kann es losgehen. Während ich nach einem guten Rezept suche, holt Celine die Zutaten. Wir haben schon oft genug Muffins gebacken, um zu wissen, was wir alles dafür benötigen, nur die ganz genauen Mengenangaben schauen wir dann doch lieber nach.

Wir starten damit die Butter mit Zucker und Vanillezucker zu verrühren, die Eier unterzuheben und natürlich nicht zu vergessen, den Ofen vorzuheizen.

»Ist es in Ordnung, wenn ich ein bisschen Musik anmache?«, frage ich, obwohl ich die Antwort auf diese Frage bereits kenne.

Celine sieht mich mit ihren braunen Teddybär Augen an und nickt heftig. »Natürlich, dass du das überhaupt noch fragst?«

Ich hole mein Handy heraus und öffne meine Musikapp. In den vielen Jahren habe ich schon so viele Playlists erstellt, aber eine ist ganz besonders. Die haben wir immer gehört, als wir Zeit miteinander verbracht haben.

Mit meinem Finger tippe ich auf den Abspielknopf und es ertönt die Stimme von *Natasha Bedingfield*. *Unwritten*, wir lieben diesen Song. Da müssen wir überhaupt nicht viel nachdenken, es reicht alleine, dass wir uns beide gleichzeitig ansehen und schon wissen wir, was zu tun ist.

Wie auf Kommando fangen wir an, laut los zu singen. Wir schreien uns die Seele aus dem Leib und es tut gut. Es tut so gut, mal wieder normal zu sein. Sachen wie früher zu machen, als wäre es das Normalste auf der Welt. Ohne es wirklich zu bemerken, habe ich das die ganze Zeit vermisst.

Gemeinsam mischen wir die restlichen Zutaten in den Teig und füllen diesen in unsere Muffinformen, welche mit kleinen Herzchen versehrt sind. Ab damit in den Ofen und jetzt ist erst einmal Warten angesagt.

»Lust solange etwas anzuschauen?«, fragt mich Celine und klopft auf den freien Platz neben sich auf dem Sofa. Sie schlägt die Decke weg, mit der sie sich gerade zugedeckt hat und sieht mich mit erwartungsvollem Blick an.

Sofort setze ich mich neben sie und kuschle mich mit unter ihre Decke. »Sehr gerne«, antworte ich leise. Ein Gefühl von Geborgenheit macht sich in mir breit und ich fühle mich wieder wie ich selbst.

Celine schaltet den Fernseher an, der gefühlt doppelt so groß ist wie meiner. »So wie immer?«, wendet sie sich fragend an mich.

»So wie immer.«

Ich kuschle mich noch näher an sie und Celine startet: *Modern Family.* Das ist unsere absolute Lieblingsserie und wir könnten sie immer wieder aufs Neue ansehen. Keine Ahnung was es genau damit auf sich hat, doch ich habe eine emotionale Bindung zu diesen Charakteren. Es fühlt sich an wie ein zweites Zuhause.

Zwanzig Minuten später klingelt der Wecker, das bedeutet, unsere Muffins sind endlich fertig. Wir pausieren die Serie und stehen gemeinsam auf, um in die Küche zu laufen. *Ich bin mal gespannt, ob sie uns gelungen sind.*

Celine stülpt sich die Backofenhandschuhe über die Hände und holt das Blech zur Hälfte heraus, um erst einmal mit einem Zahnstocher zu prüfen, ob sie durch sind. Sie sticht in den Muffin hinein und ich sehe ganz gespannt zu, wie sie den Holzstocher wieder herauszieht. Kein Teig klebt daran, das heißt, sie sind fertig. Sie sehen gar nicht mal so übel aus, muss ich gestehen.

»Also dann lass sie uns probieren.« Auf mein Wort nehmen wir uns beide einen Muffin, welcher noch ein wenig heiß ist und beißen hinein. *Mhmm.* Das sind definitiv die besten Muffins, die ich je probiert habe und zum ersten Mal seit langem, habe ich wieder Hunger und nehme mir gleich einen Zweiten.

Als Celine das sieht lächelt sie mich mit einem weiten Grinsen an. »Wie wäre es, wenn wir am Wochenende auf eine Party gehen? Ist auch nur eine private, also werden bestimmt nicht so viele Leute da sein.«

Langsam kaue ich auf meinem Muffin herum und denke angestrengt nach. Ich weiß nicht, ob ich schon bereit bin auf eine Party zu gehen. Immerhin war ich vor ein paar Wochen, aufgrund der Trauerbewältigung noch außer Stande irgendetwas zu tun. Andererseits sollte ich mich ablenken, ich kann ja nicht für immer so weitermachen und Eleanor hätte gewollt, dass ich Spaß habe.

»Ach komm schon, das wird witzig«, muntert Celine mich auf.

»Wird Adam dort sein?«, frage ich mit geneigtem Kopf.

Sie spielt mit ihren Haaren und ich bemerke, wie nervös sie ist. »Nun ja, wahrscheinlich schon, aber das Haus ist riesig, da laufen wir ihm bestimmt nicht über den Weg.« Nach einem kurzen Zögern fügt sie noch etwas hinzu. »Das, was er zu dir gesagt hat, als du das erste Mal wieder in der Schule warst, war gelogen. Wir waren nicht auf Jaydens Geburtstagsparty. Er hat sich nur zu sehr geschämt, den echten Grund zu erzählen.«

Ich mustere sie mit großen Augen und kann mir nicht vorstellen, was der Grund für sein Verhalten sein könnte. Die ganze Zeit habe ich gedacht, die beiden hätten Ellie vergessen … doch jetzt gibt es einen kleinen Hoffnungsschimmer, dass dies vielleicht nicht der Fall ist.

»Wieso, was ist der eigentliche Grund?«, frage ich.

»Versprichst du mir, dass du mich danach nicht hassen wirst?«

»Das sage ich dir danach.«

Celine beginnt damit, all ihre Finger zu knacken. *Sie hat Stress, wieso nur?* »Also, nun ja, nachdem Adam erfahren hat, dass Eleanors Beerdigung am Wochenende stattfindet, war er am Boden zerstört. Er hat geheult, Audrey. Ich habe ihn in den Arm genommen und getröstet und dabei selbst eine Menge Tränen vergossen. Danach haben wir uns jeden Tag verabredet, um uns abzulenken und nun ja, dann hat er begonnen, mich zu küssen. Ich wollte eigentlich nichts von ihm, aber es war als würde ich dadurch kurz den Schmerz vergessen und ihn durch eine schöne Erinnerung ersetzten.«

Für einen kurzen Moment hält sie inne und fährt sich durch die Haare. »Dann, als der Tag der Beerdigung bevorstand, wollten wir eigentlich schon los. Wir hatten uns fertig gemacht und es war Zeit, da ist er zusammengebrochen und hat am ganzen Körper angefangen zu zittern. Er konnte nicht dorthin und ich bin bei ihm geblieben. Auf jeden Fall… na ja dann wollte er das alles vergessen, und… wir haben miteinander geschlafen.«

Das hat gesessen.

Ich muss das erst einmal verdauen, das sind definitiv zu viele Informationen auf einmal. Mit einem rauen Gefühl im Hals schlucke ich laut, nehme mir eilig ein Glas Wasser und trinke einen großen Schluck. Immer noch nicht besser.

Celine schaut angespannt zu mir. »Sag doch was, bitte.«

Ich sammle mich und öffne schließlich meinen Mund. »Du hast mit ihm geschlafen?«

Sie sieht beschämend auf den Boden und quetscht ein leises: *Ja*, heraus.

»Weiß Adam, dass er dein erstes Mal war?«, frage ich vorsichtig.

Sie schüttelt den Kopf und in diesem Augenblick bemerke ich, dass ich nicht die einzige Person bin, die wegen Eleanors Tod leidet und ich habe das viel zu spät realisiert. Voller Mitgefühl gehe ich auf meine Freundin zu und nehme sie in den Arm. Ich halte sie so, wie sie es früher bei mir getan hat. *Freunde sind füreinander da, nicht wahr? In guten als auch in schlechten Zeiten.*

»Alles ist gut, ich bin nicht sauer«, versichere ich ihr, während ich sie schützend in den Arm nehme. Eine kleine Träne ihrerseits tropft auf mein Oberteil, woraufhin ich sie noch fester an mich drücke.

Nach ein paar Minuten löst sie sich von mir, wischt sich die Tränen aus dem Gesicht und lächelt mich mit verquollenen Augen an. »Also kommst du nun mit zur Party?«

Ich seufze laut auf und gebe mich geschlagen.

14

Easton

Mein Schädel dröhnt immer noch vor Schmerzen, sodass es kaum auszuhalten ist. Widerwillig öffne ich meine Augen und schlage mit meiner Hand auf den Wecker, um das nervige Piepen auszuschalten.

Mein Bruder hat gestern meine Wunden verarztet und danach bin ich sofort ins Bett gegangen. Dort habe ich meinen restlichen Tag verbracht, weswegen ich den Filmabend mit Avery verschieben musste. Ich kann mir ihren enttäuschten Blick regelrecht vorstellen.

Stöhnend drehe ich mich in meinem Bett umher und würde gerne für immer dort liegen bleiben, aber ich habe nun mal Schule also rapple ich mich auf und setzte mich erst einmal aufrecht hin.

Kaum, dass ich vor dem Spiegel stehe, erkenne ich, wie schlimm ich überhaupt aussehe. Mein linkes Auge kann ich nicht ganz öffnen, es ist lila-blau angeschwollen und überall in meinem Gesicht sind Pflaster, unter denen das Blut herausquillt.

Meine Lippen sind aufgeplatzt und ich schmecke deutlich den Geschmack von Blut in meinem Mund. Meine Hand ist höchstwahrscheinlich verstaucht, so wie es sich anfühlt. Silas hat gestern lediglich einen Verband herumgewickelt, denn um zum Arzt zu gehen fehlt uns das Geld.

»Wir müssen los!«, rufe ich nach Avery, die bereits angekleidet im Gang steht und bereit zum Gehen ist. Als ihr Blick auf mein Gesicht fällt, zuckt sie erschrocken zusammen.

Shit.

Sanft streiche ich ihr über den Kopf und gebe meiner kleinen Schwester einen Kuss auf die Stirn. »Alles ist gut, Aves. Ich bin mit dem Fahrrad hingefallen, aber das ist halb so schlimm.«

Ich muss dafür sorgen, dass ich sie so weit wie möglich von all dem Elend fernhalten. Sie ist mein Sonnenschein und ich werde nicht dabei zusehen, wie sie langsam ihr Strahlen verliert.

»Woah, was ist mit dir passiert?«, begrüßt mich Aaron besorgt, als ich in unseren Kursraum trete. Mit ernstem Blick schüttle ich den Kopf. »Nicht jetzt, Aaron.«

Schnell laufe ich an meinen Platz und setze mich mit geneigtem Kopf. Manche sehen mich mit komischen Blicken an und ich höre, wie die Mädchen aus meinem Kurs über mich reden. Doch das ist mir gerade so ziemlich egal. Ich muss ständig an *ihn* denken. Bei dem Versuch mir etwas anderes Vorzustellen scheitere ich erbarmungslos. Jedes verfickte Mal bleibe ich an gestern hängen und die schmerzhaften Gefühle kommen zum Vorschein.

Mein Vater will eine Familie, nur nicht unsere.

Der Unterricht vergeht wie in Zeitlupe und als endlich die Pausenglocke klingelt, springe ich sofort auf, um an die frische Luft zu gelangen. Es tut gut und ich spüre wie sich meine Lunge füllt. Tief atme ich ein und konzentriere mich dabei ganz auf mich selbst.

»Hi.«

Ich werde aus meinen Gedanken gerissen und drehe mich um. *Wer hätte es gedacht, vor mir steht Audrey.*

»Easton, was ist denn mit dir passiert?«, entfährt es ihr schreckhaft, als ihr Blick auf mein Gesicht fällt. »Geht es dir gut?«

Verlegen kratze ich mich am Nacken und sehe ihr in die Augen. »Hi, Audrey, ja mir geht es gut. Sieht schlimmer aus, als es ist.«

Sie blickt mich ein bisschen misstrauisch an, fragt aber zum Glück nicht weiter nach. Ein kleines Grinsen macht sich auf ihren Lippen erkennbar und auf einmal fange ich auch an zu Lächeln.

»Und wie geht es dir sonst so?«, fragt sie sanft.

Amüsant sehe ich zu, wie sie von dem einen auf den anderen Fuß geht, mit ihren Händen in den Haaren fuchtelt und herumstammelt. Sie sieht süß aus, wenn sie nervös ist. Verdammt süß.

»Mir geht es gut und dir?«, entgegne ich schlussendlich. Es ist eine Lüge, doch ich bin noch nicht bereit, mir einzugestehen, wie sehr mich diese Situation wirklich verletzt.

Ihr Grinsen wird nun zu einem übergroßen Lächeln und aufgeregt redet sie weiter. »Schön, mir geht es auch ganz gut. Nun ja, den Umständen entsprechen.«

Auf einmal halte ich inne, wie aus dem nichts, kommt mir die Eingebung, dass ich mich mit Audrey unterhalte. Die Erinnerung an das, was geschehen ist, trifft mich wie ein Schlag ins Gesicht. Ich kann das nicht tun und je länger ich mit ihr zusammen bin, desto mehr schließe ich sie in mein Herz und danach gibt es kein Zurück mehr.

Meine Mundwinkel senken sich wieder nach unten und ich schaue verlegen zu Boden. »Dann, tschüss.« Damit verabschiede ich mich knapp, ohne ihre Antwort überhaupt abzuwarten, lasse ich sie alleine stehen.

Ich fühle mich scheiße, extrem scheiße. Sie hat so jemanden wie mich nicht verdient und kann überhaupt nichts für mein Verhalten. Nur ich weiß ganz genau, wenn ich sie in mein Leben lassen, würde ich sie früher oder später verletzen.

Ich bin Gift für sie, aber sie ist meine Heilung.

Kaum bin ich nicht mehr von Audrey abgelenkt, schießen erneut die Erinnerungen meines Vaters in meinen Kopf. Unsere Familie musste früher, als George noch bei uns gewohnt hat, viel miterleben. Nachdem unsere Mutter Lane gestorben ist, wurde das alles zu viel für meinen Vater. Er hat wieder mit dem Trinken begonnen und war ein komplett anderer Mensch.

So ging das ein paar Jahre. Durch den Alkohol verwandelte er sich in ein aggressives Monster und zeigte uns, was *richtige Erziehung* sei. Eines Abends fand ich meine kleine Schwester heulend in ihrem Zimmer vor. Überall auf ihrem kleinen, zierlichen Körper waren blaue Flecken.

Sie war fünf, fünf Jahre alt.

In diesem Moment zerbrach mein Herz in tausend Stücke und ich sah meinen Vater nie wie zuvor.

Irgendwann war er dann verschwunden ohne irgendetwas zu sagen. Kein Brief, keine Nachricht, nichts. Genau das war der Zeitpunkt, an dem ich mich um alle kümmern musste. Mein Bruder hat sein Studium abgebrochen, um sofort arbeiten zu können, und hat die Vormundschaft für uns beantragt. Wir hatten fast kein Geld und konnten uns etwas wie warmes Wasser, viel Essen oder neue Klamotten nicht leisten.

Das Jugendamt hat uns anfangs wöchentlich einen Besuch abgestattet, doch wir wollten um keinen Preis, dass unsere Familie getrennt wird, daher haben wir sie nicht alles sehen lassen.

Zuerst hat George noch Unterhalt gezahlt, doch dann hat das ebenfalls aufgehört und wir waren so dumm und haben nie etwas gesagt. *Lag es daran, dass wir Angst hatten? Womöglich.*

Ich war derjenige, der sich um alle sorgen musste. Zu dieser Zeit war ich gerade einmal zwölf. Verdammte Scheiße, ich war noch ein Kind und sollte mit beschissenen Spielzeugautos spielen anstatt schon erwachsen zu werden.

Für meine Schwestern musste ich der Starke sein und für meinen Bruder die Unterstützung. Also ja, mag sein, dass ich dafür in die Hölle komme, aber ich wünschte, George wäre tot.

Er ist kein guter Mensch und ein schlimmer Vater.

Ich habe mir geschworen, wenn ich einmal Kinder bekomme, werde ich ein liebender Vater sein. Ich werde keine Hand an sie legen. Nicht so wie mein Vater.

Ich möchte nicht, dass meine Kinder vor Schreck jedes Mal zusammenzucken, wenn ich die Hand hebe. Ich möchte nicht, dass sie Angst haben, nachhause zu kommen, weil sie genau wissen, was sie dort erwartet. Ich möchte nicht das Monster in ihrem Leben sein. Ich möchte für sie da sein und sie nicht im Stich lassen, wenn sie mich am nötigsten brauchen.

Ich möchte, dass sie eine besser Kindheit als ich haben. So eine Kindheit, die meine Geschwister und ich verdient hätten.

15

Audrey

»Ich weiß nicht.« Unsicher zupfe ich an dem Saum meines Kleides. Es ist ein dunkelrotes, enges Samtkleid mit V-Ausschnitt, das mir gerade einmal über den Po geht. Passend dazu habe ich mir meine Nägel in einem ähnlichen Rotton lackiert, zu diesem Ereignis noch Mams alte Schuhe und fertig ist das Outfit.

»Du siehst heiß aus, Audrey«, versichert mir Celine.

Unwohl ziehe ich das Kleid weiter runter und schließe meine Strickjacke, damit mein Ausschnitt bedeckt bleibt.

Beunruhigt blickt mich meine Freundin an. »So kannst du aber nicht den ganzen Abend weiter machen. Die«, Celine öffnet meine Jacke und zieht sie mir aus. »bekommst du morgen wieder. Hab heute einfach ein bisschen Spaß.«

Ich will mich ja amüsieren, wirklich. Nur ist mir erstens das Kleid viel zu kurz und zweitens habe ich Angst, wieder eine Panikattacke zu bekommen. Den zweiten Punkt streiche ich sofort aus meinen Gedanken, Celine hat recht, ich werde heute Spaß haben.

Alles, was ich zu tun habe, ist, mich selbst davon zu überzeugen, dann glaube ich es vielleicht. Partys waren nie wirklich meine Stärke. Überall nur Teenager, die sich gegenseitig abfüllen und miteinander rummachen. Aber trotzdem habe ich immer mit den anderen zusammen gefeiert. Nur jetzt, ohne Eleanor, ist es einfach komisch, da das unser Ding war.

Angekommen vor Milos Haus richte ich noch ein letztes Mal meine Haare und dann gibt es kein Zurück mehr. Wir treten ein und ich kann es kaum fassen. *Dieses Haus!* Ich komme aus dem Staunen gar nicht mehr raus. Das hier ist überhaupt nichts im Vergleich zu Celines Haus und das ist ja schon riesig. Dieses hier könnte ja glatt mit einer Villa gleichgestellt werden.

»Hey«, begrüßt uns ein Junge mit goldblonden Locken, während er Celine breit angrinst. Mir ist er unbekannt, aber sie scheint ihn bereits zu kennen. Etwas schwankend schlingt er seine Arme um meine Freundin und ich kann deutlich an seinem Verhalten merken, wie betrunken er ist.

Insgeheim halte ich Ausschau nach Easton, denn er ist bestimmt auch hier. Ich gebe zu, ich finde ihn süß und vielleicht ist das der Augenblick, in dem es ein *nach* Timouty gibt. Denn zum ersten Mal kann ich wirklich behaupten, dass ich komplett mit ihm abgeschlossen habe.

»Wollt ihr was trinken?«, ertönt die Stimme des Typens. Celine nickt und ich tue es ihr gleich. Zusammen laufen wir in die Küche und er reicht zuerst Celine ein Mischgetränk. »Danke, Cody«, höre ich sie sagen.

Er neigt den Kopf zur Seite und bietet mir ebenfalls einen Drink an. Ich sehe aber nur misstrauisch zu ihm. »Ist da Alkohol drin?«

Cody fängt an zu lachen. »Natürlich, Kleines, was denkst du denn?«

Schnell schüttle ich den Kopf und schiebe das Getränk von mir weg. »Ich trinke keinen Alkohol. Gibt es hier auch was anderes?«

Cody sieht mich ungläubig an, als ob er noch nie eine Person getroffen hätte, die keinen Alkohol trinkt. Doch ich habe seit dem Unfall keinen Alkohol mehr zu mir genommen und ich möchte, dass das so bleibt. Wenn ich ehrlich bin, habe ich Angst davor. *Angst, mich wieder so zu fühlen. Wären wir nicht so betrunken gewesen, wäre es eventuell nicht passiert...*

Er zuckt mit den Schultern, nimmt den Becher wieder an sich und drückt mir eine Flasche Cola in die Hand. »Da, füll dir selbst was ab.« Nach diesen Worten verschwindet er und ich sehe ihm fassungslos nach.

»Es tut mir leid, normalerweise ist er ganz anders«, bringt Celine bedrückt hervor.

Ich zwinge mich, ein Lächeln aufzusetzen, und fülle etwas Cola in einen Pappbecher, der neben uns auf dem Küchentresen bereitsteht.

»Ist es in Ordnung, wenn ich mal kurz nach Adam sehe?«

Bitte lass mich nicht allein. »Klar.«

»Sicher? Ich würde auch hierbleiben, wenn du dich alleine unwohl fühlst«, fragt sie mich mit bedacht und legt ihre Hand auf meine Schulter. Ich weiß, dass sie es tun würde und das ist durchaus das, was ich in dem Moment am liebsten wollen würde, doch ich *muss* auch alleine klarkommen.

»Ich schaffe das, keine Sorge.« *Ich schaffe das nicht.*

»Die anderen sind sicherlich auch hier, bestimmt kannst du solange zu ihnen«, setzt sie mich in Kenntnis, bevor sie meine Schulter loslässt und sich an mir vorbeidrängt.

Paranoid schaue ich mich um, in der Angst, mich würde jemand darauf ansprechen, was passiert ist. Dieses Gefühl verdränge ich schnell wieder, aber es lässt mich nicht los und auf einmal fühlt sich alles so eng an. Es ist, als würde mir die Luft zum Atmen genommen werden.

Schnell drücke ich mich an den Menschen vorbei, um in den Garten zu gelangen. Als sich meine Lungen mit der frischen Nachtluft füllen, atme ich erleichtert aus. *Das ist alles nur in meinem Kopf und ich muss endlich damit klarkommen.*

Mein Blick schweift draußen umher. Es baden ein paar Leute im Pool, wobei es nicht gerade warm ist, die anderen rauchen oder unterhalten sich miteinander.

Auf einmal erblicke ich in der ganzen Menschenmenge ein bekanntes Gesicht. »Easton, hey.« Freudig fangen meine Augen an zu strahlen. Er sitzt mit ein paar Jungs zusammen und unterhält sich angeregt mit ihnen.

Easton lächelt kurz und hebt seine Hand, aber es erscheint mir eher gezwungen. Wieso ist er so? Ich meine, hat er eine Freundin oder warum wirkt er immer so kalt? Selbst wenn das jetzt wahrscheinlich eine sehr dumme Idee von mir ist, welche ich im Nachhinein sicherlich bereuen werde, gehe ich auf ihn zu. Mein Ego ist einfach viel zu groß, um mich damit abzufinden. Ich muss es wenigstens einmal versucht haben.

»Was ein Zufall, dass wir uns hier sehen«, gebe ich von mir.

Er starrt mich mit leerem Ausdruck an und sagt nichts.

Jetzt bereue ich es, hingegangen zu sein. Er will mich anscheinend nicht dahaben und nun ist es unangenehm. Verlegen gehe ich von einem auf das andere Bein und als er nach ein paar Minuten immer noch nichts sagt, meldet sich ein Typ der neben ihm sitzt zu Wort. »Setz dich doch zu uns. Ich bin Aaron« Er zeigt auf den Stuhl gegenüber von sich. »Wer bist du überhaupt? Ich habe dich nur einmal gesehen, als du mit Easton im Gang geredet hast«, erkundigt er sich neugierig.

Eins steht fest, ich mag ihn. Er kommt mir sehr sympathisch rüber und scheint sich wirklich für mich zu interessieren, wie auch überraschenderweise die anderen Typen.

Ich setzte schon zum Reden an, da unterbricht mich Easton. »Sie ist niemand, okay? Ich weiß auch nicht, weshalb sie ständig hier ist, aber das hat nichts zu bedeuten.«

Seine Worte treffen mich eiskalt ins Herz. Mich erfasst ein tiefer Schmerz, ein völlig neuer, nicht wie der, den ich schon erlebt habe. *Er hat keine Freundin, er interessiert sich nur nicht für mich. Wie konnte ich nur denken, dass er auf irgendeine Weise Interesse an mir hat?*

Easton ist schon stark betrunken und der strenge Geruch von Alkohols strömt mir in die Nase. Eine Träne fließt mir die Wange hinunter, jedoch wische ich sie gleich wieder weg. Er soll nicht denken, es würde mir irgendetwas ausmachen. Doch das tut es und das bringt mich um den Verstand, denn ich kenne ihn nicht einmal.

»Ey man, musste das sein?«, höre ich Aarons Stimme noch, aber da bin ich auch schon weg. *Wieso war ich so naiv?* Was am meisten weh tut, ist, dass ich wirklich dachte, ich hätte eine Chance bei ihm. Es fällt mir schwer, nicht die Fassung zu verlieren und ich kämpfe mit den Tränen. Von Anfang an wusste ich, dass das eine bescheuerte Idee ist. Wäre ich bloß nicht hierhergegangen …

Schnell verstecke ich mein Gesicht und atme einmal tief durch, um mich zu beruhigen, denn Joey, Juliet und Asher kommen auf mich zugelaufen.

»Hey, Audrey«, begrüßen sie mich und ein kleines Lächeln bildet sich auf Joeys Gesicht. Es ist schön, sie alle wieder bei mir zu haben, aber im Moment bin ich einfach zu aufgebracht, um einen klaren Kopf zu behalten.

»Wo sind Celine und Adam?« Fragend wende ich mich an die Drei.

Asher grinst schmutzig, zieht seine Augenbrauen nach oben und öffnet seinen Mund. »Die mussten mal aufs Klo, wenn du verstehst«, erwidert er mit hoher Stimme.

Aha.

Asher kommt ein Schritt näher und flüstert mir etwas zu. »Ich habe hier ein paar süße Jungs gesehen. Das ist mein Zeichen, zu verschwinden. Wenn du Louis siehst, kannst du ihn mal zu mir schicken.« Er wackelt mit seinem Oberkörper und formt mit seinen Lippen einen Kussmund. »Tschüss, ihr Süßen«, ruft er und läuft tanzend in die Menschenmenge.

»Nun ja, ich weiß nicht, wie es bei euch aussieht, aber ich brauche jetzt einen richtigen Drink. Wer will auch einen?«, frage ich die beiden und überspiele meine Traurigkeit.

Jules runzelt ihre Stirn und sieht mich verwirrt an. »Ich dachte, du trinkst nicht mehr.« *Woher weiß sie das denn jetzt schon wieder?*

Angespannt lege ich meinen Kopf in den Nacken und zucke desinteressiert mit den Schultern. »Dann habe ich eben meine Meinung geändert«, antworte ich schlicht und mache mich auf den Weg zur Küche.

Kaum bin ich angekommen, starte ich mit dem ersten Shot. Angeekelt verziehe ich meine Miene. Das brennt fürchterlich, aber es wird helfen. Daraufhin exe ich gleich noch einen zweiten.

»Nicht so schnell, lass ihn erstmal wirken«, gibt Joey von sich. Ich zucke allerdings nur mit den Schultern und greife nach einem roten Pappbecher. Ich weiß nicht einmal, was dort drin ist, aber es wird schon irgendwas mit Alkohol sein.

»Alles gut bei dir? Das sieht nicht nach dir aus.« Besorgt hält mich Joey am Arm fest. *Das sieht nicht nach mir aus? Ich habe früher auch schon Alkohol getrunken also was ist das Problem?*

»Ach ja? Vielleicht ist das ja mein wahres Ich. Mir ging es nie besser.« Damit beende ich meinen Satz, schütte das Getränk runter und hole mir schnell noch ein neues, bevor ich in der Menschenmenge verschwinde. Schon kommen Gewissensbisse und ich fühle mich mies. Sie sorgen sich nur um mich und ich dreh so durch und das wegen eines Typens, den ich nicht einmal richtig kenne. Aber sie wollten, dass ich auf diese scheiß Party gehe, also bin ich jetzt hier und verhalte mich so wie alle anderen.

Eilig mische ich mich unter die Menge und fange an zu tanzen. Mir ist egal, was die anderen davon halten, ich will einfach nur ein normaler Teenager sein.

Die Zeit vergeht, und dabei werden noch ein paar mehr Drinks getrunken. Joey und Juliet haben mich in Ruhe gelassen, keine Ahnung, wo die jetzt sind, und Celine knutscht bestimmt gerade mit Adam.

Im Augenwinkel erkenne ich, wie sich draußen auf der Terrasse ein großer Kreis bildet, worauf ich amüsiert ebenfalls nach draußen laufe, um mir das Geschehen genauer anzusehen.

»Willst du Flaschendrehen mitspielen?«, ertönt die Stimme, eines Typen, den ich nur verschwommen sehe.

»Das ist doch für Kinder«, bringe ich benommen hervor.

Er lächelt mir zu, während er antwortet. »Nicht so, wie wir es hier spielen. Also?«

Ich nicke und setzte mich dazu.

»Hier.« Der Typ reicht mir eine leere Flasche, die ich mit einem breiten Lächeln auf dem Gesicht drehe. Als ich jedoch sehe, auf wen sie zeigt, verschwindet mein Lächeln.

»Das mache ich nicht«, höre ich Easton kühl sagen.

Der Alkohol wirkt und ich kann das nicht auf mir sitzen lassen. »Wieso? Traust du dich etwa nicht, hm?«, lalle ich und grinse schadenfreudig, als ich Wut in seinem Ausdruck erkenne.

»Dreh einfach nochmal«, fordert er und geht der Frage aus dem Weg.

»So funktioniert das Spiel aber nun mal nicht«, antworte ich hartnäckig.

Für mehrere Momente liegt sein Blick auf mir und ich wage es kaum, mich zu rühren, da ich die Angst verspüre, er könnte sich von mir abwenden.

»Das gebe ich mir nicht«, gibt er kühl von sich und verschwindet ins Haus hinein.

Automatisch springe ich ebenfalls auf und laufe ihm nach. Ich muss mich bemühen, mitzuhalten, denn er hechtet förmlich die Treppe nach oben und verschwindet in einem Zimmer.

»Warte mal!« Aufgebracht geht meine Stimme in die Höhe und ich presse meine Lippen aufeinander. »Was ist dein Problem? Wieso bist du auf einmal so kalt zu mir? Als wir letztens geschrieben haben, warst du ganz anders und ehrlich, ich weiß nicht, was ich falsch gemacht habe.«

Er steht mit dem Rücken zu mir und schweigt.

»Na super, ignoriere mich schön weiter. Weißt du, es ist mir jetzt auch egal, nur hättest du mir gleich am Anfang gesagt, dass du nichts von mir willst, hätte ich meine Zeit nicht verschwendet.«

Er rührt sich immer noch nicht und jetzt ist meine Geduld endgültig am Ende. Mit großen Schritten laufe ich auf ihn zu und reiße Easton zu mir herum. Tief blicke ich ihm in die Augen, seine wunderschönen, grünen Augen. Es sieht fast so aus als wären sie glasig, aber nein, das kann nicht sein.

Behutsam nehme ich sein Kinn in meine Hand und blicke flehend zu ihm. Er kämpft mit sich und ich merke, wie er zögert, bis er sich schließlich zu mir beugt.

16

Audrey

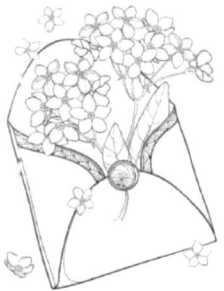

»Und du hast dich wirklich vor ihm übergeben?«

Beschämend bedecke ich mein rot anlaufendes Gesicht mit meinen Händen und schließe für einen Moment meine Augen. Ich kann mich nur noch verschwommen an den gestrigen Abend erinnern, aber das weiß ich noch ganz genau. »Bitte erinnere mich nicht daran. Du hättest sein Gesicht sehen müssen. Das ist so peinlich.«

Celine nimmt neben mir Platz und streicht mir durch mein zerzaustes Haar. »So schlimm ist es bestimmt nicht gewesen, Audrey. Du kannst ja nichts dafür, du hast nur zu viel getrunken«, versucht sie mich gerade zu beruhigen, falls ja klappt es ganz und gar nicht.

»Ich kann eine ganze Menge dafür, *weil* ich zu viel getrunken habe.« *Was wiederum an Eastons abweisender Art lag.*

»Nun …« Verlegen schielt sie zu mir hinüber und scheint wohl keine Ausrede darauf finden zu können.

Da trinke ich einmal etwas und schon passiert das. Ich hätte Easton einfach sofort in Ruhe lassen und diese verdammte Flasche nochmal drehen sollen. Aber wie es das Universum so wollte, habe ich mich vor ihm blamiert. Er wollte mich küssen… und ich habe mich übergeben. *Super.* Noch dazu habe ich einen extremen Kater und fühle mich scheiße, da ich meine Freunde so schlecht behandelt habe.

»Hoffentlich war er so dicht, dass er sich an nichts mehr erinnert«, bete ich und lasse mich stöhnend ins Bett zurückfallen. *Warum muss mein Leben nur so sein?* Ich weiß immer noch nicht, was Easton von mir denkt. Er hat mir deutlich klargemacht, dass er kein Interesse an mir hat, und nun das? Egal, wie betrunken ich war, ich kann mich noch genau erinnern, wie er sich vorgebeugt hat und mich küssen wollte. *Wieso müssen Jungs nur so kompliziert sein?*

»Jetzt mal Themawechsel«, fange ich an zu reden und grinse breit. »Wie war es gestern mit Adam?«

Celine läuft knallrot an und sieht mit verstohlenem Blick zu mir. Nervös rutscht sie auf der Stelle und geht sich durch die Haare. »Na ja, wir haben ein bisschen rumgemacht, mehr nicht.«

Herzhaft fange ich an zu lachen. »Mehr nicht? Wirklich?«

Verlegen kratzt sie sich am Nacken. »Okay, vielleicht, aber auch nur ganz vielleicht mehr.«

Gerade möchte ich weiterreden, da stürmt meine Mutter in mein Zimmer hinein. »Ich habe dir doch gesagt, dass du das mit der Monatsabrechnung klären sollst!«, ruft sie, aber ihre Stimme wird augenblicklich leiser, als sie Celine wahrnimmt. »Oh, Celine. Ich wusste gar nicht, dass du zu Besuch bist.«

Das Verhalten meiner Mutter ändert sich schlagartig und auf einmal ist sie so ruhig und gelassen, als wäre sie nicht gerade wie eine Furie in mein Zimmer gestürmt.

Celine richtet sich auf und räuspert sich. »Hallo, ich hoffe, es ist in Ordnung, dass ich hier bin. Falls ich gerade störe, kann ich auch wann anders wiederkommen.«

Meine Mutter fängt an zu Lächeln und erwidert dann zuckersüß: »Du bist hier immer willkommen, Celine. Ich lasse euch wieder allein.«

Wow, das war es jetzt echt wieder. Wenn meine Freunde dabei sind, ist meine Mutter die netteste Frau auf Erden, aber sobald sie alleine mit mir ist, verhält sie sich ganz anders. Ich weiß auch nicht, wieso sie sich dauernd beschwert, immerhin tue ich alles, was sie von mir verlangt.

Schweigend sehe ich zu Celine und hoffe inständig, dass sie mich nicht darauf anspricht. Jedoch weiß ich genau, dass etwas kommen wird, wenn ich jetzt nichts von mir gebe. »Sag nichts, bitte«, flehe ich sie an.

Ich kann und will darüber nicht reden. *Sie weiß zu wenig.* Eleanor war diejenige, die alles wusste. Sie kannte mich in- und auswendig, manchmal sogar besser als ich mich selbst. Es hat sich gut angefühlt, so sicher, weil ich immer wusste, egal was kommt, ich kann es ihr sagen.

Zwar denke ich, dass mich Celine verstehen würde, wenn ich den Mut hätte, ihr alles zu erzählen, aber etwas in mir weigert sich gewaltig dagegen.

»Wenn du jetzt allein sein willst, dann ist das okay. Ich kann gehen«, flüstert sie leise und scheint mich wohl auf eine Weise zu verstehen, bei der ich mich nicht erklären muss.

Ich neige den Kopf und zwinge mir ein Lächeln auf die Lippen. »Nein, alles gut, bleib hier.« *Denn ich schaffe das nicht allein.* Ablenkung ist nun das, was mir am meisten helfen wird und eine gute Freundin könnte dabei helfen. Still rutsche ich zu ihr aufs Bett und lege meinen Kopf auf ihre Schulter. »Weißt du eigentlich, wie froh ich bin, dich zu haben?«, frage ich leise.

Das weiß ich, Audrey.« Sie nimmt mich liebevoll in den Arm und lächelt. »Ich auch.«

Es tut so unfassbar gut, diese Worte zu hören, da ich diese Art von Zuneigung und Zuspruch *brauche.* Meine Zweifel ragen ins unermessliche, weswegen ich mir dauernd einreden muss, dass ich *nicht* allein bin.

Sie ist immer noch meine Celine, jemand, bei dem ich mich sicher fühle und … unbeschwert. Keine Ahnung, weshalb ich mich die letzten Wochen so sehr geweigert habe, sie an mich ranzulassen. Vielleicht hatte ich Angst, dieses Gefühl überhaupt nicht mehr zu spüren, und wollte nicht noch kaputter werden, als ich es eh schon bin. Doch jetzt, nachdem ich weiß, dass dieses Gefühl immer noch existiert und nicht verschwunden ist, bin ich einfach nur erleichtert.

Easton

Am nächsten Tag.

Mist, Mist, Mist.

Ich wollte sie küssen und sie weiß das.

Ich schiebe es auf den vielen Alkohol, den ich intus hatte. Da würde doch jeder in Versuchung kommen, oder?

Verzweifelt knirsche ich mit den Zähnen und kann mich kaum davon abbringen, ständig an ihre wunderschönen Augen zu denken. *Schon wieder tue ich das, was ich am wenigsten sollte.* Warum kann ich sie nicht einfach vergessen?

Das Schlimmste an der ganzen Sache ist, dass jedes verdammte Mal, wenn ich sie sehe, ich mir mehr Gedanken darüber mache, was ich für sie empfinde, und jedes Mal wird mein Verlangen stärker, sie genauer kennenzulernen.

Von Anfang an hätte ich auf Abstand gehen sollen.

Große Wut breitet sich in mir aus, denn all das ist nur wegen meines Vaters. Erneut muss ich für diese verdammte Kacke, die er gebaut hat, büßen. Wie immer. Jedes Mal, wenn ich Audrey ansehe, kommt mir mein Vater in den Sinn und es lässt mich nicht los.

»Easton? Hörst du mir zu?«

Scheiße, ich bin total abgeschweift, da habe ich überhaupt nicht mehr auf Aaron geachtet, der neben mir steht und schon die ganze Zeit über irgendetwas spricht. Wenn ich ehrlich bin, habe ich wirklich Angst, auf Audrey zu treffen, denn wenn sie mich fragen würde, was jetzt mit uns ist oder wieso ich sie küssen wollte, wüsste ich nicht, was ich entgegnen sollte. Ich gebe zu, ich will sie immer noch küssen, das kann ich nicht mehr auf den Alkohol schieben, aber das darf sie nie erfahren.

»Jap, noch da« antworte ich knapp.

»Ich mache mir Sorgen«, wiederholt er sich.

Er macht sich Sorgen.

Er macht sich Sorgen.

Er macht sich Sorgen.

»Du musst dir keine Sorgen um mich machen, Aaron.« Doch diese Lüge scheint er mir nicht zu glauben. Womöglich würde ich sie mir selbst nicht einmal glauben.

»Dein Gesicht und Arm sehen wirklich nicht gut aus, du bist so abwesend und sagst mir nicht, was passiert ist. Ich akzeptiere das nur … du kannst mir nicht verübeln, wenn ich mir Sorgen mache.«

Aaron kennt mich so gut, besser als ich mich selbst. Ihm habe ich fast alles erzählt, das Einzige, was nie so wirklich zur Sprache gekommen ist, ist George. Aaron weiß, dass er verschwunden und so ziemlich der größte Arsch überhaupt ist, mehr nicht. Ein Teil von ihm möchte ihm *alles* anvertrauen, doch ich schätze, es ist besser, wenn ich gewisse Dinge bei mir lasse.

»Tut mir leid … es war nur sehr *stressig.*« So kann man es auch ausdrücken. Stress ist auf keine Weise das richtige Wort für das, was ich verspüre. »Mach dir um mich keine Gedanken.«

Er seufzt. »Du bist mein bester Freund, ich mache mir immer Gedanken um dich.«

Worte können nicht beschreiben, wie dankbar ich für ihn bin.

»Und du bist mein bester Freund.«

Für eine kurze Zeit schmunzelt er, zieht seine Augenbrauen in die Höhe und sieht mich schließlich vorwurfsvoll an. »Was war eigentlich auf der Party mit dir los? Du warst voll unhöflich zu diesem Mädchen. Wie heißt sie nochmal? Allie?«

»Audrey«, verbessere ich ihn augenblicklich.

»Ja schön, dann eben Audrey. Sie scheint doch ganz nett zu sein.«

Einen Moment halte ich inne, um zu überdenken, was ich als nächstes sage. Wenn ich ihm erzähle, dass ich nichts mit ihr zu tun haben sollte, will er wissen, wieso, aber wenn ich antworte, dass es mir egal ist, wird er mir das sowieso nicht glauben. »Sie ist einfach total nervig und ich will nicht, dass andere Mädchen denken, sie wäre meine Freundin«, gebe ich schließlich von mir.

Er nickt und es scheint so, als würde er mir das wirklich abkaufen. »Sag so etwas doch einfach gleich. Du machst immer so ein Geheimnis daraus.«

Denn es ist mein Geheimnis. Audrey ist diejenige, über die ich mit niemandem reden kann. Und das ist das größte Problem.

»Und was war mit dir auf der Party? Ich habe gesehen, wie du mit Sofia in ein Schlafzimmer gegangen bist«, wechsle ich schnell das Thema, um Aaron von dem Gedanken Audrey abzubringen.

»Wir wollten einfach an einen ruhigen Ort«, entgegnet er.

Ich sehe ihn schief an. »Bestimmt.«

»Nein, wirklich, wir haben nicht miteinander geschlafen«, versichert er mir und das mit solch einer Wahrhaftigkeit, dass ich keinen Moment zweifle, dass dies die Wahrheit ist.

»Ich liebe sie wirklich«, gibt er nun von sich.

Meine Mundwinkel bewegen sich nach oben und mir entweicht ein Schmunzeln. *Ich liebe sie wirklich,* diese Worte habe ich ja noch nie aus seinem Mund gehört. Der Beziehungstyp war er vor Sofia nicht, jedoch kann ich mich auch nicht wirklich daran erinnern, dass es ein *vor* mit seinem jetzigen Ich gab. Sofia hat ihn deutlich ins positive Verändert.

»Das freut mich wirklich für dich. Ich muss sie unbedingt richtig kennenlernen«, entgegne ich schmunzelnd.

Aaron grinst und nickt hastig. »Klar, ich will auch unbedingt, dass du sie besser kennenlernst.«

Für kurze Zeit konnte mein Herz sich erholen, doch als ich *ihre* Stimme vernehme, rutscht es mir glatt in die Hose. »Hey, können wir mal reden?«

Ich wage es nicht, mich umzudrehen, denn ich möchte nicht wahrhaben, dass sie es wirklich ist. Allerdings würde ich jederzeit ihre Stimme erkennen. Es gibt keine Zweifel, dass das Audrey ist.

Bleib ruhig, spreche ich zu mir selbst. Ich darf erst recht nicht vor Aaron die Fassung verlieren. Er denkt, ich will nichts mit ihr zu tun haben, weil sie nervig ist, also muss ich das schweren Herzens so rüberbringen.

Langsam drehe ich mich um und sehe verlegen an ihr vorbei. »Ich habe nichts zu sagen, also nein«, antworte ich kühl und es fühlt sich wie ein Stich ins Herz an, als ich sehe wie ihre Mundwinkel nach unten wandern. Kurz darauf sieht sie aber gar nicht mehr traurig aus eher... wütend.

»Ich habe aber etwas zu sagen und wenn du nicht mit mir alleine reden willst, mache ich das eben hier.« Sie räuspert sich. »Ich habe keine Ahnung, was ich falsch gemacht habe. Erst hilfst du mir, als ich zusammengebrochen bin und danach willst du nichts von mir wissen? Als wir dann wiederum geschrieben haben, sah das ganz anders aus und dann als wir in der Pause geredet haben, warst du am Anfang noch normal und auf einmal bist du wieder kalt und verschwindest einfach. Letztens auf der Party blamierst du mich vor allen, ignorierst mich und nach dem Flaschendrehen warst du derjenige, der mich küssen wollte und jetzt bist du es wieder, der kalt ist.«

Nein.

Nein.

Nein.

Ich schlucke schwer und kralle die Fingernägel in meine Haut. Es ist eine Weise, mit meiner Nervosität umzugehen und scheint zumindest etwas zu helfen.

Mein Blick schweift zu Aaron, welcher mich mit offenem Mund anstarrt. »Du wolltest sie küssen? Ich dachte, du findest sie so nervig«, entfährt es ihm.

Schuldig sehe ich meinen besten Freund an, wende mich allerdings schnellstmöglich an Audrey. »Können wir alleine weiterreden?«

Das hätte ich womöglich lieber nicht sagen sollen, denn ihr Kopf läuft so rot an, als würde er gleich explodieren. »Ist das dein Ernst?!« Sie atmet einmal tief durch und wendet sich dann wieder zu mir. Zuckersüß entfährt es ihr. »Das kannst du auch hier sagen oder willst du etwa nicht, dass dein Freund das hört?«

Verlegen kratze ich mich am Kopf.

»Hallo, gehts noch?! Wieso sagst du mir nichts?«, mischt sich Aaron nun wieder ein.

»Was hast du ihm denn erzählt, hm?«, fragt Audrey aufgebracht.

Das geht in eine komplett falsche Richtung die ich auf keine Weise vorhergesehen hätte. Nervös beiße ich mir auf die Zunge und überlege, was ich jetzt am besten sagen soll, um da wieder rauszukommen. Audrey schnauft laut und setzt erneut zum Reden an, aber Gott sei Dank dongt in diesem Moment die Schulglocke.

Ohne ein weiteres Wort zu sagen, verschwinde ich so schnell es geht ins Schulgebäude. Ich weiß, dass ich beiden noch eine Erklärung schuldig bin, aber ich muss mir jetzt ganz genau überlegen, was ich sagen kann.

17

Audrey

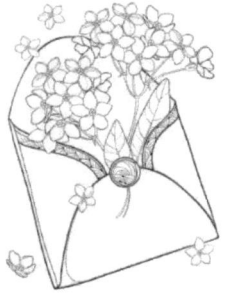

Heute ist mal wieder einer dieser Tage, an denen ich am liebsten, die ganze Zeit im Bett bleiben würde.

Sie fehlt mir.

Eleanor sollte hier sein und sich mein Gejammer über Easton anhören, aber stattdessen sitze ich hier alleine und fühle mich einfach nur leer. Auch wenn sie selbst noch nie in einer Beziehung war, hatte sie stets die besten Ratschläge für mich. Was soll ich nun ohne ihren Rat machen? Jetzt muss ich alleine entscheiden, was das Beste ist.

Seufzend falle ich in mein Bett zurück, doch auf einmal kommt mir etwas in den Sinn. Ich stehe hastig auf und renne aus meinem Zimmer. »Mam, weißt du noch, wo meine Kiste mit den alten Kuscheltieren ist?«, schreie ich durchs ganze Haus und umfasse das Treppengerüst.

»Die müsste noch auf dem Dachboden sein, aber mach mir da ja keine Unordnung«, antwortet sie mir und mit einem knappen: *Yes Ma'am*, antworte ich ihr.

Schleunig renne ich nach oben und öffne die Tür zum Dachboden. Mein Blick schweift zwischen den verschiedenen Kisten hin und her, bis mir schließlich das, was ich suche ins Auge springt. Mit gekrümmtem Rücken öffne ich eine Kiste, in der viele meiner alten Kuscheltiere aufbewahrt werden. Kurzerhand wühle ich darin herum und hole ein grünfarbenes Monster heraus.

Es ist ein Sorgenfresser.

Eleanor hat ihn mir damals zu einem meiner Kindergeburtstage geschenkt und sie hat ebenfalls einen an ihrem Geburtstag von mir bekommen. Wenn es momentan niemanden gibt, der sich meine Sorgen anhört, schreibe ich sie eben auf. Das war schon immer mein Weg, mit meinen Gefühlen umzugehen. Kann ich nicht darüber reden, schreibe ich. Es fühlt sich gut an und gleichzeitig ist es lang nicht so angsteinflößend als meine Sorgen wirklich mit jemandem zu teilen.

Mit der rechten Hand packe ich die anderen Kuscheltiere wieder in die Kiste hinein und schiebe sie an ihren ursprünglichen Platz zurück. Unten in meinem Zimmer angelangt, setze ich mich an meinen Tisch und beginne zu schreiben.

Lieber Sorgenfresser,

ich weiß es ist schon sehr lange her, seit ich dir das letzte Mal geschrieben habe, aber ich hoffe, du hast trotzdem noch ein bisschen Platz für meine Sorgen. Seitdem Ellie gestorben ist, habe ich das Gefühl, ein Teil von mir wäre an diesem Tag auch gestorben. ich lebe nicht mehr, ich überlebe. Jeden Tag aufs Neue. Und selbst wenn es manchmal ein paar schöne Momente gibt, in denen ich fröhlich bin, holt mich am Abend alles wieder ein. Die ganze Trauer, der Fakt, dass sie nicht dabei war und immer diese wahnsinnigen Schuldgefühle. ich fühle mich schlecht, wenn ich fröhlich bin, weil es mir gut geht. Sollte es mir nicht eigentlich stets schlecht gehen? Es ist jetzt gerade einmal ein Monat vergangen, seit sie nicht mehr bei mir ist. Andererseits weiß ich, dass sie wollen würde, dass ich wieder Freude am Leben finde. Aber ich weiß beim besten Willen nicht, wie ich das hinbekommen soll. Zusätzlich mache ich mir auch noch dumme Sorgen, wegen eines Jungens, den ich nicht einmal richtig kenne. Aber weißt du was, das ist mir jetzt auch egal! Er hat seine Chance gehabt. ich dachte, er wäre anders als Timouty, aber anscheinend sind sie doch alle gleich. ich will einfach wieder leben, nichts mehr.

Audrey

Seufzend lege ich den Stift beiseite und falte das Stück Papier, um es daraufhin in den Mund des Sorgenfressers hineinzustopfen. Er ist fast voll und übersäht von Briefen. *All meine Sorgen auf einem Haufen.* Einen Moment halte ich inne, bis ich schließlich die alten Zettel herausziehe und einen nach dem anderen öffne.

Lieber Sorgenfresser,
Carlos ist so toll! ich will, dass er mit mir Händchen hält. ich habe Angst, dass er mich nicht mag.

Lieber Sorgenfresser,
mein Kuscheltier Bruno ist verschwunden und ich habe Angst, ohne ihn einzuschlafen. Hoffentlich finde ich ihn bald wieder.

Lieber Sorgenfresser,
bitte mach, dass mein Papa bald wieder
gesund wird.

Lieber Sorgenfresser,
ich will jeden Tag Kartoffelbrei essen.

Als ich das lese, muss ich breit grinsen. Was ich bloß früher für
Sorgen hatte. Schmunzelnd lese ich weiter.

Lieber Sorgenfresser,
bitte mach, dass Mama nicht mehr sauer
auf mich ist. Ich habe niemandem gesagt,
woher das blaue Auge ist, wirklich. Aber
Mama will mir nicht glauben und denkt,
ich hätte es Rina erzählt.

Mein Lächeln erlischt in Sekundenschnelle. Die Wunde ist zwar alt,
aber sie schmerzt immer noch und nachdem ich diese Worte gelesen
habe kommt es mir so vor, als wäre sie auf gewaltvolle Weise erneut
aufgeschlitzt worden und blutet nun wieder genauso stark wie am

Anfang. Ohne groß nachzudenken, zerreiße ich den Zettel und schmeiße ihn in den Müll. Voller Frust, stopfe ich die restlichen Briefe in den Mund des Sorgenfressers und lege ihn auf mein Bett.

Dieser Sorgenfresser wird nichts bringen. Bei meiner Mutter damals hat es auch nicht geklappt. Nachdem ich das zweite blaue Auge fürs Lügen bekommen habe, sagte ich jedem, ich wäre ganz schlimm hingefallen.

Meine Augen fangen an, sich mit Tränen zu füllen und auf einmal fließt eine nach der anderen über meine Wange. Es tut weh, so sehr weh. Ich würde gerne behaupten, dass das eine einmalige Sache gewesen ist, doch bei einem Mal ist es nie geblieben.

Mein Handy vibriert und ich erkenne die Benachrichtigung zuerst nur verschwommen. Nachdem ich meine Tränen allerdings weggewischt habe, leuchtet eine Nachricht hell auf. Eine Nachricht von Easton.

> Hey, Audrey.

Mein Herz bleibt für eine Sekunde stehen, doch genauso schnell, wie es passiert ist, fange ich mich wieder. *Er kann sich sein: hey, sonst wo hinschieben. Was auch immer er jetzt will, mir ist es egal!*

> Es tut mir leid.

Es tut ihm leid? Ist das jetzt wieder irgendeine Masche? Eine Entschuldigung, damit er sich besser fühlt?

Cool bleiben Audrey, einfach nur cool bleiben.

> Ok, schön, ist mir egal.

> Du hast allen Grund, sauer auf mich zu sein, ich habe dich wirklich schlecht behandelt.

Aber vielleicht können wir ja noch einmal von vorne anfangen?

Ha, wenn ich nicht lache. Denkt er wirklich, er könnte kurz fragen, ob wir neu anfangen wollen, und alles ist vergessen? Denkt er, ich würde noch einmal auf so etwas hereinfallen? Sarkastisch tippe ich ein: *Oh ja super gerne:) Nein, was denkst du denn?!*, in mein Handy.

Ich möchte die Nachricht abschicken, aber irgendwas in mir kann es nicht übers Herz bringen. Ich höre Ellie, wie sie mich mit strenger Stimme zurechtweist, ihm ja nicht noch eine Chance zu geben, da er mich wieder verletzen wird.

Eleanor hat recht, das ist falsch. Ich wurde schon einmal verletzt, und ich habe kein Interesse daran, noch einmal verletzt zu werden. Wie sehr ich mir nur wünschte, sie wäre hier. Ellie würde mir sagen, was richtig ist. Sie würde mir sagen, was ich tun oder lassen sollte.

Das habe ich immer so sehr an unserer Freundschaft geliebt. Wir konnten uns bedingungslos vertrauen. Sie wollte immer nur das Beste für mich und ich wollte immer nur das Beste für sie. So eine Freundin zu finden ist nicht einfach und es schmerzt jedes Mal, wenn ich mir aufs Neue vor Augen rufe, dass sie nicht mehr bei mir weilt.

Eilig blinzle ich die Tränen, welche sich in meinen Augen angestaut haben weg und blicke auf den Chat. *Nein, ich bekomme es nicht übers Herz die Nachricht abzuschicken.* Seufzend schließe ich mein Handy und lasse ihn auf gelesen.

18

Easton

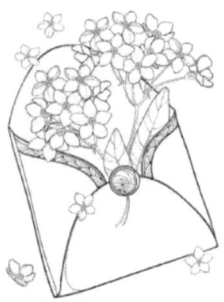

Eine Stunde zuvor.

»Bitteee.« Flehend sitzt Avery vor mir. Ihre Arme sind vor der Brust verschränkt und ihre Mundwinkel sind auf eine äußerst bemitleidenswerte Art aufeinandergepresst.

Laut seufze ich, denn wenn sie mich so ansieht, kann ich ihr schlecht einen Bitte abschlagen. »Na gut, aber nur noch zehn Minuten und dann gehst du ins Bett, okay?«

Strahlend sieht Avery mich an und grinst von einem bis zum anderen Ohr. Keinen Moment später liegt ihre Aufmerksamkeit allerdings erneut auf dem Fernseher, welchen sie wieder auf Laut stellt, um ihre Sendung weiterzuschauen.

Ich lasse mich erledigt aufs Sofa neben sie fallen und lege meine Füße auf den gegenüberliegenden Sessel. Dieser Tag heute ist deutlich anders verlaufen als ich es mir vorgestellt habe. Aaron ist immer noch sauer auf mich, weil ich ihm nichts von dem Kuss erzählt habe. Wobei, von dem beinahe Kuss.

Meine Intention war es auf keine Weise, ihn zu belügen, es hat sich einfach so ergeben. Ich gebe zu, das hört sich wie eine erbärmliche Ausrede an, um mich selbst besser darzustellen, doch es ist nun einmal die Wahrheit.

Die Gefühle, welche ich für Audrey habe, sind … verwirrend und egal was das ist, es überfordert mich. Ich habe keinen blassen Schimmer, wie ich damit umgehen soll und was das *richtige* ist.

Ich habe durch mein letztes Handeln aber nicht nur sie, sondern auch meinen besten Freund verletzt. Das kann ich unmöglich ungeschehen machen, doch ich kann alles dafür tun, dass er mir wieder vergibt. Aaron ist einer der wichtigsten Personen in meinem Leben und ich möchte ihn nicht wegen sowas verlieren.

»Alles in Ordnung?«, frage ich zögernd.

Aaron regt sich nicht.

Ich schließe hinter mir die Tür und setze mich neben ihm auf das Sofa. Keiner bewegt sich, keiner sagt etwas, bis Aaron schließlich seinen Mund öffnet. »Sie ist weg«, gibt er mit gebrochener Stimme von sich. So leise, dass ich es fast nicht verstehe.

»Wer ist weg?«, frage ich und lege unbeholfen meine Hand auf seine Schulter. Ich kann nicht gut damit umgehen, wenn Menschen traurig sind. Zwar drückt Aaron seine Gefühle nicht durch weinen aus, sondern durch schweigen, doch das ist genauso schlimm anzusehen, wenn nicht sogar schlimmer.

Er antwortet nicht auf meine Frage und sitzt lediglich regungslos vor mir, während er mich durchdringlich anblickt. Gerade öffnet er seinen Mund, da kommt Saya aus der Küche gelaufen und ergreift das Wort. »Hallo, Easton, es ist gerade ein bisschen unpassend. Wäre es für dich in Ordnung, wenn du ein anderes Mal wieder kommst? Ich kann Jefferson bitten, dich nach Hause zu fahren.«

Still nicke ich und werfe Aaron einen letzten Blick zu. Er sieht so verletzt aus. Saya schenkt mir ein kleines Lächeln und begleitet mich stumm nach draußen. Kurz bevor sie die Tür hinter mir schließt, möchte ich noch ein letztes Mal zu Aaron sehen, doch er ist verschwunden.

»Ich komme gleich wieder, Aves«, gebe ich kurz Bescheid, bevor ich ins Bad verschwinde und Aarons Nummer wähle. Es klingelt ein paar Mal, bis er schließlich abhebt. Die Stille an der anderen Leitung bringt mich fast um, bis ich endlich ein Schnaufen höre, was mich zumindest für einen kurzen Augenblick durchatmen lässt. »Was willst du?« Seine Stimme ist kalt und verletzt. Das habe ich verdient.

»Aaron, hör zu, es tut mir leid. Ich wollte dich nie anlügen, es ist nur so…« Ich stoppe. Unmöglich kann ich ihm sagen, wieso ich nicht die Wahrheit erzählt habe, aber wieder lügen, möchte ich auch nicht, deshalb muss ich jetzt einfach auf ihn vertrauen.

»Ich kann es dir nicht sagen, okay? Es ist nicht so, dass ich dir den richtigen Grund verschweigen möchte, aber es geht einfach nicht«, bringe ich zögernd hervor.

Bitte, ich muss auf ihn vertrauen können.

»Ist das jetzt wieder so eine Ausrede, weil du Scheiße gebaut hast?«, hinterfragt Aaron unschlüssig.

Ich beiße mir verzweifelt auf die Unterlippe. Klar geht er davon aus, dass ich mich nur rausreden will. Jedoch stimmt alles was ich sage wirklich. Ich möchte ihm nichts verschweigen.

»Hör zu, in all den Jahren, in denen wir uns jetzt schon kennen, warst du für mich da. Wir sind durch dick und dünn gegangen. Du warst der Einzige, der mir dabei geholfen hat, den Tod von meiner Mutter zu überstehen. Ich wollte dich nie verletzen. Es tut mir leid, dass ich dir verschwiegen habe, dass ich sie küssen wollte. Außerdem tut es mir leid, dass ich dich diesbezüglich angelogen habe, aber das ist einfach eine Sache, die ich niemandem sagen kann.«

Es tut überraschend gut, diese Worte endlich ausgesprochen zu haben, sie waren wie eine unsichtbare Barriere zwischen uns, gegen die ich nie ankam.

Für eine zu lange Zeit herrscht erdrückende Stille, bis Aaron schließlich einen Ton von sich gibt. »Ich glaube dir.«

Es ist, als würde mir ein Stein vom Herzen fallen, denn er ist derjenige, von dem mich die Meinung *wirklich* interessiert. Normalerweise gehe ich immer nach dem Motto: Andere können denken, was sie wollen, mich muss es nicht beeinflussen. Doch Aaron ist mein bester Freund, meine Familie. Bei ihm ist das was anderes. Es hat mich schon die ganze Zeit belastet, ihm diese Sache zu verschweigen. Zwar habe ich es ihm nicht wirklich gesagt, aber er weiß nun wenigstens, dass etwas ist. Ich dachte, er wolle dann unbedingt erfahren, was der genaue Grund sei, aber falsch, denn er akzeptiert meine Antwort so wie sie ist.

»Also du wolltest sie küssen, das heißt, du magst sie?«

Ja, Aaron. »Ich weiß es nicht«, drücke ich unglaubwürdig hervor.

Er schmunzelt. »Easton, raus mit der Wahrheit, nochmal verzeihe ich dir nicht.«

Das was ich gesagt habe, ist ja nicht einmal gelogen. Ich weiß, dass sie etwas an sich hat, das mich einfach verrückt macht. Sie weckt das Verlangen in mir, mehr über sie erfahren zu wollen, aber vielleicht wollen mir meine Gefühle auch nur einen Streich spielen.

»Ja, okay. Ich wollte sie küssen und sie ist anziehend, aber ich kann nicht«, gestehe ich nach kurzem Zögern.

»Wieso nicht?«

»Aaron …«, sage ich ermahnend seinen Namen.

»Ach ja, stimmt. Okay, du musst mir nicht sagen, wieso, aber ich will, dass du weißt, falls du irgendwann dazu bereit bist, höre ich zu.«

Ein Lächeln breitet sich auf meinen Lippen aus. »Danke, aber ich sollte wieder auflegen. Avery muss gleich ins Bett.«

»Okay, dann bis morgen.«

»Bis morgen.«

Ich schiebe mein Handy in die Hosentasche, gehe zurück ins Wohnzimmer und als mein Blick auf das Sofa fällt, muss ich breit Schmunzeln. Avery liegt davor, ihre Augen sind geschlossen und ihre Atmung ist ganz leicht. In der Versuchung, möglichst kein Lärm zu erzeugen, schalte ich den Fernseher aus und nehme sie sachte in meinen Arm. Ich trage meine Schwester in ihr Zimmer, um sie nicht aufzuwecken, lege Avery mit ruhigen Bewegungen in ihr Bett, decke sie zu und gebe ihr einen sanften Kuss auf die Stirn. »Schlaf schön, mein Engel.«

»Easton, hey.« Silas kommt zur Tür herein und begrüßt mich erschöpft. Er steht in seinen Arbeitsklamotten vor mir, als würde er gleich auf der Stelle einschlafen.

»Hey, wie war die Arbeit?«, möchte ich besorgt wissen.

»Das fragst du noch?« Lachend zieht er seine Schuhe aus. »Es war so viel los im Restaurant, unglaublich.« Schleunig geht er in die Küche und öffnet den Kühlschrank.

»Ich habe dir noch was von heute Mittag übriggelassen«, sage ich und zeige auf die blaue Dose, welche im mittleren Fach neben der angefangenen Käsepackung liegt.

»Oh, danke«, kommt es schieflächelnd von ihm, bevor er das Essen in einer Pfanne erhitzt. »Kannst du mir einen Gefallen tun?«

Ich nicke.

»Ich brauche für morgen noch meinen Lebenslauf, wegen dem Vorstellungsgespräch bei diesem Nebenjob. Der müsste im Keller irgendwo sein. Kannst du ihn bitte holen? Ich würde gerne gleich nach dem Essen ins Bett gehen.«

Es ist unglaublich, wie viel er arbeitet. Silas hat schon einen Job, bei dem er sich bis aufs Letzte abschafft, ständig Überstunden macht und jetzt will er auch noch nachts einen Job annehmen?

Weil wir damals so schnell Geld gebraucht haben, konnte er keine richtige Ausbildung anfangen. Er hat sofort im Restaurant als Bedienung ausgeholfen, um uns über Wasser zu halten. Doch nun, nach der Sache mit meinem Vater, brauchen wir dringend mehr Geld und dies lässt meinen Hass auf *ihn* nur noch mehr wachsen.

Im Keller angelangt beginne ich, die Kisten zu durchsuchen. Ich war hier unten eine halbe Ewigkeit nicht mehr. Diese alten Dinge sind voller Erinnerungen, die mich zu erdrücken scheinen. Wenn ich mich mit alten Zeiten befasse, in denen noch alles *okay* war, komme ich immer zu dem Entschluss, dass es nun *nicht mehr okay* ist. Vielleicht war es damals auch schon nicht *okay,* sondern nur das Einzige, was wir kannten. Wir sahen dies als normal an. Aber für mich ist es ganz gleichgültig, ob das nun so war oder nicht, denn *ich* war in bestimmten Momenten glücklich, in denen es nur meine Mutter und meine Geschwister waren, ganz ohne meinen Vater.

In der ersten Kiste ist noch die Geburtstagsdeko von letztem Jahr und in der zweiten sind alte Schulsachen. Unüberlegt öffne ich die nächste Kiste und was ich da sehe, lässt mein Herz für eine Sekunde aussetzen. Meine Hände fangen an zu zittern, als ich einen Brief herausziehe. Ich erstarre, als ich auf den Absender schaue.

Lane Miller.

Und der Empfänger… sind wir.

Silas, Hailey und ich.

Mir läuft ein Schauer über den Rücken, als mir schlagartig bewusstwird, dass das ihr Abschiedsbrief ist.

Meine lieben Kinder,

es tut mir unendlich leid, euch alleine gelassen zu haben, aber ich konnte so nicht mehr weiterleben. Bitte denkt auf gar keinen Fall, ich wäre wegen euch gegangen. Ihr seid der Grund, weshalb ich noch so lange durchgehalten habe. Meine wunderbaren Kinder, ihr habt mich, seit ich euch auf diese Welt gebracht habe, jeden Tag mit Stolz erfüllt und ihr werdet sicher noch zu wunderbaren Frauen und Männern heranwachsen. Ich habe euch alles beigebracht, was wichtig ist und ich weiß, dass ihr das überstehen werdet, denn ihr seid die stärksten Menschen, die ich kenne. Ich wünschte, ich hätte euren Vater nie kennengelernt, dann hätte er euch diese Sachen nie antun können. Es tut mir leid, dass ich einfach nur zugesehen und nichts getan habe. Aber vertraut mir, ich wollte nie, dass er so zu euch ist. Ich hoffe, er wird nun ein besserer Vater sein. Ich möchte euch auf euren Weg mitgeben, dass ihr auf euer Herz hören sollt. Egal, was euch andere versuchen, einzureden. Egal, ob es vielleicht falsch ist, was ihr macht und eigentlich alles dagegenspricht. Euer Herz weist euch immer in die richtige Richtung. Ich musste das auf die harte Tour lernen und ich möchte, dass euch das erspart bleibt. Denkt an meine Worte, wenn ihr größer werdet und jemanden findet. Solange euer Herz dafürspricht, macht es, ihr habt meinen Segen. Trauert nicht, ich bin nun an einem besseren Ort und wache von oben auf euch. Und wenn ihr alt seid und eure Zeit gekommen ist, dann sehen wir uns wieder. Ich glaube ganz fest daran.

In Liebe, eure Mama.

Mein ganzes Gesicht ist von Tränen übersät und es scheint nicht aufzuhören. Meine verschwommene Sicht lässt mich zunächst gar nicht bemerken, dass Tränen auf das Blatt tropfen, erst, als ich das aufgeweichte Material mit meinem Finger spüre. Zitternd lege ich den Brief aus meinen Händen und versuche, mich zu beruhigen.

All die Jahre dachte ich, sie hätte sich wegen mir umgebracht, weil ich ein schlechter Sohn war und ihr Sorgen bereitet habe. Aber jetzt lese ich diesen Brief und endlich fühle ich mich vollkommen. So eine Antwort wollte ich schon die ganze Zeit und war verletzt, dass sie sich nicht verabschiedet hat. Stets dachte ich, es wäre meine Schuld gewesen und dass ich für ihren Tod verantwortlich bin. Diese Gedanken plagten mich mein halbes Leben ... bis jetzt.

Gott sei Dank, habe ich diesen Brief gefunden. *Aber wieso würde sie ihn in einer Box im Keller verstauen?* Der Brief war offensichtlich so geschrieben, dass meine Geschwister und ich ihn hätten lesen sollen, kurz nachdem sie gestorben ist.

Doch auf einmal wird mir alles klar, es war George, der den Brief genommen hat. Es ist wie das fehlende Puzzleteil, welches sich nun ergänzt. *Wieso hat er das getan? Er hat ihn vor uns versteckt!* Wir hatten ein Recht darauf, ihn damals zu lesen, und nicht erst jetzt aus reinem Zufall. *Wieso?* Wieder einmal eine Situation, in der mir mein Vater beweist, dass ich allen Grund habe, ihn zu hassen.

In diesem Moment bin ich allerdings einfach nur erleichtert, dass ich den Brief gefunden habe. Er schenkt mir eine gewisse Art von Frieden und meine Mutter hat mir nicht nur einen Teil meiner Schuld abgenommen, sondern auch meine Augen geöffnet. *Ich muss das Risiko eingehen, denn ich will Audrey.*

19

Audrey

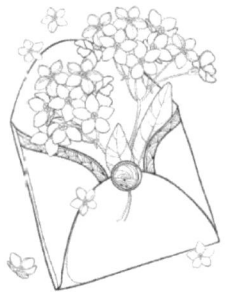

Der Geruch von alten Büchern steigt mir in die Nase, als ich die Bibliothek der Stadt betrete. Nachdem ich Eleanors Lieblingsbuch fertiggelesen habe, muss ich mir unbedingt noch ein weiteres Buch aus dieser Reihe ausleihen.

Es ist unglaublich, wie sehr geschriebene Wörter einen in den Bann ziehen können. Als ich mit dem Buch angefangen habe, konnte ich nicht sofort weiterlesen, da ich mich mit Celine getroffen habe, auf der Party war und viel zu tun hatte, doch die letzten Tage habe ich es nicht geschafft, das Buch aus den Händen zu legen.

Freundlich nicke ich der Bibliothekarin zu und steuere sofort die Regale mit den Jugendromanen an. Mit meiner Hand fahre ich so lange über die Buchrücken, bis ich zum Stoppen komme. Ein Lächeln macht sich auf meinen Lippen breit, als ich das Buch, welches ich suche, finde.

Eilig laufe ich damit zur Theke, die Bibliothekarin scannt den Barcode des Buches ab, wünscht mir noch einen schönen Tag und mit einem übergroßen Lächeln auf dem Gesicht laufe ich wieder hinaus. Ich habe gedacht, ich könnte mich noch ein bisschen am See hinsetzen und anfangen, zu lesen. Es ist so schönes Wetter, das muss ausgenützt werden und es wird mich sicherlich auf andere Gedanken bringen.

»Hi«, ertönt eine Stimme, kurz nachdem ich aus der Bibliothek gegangen bin. *Urgh, es ist Easton.* Er ist lässig an der Wand des

Gebäudes angelehnt und mustert mich mit so einer Selbstverständlichkeit, dass es mich fast dazu verleitet, meine Augen zu verdrehen.

Ich verhalte mich so, als hätte ich ihn nicht gesehen und laufe schnell weiter. Ungern möchte ich mit ihm ins Gespräch kommen, denn ich wüsste nicht, wie ich damit umgehen sollte.

»Hey, Audrey, warte mal«, ruft er und rennt mir hinterher.

Als mich Easton sachte an meiner Schulter berührt, zucke ich leicht zusammen und beiße mir instinktiv auf die Unterlippe. Die letzten Tage bin ich ihm mit Erfolg aus dem Weg gegangen, aber ich schätze, ich kann das wohl nicht ewig durchziehen. Seufzend drehe ich mich zu ihm um und blicke tief in seine grünen Augen.

Fehler.

Ich merke, wie ich bei seinem Anblick schwach werde, aber ich höre immer wieder Eleanors Stimme, die mir davon abrät, ihm zu verzeihen.

»Ja?«, antworte ich leise.

Easton kratzt sich verlegen am Nacken, seine Unsicherheit ist ihm anzusehen. Aus ihm werde ich nicht schlau, in dem einen Moment ist er abweisend zu mir und in dem anderen steht er nervös da und möchte meine Aufmerksamkeit?

»Ich… also, das, was ich zu Aaron gesagt hab, war gelogen und es stimmt, ich wollte dich küssen und das lag nicht nur am Alkohol«, gesteht er.

Ha, ich wusste es doch. So egal, wie er vorgibt, bin ich ihm wohl doch nicht. *Aber jetzt bloß nicht die Fassung verlieren, immer cool bleiben, Audrey.* Obwohl in mir drinnen gerade ein riesiges Feuerwerk stattfindet, antworte ich ihm sarkastisch. »Wow, toll, dann sind wir hiermit schon einen Schritt weiter. Denkst du nicht, dass ich das schon weiß?« Verlegen sehe ich an ihm vorbei, um möglichen Blickkontakt zu vermeiden.

»Ich wollte es dir nochmal persönlich sagen. Es tut mir leid, ich hatte Angst vor meinen Gefühlen.«

Er hatte? Ich weiß wirklich nicht, was ich jetzt sagen soll. »Das hast du mir auch schon vor vier Tagen geschrieben. War's das jetzt? Ich wollte noch was erledigen.«

Ein Lächeln macht sich auf seinem Gesicht erkennbar und erst jetzt bemerke ich, dass er Grübchen hat.

Easton Miller hat Grübchen!

»Was ist? Warum grinst du so?«, erkundige ich mich ernst.

Sein Lächeln wird bei meinen Worten nur noch größer. Er beißt sich langsam auf die Unterlippe, während sein Blick keine Sekunde von mir abschweift. »Nichts, es ist nur so süß, anzusehen, wie du die ganze Zeit versuchst, mir nicht in die Augen zu schauen, weil du genau weißt, dass du sonst schwach wirst.«

Empört ziehe ich bei seinen Worten die Luft ein und in dem Moment hasse ich es, dass ich immer so schnell rot werde. »Das stimmt überhaupt nicht! Ich glaube, du bildest dir eine ganze Menge ein. Idiot«, gebe ich schnell von mir und versuche, an etwas anderes zu denken, als an seine verräterischen Grübchen und seine strahlend grünen Augen, die mich nicht mehr klar denken lassen.

»Ich gehe jetzt«, kommt es entschlossen von mir. Hastig drehe ich mich um und laufe in Richtung See.

»Und wo genau gehen wir hin?«

»*Wir* gehen nirgendwo hin«, entgegne ich knapp und stoppe nicht, sondern laufe, ohne mich nach ihm umzuschauen, weiter.

»Wer weiß, vielleicht will ich ganz zufällig auch dorthin. Das kannst du mir ja schließlich nicht verbieten.«

Er lächelt, um das zu wissen, muss ich gar nicht nach hinten sehen. Seufzend atme ich aus und verenge meine Augen zu schmalen Schlitzen, bevor ich mich zu Easton umdrehe, der mich mit einer Mischung vieler Gefühle ansieht.

Wie gerne ich nachhause gehen würde, aber meine Mutter ist gerade sauer auf mich und sollte ich ihr vor heute Abend nochmal unter die Augen treten, will ich mir gar nicht ausmalen, was dann passiert.

»Ach, Easton, zu schade, dass du nicht dahingehen willst, wo ich hinmöchte.«

Amüsiert hebt er seine Brauen in die Höhe. »Ach ja?«

»Mhm.«

»Wohin möchtest du denn?«

Scheiße, was ist ein Ziel, das er mit Sicherheit nicht ansteuern würde? Panik kommt in mir hoch, denn mir fällt nichts ein. Wobei … aber das kann ich unmöglich sagen. Oder doch? »Ich wollte gerade Unterwäsche kaufen, du weißt, in einem Laden, nur für Frauen. Zu schade, dass du da nicht auch hinwillst«, gebe ich nun von mir, in der Hoffnung, dass er geht. Ohne groß darüber nachgedacht zu haben, habe ich diese Worte von mir gegeben, doch ich weiß ehrlich nicht, was das eigentlich für eine beknackte Idee von mir gewesen ist, denn er findet das auch noch extrem lustig. Dabei will ich ihn nur verscheuchen, mehr nicht.

»Wie praktisch, dass ich auch in diesen Laden möchte. Ist das eigentlich ein Flirtversuch?«, fragt er frech und sieht mir dabei zu, wie sich meine Wangen rot färben.

Kräftig schüttle ich den Kopf. »Nein!« *Auf keinen Fall!* Wie sehr ich es hasse, dass er nicht einfach sauer sein kann. Stattdessen neckt er mich weiter, als wäre er der Überzeugung, dass ich ihm noch eine Chance gebe.

Nach meinen großen Worten kann ich jetzt aber unmöglich umdrehen. Wie würde das denn wirken? Also laufe ich weiter. *Das sind nur große Worte, ihm wird das bestimmt bald zu langweilig, dann wird er gehen.*

Zügig laufe ich in Richtung Stadtzentrum und biege in eine Seitengasse ab. Nun bin ich vor dem Laden angekommen, laufe hinein und er … läuft mir hinterher.

»Ohh, der würde dir stehen«, höre ich Easton sagen, als er den Landen betritt. Er hebt einen roten Spitzentanga in die Höhe und sieht mich mit einem verschmitzten Grinsen an.

»Ha ha, sehr witzig, aber nein danke.« Ganz langsam wende ich meinen Blick ab. Easton soll nicht davon ausgehen, dass es mein Plan gewesen ist, ihn hier rein zu schleppen. Zudem habe ich keine Lust, dass er sieht, welche Unterwäsche ich einkaufe, daher gehe ich erstmals in die Abteilung der Schlafanzüge.

»Audrey, guck mal, hier ist sogar der passende BH.« Easton zeigt auf einen ebenfalls roten Spitzen-BH. Dabei setzt er wieder so einen Blick auf. Einer, den ich schnellstmöglich aus meiner Wahrnehmung streichen möchte. *Na toll, genau dieses Set habe ich zuhause, was er allerdings nie erfahren wird.*

»Hast du nichts Besseres zu tun?«, frage ich schroff, während ich über den seidigen Stoff eines Schlafanzugsets streiche. Es ist in einem wunderschönen Blau und sogar mit Spitze versehrt. Bis jetzt habe ich nur meine alten Kinderschlafanzüge, was ich auch nicht schlimm finde, ich fühle mich in meinem Hello Kitty Pyjama wohl, aber ich denke, es ist wirklich mal an der Zeit, mir einen neuen zuzulegen.

»Bestimmt, aber ich bin lieber hier bei dir«, sagt er, als wäre meine Frage komplett überflüssig.

Ich verdrehe die Augen, muss aber schmunzeln. Als mein Blick in meinen Geldbeutel fällt, seufze ich jedoch laut. Es ist leider nicht genug Geld für den Schlafanzug. Noch ein letztes Mal streiche ich über den Stoff, bis ich schließlich den Laden, schweren Herzens ohne den Pyjama, verlasse.

Wer hätte es gedacht, Easton gleich hinterher.

»Ich muss zugeben, ich bin etwas enttäuscht. Ich hätte gedacht, dass wir in unserer Beziehung mittlerweile schon an der Stelle angekommen sind, in der ich zu Gesicht bekomme, was du für Unterwäsche kaufst«, bringt er lachend hervor. Ich weiß, dass er das nur aus Spaß von sich gibt, doch ich bin jetzt so kurz davor, einfach von ihm davonzulaufen.

»Woah, Easton, schraub deine Selbstsicherheit etwas runter, du hast mir besser gefallen, als du unsicher rumgestammelt hast«, sage ich eilig und hebe meine Hände erschlagen in die Höhe.

»Das habe ich?«, fragt er schmunzelnd und wackelt mit seinen Augenbrauen.

Ugh. »Tut mir leid deine Illusionen zu zerstören, aber wenn du dir erhoffst, mit mir im Bett zu landen, bin ich die falsche.«

Augenblicklich ändert sich sein Ausdruck zu einer ernsten Miene. »Das ist nicht meine Intention. Tut mir leid, wenn das so rübergekommen ist. Ich … habe keine Erfahrung mit flirten.«

Was passiert hier? »Du flirtest mit mir?« Meine Stimme ist bei diesen Worten ungewollt hoch, wobei es sich in meinem Kopf absolut cool und lässig angehört hat.

»Schon so ziemlich die ganze Zeit heute, danke, dass du es endlich bemerkst«, bringt er hervor.

Irritiert blicke ich zu ihm, denn damit hätte ich nicht gerechnet. Ohne eine Antwort, setzte ich mein Laufen fort mit dem Ziel, an den See zu gelangen. Die ganze Zeit über habe ich mich gefreut, das Buch zu lesen, und genau das mache ich jetzt auch, ob mit oder ohne Easton.

Angekommen am See, setze ich mich auf das grüne Gras und schlage die erste Seite meines Buches auf. Ein paar Blümchen blühen und der erfrischende Duft einer sommerlichen Prise erreicht meine Nase.

Ich fokussiere mich auf das Buch und beginne, den ersten Satz zu lesen, aber keine Sekunde später werde ich von Easton unterbrochen. »Was liest du?«

Genervt sehe ich ihn an, muss aber ein kleines Schmunzeln unterdrücken. »Kannst du das nicht sehen?«, frage ich und halte das Buch in seine Richtung, damit er den Titel erblicken kann.

»*Landon und Shay*«, liest er laut vor.

Seine Tat entfacht ein kleines Lächeln auf meinen Lippen und kaum, dass ich damit aufhöre, hat er es schon entdeckt.

»Liest du oft?«, fragt Easton, legt seinen Kopf in den Nacken und blickt interessiert zu mir.

»Ab und zu mal, sonst habe ich nie so wirklich die Zeit dafür gefunden.« *Da ich zu überwältigt von meiner Trauer war.*

Nun setzt sich Easton neben mich und ich spüre, wie sein Körper meinen streift. Mich durchfährt ein kleines Kribbeln, mein Blick bleibt allerdings starr auf den See gerichtet, denn ich *darf* das nicht bemerkbar machen.

»Was für Bücher hast du denn schon gelesen?«, fragt er mit ruhiger Stimme. *Dass er aufrichtig interessiert scheint, ist auf eine gewisse Weise so ... süß.*

»Ich habe erst gestern den ersten Band dieser Reihe fertiggelesen. Wobei, es ist ein Spin-off zu dem anderen Teil, aber auf jeden Fall ist das Buch sehr gut. Ich schätze, es ist sogar mein neues Lieblingsbuch. Sonst lese ich gerne Romantasy oder Thriller.«

»Romantasy?«

Ein Lächeln entfacht sich auf meinem Gesicht. »Ja, Romance und Fantasy gemischt«, erläutere ich. *Ich als hoffnungslose Romantikerin brauche immerhin ein bisschen Romance, damit ich, solange ich meine Bücher lese, bedingungslose Liebe verspüren kann.*

»Und was ist ein Spin-off? Ich verstehe gar nichts«, fragt Easton lachend und kratzt sich etwas verlegen am Hinterkopf.

»In einem Spin-off geht es um die Nebencharaktere aus einem anderen Buch. Beispielsweise die Geschichte des besten Freundes wird in einem Spin-off erzählt.«

Ich liebe es, über Bücher zu sprechen, das könnte ich stundenlang und Easton scheint so, als würde er aufrichtig interessiert sein.

»Oh cool –« Aber kurz bevor er den Satz beenden kann, klingelt sein Handy. »Tut mir leid, da muss ich rangehen.« Easton steht schnell auf und ich höre nur, wie er jemanden mit: *Hey mein kleiner Engel*, begrüßt. Er entfernt sich ein paar Schritte von mir, sodass ich nicht mehr verstehen kann, was er sagt. *Wieso Engel? Wer ist sein Engel? Hat er doch eine Freundin oder –*

»Hey, Audrey«, unterbricht Easton meine Gedanken, woraufhin ich stürmisch zu ihm aufblicke. »Ich muss zu meiner kleinen Schwester nachhause, sie ist sonst alleine. Noch viel Spaß beim Lesen. Sag mir unbedingt, wie das Buch war, wenn du es fertiggelesen hast.« Nach diesen Worten dreht er sich um und geht.

Eine kleine Schwester hat er also. Süß, wie er sich um sie kümmert. *Hallo? Nein! Raus damit aus meinen Gedanken! Das sollte doch selbstverständlich sein!*

Komisch ist nur, dass mir ein Stein vom Herzen gefallen ist, als klar wurde, dass *sein kleiner Engel* seine Schwester ist.

20

Easton

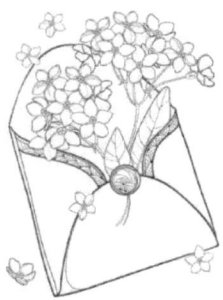

Ich hasse es, mich im Spiegel zu betrachten, denn jedes Mal erkenne ich meinen Vater. Unser ähnliches Aussehen ist das, was ich am meisten verabscheue, denn ich möchte rein gar nichts mit ihm zu tun haben.

Doch ich muss mich immer wieder aufs Neue selbst ansehen und zu mir sprechen, dass ich nicht wie mein Vater bin. Denn das ist mein größter Albtraum, irgendwann wie er zu enden.

Mit ermüdetem Ausdruck stehe ich vor dem Spiegel in meinem Zimmer. Meine Platzwunden im Gesicht sind schon fast verheilt und das blaue Auge sieht man kaum noch. Das Einzige, was noch wehtut, ist mein Arm. Ich habe Glück, dass es gut verheilt, immerhin war ich nicht beim Arzt.

Meine Gedanken schweifen ab und ich erinnere mich wieder zurück, als mein eigener Vater mich hemmungslos verprügelt hat. Wäre niemand dazwischen gegangen, bin ich mir nicht einmal sicher, ob ich jetzt hier wäre, oder auf der Intensivstation. In der Vergangenheit wurde ich oft von ihm geschlagen, ich habe dies immer eingesteckt und mich nie gewährt. Jedes Mal habe ich mir selbst eingeredet, dass ich es auf irgendeine Weise selbst verdiene. Doch nun merke ich, wie falsch das alles war. Ich … habe *nichts* davon verdient und dennoch geschieht es.

Hastig blicke ich vom Spiegel weg, hinüber zu meinem Nachttisch, auf dem ein Bilderrahmen mit einem Foto von meiner

Mutter und mir steht. Sie war wunderschön, und so glücklich. *Ich war so glücklich.* Doch das ist womöglich nur eine meiner Illusionen, da ich mir so sehr wünsche, dass es stimmt. Meine Mutter war seit sie mit George zusammen war nur wahrhaftig glücklich, wenn er gerade weg war und dies geschah selten.

Sie war noch so jung, als sie sich das Leben genommen hat und das alles wegen *ihm.* Kaum ein Augenblick ab dem Alter von neunzehn konnte sie genießen, denn damals hat sie meinen narzisstischen Vater kennengelernt.

Emotionsvoll presse ich meine Augen zusammen und unterdrücke ein Schniefen. *Lane weilt nun an einem besseren Ort, frei von Schmerzen und der Unterdrückung meines Vaters.*

»Ich habe einen Abschiedsbrief meiner Mutter gefunden«, bringe ich hervor, sobald ich mich in der Schule neben Aaron an den Tisch setze. Fast flüsternd, sodass nur er es hören kann und keine andere Person. Ich *muss* mit jemandem darüber sprechen und es hat sich noch keine Gelegenheit ergeben, meinen Geschwistern den Brief zu zeigen, also ist er der Einzige, dem ich das anvertrauen kann.

Aarons Mundwinkel fallen instinktiv nach unten und er blickt mit geschocktem Gesichtsausdruck zu mir. »Was? Wo?«, fragt er atemlos und rückt ein Stück näher. »Geht es dir gut?«, fügt er besorgt hinzu.

Ich schließe für einen Moment meine Augen, um nicht die Fassung zu verlieren. Das alles nimmt mich sehr mit, ich weiß nicht so wirklich, was ich darüber denken soll. Immerhin habe ich all die Antworten auf meine Fragen und keine Schuld mehr, also weshalb fühle ich mich dann trotzdem so elendig?

»Mir geht es okay, ich bin okay«, flüstere ich.

Mir ging es lange nicht mehr richtig okay ...

»Genauso okay wie es mir geht?« Aaron legt seine Hand mitfühlend auf meine Schulter und mustert mich für ein paar Augenblicke. »Ich kenne das Gefühl, nie wirklich ... okay zu sein und ich weiß, ich kann nicht behaupten, dass ich weiß, wie du dich fühlst, aber ich kann es mir vorstellen.«

115

Bei seinen Worten zieht sich mein gesamter Körper zusammen. *Ich kenne das Gefühl, nie wirklich ... okay zu sein.* Aaron tut stehts so, als würde er mit allem klarkommen, doch ich *weiß*, dass dies nicht der Fall ist. Er kämpft und ist so stark, doch zu viel ist zu viel. Sofia hilft ihm bei der Verbesserung seiner mentalen Gesundheit, das schätze ich sehr und ich bin Gott froh darum, denn ich wüsste nicht, was ich sonst hätte machen sollen. Aaron *braucht* Hilfe und Menschen, die ihm Liebe zeigen. Ich bin immer für ihn da, aber ich weiß, dass ich ihm nicht das gebe kann, was er benötigt. *Sofia kann ihm das geben.*

»Ich fühle mich ... ich weiß nicht, wie ich mich fühle. Sie hat ... mich wirklich geliebt.« Es hört sich albern an, das so von mir zu geben, doch ich habe oft in meinem Leben daran gezweifelt, dass sie mich *wirklich* liebt. Eine lange Zeit war ich sauer auf sie. Verletzt. Doch meine Mutter *hat* mich geliebt.

»Das hat sie, Easton. Sie hat dich verdammt geliebt«, entgegnet Aaron und nimmt mich auf einmal in den Arm. »Sie war nur psychisch krank und ihr viel es daher schwer, das zu zeigen.«

Psychisch krank wegen meines Vaters.

Ich erwidere seine Umarmung und es fühlt sich so gut an. Aarons Verständnis ist das, was ich jetzt brauche.

Mein bester Freund ist jetzt die Person, dich ich brauche.

»Danke«, hauche ich, kurz bevor ich mich von ihm löse.

»Immer doch«, entgegnet er.

Wenn ich etwas mit Sicherheit behaupten kann, dann, dass Aaron egal was passiert, stets an meiner Seite sein wird.

Nach einer kurzen Pause fange ich wieder an, zu sprechen. »Das was meine Mutter geschrieben hat, hat meine Meinung zu Audrey geändert. Ich will es mit ihr versuchen.«

Aarons Mundwinkel bewegen sich instinktiv in die Höhe. »Super, ich war schon immer Team Austen.«

Ich schmunzle. »Austen? Das hört sich bescheuert an.«

»Dann eben Eadrey.«

»Das hört sich noch schrecklicher an«, gebe ich grinsend von mir und genau das ist der Augenblick, in dem unser Lehrer den Raum betritt. »Guten Morgen«, begrüßt er uns mit tiefer Stimme und nimmt am Lehrerpult Platz. Seine Aktentasche legt er auf den Boden neben seinen Stuhl und nachdem wir ihm ebenfalls einen guten Morgen gewünscht haben, beginnt er mit dem Unterricht.

»Heute geht es um unerfüllte Sehnsüchte, Wünsche tief im Inneren. Ich möchte, dass ihr in eure Herzen seht und diese Gefühle in ein Gedicht umwandelt. Es müssen Emotionen dabei sein, tiefgründige Gedanken und wahrhaftige Gefühle. Um welche Art von Gedicht es sich handelt, ist euch überlassen. Ihr habt dreißig Minuten Zeit.«

Was ich mir wünsche? Das ist einfach. Wenn ich nur einen einzigen Wunsch frei hätte, dann wäre es, meine Mutter noch einmal in den Arm zu nehmen und ihr zu sagen, dass ich sie liebe.

Wir sind kurz vor ihrem Tod im Streit auseinander gegangen. *Es war so dumm.* Ich wollte nicht schon wieder den Abwasch machen, immerhin habe ich auch Geschwister, die das erledigen können. Meine Mutter war eh schon sauer auf mich, weil ich mein Zimmer nicht aufgeräumt habe, und dann wollte ich unbedingt mit Aaron draußen spielen. Sie hat mir verboten raus zu gehen, bevor ich nicht den Abwasch gemacht habe, aber ich bin trotzdem hinausgegangen.

Das war das letzte Mal, dass ich sie gesehen habe.

Am Abend, als ich nachhause gegangen bin, habe ich extra ein paar *Vergissmeinnicht* am Straßenrand gepflückt, um mich bei meiner Mutter zu entschuldigen. Es sind ihre Lieblingsblumen gewesen, sie fand diese immer wunderschön, genauso wie deren Bedeutung. Aber es war zu spät. Meine Mutter weilte nicht mehr unter uns und ich konnte ihr die Blumen nie geben.

Kurz nachdem ich zuhause ankam, fand ich meinen Vater weinend im Wohnzimmer vor und ein paar Polizisten standen im Raum. Es brach mir das Herz, ihn so zu sehen. Er hatte noch nie zuvor geweint.

Ich war klein und verstand zunächst nicht, was geschehen war. George hatte sie scheinbar so aufgefunden und daraufhin den Krankenwagen gerufen. Allerdings ist es hoffnungslos gewesen, sie war schon längst tot.

Ich kann mich noch genau daran erinnern, wie mich eine Polizistin zärtlich am Arm berührt hat und behutsam erklärte, was vorgefallen ist. Mein Vater hatte dazu keine Kraft.

In meinem Magen drehte sich alles und ich erstarrte. Meine Hände begannen sich krampfhaft zu schließen und die *Vergissmeinnicht* zerdrückten.

Sie war tot und in diesem Moment ist auch ein Teil von mir gestorben. Die ganze Zeit schoss es durch meinen Kopf: *Ich konnte mich nicht entschuldigen.*

Dieser Tag war der schlimmste in meinem Leben.

Gegen Abend kamen meine Geschwister heim und erfuhren, was passiert war. Zusammen kauerten wir uns ins Bett und saßen still da. Niemand sagte etwas, niemand bewegte sich.

Ich wünschte, ich könnte dich umarmen.
Dir sagen, wie sehr es mir leidtut.
Doch, du lebst nun in meinem Herzen,
und wirst dort immer bei mir sein.

Es vergeht kein Tag, an dem ich nicht an dich denke,
und ich vermisse dich so unglaublich sehr.
Aber ich weiß, dass du nun an einem besseren Ort bist,
mein persönlicher Schutzengel.

Du gabst mir die Kraft, an mich selbst zu glauben.
Du bist so fern und doch so nah.
Ein Blick in die Sterne genügt und schon fühlt es sich an,
als wärst du wieder da.

Mein hellster Stern am Himmelszelt.
Ich weiß du passt auf mich auf.
Ich werde dich für immer lieben.
Auch, wenn du nicht mehr hier bist.

Ich wusste selbst nicht mal, dass ich meine Gefühle so stark ausdrücken kann. Mein Stift fällt auf den Tisch und in diesem Moment bemerke ich, wie mir eine Träne über die Wange fließt. Rasch wische ich sie weg und sehe mich hektisch um, damit ich sicher sein kann, dass mich niemand gesehen hat. Zum Glück sind gerade alle mit ihrem eigenen Gedicht beschäftigt und starren somit auf ihr Blattpapier.

Ich habe meine Gefühle viel zu lange unterdrückt und jetzt, als ich das hier schreibe, wird mir so einiges klar. Der Verlust meiner Mutter macht mir schwer zu schaffen. Selbst, wenn ich auf stark tue, da ich das nun einmal muss, weil ich Verantwortung trage. Trotzdem kann ich sie nicht loslassen … das werde ich nie können, denn sie ist meine Mutter.

Es gab Zeiten, da war ich unglaublich wütend auf sie. Ich verstand nicht, wie sie uns das antun konnte und wollte nicht nachvollziehen, weshalb sie sich umgebracht hat. Doch je älter ich werde, desto mehr verstehe ich sie. Diese Tat war nicht egoistisch von ihr, nein. Sie war krank und mein Vater hat jeglichen Lebenswunsch, der ihr geblieben ist, zerstört.

21

Audrey

Eleanors Grab.

Alleine der Gedanken daran versetzt mich in Angstzustände. Doch heute habe ich mir fest vorgenommen, sie zu besuchen. Bisher konnte ich das nicht mehr, weil es mir zu schwergefallen ist, aber ich *muss* es schaffen. Ellie soll Teil meines Lebens bleiben und wenn ich aufhöre, sie zu sehen, ist es, als würde ich sie aufgeben.

Als ich aus dem Haus trete, ist es angenehm warm. Die Sonne scheint und dadurch steigt auch meine Laune enorm in die Höhe. Sobald schönes Wetter ist, fühlt es sich an, als wären fast all meine negativen Gedanken weggeblasen. Bis auf die, die ich *nicht* verdrängen kann. Durch den Park, vorbei an zwitschernden Vögeln und kleinen Entchen im See, mache ich mich auf den Weg.

Als ich schließlich das Tor zum Friedhof öffne, holt mich die Trauer wieder ein, doch es geht. Es gab Tage, da konnte ich diesen Ort nicht ohne Tränen betreten und jetzt seht mich an, ich gehe mit einem Lächeln auf dem Gesicht hinein.

In meiner Hand halte ich einen bunten Blumenstrauß, den ich extra für sie gepflückt habe, sie liebte Wildblumen über alles. Noch ein letztes Mal atme ich tief durch und mache mich auf den Weg zu ihrem Grab.

Ein paar Meter entfernt davon, erkenne ich eine bekannte Person. Dunkles Haar, breite Statur, schwarzer Pullover. Es ist Easton. Er sitzt vor einem Grab, in der Hand hält er einen Strauß von *Vergissmeinnicht* und … weint. Einen Moment überlege ich, ob es nicht doch besser wäre, ihn in Ruhe zu lassen und so zu tun, als hätte ich ihn nicht gesehen, aber mein Körper weigert sich dagegen.

»Hey«, begrüße ich ihn zögerlich.

Easton dreht sich schlagartig zu mir und wischt sich die Tränen aus dem Gesicht. »Hey, Audrey«, entgegnet er mit angeschlagener Stimme. Seine Augen sind ganz verquollen und rot, so traurig.

Für ein paar Momente starren wir uns einfach nur gegenseitig an, bis er sich räuspert. »Was machst du hier?«

Dumme Frage, nächste Frage. Aber in dem Moment wird mir bewusst, dass er vielleicht nicht einmal weiß, dass Ellie gestorben ist. »Ich besuche… meine beste Freundin«, antworte ich schließlich leise.

»Oh.« Easton sieht verlegen nach unten und als er mir wieder in die Augen sehen kann, erkenne ich so viel Schmerz in seinem Blick. »Es ist komisch, ich habe dich hier noch nie gesehen, obwohl ich schon seit fast sieben Jahren hierherkomme«, flüstert er mit gebrochener Stimme.

Ich wusste nicht, dass er auch jemanden verloren hat. Er wirkt so … verletzlich. Ihn so zu sehen bricht mir das Herz.

»Ich war noch nicht oft hier«, antworte ich hastig und gehe durch meine langen Haare. Nach ein bisschen Zögern füge ich noch etwas hinzu. »Wen besuchst du?«

Er schweigt einen Moment und ich spüre, wie sich sein Körper bei meinen Worten zusammenzieht. Er sieht auf die Vergissmeinnicht in seiner Hand und daraufhin wieder zu mir hoch. »Meine Mutter.«

Mein Herz bleibt für einen Augenblick stehen. Es tut mir so unfassbar leid, denn auch wenn meine Mutter nicht die Beste ist, könnte ich mir ein Leben ohne sie nicht vorstellen.

Ein Kind braucht seine Mutter.

Mir wird einiges klar und er muss wohl stärker sein, als ich dachte, wenn er all das durchmachen muss. Er hat so viel Schmerz in sich, was mir nun ein völlig neues Bild von ihm gibt.

»Das tut mir unendlich leid, Easton«, hauche ich. Zögernd nehme ich neben ihm Platz und berühre seine Schulter. »Der Tag an dem du mich in den Arm genommen hast, das war mein erster Schultag nach

121

ihrem Tod«, beichte ich ihm. Aus irgendeinem Grund habe ich das Bedürfnis, ihm das zu sagen. Ich weiß nicht, was es ist, doch es fühlt sich richtig an.

Easton zuckt zusammen und sieht mir dann tief in die Augen. »Oh«, entfährt es ihm nun wieder. Wenn ich ehrlich bin, wüsste ich auch nicht, wie ich auf sowas reagieren sollte.

Wir bleiben für mehrere Momente so sitzen. Es ist still, aber auf eine gute Art und Weise. Ich spüre etwas, das ich noch nie zuvor gespürt habe. Verständnis. Easton macht das Gleiche wie ich durch und weiß, wie es sich anfühlt, eine geliebte Person zu verlieren

Nach einer Weile bricht er das Schweigen. Easton zwingt sich ein leichtes Lächeln auf und verabschiedet sich bei mir. »Es war schön, dich hier zu treffen, auch wenn die Umstände nicht so toll sind. Bis morgen.«

Ich winke ihm zum Abschied, richte mich ebenfalls auf und stehe unbeholfen da. Er wendet sich schon zum Gehen, doch bevor er sich endgültig umdreht, fügt er noch etwas hinzu. »Ach und Audrey, ich wollte mich schon viel früher bei dir melden, nur ich hatte keine Zeit.«

Ich finde es süß, wie er mir das unbedingt noch sagen wollte, und ich glaube ihm. *Was wenn ich ihn wirklich falsch eingeschätzt habe?* Schließlich stehe ich auch auf und laufe zu Eleanors Grab. Ich ersetze die alten Blumen durch neue und nehme vor ihrem Grab Platz.

»Hey Ellie, das gerade war … seltsam. Ich meine, Easton ist so gegensätzlich. In einem Moment ist er abweisend und kalt und in dem anderen verletzlich und feinfühlig. Das alles verwirrt mich stark, denn ich bin der festen Überzeugung, dass hinter seiner Fassade einfach nur ein trauriger Junge steckt.«

Ich seufze. »Er hat seine Mutter verloren. *Seine Mutter.* Dieser Blick in seinen Augen war so tiefgründig und ganz ehrlich, in diesem Moment habe ich mir nichts mehr gewünscht als ihn in den Arm zu nehmen. Ihm zu helfen, so wie er mir, als ich zusammengebrochen bin.«

Doch das wäre unangebracht, oder etwa nicht?

»Ich wünschte, du wärst jetzt hier und könntest mir helfen. Wir zwei gegen den Rest der Welt. Doch ich muss nun meine eigenen

Entscheidungen treffen und auf mein Herz hören. Und damit möchte ich jetzt anfangen.«

Ich schöpfe Hoffnung, zum ersten Mal seit ihrem Tod.

»Mit meiner Mutter ist gerade eigentlich alles in Ordnung, das freut mich sehr. Sie hat sich beruhigt und solange ich das tue, was sie von mir verlangt, ist auch alles gut. Übermorgen kommen meine Tante, Logan und Cleo zu Besuch. Ich freue mich wirklich, denn ich habe meine Cousine und meinen Cousin ewig nicht mehr gesehen. Es war sehr schön, mal wieder mit dir zu reden. Ich komme bald wieder, hab dich lieb.«

22

Easton

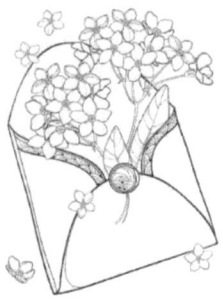

Ich lese den letzten Satz des Buches *Eleanor & Grey,* klappe es zu und starre für mehrere Momente reglos in die Leere.

Wow.

Nachdem mir Audrey gesagt hat, wie sehr sie dieses Buch mag, stand für mich sofort fest, dass ich es lesen muss. Normalerweise finde ich keinen gefallen am Lesen, aber sie hat es empfohlen und … vielleicht kann ich ihr auf diese Weise zeigen, dass ich es nun *wirklich* ernst meine.

Ich habe es mir sofort ausgeliehen, nachdem wir am See darüber geredet haben und jetzt innerhalb von zwei Tagen durchgelesen. Dass mich dieses Buch so mitreißen würde, hätte ich nie für möglich gehalten, aber nun sitze ich im Schulbus und habe in dem Moment das Buch beendet.

Angekommen in der Schule, mache ich mich augenblicklich auf den Weg zu Audrey. Miss Brown kommt sowieso immer zu spät und ich will sie unbedingt darüber in Kenntnis setzen, dass ich ihr Lieblingsbuch gelesen habe.

Vielleicht, aber auch nur ganz vielleicht habe ich mich ein bisschen informiert, welche Kurse sie wann besucht, weshalb ich nun sofort weiß, wo ich hinmuss. Schwungvoll öffne ich die Tür zu ihrem Raum und scanne mit meinem Blick alle Personen ab. In der zweitvordersten Reihe erkenne ich Audrey, wie sie mit ein paar anderen zusammensitzt. Sie sind am Reden und es scheint, als hätte

Audrey mich noch nicht bemerkt, also schleiche ich mich von hinten an und verschließe ihre Augen mit meinen Handflächen.

Ruckartig dreht sie sich um und sieht mir mitten in die Augen. »Easton, was machst du denn hier?«

Ich lächle breit und antworte ihr voller Euphorie. »Ich wollte dich sehen.«

Audrey verdreht ihre Augen, was sie immer tut, wenn sie etwas nervt, und ich liebe es.

»Außerdem muss ich dir was sagen«, erwähne ich aufgeregt und hebe das Buch in die Höhe. »Ich wusste ja gar nicht, dass du so etwas schmutziges liest.«

Audreys Wangen färben sich instinktiv Kirschfarben und sie steht abrupt auf. »Lass uns draußen weiterreden«, gibt sie beschämt von sich und zieht mich vor die Tür. »Du hast das Buch gelesen?«, fragt sie erstaunt.

So stolz, wie ein kleines Kind, das gerade das erste Mal Fahrrad ohne Stützräder gefahren ist, nicke ich. »Schau mal, ich habe mir sogar ein paar Stellen mit Post-its markiert.« Vorsichtig öffne ich das Buch und zeige auf verschiedene Zitate. »Besonders schön fand ich diese Stelle«, gebe ich von mir und blicke gespannt in ihr Gesicht.

Das war es, was ich tun musste. Sie findet es toll.

»Wow, ich wusste gar nicht, dass du gerne liest«, erwidert sie mit einem leichten Lächeln auf dem Gesicht und ihren Händen in den Haaren.

»Tu ich eigentlich auch nicht. Ich habe es nur wegen dir gelesen.«

»Du hast das nur wegen mir gelesen?«, fragt Audrey verblüfft, ihre Augen strahlen.

Ich nicke.

»Easton… so etwas hat noch nie jemand für mich gemacht«, sagt sie baff. Mein Herz flimmert bei dem Klang ihrer Stimme und ich liebe es so sehr, wenn sie meinen Namen sagt. Es fühlt sich so richtig an.

In dem Moment, indem ich etwas entgegnen möchte, kommt ihre Lehrerin und unterbricht uns. »Audrey, was suchst du noch hier draußen? Der Unterricht beginnt!«

Ohne ein weiteres Wort, geht Audrey in den Kursraum hinein, winkt mir aber noch zum Abschied, mit einem riesigen Lächeln auf ihrem wunderschönen Gesicht.

Mein Herz, es pocht.

»Easton«, ruft Aaron schon ganz aufgeregt, als ich endlich in unseren Kurs trete. Wie ich es schon vorausgesagt habe, ist Miss Brown noch nicht da.

»Hm?«

»Okay okay, hör zu.« Hektisch fuchtelt er mit seinen Händen in der Luft. »Ich gehe morgen mit Sofia an den See baden und da sie ihre Freundin mitnimmt, wollte ich fragen, ob du auch mitkommen kannst.«

Aaron sieht mich flehend an und ich weiß genau, wie gerne er möchte, dass ich ihn begleite, da er sich damit schwertut, wenn es nicht nur Sofia und er alleine sind, aber ich kann nicht.

»Ich weiß, dass es total spontan ist und du sowas hasst, aber du liebst mich doch, richtig? Dann *bitte* lass mich nicht allein«, fügt er hinzu, nachdem er den vielsagenden Blick auf meinem Gesicht gesehen hat.

»Es tut mir leid, ich würde echt gerne, aber ich muss morgen auf Avery aufpassen«, antworte ich seufzend. Mitleidig sehe ich ihn an, lasse mich auf den Stuhl an meinem Platz fallen und klopfe ihm tröstlich auf die Schulter. »Du schaffst das schon alleine mit den zwei.«

Ein lautes Stöhnen dringt aus seinem Mund. »Easton …«

»Du bist charmant, du kannst das. Außerdem ist Sofia da«, versuche ich ihn aufzumuntern.

»Du findest mich charmant? Easton Miller, flirtest du mit mir?«, gibt er theatralisch von sich und schmunzelt breit.

Augenverdrehend schüttle ich den Kopf. »Wie es scheint merkst du es sogar, nur sie nicht.«

»Merken, also flirtest du wirklich mit mir?« Kichernd legt er seine Hand aufs Herz. »Ich fühle mich geschmeichelt.«

Ich gebe Aaron einen sanften Schlag auf den Hinterkopf und räuspere mich. »Natürlich nicht, aber bei dir flirte ich nicht und du sagst das aus Spaß. Bei ihr flirte ich tatsächlich, aber sie merkt es nicht.«

Vielleicht bin ich einfach nur katastrophal schlecht im Flirten oder Audrey lässt sich nicht anmerken, dass sie versteht, was ich tue.

»Wieso habe ich das Gefühl, dass es nichtmehr um mein Problem geht?«, bringt Aaron seufzend hervor und reißt vorwurfsvoll seine Augenbrauen in die Höhe.

»Audrey bemerkt nicht, dass ich mit ihr flirte. Zumindest denke ich das.«

Aaron lacht laut auf. »Selbstverständlich geht es nicht mehr um mein Problem«, schlussfolgert er. »Vielleicht bist du einfach … schlecht im Flirten. Darüber schonmal nachgedacht?«

Mhm.

»Also, wegen deinem Problem: Darf ich Avery mitbringen? Dann komme ich«, frage ich, um wieder auf ihn zu lenken.

»Ja!«

»Diese Antwort kam schnell, als hättest du nur darauf gewartet«, bringe ich lachend hervor.

Aaron lehnt sich genügsam an die Lehne seines Stuhles, schlägt seine Beine übereinander und schmunzelt. »Nun, ich liebe den kleinen Zwerg und Sofia kann sowieso gut mit kleine Kinder, das ist perfekt.«

Der Unterricht gehen vorbei und nun stehe ich wie ein Verrückter vor dem Schuleingang und warte darauf, dass Audrey rausläuft. In den Pausen habe ich sie nicht gesehen, aber jetzt erwische ich sie bestimmt noch.

»Hey, endlich sehe ich dich.« Erleichterung steigt in mir auf, als ich ihr Gesicht in der Menschenmenge erkenne.

»Hi«, kommt es zaghaft von Audrey.

Ich fahre mir nervös durch die Haare und beginne, zu reden. »Also Folgendes, mein Kumpel, Aaron, du kennst ihn von der Party, geht mit seiner Freundin und ihrer besten Freundin an den See und hat gefragt, ob ich mitkomme. Also ich muss meine kleine Schwester mitnehmen, weil sie sonst alleine ist, aber was ich eigentlich fragen wollte, ist, willst du auch mitkommen?«

Audrey blickt mich perplex an, als ich fertig gesprochen habe, denn so viel habe ich noch nie am Stück von mir gegeben. Ein kleines Lächeln formt sich auf ihren Lippen. »Weißt du, dass ich eigentlich noch sauer auf dich sein wollte?«

Ich kneife die Augen zusammen. »Wollte? Das heißt, du bist es nicht mehr?«

Sie schweigt einen Moment. »Ich sollte aber.«

Mein Herz macht einen kleinen Sprung in die Höhe. »Das heißt dann also ja?«

»Nein«, entgegnet sie knapp.

Meine Mundwinkel verlieren an Halt und als sie das sieht, redet sie schnell weiter. »Easton, ich kann morgen nicht, tut mir leid. Meine Verwandten kommen zu Besuch.«

Ich bin erleichtert, dass es nur das ist. Ich habe womöglich *wirklich* eine Chance bei ihr und diese will ich auf keinen Fall verspielen. »Wie wäre es mit einem Date, an einem anderen Tag?«, schlage ich vor und blicke zu ihr hinunter.

Ich muss es versuchen.

»Wer weiß, vielleicht«, antwortet sie lächelnd. Es bringt mich um den Verstand.

Wir sind mittlerweile an ihrer Bushaltestelle angekommen und ich muss mich nun langsam auf den Weg zu meiner Haltestelle machen, um nicht den Bus zu verpassen.

Mit einem Lächeln auf den Lippen verabschiede ich mich bei ihr, aber bevor ich mich zum Gehen wende, flüstere ich ihr noch etwas ins Ohr. »Ich werde dir beweisen, dass es sich lohnt, mit mir auszugehen.«

Audrey lächelt süß und winkt mir zum Abschied.

Mein Herz, es schlägt.

23

Easton

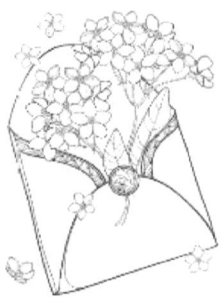

»Hey, Aaron«, kreischt meine kleine Schwester, als sie ihn erblickt. Die beiden haben eine ganz besondere Bindung zueinander. Er war schon als Aves ganz klein war mit mir befreundet und sie hat ihn in diesen ganzen Jahren echt ins Herz geschlossen. Neuerdings habe ich die Theorie, dass sie ein bisschen für ihn schwärmt, denn einmal hat sie gefragt, ob er schonmal ein Mädchen geküsst hat und als er darauf mit *Ja* geantwortet hat, ist sie eingeschnappt weggerannt.

Aaron breitet seine Hände aus, sodass Avery ihm in die Arme fallen kann und lächelt. »Hey, Kleine. Schön, dass du auch dabei bist.« Aaron wuschelt ihr durch die Haare und blickt währen dessen voller Liebe zu seinem Mädchen. »Das ist Sofia meine Freundin und ihre beste Freundin Amara«, stellt er sie vor.

Ich laufe zu den beiden und begrüße sie freudig, Avery sitzt jedoch schmollend da und schaut grimmig in die Luft. Ihre Arme sind verschränkt und ihr Auge zuckt.

»Avery, willst du nicht auch Hallo sagen?« Hilfesuchend sehe ich umher, aber bevor ich irgendetwas machen kann, schreit sie laut: *Nein*, und rennt davon.

»Tut mir echt leid, normalerweise ist sie nicht so. Ich rede mal mit ihr«, entschuldige ich ihr Verhalten. Ich laufe Avery eilig hinterher und hole sie schließlich in der Nähe des Parkplatzes ein. »Avery, bleib sofort stehen! Es ist hier gefährlich an der Straße!«, schrei ich laut. Ich sehe, wie sie am ganzen Körper zusammenzuckt, abrupt mit dem Rennen aufhört und sich zu mir umdreht.

Es tut weh, zu sehen, wie sie reagiert. Ich wollte sie nicht anschreien, das hat früher bei meinem Vater nichts gebracht und das wird es auch jetzt nicht, aber es ist nun mal gefährlich.

»Tut mir leid«, gibt sie kleinlich von sich und tapst langsam zu mir hinüber.

»Was ist denn bloß in dich gefahren? Ich habe dich hierher mitgenommen, weil ich dachte, du wärst schon groß genug, aber anscheinend bist du doch noch zu klein«, sage ich mit ermahnender, aber zugleich ruhiger Stimme. Sie soll wissen, wie ernst es ist, aber ich will auf gar keinen Fall, dass sie Angst hat.

Avery sieht mich ganz traurig an und es bildet sich ein Schmollmund auf ihrem Gesicht. »Ich bin groß genug!«, gibt sie trotzig von sich.

»Dann beweis es mir und sei wieder die Avery, die ich kenne«, entgegne ich.

Sie sieht mich entschuldigend an und nickt leicht.

Zur Versöhnung strecke ich meine Hand nach ihr aus und gemeinsam laufen wir zurück an den See. Ich wusste, dass sie es nicht so toll finden würde, wenn sie erfährt, dass Aaron eine Freundin hat, aber dass sie so stark reagiert, hätte ich nun auch wieder nicht gedacht.

»Avery, begrüße die beiden und entschuldige dich oder ich kann dich leider zukünftig nicht mehr mitnehmen«, flüstere ich ihr leise ins Ohr, als wir wieder bei den anderen angekommen sind. Aves formt mit ihren Lippen ein: *Ja*, und wendet sich schließlich nach vorne. »Hallo, Amara und Sofia, tut mir leid, dass ich so doof war.«

»Alles gut, Avery. Sag mal, stimmt es, dass du letztens deinen Bruder beim Fußballspielen abgezockt hast? Aaron hat mir da was erzählt, aber das musste ich erstmal die Meisterin fragen«, erkundigt sich Sofia und damit ist das Eis gebrochen. Avery rennt zu ihr rüber und beginnt ihr alles bis ins kleinste Detail zu berichten. Ihre Augen funkeln und da kann ich ihr einfach nicht mehr böse sein.

»Hoffentlich ist es keine schlechte Entscheidung gewesen, den kleinen Zwerg mitzunehmen, aber du wolltest es.« Ich setze mich neben Aaron auf eine rote Picknickdecke und seufze laut.

»Was denkst du denn, weshalb ich dich gefragt habe? Ganz bestimmt nicht, weil ich mit dir raus wollte«, gibt er neckend von sich und blickt hinüber zu Avery.

»Ach so, ich verstehe«, entgegne ich und schmunzle in mich hinein. Diese Normalität tut mir gut. Sie ist das, was ich jetzt mehr brauche als alles andere.

»Easton.« Quengelnd tippt mir meine kleine Schwester auf die Schulter und scheint nicht in der Versuchung zu sein, damit aufzuhören.

»Ja?«, frage ich, als ich mich umdrehe und ihr grinsendes Gesicht erkenne. Avery zeigt auf den See. »Darf ich ins Wasser?«

Nickend krame ich kurz in meiner Tasche und hole ihren Bikini raus. »Hier. Creme dich noch ein, nicht, dass du einen Sonnenbrand bekommst«, sage ich schnell, lege ihr die Sachen aufs Handtuch und drehe mich um.

Erneut spüre ich ein Tippen auf meiner Schulter. Avery steht mit dem Handtuch vor mir und blickt mich bittend an. »Hebst du es, während ich mich umziehe?«

Ohne zu zögern stehe ich auf, spanne das Handtuch um sie herum, sodass man nichts sieht und warte, bis sie ihre Badesachen anhat.

»Fertig«, sagt sie, woraufhin ich das Handtuch fallen lasse. Avery möchte schon ins Wasser rennen, da blicke ich sie warnend an und halte die Sonnencreme hoch. »Wenn es nötig ist, ziehe ich dich aus dem Wasser und schleife dich hier her. Du cremst dich ein!«, kommt es streng von mir.

Schnurstracks läuft sie zu mir und beginnt damit, die Sonnencreme auf ihrem Körper zu verteilen. »Darf ich jetzt endlich schwimmen?«, fragt sie ungeduldig und springt auf und ab.

»Ja, aber pass auf und schwimm nicht zu weit raus, nur so weit, wie du stehen kannst«, erkläre ich ihr. Mich versetzt es aus unerklärlichen Gründen immer in Angst, wenn sie im Wasser ist. Es könnte viel passieren und ich bin derjenige, der die Verantwortung trägt. Doch sie ist ein Kind und soll Spaß haben.

131

Glücklich springt Aves auf und rennt ins kühle Nass hinein. Ich blicke ihr hinterher und lasse sie keinen Moment außer Augen.

»Deine Schwester ist wirklich süß«, kommt es von Amara, die uns schon seit einer Weile schmunzelnd beobachtet.

Ich lache in mich hinein und blicke mit hochgezogenen Augenbrauen zu ihr. »Wenn sie sich nicht gerade wie ein Giftzwerg benimmt, ja, dann ist sie sehr süß.«

Alle fangen an zu lachen und in diesem Moment spüre ich, wie unbeschwert das Leben sein kann. *Lass los von dieser Paranoia, Easton. Avery wird nichts passieren.*

»Also, wer hat Lust auf ein Kartenspiel?« Sofia hebt Uno in die Höhe und grinst breit. Ich nicke freudig und nachdem die anderen ebenfalls ihre Zustimmung gegeben haben, teilt sie die Karten aus. Amara ist die Jüngste, daher startet sie mit dem Spiel und als ich an der Reihe bin, beginne ich erst einmal gutmütig, aber später spiele ich meine Karten und gewinne haushoch.

Wir haben es uns auf einer großen Picknickdecke bequem gemacht, Aaron und Sofia haben ein paar Snacks und verschiedenste Spiele mitgenommen.

Avery ist derzeit immer noch im Wasser, tollt herum und scheint wunschlos glücklich zu sein. Sie hat zu ihrem letzten Geburtstag einen Schnorchel bekommen und seitdem ist sie die ganze Zeit unter Wasser, lediglich der Schnorchel, welcher aus dem Wasser herausschaut, verrät, wo sie sich befindet.

»Sofia und ich gehen ins Wasser, kommt ihr mit?«, fragt Amara.

Sofort richte ich mich auf, bejahe ich ihre Frage und wir alle hechten in den See hinein. Das Wasser ist noch ein bisschen frisch, aber da es draußen so heiß ist, macht das nichts. Es ist sehr angenehm.

»Ist der Schnorchel gut, mein Engel?«, frage ich grinsend, als Avery aus dem Wasser auftaucht und streiche ihr über den Kopf. Sie nickt eifrig und bevor ich überhaupt noch etwas sagen kann, taucht sie wieder ab.

Wenn Avery glücklich ist, bin ich glücklich.

»Ich liebe es, wenn du das sagst«, flüstert Aaron Sofia zu und schlingt seine Hände von hinten um ihren Körper. »Aber ich liebe es noch mehr, genau das zu tun, bei dem du mir ausdrücklich gesagt hast, dass ich es nicht machen soll.« Nach diesen Worten ertönt ein hoher Schrei von Sofia zur Folge dessen, dass Aaron sie geradewegs ins Wasser geschmissen hat.

»Na warte!«, ruft sie, als sie wieder auftaucht, allerdings trägt sie ein breites Lächeln auf den Lippen. »Damit kommst du nicht davon.« Kaum, dass ich mich versehe, schwimmt sie zu Aaron, schlingt ihre Arme um seinen Körper und versucht mit aller Kraft, ihn unter Wasser zu tauchen, jedoch ohne Erfolg.

Ohne groß darüber nachzudenken, laufe ich durch das Wasser zu ihnen und helfe etwas aus. Ich tauche ab, ziehe Aarons Fuß vom Boden und gemeinsam mit Sofia gelingt es mir, ihn unter Wasser zu befördern.

»Yey!« Triumphierend hebt Sofia ihre Hände in die Höhe und grinst mich breit an. »Danke.«

»Nicht cool«, bringt Aaron kopfschüttelnd hervor, als er neben uns auftaucht. »Wirklich nicht cool.«

»Aber witzig, das musst du uns lassen«, flüstert Sofia, schlingt ihre Beine um Aaron und streicht ihm seine nasse Haarsträhnen nach hinten.

»Mhm«, murmelt er, lächelt jedoch breit. »Wenn du das sagst, Prinzessin.« Es ist süß, anzusehen, wie gut Aaron Sofia behandelt. Ich meine, früher war er ganz anders, da hat er nicht einmal daran gedacht, eine Beziehung einzugehen. Man könnte sagen, sie hat ihn verändert. Im Herzen war er schon immer gut, nur hat es etwas gedauert, bis das zum Vorschein gekommen ist.

Ein räuspern ertönt. »Wollt ihr Volleyball spielen?«, fragt Amara. Sie steht etwas unbeholfen hinter uns und hebt den Ball nach oben.

»Oh ja!« Euphorisch springt Sofia auf der Stelle und macht mit ihren Händen den Anschein, zu baggern. »Ich bin ready.«

Die warme Sonne prickelt auf meiner Haut und ein wohliges Gefühl breitet sich in mir aus. Ich genieße diesen Tag mit meinen Freunden. Amara, Sofia und Avery liegen alle samt auf ihren Handtüchern, um sich zu bräunen, während Aaron und ich an unserer Cola nippen und still auf den See hinausschauen.

»Shh.« Aaron legt seinen Zeigefinger vor den Mund und blickt mich schuldbewusst an, während er geräuschlos zum Wasser hinüberschleicht und rasch hineingeht. Kurz darauf kommt er wieder hinaus, um sich pitschnass auf Sofia zu legen. Das kenne ich nur allzu gut, ich habe es selbst immer bei Hailey gemacht.

Sie schreit schrill auf und dreht sich instinktiv um. »Aaron, was soll das?!«, entgegnet sie empört, aber mit einem Lächeln auf den Lippen.

Er zuckt mit den Schultern. »Ich dachte, du könntest eine kleine Abkühlung vertragen.«

Sarkastisch verdreht sie die Augen, gibt ihm aber schließlich einen flüchtigen Kuss auf den Mund.

»Mehr. Bitte«, flüstert Aaron. Er nimmt Sofias Gesicht in seine Hände und presst seine Lippen erneut auf ihre, so voller Sehnsucht. Als wäre es das, was er schon die ganze Zeit tun wollte.

Bei mir hat das nie so ein gutes Ende genommen. Hailey hat mich jedes Mal vor ans Wasser geschleift und getunkt, bis ich bestimmt zehn Liter geschluckt hatte.

»Kommst du mit mir?«, fragt Avery zuckersüß, als sie nach einer Zeit wieder ins Wasser möchte.

Ich wuschle ihr durch die Haare, stehe aber schließlich auf und laufe mit ihr zum See. Es geht einfach nicht, ich kann ihr keinen Wunsch ausschlagen. Das ist meine größte Schwäche, wenn es um diesen kleinen Zwerg geht.

»Spiel mit mir Meerjungfrauen«, bringt sie hervor, als wir unten am Wasser angekommen sind. Sie liegt mit dem Rücken auf dem Boden am niedrigen Ufer und bewegt ihre Beine wie eine Flosse.

Schnell schüttle ich mit meinem Kopf.

»Bitte«, fleht sie.

»Komm schon Easton, wir wollen dich sehen, du kleine Meerjungfrau«, mischt sich nun auch noch Aaron ein, welcher gemeinsam mit Sofia und Amara auf uns zugelaufen kommt und mich erwartungsvoll anblickt. *Wieso denn eigentlich nicht?*

»Wisst ihr nicht, dass ich die kleine Meerjungfrau höchstpersönlich bin?«, gebe ich empört von mir. Ich drehe meinen Kopf, werfe meine imaginär rote Haarpracht nach hinten und tauche mit einem eleganten Kopfsprung ins Wasser ein.

24

Audrey

Zur selben Zeit:

Als ein Klingeln ertönt, springe ich prompt auf und renne die Treppe hinunter. Meine Mundwinkel schnellen in dem Moment nach oben, als ich draußen meine Cousine erblicke. Freudig reiße ich die Tür auf und schließe sie in eine herzige Umarmung. Es ist zu lange her, seit wir uns das letzte Mal gesehen haben.

Höflich begrüße ich meine Familie und bitte sie hinein. Ich habe bereits den Tisch gedeckt und mit meiner Mutter zusammen Essen gekocht. Nun ja, wenn man das überhaupt so nennen kann.

Es gibt heute Burger mit Pommes. Ich habe die Pattys selber gemacht, Kartoffeln in lange Scheiben geschnitten, sie danach in den Backofen geschoben, damit daraus Pommes werden und Gemüse angerichtet. Salat, Tomaten, Essiggurken, Zwiebeln und verschiedene Saucen stehen bereits auf dem Tisch und die Brötchen, wie auch die Pommes, sind noch im Ofen.

»Das Essen ist gleich fertig, setzt euch ruhig schonmal hin. Meine Mutter kommt gleich«, gebe ich von mir und sehe zu, wie sie ihre Schuhe ausziehen und sich an den Tisch setzen.

»Ich sage Ana kurz hallo.« Höre ich meine Tante sagen. Sie signalisiert mir mit einem kurzen Nicken, dass sie gleich wieder da ist und verschwindet in der Küche zu meiner Mutter. Gabriellas Haare sind streng nach hinten gebunden und ihr Zopf wackelt beim Laufen hin und her, so wie ich es in Erinnerung habe.

»Also, wie geht's dir so?«, hinterfragt Cleo und legt ihren Kopf schief.

»Mir geht es ganz gut und euch?«

Ganz gut, so habe ich mich lange nicht mehr gefühlt. Doch ich habe mich an das Loch in meinem Herzen gewöhnt …

Sie schmunzeln und teilen mir mit, dass es ihnen ebenfalls gut geht. Es beruhigt mich, dass wir uns so unbeschwert miteinander unterhalten können und sie mich nicht in Watte packen wegen dem, was passiert ist. Zufrieden lächle ich und binde meine Haare mit einem Gummi, welches ich zuvor um mein Handgelenk getragen habe, zu einem Zopf zusammen.

»Wie wäre es, wenn wir heute ein bisschen an den See gehen und baden? Es ist so warm, und unsere Mütter wollen bestimmt sowieso die ganze Zeit miteinander reden«, schlägt Cleo vor und grinst mich breit an. Ihr dunkles, welliges Haar scheint in der Sonne und ihre blauen Augen funkeln mich erwartungsvoll an.

Ich weiß nicht, ob das so eine gute Idee ist. Easton wollte auch an einen See und ich habe keine Ahnung an welchen. Wenn ich dort aufkreuze, sieht es so aus, als würde ich dort hingehen, um ihn zu beobachten, oder sonst irgendwas und das möchte ich auf jeden Fall vermeiden.

»Lieber nicht«, murmle ich und blicke die beiden mit einem etwas bedrückendem Gesichtsausdruck an.

Logan setzt seine Stirn in Falten und sieht verwirrt zu mir rüber. »Wieso denn nicht? Ist doch eine gute Idee.«

»Ich habe meine Tage«, presse ich unüberlegt eine Notlüge heraus. Das ist der einzig nachvollziehbare Grund, der mir momentan einfällt.

Cleo verstummt, aber Logan kann seinen Mund nicht halten, so war er schon als Kind gewesen. »Dann schieb dir ein Tampon rein!«

Ernst sehe ich ihn an, greife nach einem Löffel, welcher eigentlich für die Sauce bereitliegt und bewerfe ihn damit. *Er ist unverschämt.*

Geschlagen hebt Logan seine Hände in die Höhe und schmunzelt. »Schon gut, wäre es den Ladys recht, ein Eis zu essen? Ich lade euch auch ein«, schlägt er als Alternatividee vor.

Mir fällt ein Stein vom Herzen, denn das klingt tatsächlich nach einem sehr guten Vorschlag. Damit sind wir alle einverstanden.

Keinen Augenblick später kommen meine Tante und Mutter mit dem Essen ins Wohnzimmer hineingelaufen, jeder belegt sich seinen Burger wie er möchte und nachdem alle begonnen haben, zu essen, hört man keinen Mucks mehr, nur noch lautes Kauen.

»Also, ich habe gehört, du bist wieder wohl auf nach dem Aufstand«, beginnt Gabriella ein Gespräch mit mir zu führen.

Ich weiß, es ist wahrscheinlich nur nett gemeint und ich würde sagen: So ist sie halt, aber bei ihren Worten dreht sich mein Magen um. Ich höre auf zu kauen und halte einen Moment inne. *Hat sie Eleanors Tod gerade wirklich als einen Aufstand bezeichnet?* Ich nicke langsam, kann aber immer noch nicht fassen, dass sie sich so ausgedrückt.

»Ich hoffe, es ist okay, dass ich darüber rede, aber deine Mutter meinte, du wärst darauf schon gut zu sprechen«, redet meine Tante weiter. *Natürlich sagt meine Mutter das.* In ihren Augen scheint alles perfekt, aber dieses Wort hat für mich mittlerweile eine andere Bedeutung bekommen.

Ich zwinge mir ein Lächeln auf die Lippen und antworte knapp mit einem: *Alles gut.* Inständig hoffe ich, dass sie mich nun in Ruhe lässt und keine weiteren Fragen stellt. Ich rede nicht gerne darüber, so einfach ist es. Schon gar nicht mit jemandem, der mich nicht versteht und mich nicht einmal richtig kennt. Klar, es ist meine Tante, aber sind wir mal ehrlich, wann hat sie sich bisher für meinem Leben interessiert?

»Kann ich mir von dir was zum Anziehen ausleihen? Es ist doch wärmer, als ich dachte«, wendet sich meine Cousine nach dem Essen an mich.

Ich nicke augenblicklich und begleite sie nach oben in mein Zimmer. »Such dir einfach was aus«, kommt es großzügig von mir, während ich meinen Schrank öffne. Er ist begehbar, ein echter Luxus. Mein Vater hat ihn für mich eingerichtet und die Regalbretter an der Wand angebracht. Ursprünglich war es ein kleiner, freier Raum und es war die beste Idee, daraus einen Kleiderschrank zu machen.

Logan macht sich auf meinem Bett breit und verschränkt die Arme hinter seinem Kopf. »Woah, du hast ein Rugbyball? Ich wusste gar nicht, dass du spielst«, sagt er erfreut, als er den Ball in meinem Regal entdeckt.

Ich lache herzhaft und wende mich zu ihm. »Ich spiele auch nicht, den hat mir mein Vater mal geschenkt. Er ist sogar von einem Rugbyspieler signiert, vielleicht kennst du den.«

Hastig steht Logan auf, nimmt den Ball in seine Hand und sieht auf die Unterschrift. »Willst du mich verarschen? Natürlich kenne ich den. Wie hat dein Vater die Unterschrift bekommen?«, möchte er voller Begeisterung wissen und blickt interessiert zu mir.

»Ich weiß nicht, ich weiß nur, dass er mir eine Freude machen wollte. Ich habe einmal mit ihm zusammen ein Spiel geschaut und jetzt denkt er, ich wäre ein supergroßer Fan.«

Verwirrt blickt Logan zu mir und runzelt seine Stirn »Also bist du kein Fan?«

Ich sehe für eine längere Zeit auf den Ball und daraufhin wieder zu ihm. »Nein, eigentlich nicht, aber für meinen Vater bin ich einer.«

Das ist der Moment, in dem Cleo wieder zu uns ins Zimmer tritt. »Ich bin fertig, wir können gehen.« Als ich sehe, was sie anhat, schlucke ich schwer. Sie steht vor mir und trägt das alte Shirt von Ellie. Sie hatte es mir kurz bevor sie gestorben ist geschenkt …

»Das kannst du nicht tragen«, platzt es aus mir heraus. Alles was in diesem Moment spricht, ist mein Herz, das Laut nach Ellies Namen ruft. Eine Welle der Trauer überkommt mich verursacht durch das sehen ihres Kleidungsstücks.

Cleo sieht schräg zu mir und pure Verwirrung ist in ihrem Ausdruck zu erkennen. »Oh, steht es mir nicht?«

»Doch, natürlich, aber es gehört meiner Freundin und sie will bestimmt nicht, dass es jemand anderes anzieht. Tut mir leid«, entfährt es mir hastig. *Zumindest ist dies nicht ganz gelogen.*

»Oh, ja klar, kein Problem«, gibt sie von sich und kaum, dass sie sich umgezogen hat, verlassen wir das Haus und machen uns auf den Weg zur Eisdiele.

Ich trage einen weißen Rock mit blauen Blümchen, dazu ein schwarzes Top und eine stylische Sonnenbrille, welche ich letztes Jahr mit Celine im Partnerlook gekauft habe. Ich liebe den Sommer so sehr. Das warme Wetter hat enormen Einfluss auf meine Laune, weshalb ich gerade entsprechend gut drauf bin.

»Immer noch ein Maracuja Fan?«, fragt Logan mit zusammengekniffenen Augen, als wir einige Minuten später angekommen.

»Daran kannst du dich erinnern? Knuffig«, entgegne ich und schmunzle breit. Schon seit ich ganz klein bin, ist das meine absolute Lieblingssorte. Maracujas könnte ich im Unverstand essen, jedoch sind diese so unverschämt teuer, weshalb das Eis doch eine gute Alternative ist.

»Manchmal ist Logan ziemlich feinfühlig«, kommt es von Cleo, die ihrem Bruder genügsam durch die Haare fährt.

»Tu nicht wieder so, als wäre ich ein Baby, ich bin zwei Jahre älter als du.« Ausweichend sieht er zu mir und verdreht seine Augen.

»Nun, du verhältst dich ziemlich oft so.«

»Waaas?!« Verblüfft sieht er zu mir und reißt seine Hände in die Höhe. »Das stimmt nicht, richtig?« Sein Blick zerlöchert mich und er scheint wohl darauf zu warten, dass ich ihn in Schutz nehme, jedoch kann er das vergessen. »Tut mir leid, dich zu enttäuschen, aber ich bin da total auf Cleos Seite.«

»Yey«, bringt sie hervor und schlingt ihre Arme um mich, während sie Logan die Zunge rausstreckt. »Ha!«

Stöhnend verdreht er die Augen. »Und du behauptest, ich sei der kindische? Entweder ist das so eine Verschwörung unter Mädchen, oder ihr habt eine falsche Wahrnehmung.«

Ich zucke grinsend mit den Schultern und wende mich an die Eisdiele. »Also, du bist unser großzügiger Spender heute?«

»Wohl oder übel«, gibt Logan von sich.

»Hey, du hast es schließlich angeboten«, greift Cleo ein und drückt sich an ihm vorbei, um zu mir zu gelangen und zu bestellen. »Ich hätte zwei Kugeln in der Waffel. Einmal Haselnuss und Schokolade.«

»Für mich bitte eine Kugel Maracuja in der Waffel«, sage ich und wende mich kurzdarauf an Logan. »Danke.« Zwar sehen wir uns sehr selten, doch immer, wenn wir uns sehen, verstehen wir uns gut. Bei ihm kann ich unbeschwert sein, da er einen äußerst amüsanten und unkomplizierten Charakter hat. Ich würde behaupten, ihm fällt es nicht schwer, neue Leute kennenzulernen. Oft wäre ich gerne ein bisschen mehr wie er. Selbstsicherer in dem, was ich tue. Doch dann wird mir bewusst, dass ich das sein kann, ich muss nur anfangen, mir selbst zu vertrauen.

Und das ist es, womit ich heute beginnen möchte.

25

Easton

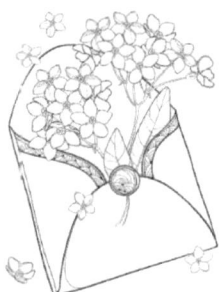

Hey, Audrey.

Hey, hey.

Wie war dein Tag heute so?

Sehr schön :)

Ich war mit meiner Cousine und meinem Cousin in der Stadt, Eis essen und danach sind wir noch etwas shoppen gegangen.

Das ist schön.

Was hast du gekauft?

Einen blauen Bikini, eine kurze
Hose und ein paar Sommertops :)

Das hört sich super an. Den Bikini
muss ich unbedingt mal an dir sehen.

Sicherlich, träum weiter.

Wie war dein Tag?

Auch sehr schön!!!

Avery hat mich überredet, mit
ihr Meerjungfrau zu spielen:,)

Wie süß, das hätte ich
gerne gesehen.

So süß war es nun auch wieder
nicht, mein Meerjungfrauen-
geschwimme ist furchtbar.

Du bist ein toller Bruder.

Das würde bestimmt nicht
jeder machen.

Danke, Audrey.

Hast du Geschwister?

Nein, ich bin Einzelkind.

Du hast nur eine kleine Schwester, oder?

Nein, ich habe auch noch eine ältere Schwester und einen älteren Bruder.

Wie alt sind sie?

Avery ist 10, Hailey 21 und Silas 24.

Wow, Avery, was ein schöner Name.

Meine Mutter hat ihr den Namen gegeben, da er »Königin der Elfen« bedeutet.

Früher hat sie uns jeden Abend Geschichten aus dem Elfenland erzählt.

Ohh, klingt schön.

Hat dein Name eine Bedeutung, Audrey?

Bis jetzt wusste ich gar nicht, dass mein Name überhaupt eine Bedeutung hat, aber ich habe nachgesehen.

Er bedeutet die Edle, Starke und Mächtige.

Das passt gut zu dir. So würde ich dich einschätzen.

Oh, ich denke mal, danke?

Bitte.

Und was sonst? Erzähl mir ein bisschen von dir.

Uhm, was willst du denn wissen?

Was ist dein Lieblingssong? Ich finde, der Musikgeschmack einer Person sagt viel über sie aus.

Iris von the Goo Goo Dolls, ganz klar. Aber grundsätzlich höre ich viele verschiedene Lieder

Das Lied ist ein Meisterwerk.

Du kennst es?!

Natürlich.

Ich kenne es nicht nur, sondern ich *liebe* es

Okay, WOW. Das hätte ich wirklich nicht erwartet.

Auf eine gute Weise?

145

Auf die beste Weise! Was hörst du noch für Musik?

The Smiths ist meine Lieblingsband. Sonst höre ich meist ältere Lieder

Ich LIEBE the Smiths!!!

Ich stimme dir zu. Der Musikgeschmack sagt *wirklich* viel über eine Person auf

Und was sagt meiner über mich aus?

Dass du doch nicht so ein ignoranter Arsch bist, wie ich dachte.

Autsch

Gerechtfertigt

Touché

Aber du konntest mich einfach
nicht aus dem Kopf bekommen.

Nicht wahr?

Da hast du wohl recht,
Audrey.

26

Audrey

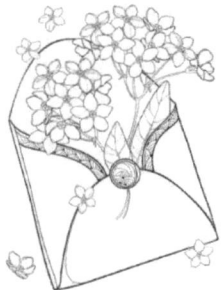

»Kannst du es glauben, Asher?«, frage ich und verdrehe genervt die Augen, während ich mich auf meinen Stuhl fallen lasse.

»Unglaublich.« Er schüttelt verständnislos den Kopf und gestikuliert mit seinen Händen. Wir sollten gerade eigentlich Mathegleichungen lösen, aber ein interessantes Gespräch scheint doch gleich viel verlockender.

»Ich habe gehört, Louis hat gesagt, du hättest noch Gefühle für ihn«, bringe ich hervor.

Asher zieht scharf die Luft ein und fasst sich gespielt ans Herz. »Oh. Mein. Gott. Das stimmt nicht! Ich bin über Louis hinweg.« Nach ein wenig Zögern fügt er noch etwas hinzu. »Aber hast du seinen neuen Haarschnitt gesehen?«

Ich muss bei seinen Worten schmunzeln und vergrabe meine Hände in den Haaren. »Das bist du bestimmt«, gebe ich lachend von mir.

»Nein, das bin ich nicht«, seufzt Asher und faltet seine Hände zusammen.

»Nun ja, dann musst du ihm das sagen«, flüstere ich, denn in diesem Augenblick kommt unser Lehrer in unsere Ecke gelaufen. Ich tue so, als würde ich nachdenken und setze den Stift auf das Papier, welches vor mir auf dem Tisch liegt.

»Das ist nicht so einfach«, sagt Asher, sobald unser Lehrer außer Hörweite ist. »Louis will bestimmt nichts mehr von mir.«

Nun bin ich diejenige, die seufzt. So geht das jetzt schon eine laaaange Zeit. »Dann sag es ihm nicht«, gebe ich von mir.

»Aber…«, greift er ein und zieht einen Schmollmund.

»Soll ich mal mit ihm reden?«, schlage ich vor und runzle die Stirn.

»Nein.« Unschlüssig verschränkt er seine Arme vor der Brust. »Okay, du hast gewonnen. Ich werde mit ihm reden.«

Ein Lächeln macht sich auf meinen Lippen breit.

Endlich.

»Das hoffe ich für dich, denn ihr beide steht total aufeinander, das ist ja fast nicht mehr auszuhalten.« Ich halte unser Mathebuch in die Höhe und zeige auf die Gleichungen. »Also, wollen wir noch ein paar Aufgaben machen?«

»Na schön«, willigt Asher ein und zückt seinen Bleistift.

Bis zur Pause haben wir genau eine Aufgabe geschafft.

»Hey.«

Mein Herz.

Ich weiß genau, wer hinter mir steht.

»Hi, Easton«, begrüße ich ihn, drehe mich langsam um und blicke zu ihm hoch. Er sieht so gut aus. Seine Haare sind fluffig, wie immer, da würde ich sie am liebsten durchwuscheln. Und seine Augen ziehen mich erneut in deren Bann. *Warte! Stopp! Aufhören!*

»Es ist schön, dich zu sehen, Audrey.« Er lächelt und wow, sein Lächeln ist so wunderschön.

Langsam beiße ich mir auf meine Unterlippe und sehe zu ihm auf. »Ich freu mich auch ehrlichgesagt«, antworte ich herzig.

Er lässt mein Herz so schnell schlagen.

»Ist das ein neues Parfum? Du riechst gut«, kommt es grinsend von Easton.

Ich merke, wie ich langsam rot werde und oh Gott, wie sehr ich das hasse. Schnell bedecke ich mein Gesicht mit meinen Händen, damit er nicht erkennt, wie viel Farbe ich annehme. Dass ihm das auffällt, ist unglaublich. Ich habe tatsächlich ein neues Parfum.

»Ich weiß, dass du jetzt rot bist und ich fühle mich sehr geschmeichelt«, sagt er lachend. Easton hebt seinen Arm und nimmt

meine Hände in seine, um sie von meinem Gesicht zu entfernen.
»Aber du darfst dein Gesicht nicht verstecken, ich sehe es mir doch
so gerne an.«

Prompt wird mein Gesicht noch viel röter.

Oh mein Gott.

»Dass du so kitschig bist, wusste ich ja gar nicht«, bringe ich
heißer hervor. Ich *liebe* Kitsch, all die Liebesschnulzen haben mein
Herz.

»Du weißt vieles nicht über mich. Ich bin sogar sehr kitschig«,
erwidert er schmunzelnd und zieht seine Augenbrauen in die Höhe.

»Ich hasse Kitsch«, presse ich hervor. *Lüge!* Ich weiß nicht
einmal selbst, wieso ich das behaupte, aber nicht, dass es noch
peinlicher wird.

»Das glaube ich dir nicht«, entgegnet er schnell und blickt mich
innig an. Seine Hand streift leicht meinen Körper. So leicht, dass es
eigentlich kaum spürbar ist, aber ich kann es nicht ignorieren.

»Du liest Liebesromane, du liebst Kitsch.«

Ertappt.

»Wer weiß, wer weiß, Easton, vielleicht«, gebe ich lediglich von
mir und unterdrücke das enorme Pochen in meiner Brust.

»Jetzt, nachdem ich weiß, wie sehr du Kitsch liebst, wie wäre es
mit einem kitschigen Date?«

Eastons Hand wird von meinen Blicken verfolgt und ich sehe zu,
wie er sich langsam durch die Haare geht. *Die Haare, die ich selbst
gerne durchwuscheln würde.*

»Was hast du denn vor?«, frage ich, wende meinen Blick
allerdings keine Sekunde ab.

»Lass dich überraschen.«

Ich lächle von einem bis zum anderen Ohr, als ich diese Worte
höre. Ich weiß, er war am Anfang nicht gerade der Beste, aber jetzt,
jetzt ist er so süß. Ich muss ihm einfach eine Chance geben. Er ist
nicht so wie Timouty, das spüre ich.

»Na gut«, flüstere ich. Keinen Moment länger renne ich davon,
sondern lasse es auf mich zu kommen.

Eastons Augen funkeln er kann gar nicht mehr aufhören, zu
grinsen. »Ist das wahr? Habe ich Audrey Andersen gerade wirklich
zu einem Date überredet?«, fragt er gespielt.

»Das hast du wohl.« *Er hat mich überzeugt, jetzt hoffe ich nur, dass ich nicht enttäuscht werde.* »Also, wann wird das kitschige Date sein?«, frage ich interessiert.

»Wer weiß, wer weiß, irgendwann«, antwortet er lachend und macht es wieder ... er streift meinen Arm so leicht, dass ich nicht einmal eine richtige Berührung feststellen kann, aber es ist schon genug, sodass ich es spüre, und er weiß das.

Gespielt verdrehe ich die Augen. »Superwitzig.«

»Jap, das finde ich auch.« Easton lehnt sich gegen die Wand hinter sich und lacht herzig.

Ich werde ein Date mit Easton Miller haben.

Ein richtiges, ein kitschiges.

Ich kann es kaum erwarten.

27

Easton

Die Sonne prickelt auf meine Haut und es könnte nicht schöner sein. Ich atme die noch vom Sommerregen feuchte Luft, ein und mache es mir auf meinem Stuhl im Garten gemütlich.

Gegen Nachmittag kommt meine große Schwester zu Besuch. Avery ist schon ganz hippelig, sie kann es kaum erwarten, dass Hailey endlich kommt. Ich freue mich aber auch sehr, immerhin war sie wirklich lange nicht mehr hier.

»Ich denke, wir können das Fleisch schon auf den Grill legen«, merkt Silas an, der gerade zur Terrassentür hinausläuft.

»Und Würstchen!«, fügt Avery hinzu und grinst breit.

»Ja, mein Engel, auch Würstchen«, stimme ich Aves zu und streiche ihr sanft über die braunen Haare, die sich am Ansatz leicht kräuseln.

Sie nickt kräftig und reibt sich über den Bauch. »Ich habe ganz arg Hunger.« Um zu bezeugen wie sehr, streckt sie sich und zeigt mit ihrer Handspitze nach oben.

»Das glaube ich dir«, antworte ich lachend und laufe zum Grill, um das Fleisch darauf zu legen. Es ist zwar nur ein kleiner, da uns das Geld für etwas anderes nicht gereicht hat, doch er erfüllt seinen Zweck. »Avery, deckst du bitte den Tisch?«, bitte ich sie.

Ohne Wiederspruch rast sie in unsere Wohnung und kommt schnurstracks mit einem Tablet in der Hand hinaus. Sorgfältig deckt sie den Gartentisch und in dem Moment, in dem sie den letzten

Teller ablegt, kommt unsere Schwester auf uns zugelaufen. Den Garten, welchen wir uns mit den anderen Bewohnern dieses Hauses teilen, ist durch eine schmale Seitengasse ohne große Umstände zugänglich. Hailey hat sich früher immer nach draußen geschlichen, obwohl ich es ihr verboten habe. Die Auswirkungen ihres Verhaltens waren ihr nicht klar. Hätte George etwas mitbekommen, hätte er sie geschlagen. Doch ich habe das nie zugelassen, ich habe sie gedeckt und die Schläge eingesteckt, Hauptsache sie war sicher.

»Hailey!«, schreit Avery außer sich vor Freude und rennt auf unsere Schwester zu. Diese schließt sie in eine feste Umarmung und gibt ihr einen liebevollen Kuss. »Ich habe dich so vermisst«, sagt sie fröhlich und strahlt. Lange habe ich sie nicht mehr so glücklich gesehen. Ich denke, die Uni tut ihr wirklich gut.

Nach ein paar Momenten laufen ich und mein Bruder ebenfalls auf sie zu und schließen uns der Umarmung an. »Endlich bist du wieder zuhause«, kommt es von Silas, wobei ich ein kleines Lächeln auf seinem Gesicht erhasche.

Meine Geschwister glücklich zu sehen ist das schönste überhaupt. Denn alles was ich mache, mache ich für sie, meine Familie.

Nach dem Essen verweilen wir noch eine Ewigkeit im Garten, unterhalten uns über belanglose Dinge, Hailey erzählt von ihrem Studentenleben und alles scheint … perfekt.

Als es schließlich dunkler wird, bringe ich Avery ins Bett und geselle mich wieder zu meinen Geschwistern. Passend zu der Atmosphäre, gehen die Lampions im Garten, die an den Ästen unseres Baumes hängen, an. Dieses Gefühl von Geborgenheit sollte nie enden. *Doch das tut es genau in dem Moment, in dem Hailey ihre nächsten Worte von sich gibt …*

»Ich wollte vorhin nichts sagen als Avery da war, aber Easton, was ist mit deinem Arm und Gesicht passiert?«, fragt meine Schwester behutsam.

Ich wusste, dass das kommt, wollte es dennoch nicht wahrhaben. Sie ist zwar schon alt genug, um die ganzen Familienprobleme mitzubekommen, aber sie ist immer noch so zerbrechlich und ich habe das Gefühl, ich muss sie schützen. Sie ist hier her gekommen um uns zu besuchen und einen schönen Tag zu haben, nicht, um sich wegen so etwas den Kopf zu zerbrechen. Meine Wunden sind zwar schon so gut wie geheilt, aber man sieht sie trotz allem noch leicht.

Ich räuspere mich und möchte schon meinen Mund öffnen, da kommt mir Silas zuvor. »Es war nur ein dummer Unfall.«

»Ja, ein dummer Unfall«, gebe ich seine Worte wieder und fahre mir gestresst durch die Haare.

Ein dummer Unfall...

Hailey sieht ihn skeptisch an und wandert mit ihrem Blick zu mir. Sie weiß, wie schlecht ich sie anlügen kann. Schon als kleines Kind hat sie es in meinen Augen gesehen.

»Ihr müsst nicht lügen. Was auch immer es ist, ich bin kein kleines Kind mehr«, entgegnet sie ernst, fast fordernd.

Sie soll sich nicht mehr mit so etwas beschäftigen müssen. Hailey hat schon viel zu viel durch gemacht.

Vergangenheit.

»Sag mir, dass es nur etwas einmaliges war«, gibt Hailey mit brüchiger Stimme von sich. Verzweifelt sitzt sie auf dem Badezimmerboden und sieht zu mir auf. Ihre Knie sind an ihr Kinn gezogen und sie umklammert ihre Beine mit beiden Händen. Mein Herz schmerzt bei dem Anblick und ich wünschte, ich könnte sie vergessen lassen, was geschehen ist.

»Es tut mir leid, ich würde gerne mehr tun und ich wünschte mir, dein Leben würde besser sein als meins. Ich wünschte, George wäre nicht hier. Scheiße man, ich weiß doch auch nicht, wieso das alles -« Meine Stimme bricht. »Wir müssen nun stark sein, okay? Für Avery. Ich weiß, das ist nicht einfach für dich, denn dein gutmütiges Herz musste schon so viel leiden, aber es wird nicht einfacher werden, wenn wir es nicht wenigstens versuchen.«

George hat es schon wieder getan.

Er hat sie geschlagen, alle beide.

Avery und Hailey.

Wieder einmal.

Meine Schwester schweigt und kauert weiterhin auf dem Badezimmerboden. Ein kalter Windzug weht durch das offene Fenster und ich starre regungslos zu meiner Schwester. Ihr Gesicht ist tränenüberströmt, ihre Arme sind wund und ihr ganzer Körper zittert.

Sie hat das nicht verdient, niemand hat das.

Ich setze mich neben Hailey, schließe meine Arme um sie und bin für sie da. Ich weiß nicht, wie lange wir dort noch sitzen, aber mein Herz bricht jede Minute etwas mehr.

»Es ist die Wahrheit, ich bin mit dem Fahrrad hingefallen«, versichere ich ihr und versuche, Haileys Blick auszuweichen.

Sie nickt langsam und lässt es schließlich sein. »Wie geht es euch sonst? Habt ihr genügend Geld?«, fragt sie besorgt.

Ich hasse, dass sie sich über sowas unterhält. Sie sollte sich keine Sorgen machen, sondern einfach nur glücklich sein. Das wünsche ich mir für sie.

»Ja«, antwortet Silas bestimmt.

»Mach dir keine Sorgen«, füge ich hinzu und lächle leicht, obwohl mir in diesem Augenblick gar nicht danach ist. Wegen der Sache mit George haben wir viel Geld verloren, zwar kommen wir über die Runden, aber wie lange? Es kann doch nicht immer so weiter gehen. Gerade so die Miete zahlen zu können und tausend Überstunden machen zu müssen. Nun mit Silas neuem Job haben wir wenigstens ein bisschen mehr Sicherheit, was das Geld angeht, das lässt mich nicht komplett verzweifeln.

»Okay, okay, ich höre ja schon auf. Wie geht es *euch*?«

Gerade im Moment, super. Ich werde ein Date mit Audrey haben und Hailey ist hier. Besser kann es nicht sein. Es scheint, als wäre das Schicksal einmal gütig mit mir, denn meine schlechten Gedanken geraten für einen Moment in den Hintergrund.

»Mir geht es sehr gut«, antworte ich ehrlich und lächle breit.

Hailey lächelt ebenfalls, als sie meine Worte hört und dreht sich danach zu Silas, der mit: *Mir auch*, antwortet.

»Bei dir müssen wir ja gar nicht erst fragen, so fröhlich wie du uns alles erzählst, kann es dir ja nur gut gehen«, gebe ich von mir.

Hailey blickt herzig zu uns. »Ja, das bin ich und das nur wegen euch. Danke, dass ihr mir das ermöglicht, es bedeutet mir die Welt.«

Für sie ist mir jede einzelne Minute, in der ich auf Avery aufpasse oder ich Silas etwas helfe, wert. Denn wie schon gesagt, meine Familie ist mein ein und alles.

> Hey, noch wach?

Es ist mitten in der Nacht, als ich diese Nachricht an Audrey schreiben. Ich denke an sie, das wollte ich sie wissen lassen, doch ich schätze, dass sie schon längst schläft.

Etwas, das ich wohl ebenfalls machen sollte.

Am nächsten Morgen sehe ich mein Handy aufleuchten und eine neue Nachricht von Audrey ist auf meinem Bildschirm zu erkennen.

> Tut mir leid, ich habe schon geschlafen. Da hättest du dich aber ruhig ein bisschen früher melden können :)

> Gut geschlafen?

> Kein Sorge, ich bin sowieso kurz nach meiner Nachricht schlafen gegangen.

> Meine Schwester hat uns gestern besucht, deshalb habe ich erst so spät geschrieben.

> Ja, was ist mit dir?

Ohh, das hört sich schön an.
Lebt sie nicht mehr bei euch?

Ich auch.

Nein, sie geht zur Uni.

Cool, gefällt es ihr dort?

Ja, sehr sogar.

Ich schreibe dir später nochmal,
wir Frühstücken jetzt.

Alles klar, guten Appetit.

Danke, Audrey.

Bereits als ich den Flur betrete, erkenne ich Silas, der gutgelaunt in der Küche steht und Brötchen aufbackt. »Morgen«, begrüße ich ihn, während sich meine Mundwinkel instinktiv nach oben bewegen.

»Guten Morgen«, antwortet er schwungvoll. Seine gute Laune ist im anzusehen. Er hat das Radio auf ganz laut gedreht und summt leise mit, während er sich im Rhythmus bewegt.

Ordentlich richte ich das Essen an und nach einer Weile wachen unsere Schwestern ebenfalls auf. »Wow, das sieht ja echt lecker aus«, gibt Hailey von sich. Aves stimmt ihr zu, springt hibbelig auf einem Bein und spitzt die Lippen.

157

»Extra nur für euch«, entgegne ich schmunzelnd.

Avery rennt prompt in die Küche, um sich ungeduldig an den Tisch zu setzen, während Hailey gemütlich einen Schritt nach den anderen geht, bis sie schließlich bei uns ankommt und sich neben uns gesellt.

Meine kleine Schwester nimmt das Besteck in beide Hände und klopft laut auf den Tisch um die Aufmerksamkeit von uns allen zu bekommen. »Ich will essen! Ich will essen!«

Ich grinse jedes Mal, wenn Hailey zu Besuch ist, wird Avery noch aufgedrehter als sonst. Die beiden habe eine besondere Verbindung zueinander und ich hoffe, dass diese auch später, wenn sie älter sind, immer noch beständig ist.

»Musst du wirklich schon gehen?«, fragt Avery leiser, als wir am Bahnhof angekommen sind und Abschied nehmen müssen. Ihr fällt es nicht leicht, ihre Schwester gehen zu lassen, sie vermisst sie immer schrecklich.

Hailey trägt ein trauriges Lächeln auf dem Gesicht und streicht Avery eine Strähne hinters Ohr. »Leider ja, meine Süße, aber ich komme euch bald mal wieder besuchen, versprochen.«

Ich drücke Hailey ganz fest. »Du musst dich nicht schlecht fühlen, wieder zu gehen, du hast es verdient. Du wirst erwachsen, das ist schön anzusehen«, flüstere ich.

»Ich bin immer noch älter als du«, entgegnet sie schmunzelnd und piekt mir in die Seite. »Aber danke, Easton.«

Am liebsten möchte ich sie nie wieder loslassen. Stets vergesse ich, wie sehr sie mir fehlt und jetzt, da sie wieder geht, wird mir das erst richtig bewusst.

»Pass auf dich auf«, höre ich Silas sagen und löse mich von Hailey. Sie schlingt ihre Arme um Silas und blickt uns bedauernd an. »Ich werde euch vermissen.«

Der Zug fährt ein, Hailey nimmt ihren Koffer in die Hand und lächelt uns noch ein letztes Mal zu. »Ich habe euch lieb«, sagt sie und dreht sich um.

»Wir dich auch«, antwortet Avery laut und schnappt sich meine Hand. Traurig blickt sie zu mir hoch, woraufhin ich meinen Arm über ihre Schulter lege und sie fest an mich drücke.

»Ruf mal wieder an, versprich uns das«, ruft Silas Hailey hinterher, als sie in den Zug einsteigt und sich die Türen hinter ihr schließen.

Sie ist davongekommen.

Von diesem Leben.

Unserer Vergangenheit.

Von George.

Und ich könnte nicht stolzer sein.

28

Audrey

Heute ist es so weit, heute ist mein Date mit Easton.

Ich bin so aufgeregt, wie ich es schon lange nicht mehr war und dieses Klopfen in meiner Brust wird wohl kein Ende nehmen. Ganz ehrlich, ich mag Easton und ich würde mir wünschen, dass das mit uns beiden klappt. Gestern haben wir den ganzen Abend telefoniert und uns über alles Mögliche unterhalten. Ich rede gerne mit ihm, es lässt mich gut fühlen.

Zum ersten Mal seit einer gefühlten Ewigkeit.

Wir haben uns um halb drei verabredet und ich habe das Gefühl, mein Herz springt mir gleich aus der Brust. Ich bin so aufgeregt, ich denke, das habe ich schon einmal erwähnt.

Easton hat mir zwar immer noch nicht gesagt, was wir machen, aber wenigstens weiß ich nun, dass wir uns vor der Bibliothek in unserer Stadt treffen.

Wie sehr ich es doch liebe so unvorbereitet irgendwo aufzukreuzen. Einerseits mag ich Überraschungen, doch er hätte mir wenigstens ein paar Hinweise geben können. Ich trage ein rotes Sommerkleid mit weißen Blümchen. Ich hoffe, ich bereue das nicht. Jedoch ist es ziemlich warm und in diesem Kleid fühle ich mich wohl.

Mein Blick fällt auf die Bibliothek, ich bin angekommen. Zwar bin ich ein bisschen zu früh da, aber was solls, er kommt bestimmt gleich. Das ist eine Angewohnheit, die ich schon immer habe. Bei mir gibt es kein Zuspätkommen, ich bin meist überpünktlich, besonders wenn ich nervös bin und das bin ich.

Der Spielplatz, welcher gleich gegenüber von mir liegt, fällt in mein Sichtfeld. Ich beobachte, wie die Kinder herumtollen und zusammen lachen. Früher, das weiß ich noch ganz genau, waren Eleanor und ich immer hier gewesen. Wir sind stets auf die Drehscheibe gegangen und haben uns gegenseitig gedreht, bis uns ganz schlecht wurde. So oft sind wir nach der Schule direkt hierher gerannt, damit wir die ersten waren. Ich grinse bei dem Gedanken. *Wie schön die alten Zeiten doch waren.*

Langsam nehme ich auf einer Bank, in der Nähe der Bibliothek Platz. Ich genieße die warme Sommerluft, den leichten Wind, der durch meine Haare weht und die Natur.

Es vergeht viel Zeit, ich warte und warte, aber Easton kommt nicht.

Ich schreibe ihm, rufe ihn an, nichts.

Nach einer Stunde gebe ich die Hoffnung endgültig auf. *Wie konnte ich nur so dumm sein und glauben, er würde es ernst meinen?*

Nicht mal eine Nachricht habe ich bekommen …

Celine hatte so recht, als sie so skeptisch ihm gegenüber war. Ich hätte mich nicht auf ihn einlassen sollen, denn nun wurde ich wieder einmal bitter enttäuscht. *Wieso war es eigentlich klar, dass das passiert? Es war zu schön, um wahr zu sein.*

Ich hole mein Handy aus der Hosentasche heraus und wähle kurzerhand Celines Nummer. Nach ein paarmal Klingeln meldet sie sich schließlich zu Wort.

»Hey, schon was vor heute?«, frage ich leise und versuche, meine Enttäuschung zu überspielen.

»Nein, wieso? Was ist los?«, entgegnet sie besorgt.

»Nichts, es ist nur so, du hattest recht«, entfährt es mir geschlagen. »Easton hätte schon vor einer Stunde da sein sollen. Er kommt nicht.«

Es ist leise an der anderen Leitung und ich spüre, wie Celine sich gerade zusammenreißen muss, nicht: *Ich habe es dir doch gleich gesagt,* zu sagen. Doch ich würde es verstehen, falls sie das nun tun würde.

»Ja, Celine, sag es ruhig. Du hast es mir gesagt, ich weiß und ich hätte auf dich hören sollen«, füge ich, nachdem sie immer noch keinen Ton von sich gegeben hat, beschämend hinzu.

»Nein, das wollte ich nicht sagen. Es tut mir leid, und klar habe ich heute Zeit für dich. Wollen wir ein bisschen Volleyball spielen?«, schlägt sie vor. Ich bin wirklich dankbar so eine tolle Freundin wie sie zu haben. Alles, was ich gerade brauche, ist jemand, der mich auf andere Gedanken bringt.

»Ja, sehr gerne. In fünfzehn Minuten am Beachvolleyballfeld?« Ein Lächeln schleicht sich auf mein Gesicht.

»Ja, bis gleich.«

Kaum, dass ich aufgelegt habe, mache ich mich direkt auf den Weg. Ich versuche, mir die Traurigkeit nicht ansehen zu lassen, als ich Celine begrüße, aber ganz abschütteln kann ich sie nicht. Ich habe mich so gefreut und dachte wirklich, dass ich mich in ihn verlieben könnte. Er schien bis auf die Sachen am Anfang perfekt. *Easton hat ein Buch wegen mir gelesen, obwohl er nicht gerne liest!? Wer macht sowas denn einfach?* Da ist es klar, dass ich glaub, dass er es ernst meint.

»Hey«, begrüßt mich Celine und zieht mich in eine Umarmung. »Ich werde dich sowas von abzocken!«, flüstert sie mir ins Ohr und schon bildet sich ein kleines Lächeln auf meinen Lippen. Sie bringt mich auf andere Gedanken, das ist gut. Also fixiere ich mich nun einzig und allein auf das Spiel und vergesse Easton.

Tief in meinem Herzen hoffe ich, dass er zu mir kommt und einen guten Grund hat, weshalb er nicht erschienen ist. Aber darauf werde ich wohl lange warten können, denn das gibt es nur im Märchen. Heutzutage ist sowas Gang und Gebe, Typen handeln so, wie es ihnen passt und wir Mädchen leiden daran. Was so traurig ist, wenn man mal mehr darüber nachdenkt. Er hätte mir wenigstens schreiben können und nicht wie den letzten Deppen eine Stunde warten lassen.

»Nur in deinen Träumen!«, entgegne ich scharf und funkle sie lächelnd an. Der Ehrgeiz zum Gewinnen ist viel größer, als noch länger über einen dummen Jungen nachzudenken.

Ich pritsche ein, Celine baggert gekonnt zurück und so geht das immer hin und her bis ich den ersten Punkt erziele. Das Spiel bleibt spannend und nach einiger Zeit fragen uns vier andere Mädchen, ob sie mitspielen dürfen, also teilen wir uns in zwei Teams auf und spielen gemeinsam ein Match. Drei gegen drei.

Ich bin Angreiferin und bringe all die Bälle übers Netz. Mein Team liegt deutlich näher am Sieg, weshalb ich Celine schadenfreudig anlache. »Tja, habe ich es dir nicht gleich gesagt?«

Sie grinst. »Freu dich nicht zu früh, Audrey, das Spiel ist noch nicht vorbei.«

Die letzten Runden stehen an und es dauert nicht lange, bis wir gewinnen. Der Volleyball kommt schnell auf mich zugeflogen, ich baggere ihn zur Zuspielerin und diese pritscht mir den Ball parallel zum Netz hoch, sodass ich perfekt draufschlagen kann. Ein scharfer, gezielter Schlag in die hinterste Ecke.

Die anderen aus Celines Team regen sich nicht. »Der ist aus!«, schreit meine Freundin, aber der Ball prallt ganz knapp, kurz vor der Auslinie im Spielfeld auf.

»Jaaa!«, schreie ich und springe auf der Stelle. »Wir haben gewonnen!« Ich klatsche mit den anderen aus meinem Team ab und freue mich wie ein kleines Kind.

»Das war wirklich ein tolles Spiel«, sagt die eine. »Vielleicht sieht man sich mal wieder, wir müssen jetzt leider gehen.«

Wir verabschieden uns allen und nachdem sie gegangen sind, kommt Celine zu mir rüber gelaufen. »Glückwunsch, du warst echt super.«

Volleyball ist wirklich eine Sportart, die mir wahrhaftig Freude bereitet. Ich bin nicht der sportlichste Mensch, aber Volleyball hat mich schon immer fasziniert. Der Zusammenhalt und dieses Teamgefühl ist das, was ich besonders daran liebe.

In dem Moment, in dem ich antworten möchte, vibriert mein Handy und ich erkenne eine Nachricht von Easton.

> Es tut mir leid, dass ich nicht gekommen bin, es ist was dazwischengekommen. Ich erzähle dir wann anders alles genau.

»Was ist, Audrey? Du schaust so seltsam«, erkundigt sich Celine und neigt ihren Kopf zu mir, sodass sie einen Blick auf mein Handy erhaschen kann. Ich heb es in die Höhe, damit sie erkennen kann, was dort steht.

Es entsteht ein neuer Hoffnungsfunke. *Easton möchte mir alles genau erzählen. Das heißt, es ist etwas passiert und er hat mich nicht einfach ohne Grund versetzt.*

Ich fühle mich unwohl und frage mich, was bei ihm passiert ist. Wenn ich an das Gute glaube, muss ich gleichzeitig mit dem Schlimmsten rechnen.

»Audrey, du bist dir im Klaren, dass er dir das jetzt nur schreibt, weil er ein schlechtes Gewissen hat und dich um den Finger wickeln will?«, sagt Celine ernst und presst ihre Lippen zu einer schmalen Linie zusammen.

Ich sehe sie gezwungen an und schüttle den Kopf.

Ich glaube das nicht. Ich will das nicht glauben.

»Aber was, wenn nicht? Vielleicht hat er einen guten Grund«, gebe ich von mir, im Glauben an das Gute.

»Es gibt keinen guten Grund ein so tolles Mädchen wie dich zu versetzten. Du bist einfach zu gutmütig«, entgegnet sie still, aber ich halte an der Hoffnung fest. Das *muss* ich.

»Mhm, was wollen wir denn jetzt noch machen? Lust auf einen Cocktail oder so?«, frage ich, denn ich möchte nicht, dass der Tag schon endet.

»Ich habe so einen Durst, da könnte ich alles trinken«, kommt es lachend von Celine. Mit einer Hand schwingt sie ihren Rucksack über den Rücken und blickt mich erwartungsvoll an. »Wie wäre es, wenn wir zur Strandbar gehen?«

29

Audrey

Angekommen bestellen wir uns beide einen alkoholfreien Cocktail. Meiner ist Maracuja und ihrer Bitter Lemon. Wir setzten uns gemeinsam an die Uferpromenade und genießen unsere Getränke.

»Also, wie sieht es jetzt mit morgen aus?«, wendet sich Celine zu Wort und rückt ein Stück näher an mich ran.

»Ich dachte, wir sagen Joey noch nicht, was wir vorhaben, damit es eine Überraschung bleibt, und gleich nach der Schule spielen wir Paintball. Juliet hat ja für drei Stunden gebucht, oder?«, entgegne ich freudig und baumle mit meinen Beinen wie ein kleines Kind hin und her.

»Ja, hört sich nach einem tollen Geburtstag an«, sagt meine Freundin freudig und schlürft genüsslich ihren Cocktail.

Zufrieden nicke ich.

Das wird er, ein toller Geburtstag.

Auf einmal übergeht mich ein kalter Schauer, denn in diesem Moment höre ich eine bekannte Stimme. »Hey, Audrey, Celine.«

Ich drehe mich nicht um, denn ich weiß genau wer dort steht. Wir beide wissen, wer dort steht.

»Was macht ihr denn hier?«, fährt Timouty mit dem Reden fort und setzt sich neben mich. Sein Körper streift meinen, woraufhin ich mich instinktiv versteife.

»Eigentlich« Ich stelle mich auf und hänge mir meine Handtasche um. »wollten wir gerade gehen«, entgegne ich und zwinge mir ein falsches Lächeln auf. Celine tut es mir gleich, sieht ihm allerdings mit einem verachtenden Blick an.

Timouty sieht voller Verwirrung zu uns und öffnet seinen Mund. »Wie? Ihr habt doch noch nicht mal fertiggetrunken.«

Er sieht komisch zu uns und ich fürchte, er möchte einfach nicht verstehen, dass wir nicht mit ihm gemeinsam dasitzen wollen.

»Wir wollten uns wo anders hinsitzen«, platzt es jetzt aus mir heraus. Celine nickt zustimmend bei meinen Worten.

»Es kommt mir echt so vor, als würdest du nicht wollen, dass ich hier bin.«

Blitzmerker.

»Ja, weißt du, wenn ich ehrlich bin und das habe ich dir schon oft genug gesagt, will ich auch nichts mit dir zu tun haben«, antworte ich kalt.

»Jetzt führ dich nicht so auf. Komm, ich spendiere dir und deiner Freundin noch einen Drink. Ich weiß, dass du immer noch auf mich stehst, Kleines.«

Adrenalin schießt durch meinen Körper und mein Puls ist bei hundertachtzig. *Wieso nennt er mich so? Er hat kein Recht dazu.*

»Wie bitte?«, gebe ich verärgert von mir.

»Ich sagte, dass du eh noch auf mich stehst, Kleines.«

Da war es wieder.

Kleines.

Ich könnte kotzen.

Dieses Wort aus seinem Mund … Mein Magen zieht sich zusammen und mir wird ganz elendig. Celine rüttelt an meiner Schulter, um mir zu signalisieren, dass wir jetzt gehen sollten, aber ich bin zu stolz, um das einfach so hinzunehmen. »Ich habe überhaupt keine Gefühle für dich! Verschwinde gefälligst und rede nie wieder mit mir!«, schreie ich, vielleicht ein bisschen zu laut.

Es scheint so, als habe ich nun die volle Aufmerksamkeit aller Menschen, die im Umkreis von zehn Metern sind. Sie sehen mich seltsam an, aber das ist mir so egal. Ich schätze, der Einzige bei dem das nicht angekommen ist, ist Timouty.

»Und nur zu deiner Info, ich habe jetzt jemand neuen«, füge ich voller Überzeugung hinzu.

Celines verzweifelter Blick durchlöchert mich von der Seite und ich weiß genau, was sie gerne sagen möchte, auch, wenn sie das nicht kann. Ich gebe zu, das zu behaupten war nicht meine beste Idee gewesen, immerhin weiß ich noch nicht, wie es um mich und Easton steht. Jedoch bin ich mir zu eintausend Prozent sicher, dass ich kein bisschen Liebe mehr für Timouty empfinde, nur noch Hass.

Easton

Knapp drei Stunden zuvor.

Das Kribbeln in meinem Bauch möchte nicht verschwinden. Jedes Mal, wenn ich daran denke, dass ich Audrey gleich sehen werde, ist es, als würden eintausend Schmetterlinge in meinem Bauch auf und ab fliegen.

Ich habe gestern extra noch eingekauft, weil ich nämlich vor habe, zu picknicken. Ich konnte ein bisschen von meinem angesparten Geld, welches ich durch den Verkaufen von ein paar alten Sachen bekommen habe, ausgeben.

Gut gelaunt ziehe ich mir ein weißes Shirt und eine kurze Hose an, sprühe mich mit meinem Parfum ein und packe all meine Sachen, die ich für heute brauche, zusammen.

Ich habe alles bedacht, Avery ist bei einer Freundin und Silas am Arbeiten. Gerade, als ich bei der Tür angekommen bin, klingelt das Telefon. Seufzend laufe ich zurück und nehme den Hörer in meine Hand.

»Ja, hallo, Easton hier«, fange ich an zu reden, aber ich erstarre zu Eis, als sich ein Arzt am anderen Ende der Leitung meldet. In meinem Körper scheint sich alles zu drehen und mir wird ganz schlecht, als ich auflege.

Hastig wähle ich Silas Nummer und Gott sei Dank nimmt er direkt ab. »Silas, du musst mich ins Krankenhaus fahren, es ist wegen Avery«, gebe ich schnell von mir, während ich in der Zwischenzeit meine Schuhe anziehe.

Als mein Bruder bei mir ist, steige ich in das Auto ein und wir fahren auf schnellstem Weg ins Krankenhaus. Meine ganzen Gedanken drehen sich um Avery.

Geht es ihr gut?

Hat sie es überstanden?

Was wurde unternommen?

Angekommen in der Klinik, rennen wir sofort hinein und fragen an der Rezeption nach unserer Schwester. Ich sehe schon von weitem die Eltern von Averys Freundin und blicke schnell nach unten. Ich möchte an ihnen vorbeilaufen, denn ich habe in diesem Augenblick wirklich keinen Kopf dafür, aber wie es scheint, lassen sie mich nicht.

»Hallo, Easton. Hallo, Silas«, beginnt die Frau zu reden, bricht aber weinend ab.

»Es tut uns unendlich leid, das ist unverzeihlich«, hilft nun ihr Mann und nimmt seine Frau tröstend in den Arm.

Ich ignoriere ihre Worte und wende mich ernst an die beiden »Ich möchte nun einfach zu Avery. Geht es ihr gut?«, frage ich besorgt.

»Sie müssen der Vater sein?« Höre ich eine Stimme von hinten. Ich drehe mich um und sehe, wie sich ein Arzt mit Silas unterhält.

»Nein, ich bin ihr Bruder«, erwidert er.

Der Arzt nickt anerkennend und klärt ihn auf, was geschehen ist. »Wir mussten bei deiner Schwester sofort eingreifen und ihren Magen auspumpen. Außerdem haben wir ihr Narkosemittel verabreicht, da sie ständig um sich geschlagen und geschrien hat. Sie schläft noch, aber es ist alles gut verlaufen. Wir lassen sie noch eine Nacht zur Beobachtung da und danach sollte sie wieder nachhause gehen können.«

Erleichtert atme ich aus.

Es ist alles gut gelaufen, das sind die einzigen Worte, die ich hören muss. Ein Stein fällt mir vom Herzen, aber gleichzeitig drehen sich wieder all meine Gedanken um Avery. Ich muss mir vorstellen, wie viel Angst sie gehabt haben muss, und es bricht mir das Herz. Sie war ganz alleine und ich konnte nicht für sie da sein.

»Dürfen wir sie sehen?«, frage ich dringlich und knacke nervös all meine Finger. Das ist so eine Angewohnheit von mir. Meine Mutter fand das immer schrecklich, doch ich kann es bei Nervosität nicht lassen.

»Natürlich. Das zweite Zimmer rechts.«

Ich nicke dem Arzt dankend zu und laufe eilig zu dem Krankenzimmer.

Da liegt sie.

Mein kleiner Engel.

Sie schläft noch ganz tief und fest.

Silas schließt hinter mir die Tür und stellt sich vor mich. »Wir müssen sie anzeigen«, sagt er laut.

»Ich weiß nicht«, antworte ich unschlüssig und blicke zu Boden.

»Sie haben ihre Aufsichtspflicht vernachlässigt und Avery hätte sterben können«, erinnert er mich, obwohl ich ja genau weiß, was geschehen ist.

»Ich weiß«, erwidere ich kleinlaut und kratze mich am Hinterkopf.

»Easton, Herztabletten sind kein Witz. Avery hat die geschluckt, sie hätte tot sein können.«

»Ich weiß, verdammte Scheiße, denkst du, ich weiß das nicht?«, fange ich aufgebracht an zu sprechen und vergrabe meinen Gesicht in den Händen.

»Wieso willst du es dann nicht?«, hakt Silas ernst nach und heftet seinen Blick auf unsere Schwester.

»Es ist nur so… du weißt, sie haben nicht viel Geld und ich meine … stell dir vor, wir müssten das Geld wegen eines Fehlers zahlen. Das könnten wir uns nicht leisten«, entgegne ich kleinlaut.

Stille.

Silas atmet tief aus, fährt sich hastig durch seine Haare und ich merke deutlich seine Anspannung. »Verdammt, Easton, uns würde das aber nicht passieren! Das ist nicht einfach nur ein dummer Fehler, sie hätten die Tabletten an einem sicheren Ort verstauen müssen. Hätten sie Avery nicht sofort entdeckt, wäre sie jetzt tot, verstehst du?«, gibt mein Bruder aufgebracht von sich. Seine Augen blitzen vor Wut und ich spüre, wie er versucht, sich zurückzuhalten, um nicht noch mehr auszuticken.

»Du hast recht, wir werden sie anzeigen«, gebe ich von mir, setzte mich neben Avery auf die Bettkante und streiche über ihren Kopf. »Fast hätte ich dich wieder verloren«, gebe ich leise von mir und küsse Aves auf die Stirn.

Vergangenheit.

»Was hast du bloß getan?!«, schreie ich meinen Vater an, während mein ganzer Körper bebt.

»In was für einem Ton redest du mit deinem Vater?« Kaum, dass ich mich versehe, landet Georges Hand auf meiner Wange. Ich ignoriere den pochenden Schmerz und gehe auf die Knie. Zitternd nehme ich Avery in die Arme und trage sie eilig zur Tür hinaus.

»Das Gespräch ist noch nicht zu Ende!«, schreit mir mein Vater hinterher. Ich sehe nicht zu ihm zurück, sondern renne die Treppen der Wohnung nach unten, draußen angekommen packt mich die Angst, Avery verlieren zu können.

»Wieso Gott? Wieso nur?«

Ich drücke den kleinen Körper meiner Schwester an meine Brust, sie atmet. Mit einer Hand schiebe ich ihr T-Shirt ein wenig hoch. Ich erkenne die Wunden, welche mein Vater verursacht hat. *Bitte Gott, lass sie überleben*, sind meine Gedanken, bevor ich mich auf den Weg ins Krankenhaus mache.

Avery sieht so friedlich aus, während sie schläft. Ich sitze bestimmt eine geschlagene Stunde da, sehe sie an und bin glücklich, dass ich sie nicht verloren habe. Sie ist mir das Wichtigste und ich wüsste nicht, ob ich es ohne sie aushalten könnte.

Doch auf einmal erinnere ich mich. *Scheiße.* In der ganzen Aufregung habe ich Audrey völlig vergessen. Hastig öffne ich unseren Chat und erkenne die vielen verpassten Nachrichten und Anrufe. Schnell tippe ich eine kurze Nachricht und schalte danach mein Handy aus, denn in diesem Moment wacht Avery auf.

30

Easton

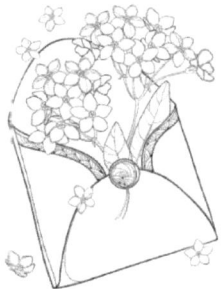

»Hey Avery, mein Schatz«, flüstere ich zärtlich.

Aves lächelt, als sie Silas und mich entdeckt und ihre Augen fangen an zu strahlen. »Ihr seid endlich da«, gibt sie leise von sich, doch nun füllen sich ihre Augen mit Tränen. »Es tut mir so leid, es tut mir so leid. Ich hatte Bauchweh und Elisa hat mir die Tabletten gegeben, weil sie dachte, dass die gegen Bauchschmerzen sind. Ich hatte doch nur Bauchweh«, kommt es schluchzend von ihr.

Mein Magen zieht sich abrupt zusammen und ich nehme sie behutsam in den Arm. Mit meiner einen Hand streiche ich ihr die Tränen aus dem Gesicht, mit der anderen fahre ich ihr leicht über den Kopf.

»Avery, es ist alles gut, wir sind nicht sauer auf dich, kein Stück«, antwortet Silas und setzt sich neben uns ans Bett.

»Werde ich jetzt sterben?«, fragt sie weinend.

Mein Herz zerbricht in tausende, kleine Stücke. Kein Kind sollte sich über so etwas Gedanken machen.

»Nein, es ist alles in Ordnung«, antworte ich so schnell ich kann.

Aves blickt mich mit verquollenen Augen an und kräuselt ihre Nase. »Können wir dann bitte nach Hause?«

»Das geht leider nicht, mein Engel. Wir müssen noch eine Nacht zur Beobachtung hierbleiben«, antworte ich behutsam und lege meine Hand auf ihre Wange.

»Du brauchst keine Angst haben. Wir werden die ganze Nacht bei dir sein«, beruhigt sie Silas, wobei ich selbst diese Worte wohl mehr brauche als Avery.

»Jetzt schlaf noch ein bisschen und ruh dich aus. Wir müssen den Doktor noch etwas fragen. Wir sind sofort wieder da«, kommt es von mir und ich gebe Avery einen flüchtigen Kuss auf den Haaransatz. »Ich habe dich so lieb«, sage ich, bevor wir aus ihrem Zimmer hinaus gehen. Am liebsten würde ich Avery gar nicht mehr von der Seite weichen. Für immer und ewig bei ihr bleiben, damit ich sicherstellen kann, dass ihr nichts passiert.

Elisas Eltern stehen immer noch wie angewurzelt im Wartebereich und blicken erleichtert zu Silas und mir, als sie uns sehen. Ich habe ehrlich gesagt keinen Nerv, mit ihnen über das, was passieren wird, zu reden. Ich will mich einzig und alleine um Avery kümmern.

»Ist sie aufgewacht? Geht es Avery gut?« Der Mann kommt uns entgegen und gleich hinter ihm steht seine Frau.

»Ja, ist sie, aber Avery braucht viel Ruhe. Es war ein großer Schock für sie«, ergreift Silas zum Glück das Wort, denn ich hätte wohl nicht so reagiert.

Eilig wende ich mich an einen vorbeilaufenden Arzt. »Entschuldigen Sie, meine kleine Schwester ist hier in diesem Krankenhaus und muss über Nacht bleiben. Es geht doch sicher, dass mein Bruder und ich bei ihr übernachten«, hake ich zur Sicherheit nach.

»Es tut mir leid, aber nur eine Person kann bei Ihrer Schwester bleiben«, entgegnet er knapp und macht sich wieder auf den Weg.

Ich wende mich an meinen Bruder und sehe, dass er das Gespräch bereits mitverfolgt hat. »Ich werde bei ihr bleiben«, sage ich bestimmt und sehe zu Silas, der seine Hände hinterm Kopf verschränkt. »Easton, das musst du echt nicht, du hast morgen Schule.«

»Das ist mir egal, du musst arbeiten, das ist wichtiger«, entgegne ich kopfschüttelnd.

»Na gut« Silas blickt mich nachgiebig an. »Ich mache das echt ungern, aber ich würde dann wieder arbeiten gehen. Ich weiß, dass ich mich auf dich verlassen kann«, presst er vorsichtig hervor und blickt mich fragend an, um eine Art Bestätigung zu bekommen. Ich gebe ihm einen verständnisvollen Blick und nicke knapp. »Kein Problem.«

Kurz nachdem mein großer Bruder aus dem Krankenhaus gelaufen ist, drehe ich mich um, sodass ich wieder zu Avery gehen kann. »Sie können nun auch gehen«, wende ich mich kurz an Elisas Eltern, bevor ich die Tür zu dem Krankenzimmer meiner kleinen Schwester öffne, hinein gehe und hinter mir die Tür schließe.

Aves ist eingeschlafen.

Leise setze ich mich auf den Sessel, der neben ihrem Bett steht, und blicke sie an. Ich kann immer noch nicht fassen, dass ich sie fast verloren hätte. Zwar bin ich nicht religiös, aber Gott sei Dank, dass Avery am Leben ist. *Meine Mutter starb an einer Überdosis und wäre Avery nun aufgrund dieser Herztabletten gestorben, wäre ich nie darüber hinweggekommen ...* Mir rollt eine Träne über die Wange, ganz still. Ruhig höre ich zu, wie sie friedlich ein und ausatmet, und sitze einfach nur da.

Nach mehreren Stunden wacht Avery schließlich auf und lächelt leicht, als sie mich erblickt. Es ist klar, dass sie durch das Narkosemittel ein bisschen schläfriger ist als sonst. Zudem muss ihr wohl viel durch den Kopf gehen.

»Hey«, begrüße ich sie.

»Hi, wo ist Silas?«, hakt Avery sofort nach und sieht sich im Raum um. Ihr Blick ist voller Enttäuschung als sie unseren Bruder nirgendwo entdeckt.

»Er musste leider gehen, denn es darf nur eine Person hierbleiben«, bringe ich ihr bei und lächle leicht.

Verständnisvoll nickt sie. »Easton, komm zu mir«, sagt Avery und klopft auf den Platz neben sich. Ich richte mich im Handumdrehen auf, laufe zu ihrem Bett und setze mich neben sie. Avery schmiegt sich an mich und platziert ihren Kopf erschöpft auf meiner Brust.

»Willst du darüber reden, wie es dir jetzt geht?«, frage ich behutsam, denn ich habe mir als Kind immer gewünscht, dass mich jemand das gefragt hätte, nachdem meine Mam gestorben ist.

»Ich weiß nicht, das ging alles so schnell. Wir sind ins Krankenhaus gefahren und dann wollten solche Männer mir ein Schlauch in den Mund schieben und danach... danach bin ich hier aufgewacht«, antwortet sie zaghaft und blickt hilflos auf den Boden.

Ich erkenne, wie sie nervös mit ihren Fingern spielt und ihre Stirn kräuselt.

»Dir wurden Narkosemittel verabreicht, damit du einschläfst und nichts spürst«, gebe ich von mir, damit sie verstehen kann, was genau geschehen ist. »Dein Magen würde ausgepumpt, damit die Tablette aus deinem Körper kommen.«

Sie schnieft. »Ich hatte Angst, Easton. Ich war ganz alleine, ohne dich oder Silas.« Traurig fallen ihre Mundwinkel nach unten.

Ich nehme meine tapfere Kämpferin nun noch fester in den Arm, als wolle ich sie gleich zerdrücken. Ich will sie nicht traurig sehen, es tut mir im Herzen weh, da ich nur das Beste für meine kleine Schwester möchte.

»Ja, mein Engel und das tut mir so leid, aber du warst so unglaublich tapfer.«

Bei ihr entsteht ein kleines Lächeln, während sie sich von mir weg dreht. »Easton, du erdrückst mich noch.«

»Oh, tut mir leid, darf ich die Mademoiselle nun nicht mal mehr umarmen?«, frage ich gespielt und ziehe meine Augenbrauen in die Höhe.

Avery blickt mich ulkig an. »Jaa, doch, das darfst du, aber nicht so fest.«

Ich sehe mit ernstem Blick zu ihr und ziehe meine Augenbrauen nach oben. »Na, wenn das so ist, muss ich mal schleunigst deine Meinung ändern«, kontere ich und hebe meine Fingerspitzen in die Höhe. »Das Kitzelmonster kommt«, warne ich sie, bevor ich meinen kleinen Zwerg von oben bis unten durch kitzle.

Avery entfährt ein herziges Lachen und sie strampelt mit den Beinen. »Hör auf!«

Ich grinse breit und blicke sie durchdringend an, während ich sie weiterhin kitzle.

»Ja, okay, du darfst mich so fest wie du willst umarmen«, gibt sich Avery geschlagen, woraufhin ich aufhöre. Wir fallen lachend im Bett zurück und ich umarme sie ganz fest.

Nach einer Weile kommt das Abendessen und als Avery den Pudding auf dem Tablet entdeckt, geht es ihr schon viel besser. Sie beginnt damit, die Hauptspeise in sich reinzuschaufeln, um schnellstmöglich zum Nachtisch zu kommen. Ich habe ihr gute

Manieren beigebracht, sie weiß, dass es erst etwas Richtiges zum Essen und danach etwas Süßes gibt.

Ich schalte im Fernseher ihre Lieblingssendung an und da sitzen wir zusammen, schauen eine Kinderserie und lachen.

»Easton«, kommt es von Avery, während sie mit ihren welligen Haaren spielt.

»Ja?«, erwidere ich und sehe ihr in die Augen.

»Heißt das eigentlich, dass ich morgen nicht in die Schule gehen muss?«, fragt sie grinsend und ihre Bäckchen werden ganz rot.

Ich nicke mit dem Kopf, woraufhin ihr Grinsen nur noch größer wird. »Ja, ausnahmsweise musst du morgen nicht in die Schule gehen.«

Aves schmunzelt von einem bis zum anderen Ohr und blickt mich glücklich an. »Erzählst du mir eine Geschichte?«, fragt sie mich bittend.

»Bist du aus diesem Alter nicht schon raus?«

Sie schüttelt schnell den Kopf. »Geschichten kann man immer hören«, widerspricht sie mir.

Ich denke einen kurzen Augenblick nach und beginne schlussendlich zu erzählen. »Es war einmal ein kleines Baby namens Avery. Sie war gerade einmal ein Jahr alt, und schon hatten sie alle in ihr Herz geschlossen, aber eine Person ganz besonders. Ihr großer Bruder Easton. Er liebte sie, seit er sie das erste Mal in den Armen gehalten hatte und sogar schon, bevor sie überhaupt auf der Welt war. Eines Tages, kurz vor ihrem zweiten Geburtstag, hatte ihr großer Bruder alles für ihre Feier geplant. Ihr anderer großer Bruder Silas meinte, das sei unnötig, weil Avery sich ja ohnehin nicht daran erinnern würde. Aber Easton war der Ansicht, es wäre wichtig. Also machte er diesen Tag zu etwas ganz Besonderem. Er blies Luftballons auf, dekorierte alles schön und backte sogar einen Kuchen. Als sein kleiner Engel schließlich Geburtstag hatte, zeigte er stolz, was er vorbereitet hatte. Die kleine Avery lachte so herzig und in diesem Moment wusste Easton, dass er das Richtige getan hatte. Von diesem Augenblick hat er sich geschworen, seine Kleine immer zum Lachen zu bringen. Denn es kommt nicht darauf an, ob sie sich eines Tages noch erinnern könnte, der Moment zählt. Eine einzige Sekunde ihres Lachens ist ihm mehr wert, als alles andere, denn sie ist die wichtigste Person auf Erden und das wird auch für immer so bleiben. Ende.«

Avery ist eingeschlafen.

Ich lächle, decke sie vorsichtig zu und stehe langsam auf. Kurzerhand setze ich mich auf den Sessel und kippe ihn nach hinten, um mich erschöpft darauf fallenzulassen und schließe meine Augen.

31

Audrey

»Alles gute!«, gratuliere ich Joey, als er unseren Kursraum betritt. Ich stürme zu ihm nach vorne, stehe grinsend vor ihm und schließe ihn in eine feste Umarmung.

»Wir haben heute eine riesige Überraschung für dich«, platzt es aus Asher heraus und er klatscht freudig in die Hände.

Joey schenkt uns ein breites Lächeln und legt seine Schultasche vor seinem Tisch ab.

»Du wirst es lieben«, japst Ash und klimpert mit den Wimpern.

»Danke schön, dann bin ich mal gespannt«, antwortet Joey und grinst breit.

Ich habe Easton heute in der Schule noch nicht gesehen, und er hat mir seit seiner letzten Nachricht auch nicht mehr geschrieben. Ehrlich gesagt mache ich mir ein bisschen Sorgen. Es könnte wirklich etwas Schlimmes passiert sein. Als könnte Celine meine Gedanken lesen, setzt sie sich zu mir und sieht mich bedauernd an. »Er hat immer noch nicht geschrieben, oder?«

Ich schüttle langsam meinen Kopf und blicke zu ihr hoch. »Aber ich habe ihn heute auch noch nicht in der Schule gesehen.«

Celine rümpft die Nase und sieht zu mir. »Süße, mach dir darüber keine Gedanken, das wird sich alles klären. Freue dich einfach heute auf diesen Tag und genieße es.«

Ich möchte auf sie hören, wirklich. Ich will das Ganze vergessen, *ihn* vergessen, aber ich kann einfach nicht.

Ich versuche, an etwas anderes zu denken, an Joeys Geburtstag, aber Easton schwebt mir die ganze Zeit durch den Kopf. Wie eine verrückte, prüfe ich jede Minute mein Handy und sehe nach, ob ich nicht doch eine Nachricht übersehen habe.

Ich komme mir so dumm vor. *Wieso macht mich das so verrückt?* Ich konnte ihn in der Pause nirgends finden und habe sogar seinen Freund Aaron gefragt, ob er weiß, wo Easton ist, aber er hatte ebenfalls keinen blassen Schimmer.

Ich habe also keine Ahnung, wo sich Easton gerade befindet und was er im Moment macht, zumindest noch nicht.

»Überraschung!«, schreien wir laut, als wir am Nachmittag vor der Paintball Halle stehen.

Ein riesiges Lächeln entfacht sich auf Joeys Gesicht. »Geil, ich wollte schon immer mal Paintball spielen.« Mit offenen Armen bedankt er sich bei uns. Er ist eine Person, die Dankbarkeit pur verspürt. Er tut alles für seine Freunde und ich bin froh, ihm mit einem guten Geschenk ein bisschen zurückgeben zu können.

Wir machen uns auf den Weg zur Rezeption, als aller erstes wird uns gezeigt, wie wir richtig mit den Paintballwaffen umgehen, als nächstes, werden uns die Sicherheitsregeln erklärt und danach bekommen wir die ganze Ausrüstung ausgehändigt. Ich ziehe meine Overalls, Handschuhe und Maske an und bewaffne mich mit der Waffe und den Kugeln.

Sobald jeder ausgerüstet ist, werden wir in zwei Teams aufgeteilt. Ich bin mit Ash und Jules in einer Mannschaft und wir spielen gegen Joey, Adam und Celine. Rasch binde ich den blauen Bändel, welcher als Erkennungshilfe der Teams dient, an meinem Arm und das Spiel kann beginnen. Unsere Strategie ist es, die anderen immer den ersten Schritt machen zu lassen, auszuweichen und ein anderer aus unserem Team schießt die Person aus dem gegnerischen Team von hinten ab.

Das Spiel zieht sich in die Länge und bis jetzt wurde noch niemand getroffen. Kurz bevor Adam Juliet erschießen kann, drücke ich ab und treffe ihn mitten in den Rücken. Er lässt sich gespielt fallen und fasst sich an die Stelle, an der ich ihn getroffen habe.

Jules grinst breit, rennt zu mir rüber und klatscht mich freudig ab. In dem Moment sehe ich, wie sich Celine hinter einem Fass versteckt, auf Juliet zielt und abdrückt. Ich möchte Jules wegziehen, aber es ist zu spät. Sie wurde getroffen und jetzt sind es nur noch Asher und ich.

Oh nein, doch nicht. Ich sehe, wie Ash von Joey getroffen wird, bringe mich schnell in Sicherheit und lauere den beiden Übriggebliebenen auf. Das Geburtstagskind verlässt sein Versteck und rennt hinüber, um näher an mich heran zu kommen, aber in dem Moment ziele ich geschickt.

Wo bist du nur Celine, wo versteckst du dich?

Auf einmal vibriert mein Handy und ich kann einfach nicht anders. Ich muss nachsehen, ob es Easton ist. Mit einer Hand öffne ich die Nachricht und mir fällt ein Stein vom Herzen.

> Hey, können wir uns heute Abend treffen, damit ich dir das erklären und alles wieder gut machen kann?

In dem Moment, als ich eine Antwort tippen möchte, spüre ich, wie mich ein Schuss mitten ins Herz trifft. »Jaaa, ich habe gewonnen!«, schreit Celine und springt auf der Stelle.

Sie hat mich wirklich getroffen.

Gespielt lasse ich mein Handy aus der Hand gleiten und falle elegant nach hinten. Kurz darauf stehe ich wieder auf und laufe zu ihr hinüber. »Glückwunsch.«

Celine nickt stolz und neigt ihren Kopf zur Seite.

Das war das erste Mal, dass ich Paintball gespielt habe und es lief doch ganz gut, zumindest hätte ich fast gewonnen. Hastig tippe ich Easton eine Antwort, schicke sie ab und wende mich wieder an meine Freunde.

Ich warte an demselben Ort wie letztes Mal, sehe auf den Spielplatz und genieße die Stille. Es ist allerdings schon spät, und deshalb wirkt dieser Ort wie ausgestorben.

Angespannt sitze ich auf der Bank.

Er ist jetzt schon fünf Minuten zu spät.

Keine Panik, Audrey, er wird kommen.

Mein Herz pocht ganz schnell, als ich auf einmal seine warmen Hände um meine Augen spüre. Lächelnd drehe ich mich um und sehe in sein wunderschönes Gesicht. »Hey«, begrüße ich ihn sanft.

Er nimmt meine Hand und umschließt sie mit seiner. »Komm mit, Audrey.«

Ich tue, was er sagt, stehe sofort auf und zusammen laufen wir ein Stück.

»Es tut mir so leid, dass ich nicht gekommen bin, meine kleine Schwester war im Krankenhaus. Und es tut mir auch leid, dass ich mich nicht früher gemeldet habe, aber in der ganzen Sorge um Avery habe ich daran überhaupt nicht mehr gedacht«, entschuldigt er sich aufrichtig und ich höre ganz genau, wie seine Stimme bei den Worten bricht.

Ich wusste, dass es eine plausible Erklärung gibt.

»Du musst dich dafür doch nicht entschuldigen, alles gut. Was ist passiert?«, hinterfrage ich besorgt und sehe ihn von der Seite an.

»Sie war bei einer Freundin und hat aus Versehen die Herztabletten ihres Vaters geschluckt.«

Mein Magen zieht sich zusammen und ich blicke geschockt zu Easton. *Das ist wirklich schlimm, sehr schlimm.* »Geht es ihr gut? Geht es dir gut?«, frage ich besorgt und bleibe stehen, um Easton ins Gesicht zu sehen.

»Es ist alles gut, ihr geht es wieder besser, aber sie musste über Nacht noch im Krankenhaus bleiben und ich bin bei ihr gewesen. Es tut mir leid, dass ich dir nicht einfach geschrieben habe, was los ist, aber ich wollte dir das lieber persönlich sagen und in dem Moment waren meine Gedanken einfach ganz woanders.«

Verständnisvoll nicke ich. »Du brauchst dich nicht zu rechtfertigen, geschweige denn entschuldigen, Easton. Es ist alles gut«, versichere ich ihm und blicke dabei tief in seine Augen. »Aber ich habe auch gefragt, wie es dir geht.«

Nervös fährt er sich durch die Haare und blickt mich verloren an. »Es geht, das alles war einfach ein sehr großer Schock«, höre ich ihn schließlich antworten.

Scharf ziehe ich die Luft ein, als ich spüre, wie er langsam mit seinem Daumen über meinen Handrücken streicht und mich innig ansieht.

»Ich dachte mir, wenn es letztes Mal schon nicht geklappt hat, dann soll das jetzt unser Date sein«, haucht er mir leise in mein Ohr und sein heißer Atem streicht an mir vorbei. »Schließ deine Augen.«

Ich tue erneut, was er von mir verlangt. Easton führt mich ein paar Schritte um die Ecke und spricht zu mir. »Jetzt.«

Langsam öffne ich meine Augen.

Ich kann es nicht fassen.

Mein Herz klopft wie wild und es fühlt sich an, als würde es gleich herausspringen. Auf dem Boden sind überall Kerzen aufgestellt und Rosenblätter verteilt, kitschig. In Herzform hat er sie um eine Picknickdecke herum gelegt, auf der viele kleine Leckereien liegen. Gemüse, verschiedene Obstspieße, Gebäck und vieles mehr.

Mir rollt eine Träne vor Freude die Wange hinunter, denn noch nie hat jemand sowas für mich gemacht, noch nie in meinem ganzen Leben. Ich drehe mich zu Easton und blicke ihn dankbar an. »Es ist perfekt«, flüstere ich hingerissen.

»Ist es dir kitschig genug? Ich finde, jetzt, wo es nicht mehr so hell ist und die Kerzen brennen, wirkt es echt romantisch. Hätten wir das Date gestern gehabt, wäre es bestimmt nicht so kitschig wie jetzt«, gibt Easton von sich und lächelt schief.

In mir ist so ein Gefühl, in diesem Moment. Ich lehne mich zu Easton vor und gebe ihm sachte einen Kuss auf die Wange. Es ist, als wären wir in einem Buch, unserem Buch und das ist der Anfang unserer Liebesgeschichte.

Der Moment und dieses Kribbeln in meinem Bauch sind unbeschreiblich. Selbst wenn es nur ein Kuss auf die Wange war, weckt er tausende Schmetterlinge in mir.

Das ist der Moment, in dem ich mich *verliebe.*

32

Easton

In dem Moment, in dem ihre zärtlichen Lippen meine Wange berühren, breitet sich ein Gefühl der Wärme in meinem Körper aus.

Das war es wert, sie ist alles wert.

Etwas benommen lächle ich und setzte mich zusammen mit ihr auf die Picknickdecke. Ich muss Audrey die ganze Zeit ansehen, sie ist so wunderschön. Es ist, als würde sie mich in ihren Bann reißen und ich kann nichts dagegen tun, ich lasse es einfach geschehen.

»Wie war dein Tag? War in der Schule alles okay?«, erkundige ich mich neugierig, während ich mir eine Traube in den Mund schiebe.

»In der Schule war alles okay, ich habe mir nur Sorgen um dich gemacht«, beginnt sie zu sagen und sieht mir dabei tief in die Augen. Danach berichtet mir Audrey, was sie gemacht hat. Sie erzählt, von dem Geburtstag ihres Freundes und wie sie alle zusammen Paintball gespielt haben. »Es ist wirklich so, das musst du mir glauben. Hättest du mir in dem Moment nicht geschrieben, dann hätte ich gewonnen«, sagt sie voller Stolz und nimmt einen meiner selbstgemachten Fruchtspieße in die Hand.

»Das hättest du sicherlich«, erwidere ich und blicke sie zuversichtlich an. Wir sitzen in der Nähe von einem See, die Sonne geht gerade unter, spiegelt sich in der Wasseroberfläche und es fühlt sich an, als wären wir in einem Film. Der Anfang unserer Liebesgeschichte. Audrey lehnt sich an mich und zusammen sehen wir dem Sonnenuntergang zu. Ich habe keine Ahnung, was für sie in Ordnung ist, aber ich nehme zaghaft ihre Hand und verschränke sie mit meiner.

Selbst, wenn ich gerade ihr Gesicht nicht sehen kann, weiß ich, dass sie mit einem großen Lächeln und kirschroten Wangen zum Himmel blickt. Ich fahre mit meinem Daumen leicht über ihre Handoberfläche und merke, wie ihr ein Schauer über den Rücken läuft.

Kurz darauf dreht sich Audrey um, wodurch wir uns so nah sind, dass ihr Gesicht nur noch ein paar Zentimeter von meinem entfernt ist. Ich spüre ihren Atem auf meiner Haut und ihren schnellen Herzschlag. *Wie gerne ich sie in diesem Moment küssen würde.* Aber ich tue es nicht. Ich möchte nicht, dass sie sich gezwungen fühlt, immerhin ist das unser erstes Date. Ich möchte sie zuerst ein bisschen besser kennenlernen.

Dass es einfach ist, ihr zu widerstehen, habe ich allerdings nie behauptet. Ich weiß nicht, ob sie dasselbe fühlt, auch dieses Kribbeln spürt, diese Spannung. Aber ich bin mir sicher, dass dieser Augenblick einfach magisch ist.

»Wie wäre es, wenn ich das nächste Date aussuche?«, fragt Audrey leise.

Ich halte die Luft an. *Das heißt, es gibt ein zweites Date.*

»Sehr gerne«, entgegne ich.

Audrey beugt sich langsam zu mir vor und ich spüre, wie ihr Gesicht nur noch wenige Millimeter von meinem entfernt ist. Zögerlich nehme ich ihr Gesicht in meine Hände und konzentriere mich auf ihre schwere Atmung. Ich möchte nichts überstürzen, vor allem, wenn sie sich damit nicht wohl fühlt, aber wenn sie es auch will, dann ist es überhaupt kein Problem für mich.

»Oh, Easton!« Audrey schreckt auf und zeigt nach oben in den Himmel. »Eine Sternschnuppe! Dort! Siehst du?«

Ich blicke mich um und als ich die Sternschnuppe am Himmelszelt erblicke, wünsche ich mir etwas. Mein Wunsch ist jedes Mal derselbe und ich weiß, dass er nie in Erfüllung gehen wird, doch ich möchte nicht aufgeben. *Er hat mit meiner Mutter zu tun, das hat er immer.*

»Erzähl mir mehr von dir Easton«, kommt es nun von Audrey. »Ich möchte mehr von dir erfahren.«

Ich lache und rücke ein Stück näher. »Da gibt es vieles, du musst schon ein bisschen genauer sein.«

»Erzähl mir von deiner Mutter.« Höre ich sie zaghaft sagen. Audrey schluckt und es kommt mir fast so vor, als falle es ihr schwer, diese Worte auszusprechen, weil sie sich nicht sicher ist, ob das ein gutes Thema ist.

Sie möchte etwas über meine Mutter wissen ... Noch nie hat sich jemand dafür interessiert, bis jetzt. Aber aus irgendeinem Grund fühlt sich das gut an. Es ist ein schönes Gefühl, über meine Mutter zu sprechen, und ich teile es gerne mit Audrey.

»Sicher, dass wir das hier zu einer Trauerstunde machen wollen?«, frage ich vorsichtshalber nach und setze ein gequältes Lächeln auf.

Audrey blickt mich mit großen Augen an und meldet sich zu Wort. »Ich will alles von dir erfahren Easton, alles. Deine Mutter ist ein Teil von dir. Erzähle mir, wie war sie?«

Mein Herz schmilzt, sie möchte wissen, wie meine Mutter war. Das hat mich noch nie jemand gefragt. »Meine Mutter war eine gute Mutter. Sie war nur sehr … krank. Mental. Ihr ging es nicht gut… aber sie wollte immer das Beste für uns. Sie glaubte an uns und für mich war sie die beste Mutter, die ich mir hätte vorstellen können. Sie hat mich und meine Geschwister gut aufgezogen, weißt du? Und sie hat sich immer Zeit für uns genommen. Sie … ich vermisse sie.« Dieses Geständnis kommt tief aus meinem Herzen.

»Oh, Easton.«

»Ich vermisse meine Mutter so sehr«, bringe ich hervor. »So verdammt sehr.«

»Easton…« Audrey rutscht ein Stück näher und nimmt meine Hand in ihre. »Es tut mir so leid.«

Ich schluchze. »Es ist in Ordnung. Ich habe gelernt, damit umzugehen … mit dem Schmerz … Ich habe mich daran gewöhnt, schätze ich.«

Unausgesprochene Worte verweilen zwischen uns und es scheint fast, als würde da nichts mehr kommen, bis Audrey weiterspricht. »Also wird es mit der Zeit … weniger wehtun?«

Langsam schüttle ich meinen Kopf. »Weniger wehtun wird es nie, du wirst nur lernen, damit umzugehen, das macht es erträglicher.«

Ich wünschte, ich könnte ihr mehr Hoffnung schenken, doch die Trauer ist nichts Schönes. Nichts, das vergeht.

»Deine Geschwister und dein Vater … helft ihr euch gegenseitig, mit dem Verlust klarzukommen? Ich meine … ich habe keine Geschwister und meine Eltern sind nicht gerade die besten im Umgang mit negativen Gefühlen. Ich fühle mich aufgeschmissen«, gibt sie von sich. *Vater.* Das ekelige Gefühl in meinem Bauch ist wieder da. Ich versuche, es loszuwerden, aber es funktioniert nicht.

Räuspernd wende ich mich wieder an sie. »Meine Geschwister waren alle selbst mit der Trauer beschäftig … wir sprechen nicht oft über Lane.« *Doch ich schätze, dass wir es stets spürten, auch ohne Worte auszutauschen.* »Ich verstehe gut, wie du dich fühlst. Aber du hast Freunde, die dir helfen und du hast mich.«

Für längere Zeit sehen wir uns innig an, als würde dieser Blickkontakt uns von all dem Leid befreien. Doch vielleicht brauche ich für diesen Augenblick einfach diese Hoffnung.

»Danke, Easton.«

»Immer, Audrey.« *Sei ehrlich zu ihr.* »Mein Vater hat uns ungefähr ein Jahr nach Lanes Tod verlassen.« Es fällt mir so verdammt schwer, über diesen Mann zu sprechen und in der Tat tue ich es so selten wie es möglich. Dennoch habe ich das Gefühl, dass es richtig ist, ihr dies zu sagen. Ich möchte diese Fassade um mich herum nicht länger aufrechterhalten.

Audreys Mundwinkel fallen augenblicklich nach unten und sie sieht mich voller Mitgefühle an. »Das tut mir leid, das wusste ich nicht«, erwidert sie.

Ich nicke und kämpfe mit den Tränen. »Es ist nur so, er hat uns einfach sitzen lassen«, platzt es aus mir heraus.

Mir rollt eine Träne hinunter.

Ich will, dass es aufhört. Ich will das nicht.

In diesem Augenblick spüre ich Audreys Wärme, wie sie mich in den Arm nimmt und ganz fest drückt. Sie ist für mich da und vermittelt mir das Gefühl, nicht alleine zu sein, so wie ich damals bei ihr.

Mein ganzer Körper bebt und ich versuche, mich zu beherrschen. Es ist als würde nun alles auf mich einstürzen. All die Wut, Sorgen und die Trauer, die ich all die Jahre in mich hineingefressen habe.

»Es ist alles gut«, versichert sie mir und streicht über meinen Kopf. »Ich bin hier und höre dir zu, also wenn du reden willst, bin ich da«, flüstert sie zuversichtlich in mein Ohr. Audrey wischt mir sanft die Tränen vom Gesicht und lässt mich fühlen, als könnte ich mich zum ersten Mal *wirklich* fallen lassen.

Ich sage ihr alles, erzähle, wie mein Vater nach dem Tod meiner Mutter angefangen hat, zu trinken und immer gewalttätiger wurde. Wie er eines Tages verschwunden ist und plötzlich vor ein paar Wochen angerufen hat, um nach Geld zu fragen. Ich erzähle ihr sogar, woher die Wunden an meinem Gesicht und Arm stammen. Alles, was mir auf dem Herzen liegt. Ich dachte, es würde mir zu schwer fallen, aber es ist wie ein Fluss. Ich fange an zu reden und kann nicht mehr aufhören.

Als ich fertig bin, herrschen ein paar Minuten Stille. Ich erkenne, wie Audreys Augen glasig sind und als sie mich ansieht, weiß ich, dass es das Richtige war, ihr mein Herz auszuschütten.

»Ich weiß nicht, was ich sagen soll, außer, es tut mir leid«, drückt sie hervor und blickt mir tief in die Augen.

»Audrey, es ist alles gut. Du musst nichts sagen. Du hast gesagt, dass du zuhörst, und das hast du auch gemacht. Das ist das einzig Wichtige. Ich brauche keine Antwort oder einen guten Rat von dir, denn den gibt es nicht, das weiß ich selbst.«

Sie nickt leicht und fährt mit ihren Fingerspitzen leicht über meinen Arm. »Danke, dass du es mir erzählt hast«, flüstert sie.

»Danke, dass du mir zugehört hast.«

Audrey schmunzelt und ich muss automatisch auch Lächeln.

Ich lege mich hin und sehe hoch zum Himmel. »Siehst du die vielen Sterne?«, frage ich. »Meine Mutter hat mir früher immer erzählt, dass wenn sie irgendwann sterben würde, am Himmelszelt am hellsten leuchtet. Ist es dumm, dass ich daran glaube?«, frage ich Audrey, die mich ungläubig anblickt.

»Das hat mir meine Mutter auch immer gesagt«, kommt es von ihr, während sie sich neben mich legt. »Es ist nicht dumm, an etwas zu glauben, niemals. Ich weiß auch nicht, ob das stimmt, aber es schadet uns nicht, die Hoffnung beizubehalten, denn somit haben wir etwas, an dem wir festhalten können.«

Gemeinsam sehen wir hoch zu den Sternen und ich spüre wieder diese Spannung zwischen uns. Wie zwei Magneten, die sich gegenseitig anziehen.

»Eleanor und deine Mutter sind da irgendwo«, sagt sie ruhig und schmunzelt leicht. Ihr Blick verliert sich im Himmelszelt und für ein paar Augenblicke sehen wir beide zu den Sternen. Es ist ein schöner Moment und trotz der Stille fühle ich mich so verbunden mit ihr.

»Eleanor? Hieß so deine beste Freundin?«, frage ich behutsam. Nach kurzem Zögern legt sie ihren Kopf behutsam auf meine Brust und ich schlinge meinen Arm um ihren Körper. Ihre Nähe fühlt sich so geborgen an, als würde ich das von irgendwo her kennen. Als bräuchte ich diese Nähe. Es fühlt sich so verdammt richtig an.

»Ja, das ist Eleanor«, gibt sie fast flüsternd von sich.

Auf einmal ist wieder dieses Kribbeln und diese Verbundenheit zwischen uns beiden wahrnehmbar. Wir sehen gemeinsam zu den Sternen, unseren Sternen. Das ist unsere Geschichte und das, woran wir glauben, es schenkt uns Hoffnung und eine gewisse Art von Frieden.

33

Audrey

»Es war sehr schön«, flüstere ich leise.

Easton schließt mich in eine feste Umarmung. »Das finde ich auch, Audrey«, haucht er und ich kann ein Kribbeln spüren. Jedes Mal, wenn er meinen Namen sagt, fühlt sich das so vertraut an.

»Gute Nacht, bis morgen«, verabschiedet er sich von mir und gibt mir einen sanften Kuss auf die Stirn.

»Gute Nacht, Easton.«

Leise schließe ich die Haustür auf und versuche, still in mein Zimmer zu schleichen, aber auf einmal nehme ich den Schein einer Lampe wahr und erblicke das wütende Gesicht meiner Mutter. »Wo warst du?«, ertönt ihre kalte Stimme.

Ich laufe ein paar Schritte näher zu ihr und erkenne, wie sie mit verschränkten Armen auf dem Sofa sitzt. Finster sieht sie mir in die Augen und scheint kein Erbarmen zu zeigen.

Einen Moment lang halte ich inne, bis ich ihr schließlich antworte. »Joey hat heute Geburtstag und wir haben alle zusammen etwas unternommen«, sage ich leise, wobei ich den Teil mit Easton gezielt auslasse. Wenn ich ihr das jetzt erzähle, würde sie durchdrehen.

»Ach ja, bis halb zwölf?«, fragt sie gereizt.

Ich nicke schwer und blicke zu Boden.

»Und da kommt es dir nicht in den Sinn, einfach mal Bescheid zu geben?«, fängt sie an zu schreien.

Ängstlich blicke ich sie an. Ich habe ihr sehr wohl Bescheid gegeben, nur das hat sie vergessen. Würde ich sagen, dass es nicht stimmt, glaubt sie mir nicht, weil sie immer Recht haben muss.

»Ich habe es vergessen, tut mir leid«, entgegne ich kleinlaut.

»Weißt du, wie viele Sorgen ich mir gemacht habe, du undankbares Kind?! Ich wollte schon längst schlafen, aber wegen dir musste ich wachbleiben!«, schreit sie und dreht nun völlig durch. Meine Mutter steht auf und packt mich harsch am Gesicht. »Sieh mich an, Audrey!«

Ich blicke zu ihr hoch und erkenne dabei einzig und allein ihre verbitterten Augen.

»Du bist so eine Enttäuschung«, beginnt sie mir zu sagen.

Meine Augen füllen sich mit Tränen und auf einmal fühle ich mich wieder wie das kleine, schwache Mädchen von früher.

»Hör gefälligst auf zu Weinen, sonst gebe ich dir gleich einen Grund«, droht sie mir, aber ich kann es nicht stoppen, mir rollt eine Träne nach der anderen die Wange hinunter. Es war ein schöner Tag und nun endet er so. Jedes Mal, wenn ich jetzt an Easton und mein erstes Date denke, muss ich auch an meine Mutter denken.

Sie holt aus und kaum, dass ich mich versehe, landet ihre Hand auf meiner Wange. Flehend sehe ich sie an, während mein ganzes Gesicht mit Tränen übersäht ist.

»Hör endlich auf zu weinen!«, schreit sie und schüttelt mich am ganzen Körper. »Was ist nur falsch mir dir?!«

Eingeschüchtert blicke ich sie an und schniefe leise.

Ich will aufhören, aber es geht nicht.

Meine Mutter holt noch einmal aus. Ihre Hand trifft erneut meine Wange. Schmerzerfüllt schreie ich auf, schmeiße mich zu Boden und krümme mich zusammen.

»Du bist kein kleines Kind, hör auf zu weinen! Ich bin hier nicht die Schuldige, du bist es!«, schreit sie verärgert.

Ich halte mir die Ohren *wie ein kleines Kind* zu.

Das will ich nicht hören.

Zusammengekauert sitze ich auf dem Boden und warte, bis es endlich vorbei ist.

»Weißt du überhaupt, was ich alles für dich getan habe?! Ich bin deine Mutter, dein Fleisch und Blut! Du solltest auf mich hören und nicht so eine Enttäuschung sein!«

Kurz nachdem sie diese Worte ausgesprochen hat, höre ich Schritte und mein Blick fällt auf die Treppe. Mein Vater, der von Mamas Geschrei aufgewacht ist, sieht geschockt nach unten. »Ana, was ist hier los?«, fragt er erschrocken und rennt aufgebracht zu mir, um mich in den Arm zu nehmen.

»Sie hat mir nicht Bescheid gesagt und ist erst so spät nachhause gekommen und nur weil ich, wie es nun mal bei der Kindererziehung richtig ist, ein bisschen geschimpft habe, ist sie gleich ausgeflippt und hat angefangen, zu weinen«, versucht meine Mutter sich rauszureden. So ist das immer, sie stellt sich als das Opfer da und Dad ist auch noch so blind und glaubt ihr.

»Ich denke, wir sind alle müde und deshalb ist sie so gereizt. Komm Audrey, geh nach oben und schlafe«, sagt mein Vater mit ruhiger Stimme und streift mich kurz am Arm, bevor ich aufstehe. Mit gesenktem Blick laufe ich in mein Zimmer. *Es ist länger her, seit sie das letzte Mal so ausgeflippt ist.* Ich ziehe meine Kleidung über den Kopf, hole mit zittrigen Händen ein oversized Shirt aus meinem Kleiderschrank und werfe es mir drüber.

Wie oft ich schon in meinem Bett gelegen habe und Angst davor hatte, meine Mutter könnte hören, wie ich weine. Könnte mir wieder wehtun … Genau das ist einer dieser Momente.

Mir fließen still die Tränen übers Gesicht, doch ich wage es nicht, einen Mucks von mir zu geben. Am liebsten möchte ich schlafen und das alles vergessen, aber vergeblich. Nach all den vielen Malen sollte ich mich daran gewöhnt haben, aber nein, an so etwas kann man sich nicht gewöhnen.

Dieses ekelige Gefühl ist wieder da.

Das Gefühl von leere.

Das Gefühl als würde ich mich selber verlieren.

Easton

»Siehst du, ich habe es dir doch gesagt«, antwortet Aaron freudig am Telefon.

»Ja, es stimmt, es war eine gute Idee, sie heute Abend noch zu überraschen«, flüstere ich, da ich gerade zuhause angekommen bin.

»Und was ist passiert?«, hakt er nach, wobei ich regelrecht weiß, wie schmutzig er am anderen Ende des Telefons lächelt.

»Nein Aaron, wir haben nicht rumgemacht, zumindest noch nicht«, antworte ich grinsend. »Aber wir hätten uns fast geküsst, nur dann kam eine Sternschnuppe und der Moment war vorbei.«

Es dringt ein hohler Laut aus seiner Kehle. »So ist das also. Du scheinst sie ja wirklich zu mögen«, entgegnet Aaron, während ich in Richtung Badezimmer laufe.

»Ja, das tue ich. Ich will es mit ihr nicht versauen«, antworte ich mit einem Lächeln auf dem Gesicht. Leise öffne ich die Badezimmertür und stelle Aaron auf Lautsprecher, um mich nebenher richten zu können.

»Also ich hätte ja wetten können, dass sie das alles zu kitschig findet, aber anscheinend fand sie deine Idee toll«, kommt es von Aaron.

»Ich habe es dir doch gesagt«, prahle ich und stecke mir die Zahnbürste in den Mund.

»Und was hast du sonst noch vor?«, fragt Aaron und ich höre, wie er sich in sein Bett legt.

»Warte«, sage ich unverständlich, da ich gerade noch meine Zähne putze.

»Was?«, krächzt Aaron, woraufhin ich meine Augen verdrehe. Eilig spucke ich die Zahnpasta ins Waschbecken und spüle meinen Mund aus. »Ich habe gesagt, dass du warten sollst. Hast du nicht gehört, dass ich mir gerade die Zähne geputzt habe?«, erkundige ich mich schnell und lache leise. »Sie will das nächste Date aussuchen. Ich denke, ich lasse mich einfach mal überraschen«, antworte ich und grinse wie ein kleines Kind. »Und wie läuft es so mit dir und Sofia? Alles gut?«, wechsle ich das Thema und warte interessiert auf eine Antwort.

»Es ist alles super. Da fällt mir ein, wenn Audrey und du Lust habt, könnten wir mal auf ein Doppeldate gehen«, schlägt Aaron vor.

Bei dem Gedanken schmunzle ich breit. Das ist echt keine schlechte Idee, dann lernen sich Aaron und Audrey auch ein bisschen besser kennen. Es ist mir wichtig, dass sie sich verstehen.

»Unbedingt.« Leise verschwinde ich in meinem Zimmer und schließe hinter mir die Tür.

»Cool, ich sag es Sofia«, entgegnet er.

»Dann bis morgen«, verabschiede ich mich und lege, nachdem er sich ebenfalls verabschiedet hat, auf. Schnell ziehe ich mein Shirt und meine Hose aus und flacke mich in mein Bett. Kaum, dass ich liege, klopft es an der Tür.

»Ja?«, frage ich, woraufhin Avery ihren Kopf durch den Türspalt steckt. »Ich hatte einen Albtraum, kann ich bei dir schlafen?«, fragt sie bittend und lehnt sich müde an meinen Türrahmen.

»Natürlich«, sage ich und schlage meine Decke weg, sodass sie sich neben mich legen kann.

Avery schläft sofort wieder ein.

Ich nicht, ich kann nicht.

Ständig muss ich an den schönen Abend denken, an Audrey. An ihr Lächeln, an dieses Knistern zwischen uns und diesen Moment. Daran, dass wir uns fast geküsst und ich ihr alles von George erzählt habe.

Es fühlt sich so richtig an, ich bereue es kein Stück. Erleichterung macht sich in mir breit, da ich meine Sorgen endlich jemandem anvertraut habe. Obwohl wir uns noch nicht lange kennen, fühlt es sich richtig an. Es fühlt sich so vertraut an, als wäre sie die Person, auf die ich mein Leben lang gewartet habe.

Noch nie hat sich etwas so echt angefühlt.

34

Audrey

Nach einigen Stunden habe ich es endlich geschafft, die Augen zu schließen. Ich habe definitiv nicht genug geschlafen. Ich verfluche meinen Wecker, als er klingelt. *Nur noch fünf weitere Minuten.* Müde schlage ich darauf und lege mich wieder in mein Bett zurück, aber kurz nachdem ich meine Augen schließe, höre ich die Melodie meines Weckers erneut.

Verschlafen stehe ich auf und laufe ins Badezimmer, um mir mein Gesicht zu waschen. Wenigstens fühle ich mich nun ein bisschen fitter. Ich laufe nach unten, esse Müsli und putze danach meine Zähne. Sobald ich das getan habe, ziehe ich mir eine kurze Hose und ein blaues Top an. Ein Blick auf die Uhr verrät mir, dass ich spät dran bin. Mit einem Arm schnappe ich meinen Schulranzen, schmeiße ihn mir über den Rücken, ziehe in Windeseile meine Schuhe an und sprinte zur Bushaltestelle.

Easton lächelt mich an als der Bus die Haltestelle in Nähe der Schule erreicht und hebt die Hand. Verwundert sehe ich zu ihm und setze meine Kopfhörer ab.

»Hey«, begrüßt er mich lächelnd und macht ein paar Schritte auf mich zu.

»Hi, hält dein Bus etwa auch hier?«, entgegne ich und kneife meine Augen zusammen.

»Nein, ich weiß aber, dass deiner hier hält und wollte dich abholen. Ich habe heute einen früheren Bus genommen, da ich meine kleine Schwester zur Schule begleitet habe«, gibt er mit einem verschmitzten Lächeln auf den Lippen von sich und verwuschelt mit der Hand seine dunklen Haare.

Ich grinse. »Das ist schon ein bisschen stalkerhaft, findest du nicht auch?«, behaupte ich neckend und neige meinen Kopf zur Seite.

Easton zuckt mit den Schultern. »Nun, ich wollte dich abholen. Ist doch romantisch, findest du nicht?«

Ich beiße mir schmunzelnd auf die Unterlippe und drehe mich zu ihm. »Ja das ist schon sehr süß«, gebe ich von mir und gemeinsam laufen wir in Richtung Schule. Unsere beiden Arme baumeln nebeneinander. Diese Spannung, die zwischen uns herrscht ... ich frage mich, ob er das auch spürt? Easton greift nach meiner Hand und schließt unsere Finger zusammen. *Ja, er spürt es ebenfalls.*

Mein Herz füllt sich und ein Gefühl von Wärme breitet sich in meinem Körper aus. All die schlimmen Erinnerungen von dem gestrigen Abend verblassen.

Jedoch versteift sich mein Körper instinktiv, als mich im Schulkorridor eine bekannte Stimme anspricht. Ich drehe mich nicht um und laufe weiter, in der Hoffnung, *er* würde endlich damit aufhören.

»Du kannst mich nicht für immer ignorieren, Audrey. Lass uns reden«, ruft mir Timouty hinterher, ich blicke allerdings nur entschuldigend zu Easton und ziehe ihn mit mir.

»Hör mir jetzt zu!«, ruft er und reißt mich ruckartig herum. Schlagartig werde ich blass und schaue mitten in seine grauen Gewitterwolkenaugen. Timouty hat keinerlei wünschenswerte Eigenschaften an sich, wie konnte ich nur etwas für ihn empfinden? Erst im Nachhinein betrachtet, merke ich, wie manipulativ er ist.

»Hast du nicht verstanden, dass sie nicht mit dir reden möchte?«, ruft Easton energisch und blickt Timouty hasserfüllt an. Er lässt meine Hand los und stellt sich vor mich.

»Ach, bist du ihr großer Beschützer?«, lacht Timouty spöttisch und blickt Easton abwertend an.

»Ich würde sagen, du verschwindest jetzt lieber«, erwidert Easton bestimmt und tritt einen Schritt näher zu ihm. Er ist deutlich größer als Timouty und schüchtert ihn durch aus ein, weshalb er einen Schritt zurücktritt. »Jo, alles chillig, musst nicht gleich so durchdrehen«, entgegnet er kleinlaut und verschwindet.

Easton wendet sich schließlich zu mir und nimmt mit besorgtem Blick meine Hand in seine.

»Danke«, flüstere ich leise.

»Was ist los mit ihm?«, fragt Easton.

Verlegen spiele ich mit meinen Haaren und sehe ihn bittend an. »Nun ja… das ist … wir waren mal zusammen. Nicht lange, denn er hat mich betrogen«, presse ich schnell heraus.

»Oh, das wusste ich nicht«, antwortet Easton knapp und blickt zu Boden.

»Alles gut, wie solltest du auch?«

»Belästigt er dich noch einmal, rufst du mich an und das Problem ist in ein paar Minuten beseitigt«, zischt Easton. Seine Augen sind eng zusammengekniffen und ich erkenne … Eifersucht … Besorgnis? Diese Seite kenne ich noch gar nicht von ihm. Ich würde lügen, würde ich sagen, dass ich das nicht irgendwie süß finde.

»Ja«, gebe ich von mir.

»Und das mit ihm war das -«, beginnt er zu fragen, aber ich unterbreche ihn, da ich genau weiß, was er sagen möchte. »Das mit ihm war nichts Richtiges. Er war nichts weiter als ein Kindheitsschwarm, da war keine echte Liebe.«

Easton stoppt und dreht sich zu mir um. »Und wieso zum Teufel denkt er, er müsste dich ständig belästigen, obwohl er derjenige war, der dich betrogen hat?«, hinterfragt er gereizt und seine Wangen fangen an zu glühen.

Eilig zucke ich mit den Schultern. »Das ist eben Timouty. Er ist von sich selbst besessen und glaubt, ich würde immer noch etwas von ihm wollen.«

Eastons Arme spannen sich an und seine Adern kommen zum Vorschein. »Dieser verdammte Mistkerl!«, zischt er leise und rümpft die Nase.

»Er wollte damals nicht, dass jemand von uns erfährt, da er zu der Zeit noch eine andere Freundin hatte, was ich allerdings nicht wusste und deshalb habe ich es keinem gesagt. Ich war so unglaublich dumm und blind«, sage ich und neige meinen Kopf nach unten, etwas beschämt.

»Audrey« Easton ergreift mein Kinn mit seiner Hand und hebt es an, sodass ich ihn ansehe. »Wenn jemand dumm ist, dann er. Immerhin hat er dich verloren«, flüstert Easton sanft und streicht mit seinem Daumen über meine Haut.

»Danke«, hauche ich, während ich zu ihm nach oben sehe.

»Lass dich nie mehr so behandeln, denn du hast so viel mehr verdient«, sagt er mit Bedacht in der Stimme und verschließt seine Finger mit meinen.

Nachdem die Schule geendet hat, nehme ich den ersten Bus und fahre in den Stadtpark. Ich brauche ein bisschen Abstand von Zuhause. Mein Vater wird auf der Arbeit sein und dann wäre da nur meine Mutter. Wenn ich ihr nicht in den nächsten Tagen aus dem Weg gehe, wird es nur noch schlimmer werden, damit habe ich Erfahrung.

Die Situation wird sich wieder legen, so ist das mit ihrer Krankheit, manchmal hat sie Tiefs und manchmal Hochs, aber mittlerweile ist es echt selten, dass es ihr Mal richtig gut geht.

Celine hat leider schon etwas mit Adam geplant und ich weiß nicht, wohin ich sonst gehen soll, also verbringe ich meinen Nachmittag hier. Die Sonne prickelt auf mein Gesicht und ich setze mich gemütlich auf eine Bank im Park. Ich lerne ein wenig für meine anstehende Bioklausur und sehe den Kindern beim Spielen zu.

Das mache ich öfters.

Jedes Mal, wenn es zuhause ausartet, findet man mich hier.

»Hey.«

Ruckartig drehe ich mich um und sofort bildet sich ein Lächeln auf meinen Lippen. »Hey«, begrüße ich Easton, mit ein wenig Verwirrtheit in der Stimme und blicke zu ihm hoch.

»Was machst du hier?«, fragt er und setzt sich neben mich auf die Bank. Meinen Körper übergeht einen Schauer, als sein Arm meinen streift, und ich ziehe scharf die Luft ein.

»Ich kann gerade nicht nachhause und keiner meiner Freunde hat Zeit, also verbringe ich hier meinen Tag«, antworte ich hastig und beiße mir auf die Unterlippe. *Wieso hat dieser Junge so einen Effekt auf mich?*

Easton lächelt und rückt ein Stück näher.

Ich verliere mich in seinen Grübchen.

Atmen, Audrey, Atmen.

»Wieso hast du nicht gefragt, ob du zu mir kannst?«

Ich tippe nervös mit meinem Fuß auf den Boden und blicke ihn bedrückt an. »Ich wollte nichts überstürzen und dich nicht zu irgendwas drängen«, antworte ich schnell und das ist die pure Wahrheit. Ich mag ihn sehr und ich wäre gerne zu ihm gegangen, nur wäre das vielleicht zu früh.

»Es wäre okay gewesen, Audrey, nur damit du das weißt«, entgegnet er und fügt noch etwas hinzu. »Möchtest du übermorgen vielleicht zu mir kommen?«

Grinsend blicke ich ihn an und nicke stürmisch. »Ja, sehr gerne.« Das bedeutet mir sehr viel, immerhin ist es ein nächster und vor allem großer Schritt. Mag sein, dass ich ein bisschen überreagiere, aber ich finde es aufregend.

Als ich wieder zu Easton sehe, erhasche ich ihn dabei, wie er auf dem Spielplatz umhersieht. Es scheint so, als würde er nach jemandem ausschauhalten.

»Bist du mit Avery hier?«, frage ich, woraufhin er knapp nickt. »Das ist sie.« Er zeigt auf ein süßes Mädchen mit braunen, welligen Haaren, die eine Latzhose und ein rotweiß gestreiftes Oberteil trägt. Im Moment ist sie damit beschäftigt, ein Klettergerüst zu erklimmen, und scheint in Gedanken zu sein, denn sie nimmt Easton gar nicht wahr.

»Sie sieht wirklich süß aus. Man erkennt, dass ihr Geschwister seid«, gebe ich von mir und lächle in mich hinein. *Sie sieht aus wie eine Miniversion von Easton nur in weiblich.* »Avery ist dir verdammt ähnlich.«

Amüsiert dreht er sich zu mir und neigt seinen Kopf zur Seite. »Ach, findest du?«, fragt er grinsend und geht sich durch sein dunkles Haar.

Bevor ich ihm antworten kann, kommt Avery auf uns zu gerannt und tippt Easton quengelig auf die Schulter.

»Was ist, mein Engel?«, fragt er sanft und wendet sich zu seiner kleinen Schwester. Mein Herz wärmt sich, er kümmert sich auf eine so unfassbar liebe Weise um sie.

»Kannst du mich bitte bei der Schaukel anschaukeln?« Sie setzt einen Schmollmund auf und bringt Easton dazu, aufzustehen. »Klar«, antwortet er, wuschelt ihr durch die Haare und wendet sich zu mir. »Willst du mit?«

Lächelnd nicke ich und erkenne, wie Avery schüchtern Eastons Arm mit ihren kleinen Händen umklammert. Sie kennt mich nicht, natürlich ist sie nervös.

»Das ist Audrey«, stellt er mich seiner kleinen Schwester vor.

Ich gehe in die Knie um auf der gleichen Höhe wie sie zu sein und lächle ihr zu. Avery grinst süß und sieht mich mit ihren großen Augen an. »Küsst ihr euch etwa?«

Easton und ich lachen herzig, er nimmt seine Schwester liebevoll in die Arme und knutscht sie stürmisch ab.

»Easton, das ist voll peinlich«, kommt es quietschend von ihr, während sie ihren Bruder von sich drückt. Dieser lacht empört und sieht zu mir. »Also wirklich, da kümmere ich mich um sie, zeige ihr meine Liebe und sie, sie will es nicht.« Er verschränkt seine Arme vor der Brust und seufzt. »Süße, von meinen Küssen und Umarmungen wirst du nie genug haben, die bekommst du immer.«

Bei seinen Worten wird mir warm ums Herz.

»Jaja, könnt ihr mich jetzt bitte anschaukeln?«, quengelt Avery und setzt sich protestierend auf die Schaukel. All die Erinnerungen, welche hier auf diesem Spielplatz entstanden sind holen mich ein … Ich sehe mich und Eleanor, wie wir nach der Grundschule hier herrennen und den Spaß unseres Lebens haben. Mittlerweile machen mich diese Erinnerungen nicht mehr traurig, sondern eher fröhlich. Ich bin dankbar, so eine schöne Zeit gehabt zu haben, an der ich festhalten kann.

35

Easton

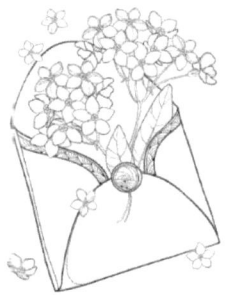

Ist es falsch, was ich mache?

Wenn ich Audrey an mich ranlasse, werde ich sie eines Tages verletzen, das weiß ich. Trotz allem bedeutet sie mir etwas. Meine Mutter hat geschrieben, ich soll auf mein Herz hören und auf nichts anderes … Es ist ja nicht mal meine Schuld nur die Drecksschuld meines Vaters.

Hasserfüllt blicke ich auf ein altes Bild von uns. Beim Aufräumen habe ich ein paar Fotoalben gefunden. Zeiten, an die ich mich nie wieder zurückerinnern möchte. Meine Gedanken schweifen ab und ich blicke zu Boden. *Wie glücklich ich zu der Zeit nur war.* Damals hatte ich noch keine Sorgen und mein Vater war wie ein Superheld für mich.

Was für ein Monster ist nur aus ihm geworden?

Seit der Schlägerei habe ich ihn nicht mehr gesehen, was auch gut ist. Nachdem er uns verlassen hat, haben wir jahrelang nichts von ihm gehört. Ich wusste nicht einmal, dass er in derselben Stadt wie ich lebt, und anscheinend hat er sich in dem letzten Jahr öfters bei Silas gemeldet, um irgendwas zu bekommen. Dad weiß genau, dass mein großer Bruder ein viel zu gutes Herz hat und alles für ihn tun würde, trotz all der Dinge, die er uns angetanen hat.

Silas hat ein zu gütiges Herz.

Es war der Tag, an dem sich alles für mich geändert hat. Am Vormittag war ich noch mit Aaron und ein paar anderen aus dem Fußballteam unterwegs gewesen. Als wir schließlich alle wieder nachhause gingen, sah ich plötzlich meinen Onkel mit seinem Freund, in einer Seitengasse reden. Ich konnte einfach nicht anders, ich musste lauschen. Ganz leise schlich ich näher, um zu hören, worüber die beiden sprechen.

Ein Fehler.

Es war ein gewaltiger Fehler.

Ich wünschte, ich wäre einfach weitergelaufen und direkt nachhause gegangen, aber wie das Schicksal es wollte, bin ich dageblieben.

Was ich da hörte, brach mir das Herz.

Es war etwas über meinen Vater.

Zeit ist vergangen und schon öfters habe ich mit dem Gedanken gespielt, Silas darüber zu informieren. Das habe ich allerdings nie getan, denn wenn ich ihm davon erzählen würde, könnte ich nicht mehr allein entscheiden, was ich mit dieser Information anstelle. Ich bereue vieles, das ich nicht getan habe, doch er ist nun mal immer noch mein Vater.

Es würde alles zerstören.

Für mich und für ihn.

Das wäre für uns beide nicht gut, würde ich etwas sagen.

Ich knülle das Foto in meiner Hand zusammen und werfe es in den Müll. Keinerlei Erinnerung soll hier weilen, denn er ist ein schlechter Mensch und das ist er tief im inneren schon immer gewesen, nur zeigt er es erst jetzt.

Ich glaube von Grund auf nicht daran, dass sich Menschen ändern können. Sie waren schon immer so gewesen und bleiben beständig ohne Rücksicht auf Verluste. Er ist mein Vater, natürlich gab es auch viele schöne Erinnerungen mit ihm. Wir haben zusammen Fußball gespielt, von ihm habe ich mein aller erstes

Trikot bekommen und er hat meinen Vogel gemeinsam mit mir begraben, als er gestorben ist.

Ja es gibt tolle Erinnerungen, sogar sehr viele, aber die guten Erinnerungen radieren die Schlechten nicht aus.

Jedes Mal als er uns geschlagen hat.

Jedes Mal als ich meine Geschwister leiden gesehen habe.

Jedes Mal als ich meine Mutter leiden gesehen habe.

Jedes Mal als ich weinend in meinem Bett lag, in der Hoffnung, er würde uns nicht noch etwas antun.

Jedes Mal, wurde ich daran erinnert, was für ein schlechter Mensch er ist.

Ein Monster, das ist es, was er ist.

Ich werde aus meinen Gedanken gerissen, als mein Handy vibriert. Kurzerhand angle ich es von meinem Tisch und blicke auf den Bildschirm. Es ist Aaron.

> Liam, Connor, James und Dylan wollen zu Niall, ein paar andere sind auch schon da, willst du mit?

Einerseits bin ich gerade überhaupt nicht in der Stimmung, andererseits könnte mir ein bisschen Ablenkung guttun. Ich tippe schnell eine Antwort und richte mich auf. Es ist niemand zuhause, also laufe ich kurzerhand in die Küche, schiebe mir ein Stück Kuchen, den Avery und ich zusammengebacken haben, in den Mund und begebe mich auf den Weg.

Als ich ankomme, sehe ich Aaron und die anderen schon von weitem. Grüßend hebe ich die Hand und klatsche meine Freunde ab.

»Lasst uns rein«, kommt es von Dylan, woraufhin wir an Nialls Haustüre klingeln. Die Aussage von Aaron, dass ein paar andere auch dort wären, ist ein bisschen sehr untertrieben.

Angespannt lasse ich mich auf einen Hocker in der Küche fallen, doch kaum habe ich mich ein wenig entspannt, kommt Aaron auf mich zugelaufen.

»Hast du eigentlich über meine Frage nachgedacht?«

Ach ja, das habe ich völlig vergessen ...

»Ich weiß noch nicht«, gebe ich knapp von mir und drehe meinen Kopf zur Seite. Aaron nervt mich jetzt schon seit Tagen damit, dass wir zusammen meinen Onkel besuchen sollen. Die beiden kennen sich schon seit früher und Thomas ist für ihn wie sein eigener Onkel.

Allerdings habe ich ihn, seitdem ich dieses Gespräch mitbekommen habe, nicht mehr gesehen. Ich weiß nicht, wie ich mich ihm gegenüber verhalten sollte. Zum Glück ist er vor kurzem umgezogen und wohnt nun sehr weit entfernt, was ich als Ausrede nehmen kann, da ich wegen Avery nicht so lange fortbleiben kann und es sich für einen Tag schließlich nicht rentiert. Wenn Aaron aber mal eine Idee hat, ist es schwer, ihn davon abzubringen.

Ich schnappe mir erstmal ein Bier und als das kühle Getränk meinen Rachen hinunterfließt, lassen meine Anspannungen ein wenig nach.

»Wieso warst du letztens eigentlich nicht beim Training, man. Wir hätten dich gebraucht«, fragt James und blickt fragend zu mir.

Ich trinke kurz einen Schluck und wende mich zu ihm. »Mein Bruder musste kurzfristig bei der Arbeit einspringen und ich musste auf meine kleine Schwester aufpassen.«

James schüttelt ungläubig den Kopf und öffnet seinen Mund, aber da kommt ihm Connor schon zuvor. »Du musst dauernd auf deine kleine Schwester aufpassen, sind deine Eltern nie zuhause?«

So kann man es auch sagen, ja. Sie wissen nichts. Sie alle wissen weder, dass meine Mutter tot, noch, dass mein Dad abgehauen ist. Ich weiß auch nicht, wieso ich ihnen nie davon erzählt habe, immerhin wissen viele aus der Schule, dass meine Mutter tot ist, aber es hat sich immer so gut angefühlt.

Für sie bin ich einfach ein Kumpel mit einem perfekten Leben und das gefällt mir. Ich wollte nie, dass sie mich anderes sehen oder so behandeln, als wäre ich auf ihr Mitleid angewiesen. Das will ich nicht, mir geht es gut. Genau das ist auch der Grund, wieso ich Aaron so liebe. Er weiß genau, dass ich nicht bemitleidet werden möchte.

Schnell wechsle ich das Thema. »Wisst ihr schon, wann das nächste Spiel ist?«

Liam nickt und dreht sich zu mir. »Der Coach hat gesagt nächstes Wochenende, am Samstag.«

»Kommst du auch?«, fragt Dylan, aber ich zucke mit den Schultern. »Ich muss das erst zuhause abklären, aber ich versuche es«, entgegne ich schließlich und setze wieder zum Trinken an.

»Ich geh mal zu den Mädchen da hinten, wer will mit?«, kommt es von James, der schmutzig lächelt. Nachdem er sich aufgerichtet hat, sieht er uns erwartungsvoll an. Dylan und Connor schließen sich ihm an, während Aaron, Liam und ich sitzen bleiben und zusehen, wie die anderen zu den Mädchen laufen.

»Warte mal, hast du etwa eine Freundin? Ich habe noch nie erlebt, dass du so etwas ausschlägst«, frage ich, woraufhin Liam ein Grinsen aufsetzt. »Ja, es ist noch frisch, aber offiziell.«

»Glückwunsch«, entgegnet Aaron.

Interessiert sehe ich zu Liam. »Und wer ist sie?«, hake ich nach und lehne mich ein Stück näher zu meinem Kumpel, um ihn trotz der lauten Musik zu verstehen.

»Sie heißt Evelyn, ich habe sie auf der Arbeit kennengelernt«, kommt es freudig von ihm. Versteht mich nicht falsch, ich freue mich für Liam, aber er ist einfach kein Beziehungsmensch. So oft habe ich von ihm den Spruch gehört: *Wieso soll man sich für eine entscheiden, wenn man auch mehrere haben kann?* Und jetzt ist er mit Evelyn zusammen?

»Dann hoffe ich mal für euch, dass das hält.« Ich lächle und in dem Moment kommen die anderen wieder ohne irgendwelche Mädchen. Sie setzen sich mit schmollendem Blick zu uns, doch dieser Ausdruck bleibt nicht lange, denn kaum, dass wir anfangen, über belanglose Dinge zu scherzen, ist jeder am Lachen. Es tut wirklich gut mit meinen Freunden zusammen zu sein und mit jedem Schluck von dem Bier vergesse ich meinen Vater ein Stück mehr.

36

Easton

Die Tür klingelt, das ist sie. Schnell streiche ich mein Shirt glatt, bevor ich zur Tür renne und sie stürmisch öffne.

»Hey«, begrüße ich Audrey und nehme sie in den Arm.

»Hey, Easton«, entgegnet sie freudig und lächelt süß. Ihre Grübchen kommen zum Vorschein, wie sehr ich es liebe.

»Mein Bruder arbeitet noch, aber er kommt nachher kurz nachhause, dann lernst du ihn auch kennen«, setze ich sie in Kenntnis.

Kurz nachdem Audrey ihre Schuhe ausgezogen hat, führe ich sie durch unsere Wohnung und zeige ihr alle Räume. »Es ist nicht groß, ich weiß«, gebe ich knapp von mir. Bis auf Aaron war noch nie jemand bei mir zuhause und ehrlichgesagt habe ich mir noch keine Gedanken darüber gemacht, ob sie es schlimm finden könnte, dass ich nicht wohlhabend bin.

Doch ich schätze, es stört sie keines Wegs, denn sie tritt vor mich und lächelt mir strahlend ins Gesicht. »Das ist mir völlig egal«

Audreys Worte erleichtern mich. *Sie sieht mich, nicht mein fehlendes Geld.*

»Wo ist Avery?«, fragt sie mit zarter Stimme und läuft in den Garten hinaus.

»Sie ist bei einer Freundin, kommt aber zum Abendessen. Willst du mitessen?«, möchte ich von ihr wissen und setze ein verschmitztes Lächeln auf. Audrey dreht sich um und das Sonnenlicht scheint in ihr Gesicht. *Wie wunderschön sie doch ist.*

»Gerne«, erwidert sie nickend und lässt sich auf der Schaukel im Garten, welche Silas vor ein paar Jahren für Avery gebaut hat nieder.

Die Zeit vergeht wie im Flug, wir sitzen draußen in der Sonne und reden über alles Mögliche, bis uns schließlich das Klingeln an der Haustür unterbricht.

»Hey, Aves«, begrüße ich meine Schwester und bedanke mich bei Frau Alsas fürs Fahren. Das ist die Mutter von Averys Freundin. Leider habe ich keinen Führerschein, da er zu teuer ist und wir uns sowieso kein zusätzliches Auto leisten können. Es ist mir unangenehm, aber sie hat es selbst angeboten, also ist das, schätze ich mal, in Ordnung.

»Hey, Avery«, höre ich nun Audreys Stimme, die etwas hinter mir steht und mit der Hand winkt.

»Heyyy«, entgegnet Avery schwungvoll und umarmt sie fest. Das ging wirklich sehr schnell, aber Avery ist einfach ein herziger Mensch, sie hat schon immer alle sofort in ihr Herz geschlossen.

Ich sehe, wie Audreys Augen stahlen und sie meine kleine Schwester nur noch fester drückt. *Das ist das Süßeste, was ich je gesehen habe.*

»Willst du beim Kochen mithelfen?«, frage ich Avery, schließe die Tür hinter uns und stelle mich zu meinen zwei Mädchen. Aves nickt kräftig mit dem Kopf und springt, bevor ich überhaupt noch etwas sagen kann, in die Küche.

»Ich hoffe, es ist okay für dich, dass wir kochen, du kannst sonst auch warten«, hake ich bei Audrey nach, um mich zu vergewissern. Lieber frage ich, bevor ich sie in irgendetwas hineinziehe, was sie überhaupt nicht möchte.

»Ich liebe Kochen. Was machen wir?«

Ein Schmunzeln breitet sich bei ihren Worten auf mein Gesicht aus. Mit großen Schritten laufe ich in die Küche, um im Kühlschrank nachzusehen, was es noch zum Essen gibt.

»Naja, ich weiß nicht. Wir haben nicht mehr so viel.« Verzweifelt schaue ich nach, ob es nicht doch noch ein bisschen mehr gibt, aber da tritt Audrey schon zu mir und blickt ebenfalls in den Kühlschrank.

»Wie wäre es, wenn wir einfach das Gemüse und alles was da ist klein schneiden und dann in der Pfanne anbraten?« Gesagt getan, Audrey dreht das Radio auf, ich gebe Avery ein bisschen was zum Schneiden und ruck zuck ist das Essen fertig.

Voila.

Der Tisch ist gedeckt und Silas kommt endlich von der Arbeit nachhause.

»Das Essen ist so lecker«, schwärmt Avery mit vollem Mund und lässt es sich schmecken, während mir Audrey und Silas ebenfalls signalisieren, wie köstlich es ist.

»Also, wie habt ihr euch kennengelernt?«, fragt Silas gespannt.

Ich verschlucke mich bei seinen Worten an einem Stück Paprika und huste. »In der Schule«, sage ich schnell.

»Ich bin eine Stufe unter ihm«, fügt Audrey hinzu und blickt mich dankend an. *Wie wir uns kennengelernt haben ist wohl keine schöne Erinnerung, da sie mit so viel Schmerz und Leid verbunden ist. Ich möchte nicht, dass sie das wieder erleben muss.*

Silas nickt und isst zufrieden weiter. Es folgen Gespräche über die Arbeit und all die alltäglichen Dinge. Es ist schön, zu sehen, wie sich Audrey einbringt. Sie sitzt lachend bei uns am Tisch und alle lieben sie, es könnte nicht besser laufen.

Als ich zur Seite blicke, sehe ich Avery flehend vor mir stehen. »Darf ich ein Eis essen?«, fragt sie zuckersüß und zeigt auf ihren leeren Teller.

»Ja, hol dir eins«, antworte ich lächelnd und wuschle ihr durch die Haare. Schon läuft sie los, öffnet das Eisfach, nimmt Schokoeis hinaus und versucht, mit einem Löffel Kugeln zu formen. »Das geht nicht«, gibt sie mürrisch von sich und blickt verzweifelt zu mir.

»Alles gut, ich helfe dir«, biete ich an und möchte schon aufstehen, da meldet sie sich erneut zu Wort. »Ich will, dass Audrey mir hilft.«

Ich grinse, setze mich wieder an den Tisch, währenddessen Audrey strahlend zu meiner kleinen Schwester läuft. »Schau mal, wenn das Eis noch zu hart ist, dann halte den Löffel einfach kurz unter warmlaufendes Wasser. Siehst du? Jetzt geht es viel einfacher«, erklärt sie meiner Schwester und beginnt die erste Kugel zu formen und in die Schüssel zu legen. »Wie viele Kugeln willst du haben?«

»Fünf«, antwortet Avery.

»Mach ihr zwei Kugeln rein«, verbessere ich sie schnell, mit dem Blick auf Audrey, aber Avery schaut mich traurig an.

»Ich kenne das, deine Augen sind größer als dein Magen und du kannst, wenn du nachher noch mehr willst, immer noch eine weitere Kugel Eis haben«, entgegne ich rechtfertigend und streiche ihr über den Kopf.

»Willst du noch Karamellsauce dazu?«, fragt Silas, steht auf und verstaut das Geschirr.

Avery nickt kräftig mit dem Kopf und ihre Augen werden ganz riesig, als er die Sauce aus dem Schrank holt und das flüssige Karamell auf das Eis gibt. Aves schleckt sich über den Mund und nimmt die Schüssel in beide Hände, um sie zu ihrem Platz zu tragen.

»Lass es dir schmecken«, kommt es von Silas, während er die Teller in die Spülmaschine räumt. Aber darauf achtet Avery überhaupt nicht mehr, denn in dem Moment fängt sie an zu essen und steckt sich einen riesigen Löffel in den Mund.

»Jetzt muss ich unbedingt noch dein Zimmer sehen.« Lächelnd wendet sich Audrey an mich, nachdem Avery fertig mit dem Essen ist. Ich hatte mal wieder recht, sie war schon nach nicht einmal zwei Kugeln satt.

»Klar, aber erwarte bitte nicht so viel«, erwidere ich lachend und führe sie zu meinem Zimmer. Ich habe alles, was ich brauche. Ein Bett, Nachttisch, Schreibtisch, Regal und einen kleinen Kleiderschrank. Die meisten Möbel sind gebraucht gekauft oder selbst gebaut, doch sie erfüllen ihren Zweck. An den Wänden sind noch ein paar Poster und ein selbstgemaltes Bild von meiner Mutter, damit es nicht so leer aussieht.

Es sind *Vergissmeinnicht*.

Sie hat für all meine Geschwister und mich so ein Bild gemalt. Wir haben es zu Weihnachten geschenkt bekommen. In der Zeit hatten wir so viele Geld Probleme, dass das unser einziges Geschenk war. Sie konnten sich nicht mehr leisten, aber das habe ich nie als schlimm empfunden. Ich war dankbar, dass ich überhaupt etwas bekommen habe.

»Es ist schön eingerichtet, gefällt mir«, kommt es schließlich von Audrey und ihr Blick schweift zu meinem Nachttisch. »Ist das deine Mutter?« Sie nimmt den Bilderrahmen, der dort steht in die Hand und blickt zu mir hinüber.

»Ja, das ist sie.« Ich lächle. Als das Foto geschossen wurde, war ich noch sehr klein. Wir hatten einen Ausflug ans Meer gemacht und haben für kurze Zeit all unsere Probleme vergessen.

»Sie ist wirklich wunderschön und so … jung. Wie alt ist sie auf dem Bild gewesen?«, fragt Audrey.

Ich setzte mich auf mein Bett und keine Sekunde später nimmt sie neben mir Platz. »Auf dem Foto war sie glaub ich dreißig und ich war dort vielleicht drei. Sie hat Silas mit einundzwanzig bekommen.« Mit meinem Daumen fahre ich über den Bilderrahmen und senke meinen Blick. Ich vermisse sie, ihr Lächeln.

»Eine wunderschöne Frau«, flüstert Audrey und stellt das Bild wieder auf meinen Nachttisch. »Deine Geschwister sind nett, ich wünschte, ich hätte auch welche.«

Verkorkst sehe ich zu Audrey und rücke ein Stück näher. »Puh, also ob du das willst, bezweifle ich. Die zeigen sich jetzt nur von ihrer besten Seite, weil du da bist«, kommt es lächelnd von mir und ich blicke in meinem Zimmer umher.

»Denkst du, sie mögen mich? Ich habe nämlich auch versucht, mich von der besten Seite zu zeigen.«

»Ist das überhaupt eine ernstgemeinte Frage? Sie lieben dich. Wie könnten sie das auch nicht?«

Audrey verdreht süß ihre Augen. »Das ist lieb von dir.«

Zaghaft lege ich meinen Arm um sie und lehne mich an meine Bettkante. Audrey legt ihren Kopf auf meine Brust und überall an meinem Körper kann ich es spüren, dieses Gefühl von Glückseligkeit.

37

Audrey

Eleanor, ein tiefer Atemzug.

Ich hasse es, dass ich mittlerweile meine Nächte damit verbringe, mich selbst zu bemitleiden. *Was ist nur aus all unseren Plänen geworden?* All die Dinge, welche wir zusammen erleben wollten.

Es ist jeden Tag aufs Neue eine Herausforderung, aber mit jedem Tag, kehre ich ein Stück mehr in mein alltägliches Leben zurück. Es fühlt sich gut an, wieder normale Sachen zu unternehmen. Einzig und allein ein Teenager zu sein, ohne groß nachzudenken.

Zweiundvierzig Tage ist sie jetzt schon tot.

Zweiundvierzig Tage, an denen sie nicht bei mir gewesen ist.

Kennt ihr dieses Gefühl, tief in euch, wenn ihr nichts außer Leere spürt und euch ein kalter Schauer übergeht? Das widerfährt mir fast jede Nacht.

Ich denke an den Tag zurück, als ich sie verloren habe. Das Einzige, was ich gefühlt habe, war Leere. Ich wusste nicht, wie ich mit dieser Art von Schmerz umgehen sollte. Es war etwas ganz Neues und fühlte sich an, als hätte mir jemand das Herz herausgerissen. Zu dieser Zeit dachte ich, dass ich nie aus diesem Teufelskreis herauskommen würde, mich nie von diesem Gefühl befreien könnte.

Ich habe es nicht geschafft, noch nicht.

Mir geht es zwar besser, aber das Gefühl ist immer noch da und lauert in den dunkelsten Ecken meiner Gedanken auf mich. Es sitzt tief in mir, das kann ich nicht einfach abschütteln. Den Tag über bin ich abgelenkt und von Menschen umgeben, in der Nacht kommt alles wie eine riesige Welle auf mich zu und ich habe das Gefühl, zu ertrinken.

Ein tiefer Atemzug.

Ich halte an ihr fest, an Eleanor.

Sanft streiche ich über ein Bild, auf dem wir beide abgebildet sind. Es stammt aus einem Fotoalbum, das sie mir zu meinem vierzehnten Geburtstag geschenkt hat. Mit einem kleinen Lächeln auf den Lippen blättere ich weiter und die schönen Erinnerungen an alte Zeiten lassen mein Herz erwärmen.

Ich blicke auf drei Fotos, das Größte klebt oben links in der Ecke. Jules, Celine, Ellie und ich sind darauf abgebildet. Wir tragen alle samt die gleiche Brille, die wir extra gestaltet haben. Ich kann mich noch genau an den Tag erinnern, es ist nämlich Juliets Geburtstag gewesen.

Auf einem kleineren Bild in der Mitte erkenne ich Juliet, Joey und mich. Wir sitzen gemeinsam auf dem Sofa und erst jetzt bemerke ich, wie sehr wir uns über die Zeit verändert haben. *Wir werden erwachsen, Ellie wird jedoch für immer jung bleiben.* Auf dem Bild streckt Joey seine Zunge heraus und schließt seine Arme von hinten um Jules und mich, während wir uns lachend ansehen.

Auf dem letzten Bild sind nur Eleanor und ich abgebildet. Sie trägt ein kurzes, schwarzes Kleid und darüber eine Lederjacke, während ich lediglich ein langes, blaues Kleid trage. Unterhalb der Fotos steht ein kleiner Text: *Juliets Birthday Party. Ein Abend, den wir nie vergessen werden!*

Ich seufze, wie sehr ich diese Zeit vermisse.

Ursprünglich war mein Plan ausschließlich, mein Zimmer ein wenig aufzuräumen, doch nun sitze ich auf meinem Bett und sehe mir eine Kiste mit alten Erinnerungen an.

Ich schließe das Fotoalbum, lege es zurück in die Box und hole einen Brief heraus. Er ist von mir verfasst, jedoch habe ich ihn nie abgeschickt. Vorsichtig falte ich das Stückpapier auf und lese mir den Text durch, den ich nur allzu gut kenne.

Hey Jay,

mit Sicherheit erinnerst du dich nicht an mich, doch ich kann dich nur schwer vergessen. Ein paar Mal sind wir uns über den Weg gelaufen, du hast mich angelächelt und das war der schönste Moment überhaupt. Einmal, da hast du Shannon hallo gesagt und ich saß gleich daneben. Wie auch immer, selbst wenn es dir nicht so ergangen ist, hast du mir den Ferienaufenthalt deutlich verschönert. Ich weiß nicht, ob wir uns je wieder sehen werden, aber ich bin mir sicher, dass falls es das Schicksal so will, wir zueinanderfinden werden. Du bist witzig und vor allem so unglaublich klug. Oft habe ich dir zugehört, als du mit deinen Freunden geredet hast. In keiner Weise war dies irgendeine Art von Stalking, ich war dort ebenfalls mit meinen Freundinnen. Ich fand es interessant, deine Gespräche mitanzuhören. Es hat mir sehr gefallen, was du von der Welt denkst. Ich werde dich nie vergessen.

Audrey.

Nun ja, das war ein Brief, den ich an Jay aus dem Ferienlager geschrieben habe. Ich war zwölf Jahre alt und dachte, ich hätte meinen Traummann gefunden.

Shannon Seavey, ich habe sie völlig vergessen. Vor vielen Jahren habe ich sie im Ferienlager kennengelernt und gemeinsam hatten wir eine wunderschöne Zeit.

Jay hat sie die ganze Zeit angesehen und vielleicht hat er, als ich dachte, er hätte mir zugelächelt, sie angesehen. Shannon und ich haben keinen Kontakt gehalten und ich frage mich, was aus ihr geworden ist.

Sorgfältig falte ich den Brief wieder zusammen und lege ihn in die Kiste, wobei mein Blick auf etwas ganz Bestimmtes fällt. Ich nehme einen herzförmigen Edelstein in die Hand und blicke ihn mit Bedacht an. Es ist das erste Geschenk, das ich je von einem Jungen bekommen habe. Er hat es mir geschenkt, nachdem er mir gesagt hat, dass er sich in mich verliebt hat.

Es fällt mir unglaublich schwer, mich von Sachen zu trennen, deshalb hebe ich jede Kleinigkeit auf. Es ist schön, alle Erinnerungen in einer Kiste zu haben. Wenn ich mich also in alten Zeiten verlieren möchte, kann ich diese Kiste öffnen und abtauchen.

Doch schlagartig sackt mein Herz hinunter, als mein Blick auf ein paar getrocknete Blütenblätter fällt.

Sie sind von Timouty.

Er hatte sie mir geschenkt mit der Bitte, niemandem von uns zu erzählen. Es waren die ersten Blumen, die ich je bekommen hatte, natürlich habe ich sie aufgehoben.

Frustriert nehme ich die Rosenblätter an mich und starre in meine geöffneten Händeflächen. Es ist keine schöne Erinnerung, nein. Denn im Grunde hat er mir die nur gegeben, damit er mich weiterhin betrügen kann und niemand davon etwas mitbekommt.

Wut staut sich in mir auf.

Wut auf mich selbst.

Wieso habe ich nicht gemerkt, wie manipulativ er ist?

Wieso habe ich nicht gemerkt, dass er mich betrügt?

Ich schnappe mir den Deckel der Kiste, schließe sie und verstaue sie danach in meinem Regal. Die Rosenblätter schmeiße ich in den Müll. Nein, selbst ich muss nicht alles aufheben.

»Audrey!« Die Stimme meines Vaters weckt mich aus meinen Gedanken. Eilig laufe ich zu meiner Zimmertür und strecke meinen Kopf hindurch. »Ja?«, rufe ich durch das ganze Treppenhaus und warte auf eine Antwort.

»Ich würde gerne Pizza essen gehen, wie klingt das?«

Breitgrinsend mache ich mich auf den Weg nach unten ins Wohnzimmer. »Wir gehen Pizza essen?«, frage ich entzückt und lasse mich auf das Sofa fallen.

Mein Vater nickt und sieht mich mit einem verschmitzten Lächeln an. »Ich habe so Lust und dann dachte ich mir: Wieso eigentlich nicht?«

»Mama würde es nicht gut finden«, gebe ich von mir und kratze mich am Hinterkopf.

»Sie muss es ja nicht erfahren. Ana ist heute nicht zuhause. Hm? Wie wäre das? Ein Vater-Tochter-Date?«

Meine Augen fangen an zu strahlen und ich sehe ihn nickend an. »Gerne«, kommt es von mir. Mit schnellem Blick schaue ich auf die Uhr. »Ich ziehe mir nur schnell etwas anderes an, dann können wir los.«

Für andere hört es sich vielleicht albern an, wenn ich sage, wie sehr ich mich freue, doch ihr müsst wissen, ich verbringe unglaublich gerne Zeit mit meinem Vater. Da er nicht oft da ist, genieße ich jede freie Minute, in der wir etwas zusammen unternehmen.

Der Abend wird wunderschön werden, das weiß ich jetzt schon. Und wenn ich heute Nacht wieder im Bett liege und sich ein dunkles, schwarzes Loch in meinem Körper ausbreitet, denke ich an die schöne Zeit mit meinem Vater und das Loch wird ein bisschen kleiner werden.

38

Easton

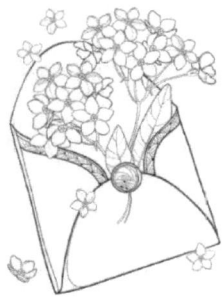

Sechzehn Uhr.

Ich stehe pünktlich vor dem Kino.

Heute ist Audrey und mein zweites Date und ich freue mich wie ein kleines Kind. In welchen Film wir gehen, wollte sie mir nicht sagen, aber ganz egal welcher, wir gehen zusammen ins Kino und das ist das Einzige, was mir wirklich wichtig ist.

Ein breites Grinsen schleicht sich auf meine Lippen, als Audrey um die Ecke kommt und mir ein Lächeln schenkt. Mein Herz macht einen kleinen Sprung.

Ich laufe auf Audrey zu und begrüße sie mit einer herzhaften Umarmung. Wir sind uns so unfassbar nah, noch nie hat sich etwas so gut angefühlt. Am liebsten würde ich sie immer in meinem Arm halten, ganz nah bei mir.

Ihre Mundwinkel wandern nach oben und sie blickt mich mit geheimnisvollem Ausdruck an. »Und, was denkst du, in welchen Film wir gehen?«, möchte sie wissen und zieht mich in Richtung Kinoeingang.

»Ich weiß nicht, vielleicht ein kitschiger Liebesfilm?«, rate ich, aber sie schüttelt lächelnd ihren Kopf. »Falsch. Ich denke, du hast vergessen, welches Genre ich noch gerne lese.«

Ich grinse. »Wir gehen in einen Horrorfilm?«, frage ich, obwohl ich die Antwort darauf bereits vermuten kann.

»Korrekt.«

Gemeinsam stellen wir uns an die Schlange zur Kasse an, kaufen uns die Karten und ehe ich mich versehe, sind wir auch schon im Kinosaal.

»Hast du Angst?«, flüstere ich ihr ins Ohr.

Audrey pustet sich eine Strähne aus dem Gesicht und sieht mich komisch an. »Nein. Angst? Ich? Nie!«, kommt es schnell von ihr, während ich mich im Sitz zurückfallenlasse.

»Das glaube ich dir nicht. Spätestens wenn der Film angefangen hat und der Höhepunkt kommt, wirst du vor Angst nicht mehr klar denken können.«

Ihre Augen werden groß und sie blickt mich von der Seite an. »Nein, nichts da. Ich habe keine Angst und ich werde keine Angst haben«, antwortet sie bestimmt.

»Das werden wir ja sehen.«

»Komm mal her«, gibt Audrey von sich und zückt ihr Handy.

»Was hast du vor?«, frage ich lächelnd.

Ungläubig blickt sie zu mir. »Ich mache ein Foto, Easton. Schonmal etwas von Erinnerungen gehört?«

Ich grinse und gebe Audrey in dem Moment, in dem sie abdrückt, einen Kuss auf die Wange. Ihr Gesicht färbt sich kirschrot und sie beißt sich verlegen auf die Lippe.

»Ich find das Foto süß«, gebe ich von mir und blicke ihr in die Augen, ihre wundervollen Augen. »Vor allem, weil du so rot bist«, füge ich hinzu und nach meinen Worten nimmt ihr Gesicht nur noch mehr Farbe an.

»Pscht, der Film beginnt«, lenkt sie von dem Thema ab und blickt nach vorne auf die Leinwand. Ich kann mich überhaupt nicht richtig konzentrieren, nicht, wenn sie so neben mir sitzt. Zögernd lege ich meine Hand auf ihren Oberschenkel und blicke sie verliebt an. Ich versuche, anhand ihrer Reaktion festzustellen, ob das für sie in Ordnung ist. Ich möchte nicht, dass sie sich auf irgendeine Weise unwohl fühlt.

Ein leichter Schauer übergeht ihren Körper und ich merke, wie sie die Leinwand angrinst. Scheinbar möchte sie es genau so sehr wie ich.

Höhepunkt des Filmes: Achtung gruselig. Habe ich es nicht gesagt? Audrey hat Angst und ich nehme sie behutsam in den Arm. Sie legt ihren Kopf auf meine Schulter, während ich liebevoll über ihre Haare streiche, um sie zu beruhigen, ihr das Gefühl von Sicherheit zu vermitteln und um ihr die Handlung einer liebevollen Geste zu zeigen. Der Duft ihres Parfums liegt in der Luft und ich spüre sie ganz nah bei mir. Ihren Herzschlag und ihren Puls, so nah wie noch nie.

»Gibst du jetzt endlich zu, dass du Angst hast?«, flüstere ich ihr ins Ohr.

Audrey wendet den Blick von der Leinwand ab und sieht mich ernst an. »Niemals.« Es ist süß, wie sie nicht zugeben will, dass sie Angst hat, zu süß. Der Vorhang schließt sich und Audrey lockert langsam den Griff um meine Hand, welche sie vor ein paar Sekunden fast zerquetscht hätte.

»Also gar nicht gruselig?«, frage ich und sehe auf ihre Hand. Audrey zieht diese schnell weg und blickt mich lächelnd an. »Gar nicht.«

»So auf einer Skala von Eins bis Zehn?« Neckend neige ich meinen Kopf zur Seite.

»So eine Drei«, gibt Audrey gelassen von sich und grinst. Ich kann nicht anders, als es ihr gleich zu tun.

»Hast du Lust auf ein Eis?«, schlage ich vor, nachdem wir aus dem Kino treten und der erste Sonnenstrahl meine Haut berührt.

Audrey nickt freudig.

Gesagt getan, holen wir uns beide eine Kugel.

»Du bist dir im Klaren, dass meine Sorte die Bessere ist, oder?«, prahlt Audrey und schleckt lächelnd an ihrem Eis.

Ich habe Mango, sie Maracuja.

Ungläubig ziehe ich die Augenbrauen nach oben und blicke sie mit einem schiefen Lächeln an. »Glaub ich dir nicht.«

Audrey streckt mir ihr Eis entgegen und sieht mit einem erwartungsvollen Blick zu mir. »Überzeug dich selbst.«

Ich probiere und was soll ich sagen … es schmeckt viel besser.

»Okay, du hast recht, es schmeckt sehr gut«, gebe ich von mir, aber sie sieht mich nur mit diesem verurteilenden Blick an. »Es schmeckt gut? Komm schon«, entgegnet sie euphorisch, aber zugleich zuckersüß.

»Ja, es schmeckt viel besser«, gebe ich geschlagen von mir.

Für mehrere Momente weilen unsere Blicke auf dem See, bis ich mich zu ihr drehe und bei dem Anblick laut loslachen muss.

»Was ist denn?«, fragt sie etwas verlegen.

Ich lächle. Sie hat eine Eisschnute. »Du hast da etwas. Wie hast du es geschafft, sogar Eis an deine Nasenspitze zu bekommen?« Ich wische behutsam mit meinem Finger die Überreste weg und schmunzle dabei. »Alles wieder in Ordnung.«

Sie senkt ihren Kopf nach unten, flüstert etwas beschämt *Danke* und zusammen laufen wir am Wasser entlang, bis wir uns schließlich, nachdem wir unser Eis aufgegessen haben, ans Ufer setzen.

»Heute ist es schon echt warm, findest du nicht?«, bemerkt Audrey und stützt sich auf ihren Unterarmen ab.

»Ja, so heiß war es seit Tagen nicht mehr«, erwidere ich und wische mir mit der Handrücken über die Stirn. Ich habe eine kurze Hose und ein T-Shirt an, trotz allem ist mir viel zu heiß.

»Lust auf eine Abkühlung?«, erkundige ich mich, hebe ohne Vorwarnung meine Hand ins Wasser und spritze sie ab.

»Hey!«, schreit Audrey auf. »Na warte!«, kommt es von ihr und kurz darauf landet eine volle Ladung Wasser auf mir.

»Hat da etwa jemand Lust zu schwimmen?«, frage ich, greife um ihre Hüfte herum, während ich mich aufrichte und hebe sie hoch.

»Easton, nein, bitte nicht«, kreischt sie lachend und versucht, sich aus meinen Zwängen zu befreien. Nur schade für sie, dass sie das nicht schafft. Ich halte sie locker mit einer Hand fest und ziehe ihr grinsend die Schuhe aus.

»Easton, lass mich runter. Komm schon«, bettelt sie, aber ich laufe schon zusammen mit ihr in den See hinein bis auch ihre Füße das Wasser berühren. Erst da lasse ich sie runterfallen, hebe aber noch Audreys Hand.

Ein großer Fehler.

Sie bückt sich geschickt nach unten und spritzt mich von oben bis unten mit Wasser voll.

»Falsche Entscheidung«, sage ich, packe sie erneut an der Hüfte und möchte Audrey schon ins Wasser werfen, da zieht sie mich mit nach unten.

»Na super, jetzt sind wir beide komplett nass«, lacht Audrey, als sie auftaucht. *Sogar im nassen Zustand sieht sie wunderschön aus, wow.*

Ich stehe auf und halte ihr meine Hand entgegen. Audrey nimmt diese dankend an und zieht sich hoch, bis wir auf Augenhöhe sind. Sie steht vor mir, so unglaublich wunderschön. Schon wieder ist sie nicht weit von mir entfernt, nur ein paar Zentimeter.

Ich atme schwer und blicke sie tiefgründig an. Dieser Moment, wie wir ihn schon bei unserem ersten Date hatten.

Diese Spannung.

Dieses Gefühl.

Dieses Kribbeln.

Ich ziehe sie zu mir heran und das ist der Moment, in dem ich nur noch auf mein Herz höre. Darauf, was ich will, und ich möchte sie. Behutsam streiche ich eine nasse Strähne hinter ihr Ohr. Audreys Atmung wird langsam schwerer und ich bin ihr nun so nah, dass ich ihren Herzschlag spüren kann. Mein Blick fällt auf ihre Augen, auf ihre Lippen, wieder auf ihre Augen und dann erneut auf ihre Lippen. *Wie habe ich so etwas, wie sie nur verdient?*

Zärtlich hebe ich ihr Kinn mit einem Finger an und beuge mich zu ihr, bis uns nur noch ein paar Millimeter trennen. Audrey legt ihre Hände um meinen Nacken und ich merke, wie nervös sie ist.

Ein Grinsen bildet sich auf meinem Gesicht und dann treffen meine Lippen auf ihre. Mit einer Hand wandere ich an ihre Hüfte hinunter, mit der anderen halte ich sachte ihr Gesicht. Audrey erwidert den Kuss und mein Herz macht einen Sprung. Ihre Lippen schmecken leicht nach Kirsche und ihre Haut ist so sanft und weich.

Ich will sie.

Für immer.

Und ich will, dass das niemals aufhört.

Ich presse Audrey an mich und küsse sie mit sinnlicher Hingebung. Ihre Hände wandern überall an meinem Körper entlang und es macht mich verrückt. So lange habe ich mein Verlangen unterdrückt und nun ist es endlich so weit.

Nie hätte ich gedacht, dass ich mal solche Gefühle für jemanden entwickeln könnte, aber was soll ich sagen: *Das Herz will nun mal, was es will.* Ich grinse gegen ihre Lippen und wende mich langsam von ihr ab. Mein Blick ist immer noch mitten auf ihre wunderschönen, grünen Augen gerichtet.

Ein Lächeln macht sich auf ihren Lippen breit und oh mein Gott, dieses Lächeln, es bringt mich um den Verstand. *Ob ich jetzt im Nachhinein sagen würde, dass ich es bereue?* Nein, kein bisschen.

»Wow, das war wunderschön«, hauche ich Audrey ins Ohr, woraufhin ihre Augen groß werden. »Ja, Easton das war es«, erwidert sie und lächelt ebenfalls. Wie sehr ich das hier liebe, ich kann nicht genug von *ihr* bekommen.

Audrey bringt mich um den Verstand. Ihre Hände an meinem Körper könnten alles anrichten. »Was machst du nur mit mir?«

Sie zuckt mit den Schultern und gibt mir nochmal einen sanften Kuss auf den Mund. »Sag du es mir.«

Nachdem ich lediglich mit einem Grinsen geantwortet habe, übernimmt sie das für mich. »Ich habe schon immer gewusst, dass du mir nicht widerstehen kannst.« Sie fährt langsam mit ihrer Hand an meinem Arm hinunter, bis sich schließlich unsere Hände miteinander verschließen.

»Ja, Audrey, das wusste ich auch«, entgegne ich und blicke ihr tief in die Augen, in ihre wunderschönen Augen.

39

Audrey

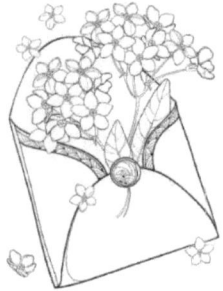

»Wir haben uns geküsst!«, platzt es aus mir heraus, während ich meine Freundinnen grinsend anblicke.

Ihre Augen weiten sich und die beiden sehen mich verwundert an. »OMIGOD? Wie war es?«, möchte Jules aufgebracht wissen und nimmt mich an die Hand.

»Es war wirklich perfekt«, gebe ich von mir. Mein Bauch kribbelt, wenn ich an den Tag denke, seine Lippen auf meinen. Ich lächle breit und wende mich zu meinen Freundinnen. »Und sein Freund Aaron hat uns zu einem Doppeldate mit seiner Freundin eingeladen.«

Celine sieht interessiert zu mir und spitzt die Lippen. »Was macht ihr?«

Ich neige meinen Kopf zur Seite und lächle breit. »Wir gehen heute an den See baden.« Gemütlich setzte ich mich an meinen Platz und krame das Mathebuch, welches ich für die nächste Stunde brauche, aus meiner Tasche heraus.

»Uhh, da musst du uns nachher alles erzählen«, kommt es von Celine und Juliet lächelt mich an.

»Wie läuft es eigentlich mit dir und Adam?«, wende ich mich an Celine, doch sie sieht nur verlegen auf den Boden. »Läuft gut«, antwortet sie knapp.

»Und…? Celine, das kaufe ich dir nicht ab«, hake ich nach und blicke sie mit hochgezogenen Augenbrauen an.

»Er hat mich gestern gefragt, ob ich seine Freundin sein will und na ja, es kann sein, dass ich nein gesagt habe.«

Ich ziehe scharf die Luft ein und sehe sie verwirrt an. »Was? Wieso? Ich dachte, du magst Adam«, frage ich verwundert.

Celine kratzt sich nervös am Hinterkopf und blickt uns mit einem verzweifelten Blick an. »Als das alles angefangen hat, war das eher zur Trauerbewältigung und ich weiß einfach nicht, ob ich echte Gefühle für ihn habe. Wisst ihr? Ich will ihn nicht verletzten, falls das doch nur war, weil ich so traurig war.«

»Ich versteh das, aber falls da doch die kleinste Hoffnung ist, dass du ihn liebst, solltest du ihn nicht aufgeben«, erwidere ich vorsichtig und sehe bekümmert zu ihr.

»Wie hat er darauf reagiert?«, möchte Juliet wissen und streicht Celine aufmunternd über den Arm.

»Nachdem ich ihm gesagt habe, dass ich es nicht weiß, war er sehr verletzt und als ich ihn trösten wollte, hat er mich angeschrien und gesagt, ich solle verschwinden. Das war das letzte Mal, dass ich ihn gesehen habe«, entgegnet Celine.

Verständlich.

Adam ist ein sehr verschlossener Mensch, er lässt nur wenige Personen an sich ran. Wenn er also Celine an sich rangelassen hat, hat das was zu bedeuten.

»Er ist einfach verletzt, das wird schon wieder, aber nur, wenn du eine Entscheidung triffst«, rate ich meiner Freundin.

Ich wünschte, ich könnte ihr einen besseren Rat geben, doch ich schätze, den gibt es nicht. *Oder er fällt mir nicht ein.* Sie muss selbst entscheiden, was für sie das Richtige ist, doch ich hoffe, dass diese Entscheidung unsere Freundesgruppe nicht zerstört.

»Hey«, begrüßt mich Easton nach der Schule. Er setzt ein verschmitztes Lächeln auf, während er seine Hand hebt. Gemeinsam mit Aaron steht er vor dem Schuleingang und wartet, bis ich ihn erreiche.

»Hey«, kommt es grinsend von mir.

Easton drückt einen sanften Kuss auf meine Stirn. Es ist eine so simple Geste und doch zeigt sie so viel Gefühl und bringt mein Herz zum Schmelzen. Ich liebe seine Zuneigung so unglaublich sehr.

»Hey«, meldet sich nun auch Aaron zu Wort.

Ich freue mich, Zeit mit Eastons Freund zu verbringen, denn es ist so persönlich. Aaron gehört zu seinem Leben, also möchte ich ihn besser kennenlernen. Ich bin nicht gut in solchen Sachen, doch ich gebe mein Bestes.

Ich lächle den beiden zu und hake mich bei Easton ein. Der See ist hier ganz in der Nähe, also dauert es nicht lange, bis wir da sind. Meinen Bikini trage ich schon unter meinen Klamotten und in meinen Rucksack habe ich bereits ein Handtuch und Sonnencreme eingepackt.

Sofia kennenzulernen macht mich ehrlichgesagt etwas nervös. Allerdings habe ich Hoffnung, dass wir gute Freunde werden können. Neue Menschen zu treffen gehört nicht unbedingt zu meinen Stärken, da ich sozial meist sehr unbeholfen bin, doch diese Unsicherheit vergesse ich schnell, denn ich habe Easton an meiner Seite. Ich schaffe das. Nach seinen Erzählungen, soll sie wirklich sympathisch sein, was mich durch aus beruhigt.

Wir biegen in einen kleinen Waldweg ein und als wir am anderen Ende herauskommen, rennt Aaron nach vorne. Ich erblicke ein Mädchen, das muss Sofia sein. Dunkle, lange, Locken fallen mir als erstes auf. Sie trägt ein hübsches Sommerkleid und lächelt breit. Die gute Laune ist ihr anzusehen. Aaron nimmt sie schwungvoll in den Arm und gibt ihr einen liebevollen Kuss. Voller Zärtlichkeit streicht er ihr über das Haar und blickt sie verliebt an. Sie sehen süß zusammen aus.

»Hey, ich bin Audrey«, stelle ich mich ihr vor, als wir ebenfalls angekommen sind. Ich strecke ihr meine Hand zur Begrüßung hin, aber zu meiner Überraschung, schließt sie mich sofort herzig in eine Umarmung. *Wie ich solche Menschen liebe.*

»Schön, dass es geklappt hat. Ich freue mich sehr«, gibt sie strahlend von sich, woraufhin ich lächle. An ihrer Aura merke ich bereits, dass sie mir eine gute Freundin sein wird, das habe ich so im Gefühl.

Easton begrüßt Sofia mit einer kurzen Handbewegung, während Aaron seine Arme erneut um sie schließt.

»Ich habe uns schonmal einen guten Platz gesichert«, gibt Sofia von sich und grinst breit. Ich erkenne schon von weitem das Wasser, doch als wir durch das Gebüsch an dem See herauskommen, blicke ich staunend umher. Ich war noch nie an dieser Stelle, es ist wunderschön. Hier gibt es sogar ein Seil, mit dem man sich ins Wasser schwingen kann, und es ist ein bisschen abgelegen, daher sind kaum andere Menschen zu sehen.

»Das ist ja richtig schön hier«, gebe ich von mir und ziehe mein Oberteil aus. Ich spüre Eastons Blick, der auf mir weilt, und lächle ihn an, nachdem ich mein Shirt über den Kopf gezogen habe.

Ich vergesse stets, wie aufregend es ist, einen Jungen kennenzulernen. Ich möchte so gerne alles über ihn erfahren, hege das Bedürfnis, jedes Leid aus seinem Leben zu verscheuchen. Was ich möchte, ist volles Vertrauen und ich habe das Gefühl, dass er mir das gibt.

»Kannst du bitte meinen Rücken eincremen?«, frage ich Easton kurzerhand und drücke ihm die Creme in die Hand. Ich lege mich auf den Bauch und streiche meine Haare zur Seite.

Easton drückt ein bisschen Sonnencreme aus der Tube und verteilt sie vorsichtig auf meinem Rücken. Sie ist ein bisschen kalt, aber seine warmen Hände auf meinem Körper lassen jegliches unbehagliches Gefühl verschwinden.

Ich ziehe scharf die Luft ein, als ich einen Blick auf seinen Oberkörper erhasche. *Er ist gut gebaut.* Ich erwische mich dabei, wie ich ihn anstarre, aber er neigt nur lächelnd seinen Kopf zur Seite, denn er scheint mich ebenfalls dabei ertappt zu haben.

»Seid ihr fertig?«, erkundigt sich Aaron ungeduldig. Ich blicke zu ihm und erkenne, dass er und Sofia bereits im Wasser auf uns warten.

Schnell nicke ich.

Easton steht auf und reicht mir die Hand, an der ich mich nach oben ziehe und gemeinsam laufen wir ins Wasser.

»Lasst uns dieses Spiel spielen«, schlägt Sofia vor.

Ich schwimme ein Stück weiter in ihre Nähe, sodass ich sie besser hören kann.

»Wir nennen das Chicken, kennt ihr das?«

Aaron und Easton schütteln den Kopf, aber bei mir macht es klick. »Meinst du das, wo man auf den Schultern gegeneinander kämpft?«, frage ich grinsend, woraufhin Sofia erfreut nickt.

»Okay, warte. Easton, tauch du mal nach unten, sodass ich auf deine Schultern steigen kann«, befehle ich. Gesagt, getan, klettere ich auf seine Schultern, sowie Sofia auf Aarons.

»Los!«, kommt es lachend von mir und ich versuche, Sofia ins Wasser zu schubsen. Fast gelingt es mir, doch sie kann sich im letzten Moment noch über Wasser halten.

»Easton, fall ja nicht um!«, warne ich ihn lachend, woraufhin er einen Schritt auf Aaron und Sofia macht, damit ich versuchen kann, sie zum Boden zu zwängen. Eastons Hände sind um meine Beine geschlossen, ich kann mich kaum konzentrieren. Einen Moment nicht aufgepasst und schon spüre ich Sofias Griff an mir und da passiert es, wir fallen um.

»Jaa!«, schreit sie, nachdem wir beide wieder aus dem Wasser auftauchen und klatscht in die Hände. »Macht Spaß«, kommt es triumphierend von Sofia, während ihre Mundwinkel nach oben wandern.

»Das können wir uns nicht gefallen lassen«, entgegne ich, während mein Blick fest auf Easton fixiert ist.

Eine Revanche später fällt Sofia.

»In Ordnung, das letzte Mal entscheidet«, gibt Aaron von sich, als er aus dem Wasser auftaucht und Easton schadenfroh angrinst.

»Wenn ihr unbedingt verlieren wollt, gerne«, entgegnet er grinsend und taucht unter, sodass ich erneut auf seine Schultern steigen kann. Lange habe ich nicht mehr so viel Spaß wie in diesem Augenblick gehabt. *Und lange habe ich mich nicht mehr so wohl gefühlt.*

»Los!«, ruft Sofia und auf ihr Wort beginnen wir, miteinander zu kämpfen. Da passiert es, Aaron fällt zusammen mit Sofia um und wir haben gewonnen. Breit grinsend lässt mich Easton nach unten und wirbelt mich im Kreis herum.

»Easton«, gebe ich lachend von mir und schlinge meine Arme um ihn. Er setzt mich auf den Boden ab und gibt mir einen sanften Kuss. Seine weichen Lippen auf meinen, unbeschreiblich.

»Wie sieht es jetzt mit Thomas aus?«, wendet sich Aaron an Easton und fast gleichzeitig melden sich Sofia und ich zu Wort. »Wer ist Thomas?«

»Mein Onkel«, kommt es schnell von Easton, während er sich verlegen am Nacken kratzt. »Ich weiß es immer noch nicht, Aaron. Nerv mich nicht.«

»Kannst du ihn bitte mal überreden, mit mir seinen Onkel zu besuchen?«, wendet sich Aaron verzweifelt an mich und verdreht die Augen.

»Wieso? Willst du nicht?«, erkundige ich mich verwirrt bei Easton und blicke fragend zu ihm.

»Doch, schon, aber ich kann Avery nun mal schlecht alleine lassen. Silas ist nachts nicht da und es lohnt sich nicht, einen Tag dort hinzugehen, da müssen es schon mindestens zwei Tage sein.«

»Ich kann eine Nacht auf Avery aufpassen«, schlage ich vor. Mein Mund ist schon wieder schneller als meine Gedanken gewesen. Es ist nicht so, dass ich es nicht machen möchte, ich habe Angst, dass ich ihn verscheuche, wenn ich sowas vorschlage. Wir sind noch nicht so weit. Oder etwa doch?

»Audrey, das kann ich nicht von dir verlangen.« Voller verblüffen blickt er zu mir, als könnte er überhaupt nicht fassen, dass ich das in Betracht ziehe.

»Machst du ja auch nicht, ich biete es an. Außerdem ist Avery wirklich süß«, sage ich und das ist mein voller Ernst. Auf einmal habe ich dieses Verlangen, seiner Familie zu gefallen. Ich möchte, dass sie mich mögen und akzeptieren und ich schätze, das wäre ein guter Anfang. Abgesehen davon, würde es mir gefallen, seine Geschwister ein bisschen besser kennenzulernen.

»Komm schon«, bettelt Aaron.

Ich sehe Sofia dabei zu, wie sie ein herziges Lachen von sich gibt, und schon ist mir ebenfalls zum Lächeln zu Mute.

Easton atmet tief ein, gibt sich schlussendlich geschlagen und hebt beide Hände hoch. »Na, gut.« Er wendet seinen Blick an mich und sieht mich dankend an. »Aber wirklich nur, wenn das für dich passt.«

Ich lächle ihn nickend an. »Klar, ich mache das gerne«, antworte ich und daraufhin gibt er mir einen flüchtigen Kuss auf die Wange. Das wird wohl ab jetzt immer etwas vollkommen Besonderes sein. Etwas zwischen uns beiden. Ich könnte nie genug von seiner Zuneigung haben.

»Wollen wir jetzt wieder ins Wasser?« Sofia springt von dem Platz auf und streckt mir ihre Hand entgegen. Lächelnd ziehe ich mich hoch und keinen Augenblick später bin ich ebenfalls auf den Beinen. Wir blicken uns lachend an und sie nimmt das Seil in die Hand, um sich ins Wasser zu schwingen. Ich gleich hinterher, kurz darauf schwingt sich Aaron hinein und zum Schluss Easton.

Lachend tauche ich auf, blicke Sofia an und sie strahlt eine gewisse Art von Fröhlichkeit aus. Ich denke, ich habe eine neue Freundin gefunden.

Da ist es wieder, dieses Gefühl von Glückseligkeit.

40

Easton

Ich habe Angst.

Ich weiß nicht, wie ich mich Thomas gegenüber verhalten soll. *Wieso war es eigentlich klar, dass so etwas passiert?* Dass ich ihn jetzt doch besuchen muss, wollte ich nicht, doch als mir Audrey angeboten hat, auf meine Schwester aufzupassen, hatte ich keine Ausrede mehr.

Apropos Audrey, ich bin gerade auf dem Weg zu ihr. Wir wollten nochmal etwas gemeinsam unternehmen, bevor ich am Freitag übers Wochenende weggehe. Ihre Eltern sind nicht zuhause, es sind also nur wir beide.

Das muss ihr Haus sein!

Mit großen Schritten laufe ich darauf zu und klingle an der Tür. Hastig gehe ich mir durch die Haare, bis schließlich Audrey vor mir steht. »Hey«, begrüßt sie mich glücklich und gibt mir einen zarten Kuss.

»Hey«, entgegne ich strahlend und laufe zu ihr ins Haus. Kurzentschlossen ziehe ich meine Schuhe aus und platziere sie ordentlich auf dem Boden. Meine Mutter hat es mir beigebracht. Sie konnte es überhaupt nicht leiden, wenn meine oder auch die Schuhe meiner Geschwister nicht ordnungsgemäß im Flur standen.

»Also, hast du Hunger? Wir können was essen«, fragt Audrey und führt mich in ihre Küche.

Scheiße, ist die riesig!

Dieses ganze Haus ist riesig!

Schnell schüttle ich den Kopf und lehne dankend ab. Ich habe vorhin bereits gegessen, da ich aufgrund von Avery nicht früher zu Audrey konnte. Ich musste erst warten, bis Silas von der Arbeit gekommen ist, und sie wollte unbedingt etwas backen. *Also was mache ich?* Natürlich habe ich mit ihr gebacken.

Gemeinsam gehen wir die Treppe hoch und Audrey stößt die Tür zu ihrem Zimmer auf. Der Raum ist wirklich schön. Es gefällt mir, wie sie ihr Zimmer eingerichtet hat. Zwar ist es schlicht, aber trotzdem nicht langweilig. Sie besitzt einen begehbaren Kleiderschrank, das ist definitiv nicht langweilig.

Ich grinse, als ich die Kuscheltiere auf ihrem Bett erkenne.

»Dein Zimmer ist wirklich schön«, kommt es verblüfft von mir.

Ich sehe mich um und blicke auf ihr Regal, neben dem Schrank. Auf der Oberfläche steht eine Vase mit Papierrosen. »Hast du die selbst gemacht?«, frage ich interessiert.

Audrey nickt beachtlich.

Mein Blick wandert weiter durch den Raum. Ihr Zimmer ist weiß tapeziert und überall hängen Bilder mit Audrey und ihren Freunden.

»Ist das Eleanor?«, erkundige ich mich zaghaft und zeige auf ein Mädchen mit blonden Haaren. Sie hat ihre Arme ganz fest um Audrey geschlungen und die beiden blicken lächelnd in die Kamera. Es kann nicht allzu lange her sein, höchstens zwei Jahre.

Audrey schluckt schwer und sieht mich bekümmert an. »Ja, das ist sie.« Mit traurigem Ausdruck schaut sie zu mir und ich kann es ganz genau in ihren Augen erkennen. Dieser Schmerz, er steckt tief in ihr.

»Wenn du reden möchtest, dann höre ich dir zu«, bringe ich nun dieselben Worte zum Ausdruck, welche sie damals zu mir gesagt hatte.

Audrey zwingt sich ein kleines Lächeln auf, schüttelt aber letztlich den Kopf. »Das ist sehr lieb von dir, aber ich denke, dass ich dazu noch nicht bereit bin«, erwidert sie und sucht nach Verständnis in meinem Blick.

»Das verstehe ich«, gebe ich nachsichtig von mir und nehme ihre Hand. Ich weiß nicht einmal, wieso ich das getan habe. Vielleicht, um ihr zu zeigen, dass ich da bin, wenn sie mich braucht. Womöglich auch, um ihr zu zeigen, dass sie sich mir jederzeit öffnen kann. Ich weiß nicht, wieso ich es getan habe, doch es tut gut.

Mein Blick fällt erneut auf ihr Regal. Mit einer Hand fahre ich über die Oberfläche und öffne, ohne groß darüber nach zu denken, die oberste Schublade.

»Nein!«, kreischt Audrey, doch es ist schon zu spät.

Meine Mundwinkel schnellen nach oben und ich blicke zu Audrey, während ich den roten spitzen BH hinausziehe. »Hast du dir den etwa gekauft, nachdem ich gesagt habe, wie sehr er dir stehen würde?« Verschmitzt grinse ich sie an und beiße mir auf die Unterlippe.

Sie wird rot, natürlich wird sie das.

»Nein, ich hatte den schon«, rechtfertigt sie sich beschämt, entnimmt mir den BH und stopft ihn zurück in die Schublade.

»Nun würde ich dich gerne darin sehen«, gebe ich flüsternd von mir. Meine Augen weiten sich, als sie langsam einen Schritt auf mich zu geht und dezent meinen Arm streift. »Träum schön weiter«, flüstert Audrey und lächelt mich süß an.

Oh meine Güte, sie macht mich verrückt.

»Was hast du denn gerade für einen drunter. Einen blauen?«, frage ich, fasse sie an der Hüfte und ziehe sie zu mir. Ich möchte ihre Nähe spüren, ich möchte ihren Körper an meinem spüren.

»Falsch«, erwidert sie lächelnd. »Du hast drei Versuche, dann zeige ich dir, ob du richtig liegst«, haucht sie mir kaum hörbar ins Ohr.

Etwas Besseres hätte sie nicht von sich geben können.

»Schwarz?«

Audrey schüttelt den Kopf.

»Weiß?«

»Ah-ah. Noch ein Versuch«, haucht sie.

»Rosa«, rate ich, woraufhin sie lächelt.

Meine Mundwinkel schnellen nach oben, während ich meine Hände an den weichen Stoff ihres Shirts lege. Mit zuversichtlichem Blick sehe ich Audrey an, um sicher zu stellen, dass es für sie in Ordnung ist. Sie nickt schüchtern, doch ich möchte ganz sicher sein. »Ist es in Ordnung für dich?«, frage ich nun.

»Ja«, vernehme ich Audreys Antwort.

Langsam ziehe ich ihr Shirt hoch, woraufhin sich ihre Wangen genauso rosa wie ihr BH färben. *Wow.* Ihr Körper ist wunderschön, doch es ist nicht nur das, sondern sie ist es, die mich um den Verstand bringt.

»Rosa steht dir«, hauche ich in Audreys Ohr und liebkose sie mit sanften Nackenküssen. »Normalerweise mag ich rosa nicht besonders, doch nun liebe ich es.«

Kein Moment später hebe ich sie mit meinen Armen hoch und sie schlingt daraufhin ihre Beine um mich. Ich nehme ihre schwere Atmung und ihren hohen Puls wahr. Sie fühlt genauso wie ich. Audrey fährt mit ihren kleinen Händen durch mein Haar, woraufhin ich sie noch intensiver küsse. Mit noch mehr Leidenschaft, noch mehr Verlangen. Ihr entfernt ein leichtes Stöhnen und ich grinse gegen ihre Lippen.

»Du machst mich verrückt«, flüstere ich und presse sie noch näher an mich. Mit der einen Hand halte ich ihre Hüfte und die andere lege ich an ihre Wange. Ich will mich schon wieder zu ihr vorbeugen, da drückt sie mich ruckartig von sich weg. »Hast du das gehört? Ich glaube, meine Mutter ist schon zuhause. Du musst dich verstecken«, kommt es hysterisch von ihr, während sie sich ihr Oberteil wieder über den Kopf stülpt. Entschuldigend verzieht sie ihr Gesicht und sieht mich bittend an.

»Wo?«

Audrey zieht mich zu ihrem begehbaren Schrank. »Es tut mir so leid«, sagt sie und schließt die Tür, sodass ich versteckt bin. Durch die drei Schlitze an der Unterseite kann ich beobachten, was geschieht.

Es dauert nicht lange, bis sich ihre Zimmertür öffnet und ihre Mutter zum Vorschein kommt. »Hallo, Audrey.«

»Hallo.«

»Hast du meine Bewerbung fertiggeschrieben? Ich bräuchte sie jetzt«, gibt sie dringlich von sich und blickt auf die Uhr an ihrem Handgelenk.

»Ich bin noch nicht ganz fertig, aber heute Abend kann ich sie dir geben«, entgegnet Audrey leise. Ich erkenne, wie sie traurig ihren Kopf zu Boden neigt.

»Was soll das heißen? Ich wollte die Bewerbung jetzt abgeben. Schreib sie schnell. Also das wäre es, wenn ich wegen meines unbrauchbaren Kindes warten muss«, antwortet sie kalt und achtlos.

Mir wird schlecht.

Wie kann eine Mutter nur so mit ihrem Kind reden?

Ich will hinaus und Audrey verteidigen, doch das würde die Situation nur noch schlimmer machen.

»Ja, tut mir leid, du hast gesagt, dass du sie bis morgen brauchst, deshalb dachte ich –«, fängt Audrey an zu reden, aber ihre Mutter unterbricht sie unmittelbar. »Was du immer alles denkst. Was fällt dir ein, mir zu unterstellen, dass ich gesagt hätte, bis morgen? Du kleine Lügnerin, entschuldige dich gefälligst oder willst du dir eine Klatsche einfangen?«, höre ich ihre boshafte Stimme und sehe, wie sie aufgebracht ihre Hand in die Höhe hält. Das erinnert mich an früher, an meinen Vater. Ich blicke in Audreys Augen und erkenne mein Spiegelbild in ihnen.

Ihre Stimme ist nun ganz zittrig und leise. »Nein, es tut mir leid. Es war mein Fehler. Ich schreibe die Bewerbung jetzt fertig.«

»Das solltest du und solche Ausreden kannst du dir abschminken«, entgegnet ihre Mutter schnaufend und knallt die Tür hinter sich zu. Ich warte einen Moment, bis ich aus dem Schrank hinausstürme und Audrey in den Arm nehme.

»Es ist alles gut«, will sie mir vermitteln, doch alleine an ihrer weinerlichen Stimme und den glasigen Augen merke ich, dass es das nicht ist. *Wie könnte es auch?*

»Nein, nichts ist in Ordnung«, entgegne ich und streiche ihr liebevoll über den Kopf. Audrey gibt keinen Laut von sich, sie sitzt einfach nur still da und vermeidet meinen Blick. Denn ich sehe es, jedes Mal, wenn ich ihr in die Augen blicke. Der Schmerz, welcher tief in ihr drin lauert.

Ihr laufen die Tränen über ihr wunderschönes Gesicht, ich streiche sie weg. Manchmal wünschte ich, ich könnte ihr diesen Schmerz nehmen. Sie, die reinste Seele mit einem zarten Herz. Innerlich noch ein Kind, welches nie richtig leben konnte. Ihre Kindheit hat sie stärker gemacht, wie auch mich. Sie hat uns geprägt und wir sind dadurch zu den Menschen geworden, die wir nun sind. Aber wir waren dennoch Kinder, wir hätten nicht stark sein sollen. Wir hätten lediglich eine Person gebraucht, die für uns da ist. Zu viel ist zu viel. Was kann ihr kleines, zärtliches Herz noch aushalten, bis es endgültig bricht? Was kann ich tun, damit es ihr besser geht?

»Du hast das nicht verdient«, flüstere ich und nehme ihr Gesicht in meine Hände. Ich möchte, dass sie mich ansieht. Sie soll mir in die Augen blicken und mir all ihre wahren Gefühle offenbaren.

Audrey streicht sich mit ihrer Hand die Tränen weg und versucht ihre Traurigkeit, mit einem Lächeln zu überspielen. Doch das funktioniert nicht bei mir.

»Alles gut, wo sind wir stehengeblieben?«, fragt sie, setzt sich auf mich drauf und beginnt damit, mich zu küssen. Schnell drücke ich sie von mir weg und nehme ihr Gesicht behutsam in meine Hände. »Wie gerne ich dich auch küssen möchte, aber Audrey, dir geht es nicht gut. Rede mit mir«, sage ich und streiche ihr eine Strähne aus dem Gesicht.

»Ich bin das schon gewöhnt, alles gut«, entgegnet sie und beugt sich zu mir. Erneut drücke ich sie vorsichtig von mir und blicke tief in ihre Augen. »An so etwas kann man sich nicht gewöhnen«, sage ich.

Mein Herz bricht.

»Sieh mich bitte an, Audrey.« Ich drehe ihren Kopf sachte zu mir, bis sie schließlich in meine Augen blickt. »Rede mit mir«, gebe ich behutsam von mir. »Du kannst mir vertrauen, versprochen.« Ich streiche ihr eine Strähne hinters Ohr und sehe sie liebevoll an.

Dann erzählt sie mir alles.

Es bricht mir das Herz.

Ich verstehe, dass ihre Mutter unter einer Krankheit leidet, aber das gibt ihr noch lange nicht das Recht, so zu sein. *Wie kann ihre Mutter, einen so wundervollen Menschen wie sie, so schlecht behandeln?*

Audrey weint nicht, sie sitzt einfach nur da und ich nehme sie in den Arm. Ich möchte für sie da sein, weil damals niemand für mich da war. »Es tut mir so leid.« Ich drücke sie noch fester an mich.

»Es ist okay, Easton, du musst nichts sagen.« Audrey löst sich von mir, setzt sich an ihren Schreibtisch und klappt ihren Computer auf.

»Was machst du?«, frage ich, während ich nach vorne laufe. Ich platziere meine Hände auf ihren Schultern und blicke auf das offene Dokument.

»Ich schreibe die Bewerbung zu Ende. Es fehlen sowieso nur noch ein paar Sätze«, entgegnet sie. »Ich muss das jetzt machen, tut mir leid.« Nach einem kurzen Zögern fügt sie noch etwas hinzu. »Ich glaub, es wäre besser, wenn du jetzt gehst. Wenn dich meine Mutter erwischt …«

»Ja klar, ich verstehe«, kommt es rasch von mir und ich gebe Audrey zum Abschied einen sanften Kuss auf die Stirn.

»Ich gehe gleich raus und schaue, wo meine Mutter ist, dann kannst du schnell runter und leise aus der Tür«, sagt sie und steht auf.

»Verstanden.«

»Vielleicht können wir uns ja morgen sehen. Hast du da Zeit?«, fragt sie. Mir dreht sich jedoch der Magen um, denn die Erinnerungen an den morgigen Tag kommt in mir zum Vorschein. Ich spiele mit den Fingern und sehe Audrey schließlich an. Mein Blick, wie versteinert. »Morgen ist der Todestag meiner Mutter. Hailey kommt und zusammen mit Avery und Silas gehen wir an den Strand. Es war ihr Lieblingsort.«

Audrey ergreift meine Hand und sieht mich an. »Das ist schön, Easton, sie würde das bestimmt wollen.«

Ja, das würde sie wollen. Obwohl der Strand mit so vielen wunderschönen Erinnerungen verbunden ist, kriege ich mich nicht dazu, diese schön in Erinnerungen zu behalten. Wenn ich daran denke, schmerzt es, denn sie ist nicht mehr da. Wir werden nie wieder solche Erlebnisse haben, weil sie tot ist. Doch ich weiß, dass mich diese Erinnerungen glücklich machen sollten, es ist manchmal nur sehr schwer.

Dieser Tag wird schlimm werden, denn trotz, dass so viele Jahre vergangen sind, holt es mich an diesem Tag immer besonders ein.

Ich denke, dieser Schmerz verschwindet nie.

41

Audrey

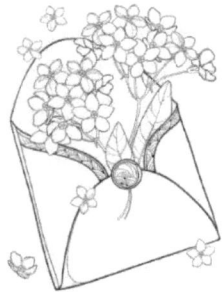

»Hier ist die Bewerbung, tut mir leid, dass es so lange gedauert hat«, entschuldige ich mich und halte meiner Mutter die Papiere hin.

Sie durchlöchert mich mit wütendem Blick und atmet einmal tief durch, bis sie auf einmal anfängt, loszuschreien. »Tu nicht so unschuldig, ich weiß es!« Die Adern an ihrer Stirn treten hervor, doch ich habe keinen blassen Schimmer, wovon sie redet. »Ach tu nicht so!«, schreit sie weiter und fährt sich gestresst durch die Haare. Ihr Blick ist boshaft und schamlos, wie so oft.

»Ich weiß nicht, was du meinst«, gebe ich leise von mir und sehe zu Boden. Mein Herz erleidet einen Stillstand, als sie einen Schritt auf mich zugeht und ich wage es nicht, mich von der Stelle zu bewegen.

»Du hattest einen Jungen hier. Denkst du, ich bin doof? Ich habe seine Schuhe im Gang gesehen, nachdem ich aus deinem Zimmer gelaufen bin und bevor er sich heimlich rausgeschlichen hat. Du kannst froh sein, dass ich zu gestresst war, um eine große Szene vor euch beiden zu machen.«

Ich schlucke schwer.

Mist, das ist echt das Letzte, was ich wollte. Ich war mir eigentlich sicher, dass meine Mutter erst spät abends heimkommen würde.

»Es tut mir leid«, gebe ich von mir und sehe bittend zu ihr.

Hoffnungsvoll, dass sie mir verzeihen wird.

Hoffnungsvoll, dass sie mich nicht schlagen wird.

»Es tut dir leid, es tut dir leid. Wie oft muss ich denn noch wegen deinen Dummheiten Leiden, bis du aufhörst, so bescheuert zu sein?!«, gibt sie enttäuscht von sich, doch ihre Stimme wird immer noch nicht leiser. Ihre Augen verengen sich und sie sieht mich mit diesem einen bestimmten Blick an. Sie hat mir schon oft genug gesagt, was für eine Enttäuschung ich bin, und sie scheut sich nicht davor, mir das immer aufs Neue einzutrichten.

»Es wird nicht nochmal passieren«, gebe ich geschlagen von mir. Wie dumm war es, ihn mit nachhause zu nehmen. Ich hätte damit rechnen müssen, dass meine Mutter früher heimkommt.

»Nein, weißt du was, so nicht. Ich sage dir gefälligst, was du machst. Das hier ist mein Haus.« Sie lacht. »Wenn du groß bist und endlich ausziehst, ja, dann kannst du meinetwegen tun, was du willst, aber solange du deine Füße unter meinem Tisch hast, gehorchst du mir. Später ist es mir egal, wie sehr du dein Leben selbst zerstörst.«

Audrey, nicht anfangen zu weinen. Es ist ihre Krankheit, rede ich mir dauernd ein. Ich versuche, einen Grund zu finden, wieso sie so zu mir ist. Wenigstens etwas, das mir sagt, dass ich ihren Worten kein Glauben schenken darf. Jedes Mal aufs Neue versuche ich nicht an dem was sie sagt, zu zerbrechen. *Wieso kann ich keine liebende Mutter haben?*

Es sind die seltenen Momente, in denen sie mir die Art von Zuneigung, welche ich mir so sehr ersehne, schenkt. Es sind die Augenblicke, in denen es sich anfühlt, als wäre alles perfekt. Als wären wir eine tolle Familie. Doch das ist wie bereits erwähnt selten. Es ist etwas, das ich mir verdienen muss.

Ich bin schon wieder den Tränen nah, da wird Mamas Stimme ruhiger. »Du lädst ihn heute zum Abendessen ein. Ich will den Jungen kennenlernen, der sich heimlich mit dir trifft.«

Meine Augen weiten sich und ich blicke sie unglaubwürdig an. Das hätte ich nicht gedacht, nie im Leben. Ich hätte mir vorstellen können, dass sie mir den Kontakt mit ihm verbietet oder sonst was, aber das? Das ist wieder mal eine Situation, die mir zeigt, wie unberechenbar sie ist. Hätte ich nicht selbst vorgeschlagen, dass es nie wieder vorkommen wird, hätte sie mir womöglich den Kontakt verboten. Doch sie muss Recht haben und ich stehe stets im Unrecht. Ich glaube, manchmal weiß sie selbst nicht einmal, was sie möchte.

»Oh, okay«, gebe ich leise von mir.

»Er ist um halb sieben pünktlich da. Dein Vater kommt auch«, bemerkt sie harsch. »Und verschwinde mir jetzt aus den Augen.«

Eilig laufe ich nach oben in mein Zimmer und schnappe mir mein Handy. Ich bin mir ziemlich sicher, dass es keine gute Idee ist, dass Easton heute kommt, doch was soll ich machen. Er konnte vorhin mithören, wie meine Mam mit mir redet. Wenn sie mich heute Abend dumm anmacht, kann er sich ganz bestimmt nicht zusammenreißen und das würde die ganze Lage nur verschlimmern.

> Meine Mutter weiß, dass du da warst. Du sollst um halb sieben bei uns Abendessen.

> Was? Wie hat sie reagiert? Natürlich, ich werde da sein.

> Sie war am Anfang sauer, weil ich es ihr verheimlicht habe, aber ich denke, es ist jetzt alles gut und sie will dich kennenlernen.

Ich lasse den Teil, wie meine Mutter wirklich reagiert hat gezielt aus, denn sonst eskaliert das heute Abend noch.

> Okay, das ist gut. Was soll ich anziehen?

Keine Jogginghose!!! Das findet meine Mutter ganz schlimm. Aber die trägst du ja sowieso nie. Am besten eine ordentliche Jeans mit einem schwarzen Shirt oder so.

Bitte reiß dich zusammen, sie meint das nicht so. Du weißt, sie ist Bipolar gestört. Mein Vater ist auch da, nur, damit du Bescheid weißt.

Audrey, das ist keine Entschuldigung, aber ich versuche, mich zusammenzureißen.

Bis nachher.

Bis nachher, komm ja nicht zu spät.

Werde ich nicht.

Ungeduldig warte ich, bis es endlich Abend wird. Ich habe keine Ahnung, was mich da erwartet und ich habe das Gefühl, dass sich mein Magen gleich umdreht.

Die Tür klingelt.

Easton ist da.

Wieso schreibt er mir nicht einfach?

237

So schnell ich kann, renne ich hinunter, denn ich will vermeiden, dass meine Mutter die Tür öffnet, aber zu meinem Bedauern, hat sie das bereits getan.

»Es ist schön, dich kennenzulernen«, höre ich meine Mutter sagen. Sie ist so... nett. Wieder einmal typisch. Sobald andere Personen im Spiel sind, verstellt sie sich. Von außen betrachtet sieht es aus, als wären wir eine perfekte Familie.

Ich merke regelrecht Eastons Anspannung und wie sehr er sich zusammenreißt, doch zum Glück merke nur ich das und nicht meine Mutter.

Schüchtern hebe ich die Hand, als er mich sieht.

Easton lächelt.

»Es ist auch schön, Sie kennenzulernen. Vielen Dank für die Einladung«, entgegnet er höflich und läuft danach zu mir, um mich in den Arm zu nehmen.

Es tut gut.

Easton weiß, was ich gerade denke, genauso wie ich weiß, was er gerade denkt. Genau das ist es, was ich gerade brauche, eine Umarmung.

»Es ist alles gut«, flüstere ich ihm ins Ohr und wende mich von ihm ab. Ich möchte ihn nicht unnötig belasten und ich möchte nicht, dass dieser Abend in einer Katastrophe endet.

»Das Essen ist gleich fertig und Bob kommt jede Minute von der Arbeit. Setz dich doch schon einmal«, schlägt meine Mutter vor. Sie läuft in Richtung Küche, während ihr kurzes, lockiges Haar bei jeder Bewegung auf und ab springt.

»Brauchen Sie noch Hilfe bei irgendetwas?«, gibt Easton schnell von sich, woraufhin sich meine Mutter erstaunt umdreht. »Ach, das ist sehr lieb, aber nein, quatsch, bleib du bei Audrey.« Mit diesen Worten verschwindet sie in die Küche.

Ich weiß, dass das von Easton nur liebgemeint ist, um einen guten Eindruck zu vermitteln. Das ist auch wirklich süß, aber ich weiß genau, dass sie mir später einen Vortrag darüber halten wird, wie faul ich doch sei. Davon kann ich ein Lied singen, obwohl ich so oft im Haushalt helfe. Ich frage, ob sie Hilfe braucht, sie sagt nein, beschwert sich aber im Nachhinein, dass sie alles alleine machen muss.

Easton und ich sitzen nebeneinander am Tisch und er streicht über meinen Arm. Seine Berührungen lösen etwas in mir aus, wieder dieses Kribbeln.

»Also, ist es jetzt ein gutes Zeichen, dass deine Mutter so reagiert, oder plant sie heimlich, wie sie mich umbringen kann?«, flüstert mir Easton leise zu.

Ich schmunzle leicht und lege meinen Kopf schief. »Nein, alles gut. Ich denke, sie mag dich wirklich, vor allem nach deinem: Kann ich helfen, Kommentar.«

Easton reibt sich mit seinem Handrücken gespielt den Schweiß von der Stirn und pustet laut aus. »Glück gehabt«, gibt er grinsend von sich. »Aber nur, weil das etwas Gutes für uns ist. Deine Mutter behandelt dich trotzdem falsch«, flüstert er leise.

Benommen kaue ich auf meiner Unterlippe und sehe ihn an. Außer Eleanor wusste niemand, wie meine Mutter wirklich ist. Bis jetzt, jetzt weiß Easton es auch und ich habe keine Ahnung, wie ich das finden soll. Aus irgendeinem Grund fühlt es sich befreiend an. Nachdem Ellie gestorben ist, konnte ich mit keinem über das hier reden, jetzt kann ich das.

»Ich bin froh, dass du es weißt«, flüstere ich zaghaft. Easton nimmt meine Hand in seine und drückt sie ganz leicht. Ich liebe es, wenn er das macht.

In diesem Moment höre ich den Schlüssel in der Haustür und kurz darauf kommt mein Vater zum Vorschein. »Hey, Dad«, begrüße ich ihn, springe freudig auf und nehme ihn schwungvoll in den Arm. Er lächelt verschmitzt, bis sein Blick auf Easton fällt, welcher nun auch in unsere Richtung läuft.

»Das ist Easton«, stelle ich ihn vor.

Er hebt seine Hand zur Begrüßung, aber mein Vater nimmt ihn gleich freudig in den Arm. »Und du bist wer, wenn ich fragen darf?«, höre ich seine dumpfe Stimme.

Ich möchte schon zum Reden ansetzen, stoppe aber, bevor ich etwas von mir gebe. Was sind wir überhaupt? Offiziell zusammen sind wir noch nicht, nur Freunde aber auch nicht. Keiner von uns hat es je ausgesprochen.

»Ich bin ihr Freund«, kommt mir Easton zur Rettung.

Ihr Freund?

Hat er sich gerade als mein Freund bezeichnet?

Ungläubig sehe ich ihn an und grinse.

»Oh, das ist ja mal Interessant. Schön dich kennenzulernen. Wir können gleich weiterreden, ich sage Ana kurz Hallo«, entgegnet mein Vater, bevor er in die Küche läuft.

»Freund?«, frage ich Easton mit großen Augen.

Er läuft zu mir und streicht eine meiner Haarsträhnen hinters Ohr. Mein Herz, ich glaube, es hat gerade für einen Moment aufgehört, zu schlagen. *Warte, wie atme ich nochmal? Audrey, fasse deine Gedanken.*

»Das hätte ich vielleicht früher fragen sollen, aber da du es kitschig magst, frage ich dich jetzt. Darf ich dein fester Freund sein?«, haucht er mir diese bedeutenden Worte ins Ohr.

Ich nicke immer und immer wieder. »Ja«, erwidere ich und gebe ihm einen langen Kuss.

Das Essen ist fertig angerichtet und wir sitzen alle gemeinsam am Tisch. Easton und ich nebeneinander, meine Mutter und mein Vater gegenüber von uns.

»So, wie lange läuft das denn schon zwischen euch?«, fragt meine Mutter, bevor sie sich eine Gabel voll Nudeln in den Mund schiebt.

Easton sieht mich fragend an, doch ich nicke. Ich will sie nicht länger anlügen, das würde es noch schlimmer machen. Jetzt nachdem sie es eh schon wissen, kann es nur besser werden, hoffe ich.

»Wir haben uns Mitte April kennengelernt«, antwortet er schnell, woraufhin ich meine Mutter ängstlich ansehe. Sie nickt allerdings nur und isst entspannt weiter.

»Habt ihr schon Sex?«, fragt mein Vater auf einmal.

Ich verschlucke mich an meinem Essen und huste laut.

Was für ein Thema!?

»Da musst du nicht rot werden, Audrey, das ist ein ganz normales Thema und Verhütung ist das A und O.«

Ich presse meine Lippen zusammen.

Ist das unangenehm.

Easton legt, um mich zu beruhigen, seine Hand auf meinen Oberschenkel. Aber das beruhigt mich ganz und gar nicht, es lässt mich nur noch röter werden. *Dieser Junge weiß genau, was er macht.*

»Nein!«, presse ich schnell heraus und wende mich wieder dem Essen zu. Mein Kopf ist knallrot und ich blicke seufzend zu meinem Vater.

»Man darf ja wohl noch fragen. Wir wollen ja nicht, dass du nachher als Teenie Mutter endest.«

Warnend sehe ich meinen Vater an und verziehe das Gesicht. Am liebsten würde ich im Erdboden versinken.

»Keine Sorge, das wird nicht passieren, versprochen«, gibt Easton ganz locker von sich. Ihm scheint das überhaupt nicht unangenehm zu sein. Er sitzt seelenruhig auf seinem Stuhl und isst seine Nudeln, als wäre das ein ganz normales Gespräch.

Unfassbar.

Das Abendessen verläuft weiterhin erstaunlich gut. Meine Mutter hat sogar über unsere Witze gelacht und könnt ihr es glauben? Sie hat mich angelächelt. Wenn das mal nichts Gutes heißt.

Mein Dad liebt Easton und meine Mutter … na ja, sie ist eben meine Mutter. Wenn sie nicht alles nur vorspielt, kommt es mir fast so vor, als könnte sie ihn leiden.

Ich hatte Angst vor diesem Moment. Angst vor der Reaktion meiner Mutter, wenn ich ihr von Easton erzähle und jetzt sitzen wir alle zusammen lachend am Tisch und essen gemeinsam zu Abend.

42

Easton

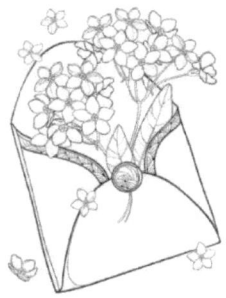

25. Mai

Diesen Tag werde ich nie vergessen.

Heute genau vor sieben Jahren ist meine Mutter gestorben. Ich weiß nicht, wie ich mich fühlen soll, nur, dass ich meine Mutter gerne an meiner Seite hätte. Sie fehlt mir so sehr und auch, wenn ich weiß, dass sie nun an einem besseren Ort ist, wünsche ich mir, sie würde noch unter uns weilen.

Es ist ein schwerer Tag für uns alle.

Ich sehe auf das Meer hinaus, die Sonne spiegelt sich im Wasser und die Wellen treiben hin und her. Schon immer habe ich das Meer geliebt. Früher war es immer etwas Besonderes an den Strand zu gehen. Meine Mutter musste mich regelrecht aus dem Wasser ziehen, damit ich herauskomme. Es hat mich immer fasziniert, die ganze Unterwasserwelt, die Schwerelosigkeit und dieses Gefühl, welches mich von all meinen Sorgen befreit hatte.

Es ist aber nicht nur einer meiner Lieblingsorte, sondern es ist auch der meiner Mutter gewesen. Wenn ich hier bin und den Wellen zusehe, fühlt es sich an, wie zuhause. Ich fühle mich ihr näher.

»Ist es nicht schön, wieder hier zu sein?« Hailey legt ihre Hand um meine Schultern und blickt auf das Meer hinaus.

Es ist schön, aber auch angsteinflößend.

Wir gehen jedes Jahr am 25.05 hier her, sonst nie. Es ist der Tag, an dem sie gestorben ist, ich werde mich wohl nie daran gewöhnen …

Ein kleines Schmunzeln breitet sich auf meinen Lippen aus, als ich Avery vor mir stehen sehe. Sie trägt ihren Elsa Badeanzug, im Gesicht ist sie noch ein bisschen weiß von der Sonnencreme, die sie nicht richtig verteilt hat, auf dem Kopf sitzt ihre Taucherbrille und in der Hand hält sie einen Schwimmreifen.

Die Sonne prickelt auf uns hinunter und eine Abkühlung könnte nicht schaden. Ich nicke Aves zu und ziehe mein Shirt über den Kopf. Silas steht bereits da und läuft gemeinsam mit unserer kleinen Schwester ins Meer hinein.

»Was ist? Kommst du nicht mit?«, wende ich mich an meine große Schwester. Sie sitzt schweigend im Sand und vermeidet meinen Blick.

Kurzerhand setzte ich mich neben sie und nehme Hailey in den Arm. »Ich vermisse sie auch«, flüstere ich leise. Meiner Schwester rollt eine Träne die Wange hinunter. »Ich will einfach wieder, dass sie hier ist, bei uns«, schluchzt Hailey und sieht mich mit wehleidigem Blick an.

»Das will ich auch, aber wir können daran nichts ändern. Sie würde wollen, dass wir Spaß haben.« Ich streiche Hailey die Tränen aus dem Gesicht und stehe auf, um ihr die Hand hinzuhalten. »Und jetzt komm mit ins Wasser.«

Sie zieht sich an meinem Arm hoch und nach ein bisschen überreden, kommt sie schließlich mit ins Meer. *Was ist das?* Ja, ich habe richtig gesehen, sie hat ein kleines Lächeln auf den Lippen.

Hailey hat mitunter am meisten an dem Tod unserer Mutter gelitten. Sie ist Lanes leibliches Kind, doch George ist nicht ihr Vater. Ich hatte noch nie eine andere Sichtweise auf sie, nur weil wir nicht denselben Vater haben. Für mich war sie schon immer meine Schwester, die ich mit vollem Herzen liebe.

Als meine Mutter das erste Mal von meinem Vater schwanger war, ist sie noch sehr jung gewesen und hat sich wegen des Kindes an meinen Vater gebunden. Es war ein Unfall. Dass sie irgendwann einmal Kinder haben wollten, stand fest, aber nicht so früh.

Lane hatte ein paar Jahre später eine Affäre, nur etwas Einmaliges. Meine Mutter hatte Schuldgefühle ohne Ende, es war

243

ein Fehler und sie hat es meinem Vater gebeichtet. Er ist durchgedreht, aber er hatte nur sie und wollte, dass sie bei ihm bleibt. Meine Eltern sind wegen Silas zusammengeblieben, um ihm eine schöne Familie zu bieten. Nachdem meine Mutter erfuhr, dass sie schwanger war und das Kind nicht von George ist, wollte er, dass sie es abtreibt.

Lane hat es nicht getan.

Mein Vater hat Hailey, schon seit dem ersten Moment an anders behandelt. Ich dachte mir früher nichts dabei, aber als ich älter wurde und erfahren habe, wieso er so mit ihr umgeht, wurde mir alles klar.

Er selbst war derjenige, der mir das erzählt hat, damit ich schlecht von meiner Mutter denke. *Krank, oder?* Obwohl er sie doch, seinen Worten nach zu urteilen, geliebt hat.

Hailey hatte die stärkste Bindung zu unserer Mutter. Es hat uns alle hart getroffen, aber ich würde lügen, wenn ich sage, dass es ihr nicht am meisten wehgetan hat.

Das kalte Wasser berührt meine Füße und ich hechte ins Meer hinein. Es ist kühl und erfrischend aber vor allem befreiend. Avery sieht man wieder einmal nur anhand des Schnorchels und Silas unterhält sich mit Hailey. Ich tauche in das kühle Nass ab und genieße für einen Augenblick die Stille. Wie friedlich die Natur doch ist.

Nachdem wir aus dem Wasser gegangen und uns auf eine Decke gesetzt haben, ergreife ich die Chance. Avery ist noch im Wasser, das ist gut. »Ich muss euch noch etwas sagen«, fange ich zögernd an und greife in meine Hosentasche.

»Ja?« Silas und Hailey sehen mich verwirrt an.

Langsam strecke ich einen Zettel in die Höhe. *Den Zettel.* »Ich habe vor einiger Zeit diesen Brief hier gefunden.« Ich mache eine kurze Pause. »Ich hätte ihn euch schon viel früher geben sollen, aber ich habe einfach nicht den richtigen Moment gefunden und ich denke, jetzt ist es ein guter Zeitpunkt.«

Ich strecke meinen Geschwistern *den Brief* entgegen.

Lanes Abschiedsbrief.

»Und was ist das?«, fragt Hailey interessiert.

»Lest selbst«, gebe ich knapp von mir. Ich sehe Silas unbeholfen dabei zu, wie er langsam den Brief öffnet und daraufhin die Blicke über das Papier fliegen.

Avery kannte unsere Mutter kaum, sie war noch so jung, als sie gestorben ist. Ich denke, das ist der Grund, wieso der Brief nicht an sie adressiert ist. Aber ich werde ihr den Brief, wenn sie ein bisschen älter ist, auf jeden Fall auch zeigen, nur jetzt ist sie einfach noch zu jung dafür.

Haileys Augen füllen sich mit Tränen und Silas sieht reglos auf das Stück Papier. Er lässt den Brief nach unten sinken, nachdem er fertig mit lesen ist, und starrt in die Luft. Sie geben keinen Ton von sich.

»Ich habe ihn in einer der Kisten im Keller gefunden«, drücke ich leise hervor.

Hailey blickt zu mir hoch und nimmt mich in den Arm. Ihr laufen die Tränen hinunter und ich tröste sie, wobei ich den Trost selbst brauche.

»Wieso weinst du?«, fragt Avery, die gerade aus dem Wasser gekommen ist und ihre Schwester ängstlich ansieht. Keinen Moment später läuft sie zu uns und schließt sich der Umarmung an. Ich spüre nun auch, wie Silas seine Hände um uns legt und in diesem Moment fühle ich mich frei. Das ist meine Familie, die Menschen, die ich liebe und welche mich lieben. Ich weiß, dass egal, was noch passiert, wir das durchstehen werde, weil wir uns haben.

»Och, wie süß«, höre ich plötzlich jemanden mit einer spöttischen, dunklen, betrunkenen Stimme sagen.

George.

Ruckartig drehe ich mich um und nehme Avery instinktiv zu mir. Ich drehe ihren Kopf zu meiner Brust, damit sie nicht zu ihm sieht, aber es ist schon zu spät. »Easton, wieso ist Papa hier?«, fragt sie weinend und zittert am ganzen Körper.

»Shh, alles ist gut«, beruhige ich sie und lege meine Hand auf ihren Kopf. »Hailey, gehst du bitte mit Avery ein bisschen weiter weg?«, bitte ich sie leise, denn ich will nicht, dass sie sowas mitbekommt. Keiner von ihnen sollte das. Hailey ist ganz aufgelöst, nimmt Avery aber schlussendlich zitternd an die Hand und läuft weg.

»Och, ihr wollt schon gehen? Das sollte doch ein Familientag sein«, lallt George vor sich hin und grinst dreckig.

Aufgebracht stehe ich auf und blicke ihn verachtend an. Mit der Whiskeyflasche in der Hand, diesem unordentlichen Shirt mit Flecken und den ungepflegten Haaren sieht er aus wie früher.

»Was willst du?!«, schreie ich, laufe auf ihn zu und stoße meinen Vater nach hinten. Er taumelt mit einem Bein auf dem Boden, hält aber gerade so sein Gleichgewicht und stellt sich wieder hin.

Silas zieht mich zurück. »Er ist es nicht wert«, flüstert mein Bruder mir leise zu. Meine Adern kommen zum Vorschein und mein Herz klopft so schnell. *Wieso ist er hier? Wieso will er uns diesen Tag versauen?*

»Verschwinde!«, schreie ich.

Er regt sich nicht von der Stelle und fährt sich durch die Haare.

»Was willst du hier?«, fragt mein Bruder in einem ruhigen, aber ernsten Ton. Ich frage mich, wie er es schafft, in solchen Situationen nicht die Kontrolle zu verlieren. Wäre Silas nicht da und würden Avery und Hailey nicht irgendwo weiter hinten stehen, hätte ich diesem Mistkerl schon längst eine verpasst.

»Es ist der Todestag eurer Mutter, ich bin hier um mit euch zu feiern«, ruft er freudig, schwingt die Whiskyflasche nach oben und setzt zum Trinken an.

Ich reiße ihm den Alkohol aus der Hand, aber er packt mich harsch am Handgelenk. »Nicht so, Junge!«, ruft er kalt und auf einmal fühle ich mich wieder wie ein Kind, das seinem Vater gegenübersteht und Angst vor dem hat, was als nächstes folgt.

»Eure Mutter war untreu. Sie ist eine Schlampe gewesen, da feiert man doch«, entfährt es ihm und in dem Moment passiert es. Ich stürze mich auf ihn, stoße George zu Boden und prügle auf ihn ein.

Er zeigt keine Reaktion.

Ich verpasse ihm einen Schlag ins Gesicht.

Immer noch keine Reaktion.

Silas will mich von ihm wegziehen, aber ich lasse es nicht zu.

Er soll für alles, was er getan hat, leiden.

Ich möchte, dass er Schmerzen verspürt.

Ich möchte, dass er das zurückbekommt, was er uns angetan hat.

All die Male, als er meine Geschwister geschlagen hat.

Das eine Mal, als Avery fast gestorben wäre wegen ihm.

Jedes Mal, als er seine Kontrolle verloren hat.

Jedes verfickte Mal. Das möchte ich ihm heimzahlen.

»Wieso machst du nichts?!«, schreie ich ihn an und schüttelt seinen Kopf. »Hm, wieso?!«

246

Verzweifelt sehe ich ihn an und mein Gesicht ist übersäht mit Tränen. *Wieso macht er nichts? Wieso ...?* Doch in diesem Moment passiert etwas. George nimmt mich in den Arm und hält mich fest. Ich will das nicht, ich möchte mich wehren, mich von seiner Umarmung befreien, aber er ist zu stark. Meine Tränen fließen in sein Shirt.

Ich atme den starken Geruch des Alkohols ein und jetzt fühle ich mich wieder wie ein kleiner, verängstigter Junge, der von seinem Vater Versprechen bekommt, bei denen er genau weiß, dass er sie sowieso wieder brechen wird. Er sagt, es tut ihm leid. Es tut ihm nicht leid. Die Bedeutung, von diesem Satz hat keinen Wert, wenn man immer wieder aufs Neue das Gleiche sein Wort bricht.

Erst jetzt lässt er mich los.

Schnell stehe ich auf und blicke Silas an.

George rührt sich nicht von der Stelle, er liegt auf dem Boden und blickt zu mir. Er sieht mir tief in die Augen und ich verabscheue ihn. So viel Hass empfinde ich für diesen Mann.

Ich möchte stärker sein.

Ich möchte nicht weinen, weil Papa wieder da ist.

Ich möchte ihm gegenübertreten und ihn leiden lassen, doch das ist der Moment, in dem ich merke, dass es nichts bringt.

Ihm Schmerzen zuzufügen wird die Traumata meiner Familie nicht aufheben.

Ihm Schmerzen zuzufügen wird nichts ändern.

Denn ich bin nicht so wie er, das werde ich nie sein.

»Jetzt verschwinde und lass dich nie wieder blicken!«, schreie ich und sehe dabei zu, wie er mit wackeligen Beinen aufsteht.

»Da sieht man mal, wie toll eure Mutter euch erzogen hat, so verachtend wie ihr seid. Ich bin eurer Vater!«, ruft er, dreht sich danach aber um und geht, bevor ich überhaupt noch etwas sagen kann.

Zur Hölle mit meinem Vater.

Ich blicke zurück und sehe, wie Avery im Wasser taucht und Hailey verängstigt zu uns blickt.

Mein Herz schmerzt.

Wieso? Wieso muss er so sein?

Alles, was ich je wollte, war ein liebender Vater.

Ja, diesen Tag werden wir wohl nie vergessen.

247

43

Audrey

Heute habe ich mich mit Easton verabredet.

Dass ich auf Avery aufpasse, hat sich auch erledigt, denn nachdem George an den Strand gekommen ist, stand Easton ganz aufgelöst vor meiner Tür. Er hat nicht geweint, aber ich wusste, dass irgendetwas nicht stimmt und nachdem er mir alles erzählt hat, war klar, dass er seine Schwester erstmal nicht alleine lassen kann.

Wir sind heute auf dem Rummel, süß, oder? Hoffentlich lässt ihn das, für ein paar Stunden, seinen Vater vergessen. Früher habe ich mir immer vorgestellt, wie romantisch es doch ist, zusammen verschiedene Attraktionen zu fahren.

Na ja, so romantisch ist das doch nicht.

Easton hat mich überredet, mit einer Horrorbahn zu fahren und ich bereue es. Damit meine ich nicht, dass diese Bahn aufgrund von Geistern gruselig ist, es ist etwas viel Angsteinflößenderes. Auf dieser Bahn wird man über Kopf nach oben geschleudert und alleine bei dem Gedanken wird mir ganz elendig.

Ich muss aufhören, darüber nachzudenken, denn sonst überlege ich es mir doch noch anders, aber jetzt sitze ich schon und der Gurt ist fest. *Oh, Scheiße. Ich glaube, es geht los.* Instinktiv greife ich nach Eastons Hand, dieser lächelt mir aber nur zu.

»Das war eine dumme Idee!«, schreie ich laut, als wir hochgeschleudert werden. Das ist definitiv die schlimmste Attraktion, die ich je gefahren bin.

»Das war cool«, wendet sich Easton zu mir, als wir von den Sitzen aufstehen. »Wollen wir nochmal?«

Ich pruste und schüttle schnell meinen Kopf. »Das Ding fahre ich nie wieder«, entgegne ich und nehme seine Hand. »Lass uns lieber nach den Essensständen sehen.«

Zusammen schlendern wir über den Rummel und halten vielleicht an ein bisschen zu vielen Essensständen. Als Erstes holen wir uns einen Kartoffelspieß, das muss einfach sein. Danach Schokoerdbeeren, einen Crêpe und zum Schluss noch ein Slusheis.

Ich habe alles mit Easton geteilt, denn ich weiß, dass er es sich nicht leisten kann, so viel Geld auszugeben. *Wieso ist es immer nur angebracht, wenn der Mann der Frau etwas ausgibt?* Ich kann ihm doch auch etwas spendieren.

»Was ist so lustig?«, frage ich Easton verwundert, als er aus dem nichts mit Lachen anfängt.

»Nichts, es ist nur ...« Er hebt seine Hand und streicht mit seinem Finger sanft über meine Lippe. »Die ist ein bisschen blau von dem Slusheis.«

Ich grinse und blicke ihn herzig an. »Wieso hast du keine blauen Lippen?«

Er zuckt mit den Schultern. »Ich weiß nicht, vielleicht, weil ich das Eis erst gar nicht an meine Lippen kommen lasse?«

»Superwitzig, Easton«, gebe ich sarkastisch von mir. Ich beuge mich zu ihm rüber und gebe ihm einen Kuss. Seine weichen Lippen berühren meine und ich könnte das wirklich ständig machen.

»Jetzt bin ich nicht mehr die Einzige, die blaue Lippen hat«, hauche ich und sehe ihn dabei zufrieden an. Er grinst breit, nimmt mich in den Arm und gemeinsam laufen wir weiter. »Habe ich dir eigentlich schon gesagt, wie schön du heute aussiehst?«

Mein Gesicht nimmt einen kirschfarbenen Ton an und meine Mundwinkel schnellen automatisch nach oben. »Du bist aber süß«, gebe ich leise von mir.

Wir setzten uns auf eine Bank, die im Schatten steht und ich schließe für einen Moment meine Augen. Das kommt mir wirklich ganz gelegen, denn wegen dem ganzen Essen ist mir ein bisschen schlecht geworden und die pralle Sonne verbessert mein Empfinden nicht gerade.

»Also«, beginne ich zu reden und öffne meine Augen wieder. »Wie geht es dir?« Ich drehe meinen Kopf zu Easton, der mich mit großen Augen ansieht. Er weiß genau, was ich meine.

»Ich mache mir Sorgen um Avery. Sie ist ganz komisch seit diesem Tag«, murmelt er.

Verständnisvoll nicke ich und streiche ihm mit meiner Hand durch seine Haare. »Aber du hast doch gesagt, sie und Hailey wären weggegangen?«

Easton rümpft die Nase und atmet tief durch. »Ja, aber sie hat trotzdem mitbekommen, dass er da war. Keine Ahnung, was sie noch gesehen hat.« Er seufzt verzweifelt. »Averys Kindheit war sehr traumatisierend und als er uns verlassen hat, hat sie angefangen, das alles zu unterdrücken. Vor ein paar Monaten hat sie angefangen, zu hoffen, dass er wieder kommt. Vor über einem Monat hat der Postbote bei uns zur Mittagszeit geklingelt und sie dachte, es wäre George. Ich glaube, dass es sie sehr getroffen hat, ihn jetzt zu sehen und alles, was sie immer unterdrückt hat, jetzt hochkommt.«

»Das tut mir leid, aber du hast mir immer noch nicht meine Frage beantwortet, denn ich wollte wissen, wie es *dir* geht.«

Ich möchte, dass er mich an seinen Gefühlen und Gedanken teilhaben lässt, damit ich ihm Komfort schenken kann.

»Mir geht es gut«, antwortet er knapp.

Lügner.

»Easton, komm schon«, erwidere ich ernst und nehme seine Hand. Er streicht daraufhin mit seinem Daumen sanft über meine Haut. Seine Berührung hinterlässt ein kleines Prickeln an der Stelle.

»Du bist auf deinen Vater getroffen, der ein riesiges Arschloch ist und du sorgst dich nur um deine Geschwister? Er hat alles in dir wieder hochgeholt, die ganzen schlimmen Erinnerungen. Wie kann es dir da nicht schlecht gehen?«

Er versteift sich und lässt meine Hand los.

Sein Blick ist ausdruckslos.

»Habe ich was Falsches gesagt?«, frage ich besorgt und sehe ihm tief in die Augen. Ich möchte herausfinden, was in seinem Kopf vor sich geht.

»Okay, mir geht es nicht gut. Ist es das, was du hören willst? Was bringt es dir? Du kannst daran nichts ändern«, bringt er schroff hervor. Seine Stimme ist kälter, seine Augen verengen sich und seine Arme sind angespannt.

»Es ist wichtig, darüber zu reden, und natürlich kann ich das nicht ändern, aber ich dachte, es geht dir besser, wenn wir über deine Gefühle reden«, gebe ich leise von mir.

»Sorry, dass ich keine Lust habe, mit dir über all meine Gefühle zu reden!«

Meine Mundwinkel schnellen nach unten.

In diesem Moment ist er wieder wie damals, so unnahbar.

»Das war nur eine Frage. Du hättest einfach sagen können, dass du nicht reden möchtest, wobei du letztens sehr viel darüber geredet hast«, gebe ich verletzt von mir, woraufhin sich ein verständnisloser Ausdruck auf meinem Gesicht bildet.

»Okay, in Ordnung. Ich will darüber nicht reden«, entgegnet er und steht schwungvoll auf.

»Wo willst du hin?«, erhebe ich meine Stimme.

Easton dreht sich ohne auf meine Frage zu antworten um und läuft davon. Hastig stehe ich auf und renne ihm hinterher. »Hallo? «, gebe ich empört von mir und reiße ihn an seiner Schulter um. Seine Augen sind glasig und er sieht mich wieder so an. Dieser Blick, wie an dem Abend auf der Party.

»Es tut mir leid«, fängt er an zu reden. In diesem Moment verschwindet dieser Blick, jetzt ist er, der vor mir steht, wieder liebevoll und sanft. »Das mit meinem Vater stresst mich einfach sehr«, kommt es schnell von Easton, während er meine Hände in seine nimmt.

»Ach und das gibt dir das Recht, mich so zu behandeln?«, gebe ich verletzt von mir und blicke auf den Boden.

»Nein«, sagt er mit gesenktem Kopf. »Das wird nicht wieder vorkommen, versprochen«, entgegnet er, wobei ich den Schmerz in seinen Augen erkenne.

Es ist zwar nicht okay, aber ich muss ihm Zeit geben. Wenn er jetzt nicht reden will, machen wir das eben wann anders. Ich weiß, dass er der Typ Mensch ist, der seine Gedanken und Gefühle für sich behält. Das ist er, weil er verletzt wurde und weil der Schmerz noch zu frisch ist. Ich weiß selbst, dass Trauer einem zum Arschloch machen kann, ja, ich weiß.

44

Easton

Ich weiß nicht, was in mich gefahren ist. Aber mit Audrey über meinen Vater zu reden war einfach zu viel. An dem Abend, als ich auf ihn getroffen bin, ging ich zu ihr und habe alles erzählt. Keine Ahnung, was jetzt mein Problem war. Ich möchte ihr alles anvertrauen, meine ganzen Gefühle, nur als sie das gesagt hat, ich weiß nicht ... da habe ich mich wieder erinnert.

Es war so plötzlich und ich habe keine Ahnung, was in mich gefahren ist. Dieser Gedanke ist bedrückend, sehr sogar. Ich weiß, ich habe mich für das Richtige entschieden, zumindest hoffe ich das. Doch tief im Inneren zweifle ich daran, ob es nicht einfach nur egoistisch war, damit es *mir* besser geht.

Schnell schüttle ich den Gedanken ab und drehe mich zu Audrey. Wir sitzen gemeinsam in meinem Garten, essen gemütlich Melone und hören nebenbei Musik. Es gefällt mir, wie sie leise bei den Liedern mitsingt und fröhlich grinst. Es sind die kleinen Eigenschaften, die ich an ihr mag. Wie sie ständig ihre Nase kräuselt, wenn ihr etwas nicht passt, wie sie sich auf die Lippe beißt, wenn sie über etwas nachdenkt oder wie sie ihre Augen verdreht, wenn ihr etwas nicht gefällt. Mag sein, dass manche Eigenschaften zuerst seltsam erscheinen, aber sie gehören zu ihr und das gefällt mir.

»Über was denkst du gerade nach?«, erkundigt sich Audrey, beugt sich leicht nach vorne und beißt ein Stück von der Melone ab.

Über was ich nachdenke? Ich denke darüber nach, wie perfekt sie ist.

»Über dich«, antworte ich leise und erkenne ihre süßen Grübchen beim Lachen. *Ach, ihre Grübchen.*

»Und über was genau?«, fragt sie leise und beißt sich auf die Unterlippe.

»Ich denke darüber nach, wie wunderschön du bist.«

Audrey schmunzelt breit. »Wirklich?« Ihre Wangen färben sich Kirschfarben und ich muss bei diesem Anblick Lächeln. »Ich stell mir nichts lieber vor«, hauche ich ihr sachte ins Ohr und nehme ihre Hand in meine.

Ihre roten Wangen. Noch etwas, das ich an ihr mag, selbst wenn sie das ganz und gar nicht toll findet.

»Stellst du dir auch manchmal vor wie es wäre, mich zu küssen?«, fragt sie flüsternd.

»Ständig«, gebe ich von mir und halte die Luft an, denn in diesem Moment streift sie sich den Träger ihres Tops hinunter. »Und stellst du dir das hier auch manchmal vor?«, haucht sie zaghaft, während sie auf ihre Brust sieht.

»Ununterbrochen«, entgegne ich und grinse breit.

Was stellt sie nur mit mir an? Jetzt ist das Einzige, über was ich in diesem Moment nachdenken kann, sie. Meine Hände, die gleich über ihren Körper streichen werden. Ihre Lippen, die auf meine treffen und mein Körper, der ihren streifen wird.

»Küss mich«, haucht sie sinnlich.

»Sicher? Wenn du nicht willst, dann können wir auch gerne etwas anderes machen. Mir macht alles Spaß, solange du dabei bist«, stelle ich klar, doch sie nickt bestimmt. »Sicher. Ich will«, gibt sie von sich, woraufhin ich sanft über ihre weiche Haut streiche.

Der zweite Träger ihres Oberteiles ist unten. Sie trägt keinen BH und zieht langsam ihr Top hinunter. Meine Augen starren auf ihre entblößte Brust. »Wow«, hauche ich und sehe kurz zu ihr hoch. Ich beuge mich vor und gebe Audrey einen Kuss auf den Mund. Während ich mit meiner einen Hand langsam zu ihrer Brust fahre, halte ich ihr Gesicht mit der anderen. Audrey übergeht ein leichter Schauer, als ich ihre Brust sanft in meine Hand nehme und drücke. Ich kann mir ein Lächeln nicht verkneifen, als ihr ein kleines Stöhnen über die Lippen kommt.

»Sollen wir in mein Zimmer gehen?«, frage ich erwartungsvoll zwischen unseren Küssen. Sie presst sich an mich und nickt seufzend. »Ja, bitte«, haucht sie vor Verlangen und schlingt ihre Beine um mich.

Ich stehe auf und küsse sie immer intensiver. Schnell betrete ich die Wohnung und bin schon auf dem Weg zu meinem Zimmer, da klingelt es auf einmal an der Tür. »Möchte man uns jetzt verarschen?«, stoße ich wütend aus.

Audrey streicht mir durch die Haare und sieht mich innig an. »Alles gut.«

Ich schüttle den Kopf. »Es ist bestimmt nur der Postbote. Silas ist Arbeiten und Avery bei einer Freundin. Lass uns in mein Zimmer gehen«, entscheide ich schnell und ziehe sie an mich heran.

»Na gut«, entgegnet sie und das ist alles, was ich brauche. Ich drücke Audrey noch näher an mich und machen da weiter, wo wir aufgehört haben. Noch nie hat sich etwas so echt angefühlt.

Es klingelt erneut.

Ich seufze und wende mich langsam von ihr ab. »Es tut mir leid«, gebe ich von mir und sehe zur Tür.

»Komm, geh schon, ich lauf dir nicht weg. Ich warte in deinem Zimmer«, flüstert sie leise und lächelt mich süß an. Sie versucht, einen verführerischen Blick aufzulegen und sieht mir dabei mitten in die Augen. »Ich warte auf dich.«

»Audrey, ich bitte dich. Du musst jetzt aufhören, sonst kann ich nicht an die Tür«, erwidere ich mit rotem Kopf und sehe an mir hinunter. Sie lächelt nur und dreht sich um. Ich schnappe mir schnell einen Wäschekorb, um meinen Ständer zu verdecken, bevor ich in den Flur laufe.

»Endlich machst du auf.«

Verwundert sehe ich hinaus, als ich sehe, wer vor mir steht. Meine kleine Schwester hätte ich als aller Letztes erwartet. »Was machst du hier? Ich dachte, du bist bei Laurie.«, frage ich verwirrt.

Avery zuckt mit den Schultern und blickt unschuldig zu mir. »Ihre Mama musste kurzfristig wo hin und weil ihr Papa arbeitet, können wir nicht alleine zuhause bleiben. Laurie ist jetzt bei ihrer Oma und mich hat ihre Mama heimgefahren.«

Ich strecke meinen Kopf raus und blicke skeptisch zu Avery. »Und wo ist Lauries Mama dann bitte?«

Aves kratzt sich hinterm Ohr und kommt ins Haus, um sich die Schuhe auszuziehen. »Sie hat mich nur rausgelassen. Sie musste sich beeilen«, antwortet sie knapp. *Das war ja klar, so unverantwortlich wie Lauries Mutter eben ist.*

»Avery ist da!«, schreie ich laut, damit Audrey es mitbekommt, immerhin hat sie fast nichts an und es bringt mich um, dass sie sich jetzt wieder anziehen muss.

»Ist Silas auch da?«, fragt Avery. In diesem Moment kommt Audrey zum Vorschein. Ich muss schmunzeln, denn sie hat sich eins von meinen Shirts übergeworfen, da ihr Top noch draußen im Garten liegt.

»Audrey!«, kreischt Avery freudig und schließt ihre Arme um sie. Diese erwidert freudig die Umarmung und verwuschelt die Haare meiner kleinen Schwester.

»Ich habe dich vermisst, du kleiner Wirbelwind«, kommt es von ihr und das ist echt eines der süßesten Sachen, die sie sagen kann. Sie geht gut mit meiner Schwester um und das ist alles, was ich möchte.

»Wir haben draußen noch ein bisschen Melone, willst du?«, wende ich mich an Avery. Meine kleine Schwester nickt aufgeregt mit dem Kopf und läuft eilig nach draußen.

»Du siehst heiß aus in meinem Shirt«, flüstere ich Audrey im Vorbeigehen zu und laufe mit ihr nach draußen. Da sitzt Avery schon vergnügt am Tisch und isst Melone. »Die ist echt lecker«, gibt sie schmatzend von sich, woraufhin wir beide anfangen, zu lachen.

Während Avery im Garten spielt, setzt sich Audrey auf eine Liege und liest. Wow, sogar ohne irgendwelche Mühe sieht sie wunderschön aus.

»Ist dieses Buch eigentlich genauso versaut, wie das andere?«, flüstere ich Audrey von hinten ins Ohr.

Sie beißt sich auf die Lippe, das kann ich genau erkennen und dreht sich dann zu mir. »Wer weiß, lass deiner Fantasie freien Lauf«, haucht sie.

»Attacke!«, kommt es von Avery und ich spüre etwas Nasses in meinem Rücken. Schnell drehe ich mich um und da steht sie, bewaffnet mit einer Wasserpistole.

»Na, warte!«, rufe ich und richte mich auf. Kaum hat sie mich getroffen, schießt sie nun auch auf Audrey und rennt lachend weg.

Ich sehe zu ihr und nicke zur Seite, wo die anderen Wasserpistolen sind. »Das können wir uns nicht gefallen lassen«, gebe ich von mir. Wir gehen schnell nach drüben, bewaffnen uns und laufen zu Avery, um sie abzuschießen.

»Ahhh, zwei gegen eins ist unfair!«, schreit Aves und in diesem Moment trifft mich der Wasserstrahl, aber nicht von Avery, sondern von Audrey.

Schockiert blicke ich sie an.

»Wo sie recht hat, hat sie recht«, sagt diese unschuldig und zielt erneut auf mich.

»Falsche Entscheidung, Süße.«

45

Audrey

Etwas, das für mich wohl immer etwas Besonderes sein wird, ist, wenn eine Person die kleinen Details über mich wahrnimmt und sie sich merkt. Aufmerksamkeit, ein Verhalten, was deutlich klarmacht, wie wichtig einem etwas ist.

Jemand ist.

Als Easton vor meiner Tür steht, nehme ich ihn stürmisch in den Arm und gebe ihm einen sanften, liebevollen Kuss auf den Mund.

Und im nächsten Augenblick beweist er mir, wie viel ihm an mir liegt. *Wie aufmerksam er ist.* Das lässt mein Herz bestimmt doppelt so schnell schlagen …

»Schau mal, was ich hier habe.« Easton grinst über beide Ohren und streckt seine Hand, welche er die ganze Zeit hinter dem Rücken platziert hatte, nach vorne.

»Du hast es dir gemerkt?«, frage ich den Tränen nah, denn es bedeutet mir *so* unfassbar viel. Easton hält eine Lillifeebackmischung in der Hand. Er weiß, dass ich die früher immer mit Eleanor gebacken habe. Er *erinnert* sich, obwohl ich das nur einmal erwähnt habe.

»Hallo, Easton«, ertönt auf einmal die Stimme meiner Mutter. Sie kommt neben mir zum Vorschein und nimmt ihn … in den Arm. Meine Mutter!?! Ich bin erleichtert, da das wohl bedeutet, dass sie ihn akzeptiert, aber im selben Moment habe ich Angst, dass sie ihr Verhalten wieder ohne Vorwarnung ändern wird.

Easton lächelt leicht und begrüßt sie ebenfalls höflich. Ich muss gestehen, ich finde es wirklich schön, wie es gerade ist, wie meine Mutter gerade ist. Das lässt mich durchatmen und für kurze Zeit *normal* fühlen.

»Du hast eine Backmischung mitgebracht? Das wäre nicht nötig gewesen«, merkt sie kurz an. Ihr Blick leicht fordernd.

Es zeichnet sich ein Lächeln auf Eastons Gesicht ab, als er die nächsten Worte von sich gibt. »Audrey hat genau diese Backmischung immer mit Eleanor gebacken, deshalb dachte ich, es wäre schön, wenn wir die zusammen zu backen.«

Zuerst schaut meine Mutter ihn nachdenklich an, sagt dann aber ganz ruhig: *Ja dann, viel Spaß*, und verschwindet im Wohnzimmer.

»Danke«, hauche ich Easton entgegen und lege meine Hand auf seine, während ich ihm tief in die Augen blicke. »Danke, du weißt nicht, wie viel mir das bedeutet.«

»Ich weiß, dass es dir sehr viel bedeutet, deshalb habe ich das gemacht«, entgegnet er leise und wischt mir eine Träne aus dem Gesicht.

Es ist eine Träne der Freunde.

Schon komisch, dass wir Menschen durch das Weinen, sowohl unsere traurigen, als auch glücklichen Gefühle ausdrücken können.

»Also, wir brauchen eigentlich nur noch ein Ei, Milch, Öl und Wasser«, sagt Easton, während er die Anleitung, auf der Rückseite der Verpackung liest.

Geschwind Packe ich die ganzen Zutaten raus und platziere sie auf der Mitte der Kücheninsel. Wir beginnen damit, die süßen Förmchen auf dem Backblech auszuteilen und heizen den Backofen vor. Als nächstes, verrühren wir die Backmischung mit Ei, Milch und Öl.

Ich habe meine Sommerplaylist angemacht, denn ohne Musik macht alles nur halb so viel Spaß. Ich weiß wirklich nicht, was ich ohne die wundervollen Melodien in meinen Ohren machen würde, wenn ich mich auf eins verlassen kann, dann ist es die Musik.

Mithilfe des Rührbesens vermenge ich die Zutaten zu einer Masse, wobei ich ständig Eastons Blick auf mir spüre. »Wieso siehst du mich so an?«, frage ich lachend.

»Wie sehe ich dich denn an?«

Ich drehe mich zu ihm und höre für einen Augenblick auf, zu rühren. »Sag du es mir«, hauche ich kaum hörbar und berühre leicht seinen Arm. Es ist nur flüchtig, dennoch spüre ich, wie er dadurch erschaudert.

»Du hast ein bisschen von der Backmischung im Gesicht«, stellt er grinsend fest und fährt sachte mit seinem Daumen über meine Nasenspitze.

»Super«, gebe ich sarkastisch von mir und tunke meine Finger in die Backmischung ein. »Oh.« Aus Versehen fasse ich in sein Gesicht. »Jetzt bist du auch voll, was ein Pech.«

Er schmunzelt mich breit an, mit dem Mehl im Gesicht sieht er zu süß aus. Falls das überhaupt geht. *Kann eine Person zu süß aussehen?*

»Du hast da noch ein bisschen an deiner Lippe«, flüstert Easton. Langsam beugt er sich zu mir, drückt mir einen sanften Kuss auf die Lippen und lächelt gegen meinen Mund. »Schmeckt gut.«

Ich kann nicht anders als meine Augen für einen Moment zu schließen. Dieser Junge hat so einen enormen Effekt auf mich. Nachdem ich mich wieder gesammelt habe, sehe ich ihn schmunzelnd an, bevor ich mich wieder der Schüssel zuwende und mit dem Rühren fortfahre. »Du kannst schonmal die Glasur machen, ich fülle den Teig in die Förmchen.«

Sobald wir damit fertig sind und die Muffins in den Ofen geschoben haben, ist erst mal warten angesagt. Easton folgt mir in mein Zimmer und ist zufrieden als ich vorschlage, dass wir einen Film schauen können. Schnell greife ich nach meinem Laptop, der auf dem Schreibtisch steht und schalte ihn an. »Was wollen wir schauen?«, frage ich.

Er blickt nur schulterzuckend zu mir, während er es sich auf meinem Bett gemütlich macht, die Arme hinten dem Kopf verschränkt und sich an der Wand anlehnt. »Entscheid du.«

Nun, wahrscheinlich wird er diese Aussage später bereuen, doch jetzt ist es bereits ausgesprochen und zu spät, um es zurückzunehmen. *Wie ein einziger Tag* ist einer meiner Lieblingsfilme, den ich bestimmt schon dreimal angesehen habe. Jedoch empfinde ich nie Langeweile, es fühlt sich so geborgen an, zu wissen, was passiert.

Womöglich ist das etwas, das sich sehr stark auf mein Leben überträgt. Ich kann Veränderungen gar nicht abhaben und tue mich unfassbar schwer, diese zu akzeptieren. Nicht erahnen zu können, was für einen lauf die Dinge nehmen, bringt ein unbehagliches Gefühl in mir zum Vorschein.

»Dass du von allen Filmen, die es gibt, so einen Liebesschnulz aussuchst, hätte ich nicht gedacht. Wobei, was sage ich überhaupt, natürlich wählst du *so* einen Film aus«, gibt Easton neckend von sich und schmunzelt breit.

»Gib ihm eine Chance, er hat noch nicht mal richtig angefangen«, entgegne ich und stelle meinen Laptop auf das Regal neben meinem Bett wodurch wir uns zur Seite legen und perfekt drauf schauen können.

Vorsichtig kuschle ich mich an Easton, stelle vorher aber sicher, dass diese Nähe für ihn in Ordnung ist. Wie es scheint, hat er denselben Gedanken wie ich und nimmt mich in den Arm. Seinen Herzschlag kann ich durch seine Brust spüren und seine Hand, die langsam und kaum merkbar über meinen Arm streicht. Seine Berührungen auf meiner Haut hinterlassen warme Stellen, die es mir erschweren, mich zu konzentrieren.

Ich versuche es.

Wirklich.

Doch alles auf was ich achten kann, ist sein Herz, das beinahe schneller schlägt als meins.

»Du bist so wunderschön«, haucht mir Easton nach mindestens einer halben Stunde der Schweigsamkeit ins Ohr. Ich spüre einen sanften Kuss auf meiner Stirn. »Und einfach unglaublich«, flüstert er, woraufhin er lieblich meine Nasenspitze küsst.

Mein ganzer Körper kribbelt. Diese Worte zu hören ist so besonders für mich und das Gefühl, gewollt zu werden, lässt Stellen in mir heilen, für dessen Bruch Easton nicht verantwortlich ist.

»Küss mich«, flehe ich auf einmal. Ich weiß nicht, woher plötzlich dieses starke Verlangen kommt, doch ich bin mir sicher, dass das das ist, was ich möchte. »Bitte.«

Mehr brauche ich nicht zu sagen, da beugt er sich schon zu mir und seine Lippen treffen auf meine. Wenn man mich nachher fragen würde, was in dem Film passiert, wüsste ich es nur, weil ich ihn bereits gesehen habe. Meine Aufmerksamkeit liegt einzig und allein bei dem Jungen, der mich Dinge spüren lässt, die ich nie für möglich gehalten hätte.

In der Bewegung dreht sich Easton auf mich. Seine Küsse werden immer intensiver und wahrhaftiger, während seine Hand respektvoll an meinem Körper entlanggleitet.

Bitte lass das nie mehr aufhören.

Ich könnte mich nicht glücklicher schätzen. Easton macht nichts, was ich nicht will und jedes Mal, bevor er mich berührt, stellt er sicher, ob es für mich in Ordnung ist.

Durchaus bin ich mir bewusst, dass das alles ein bisschen schnell geht, aber noch nie war ich mir bei etwas so sicher.

Ich will nur auf mein Herz hören und mein Herz will ihn.

46

Audrey

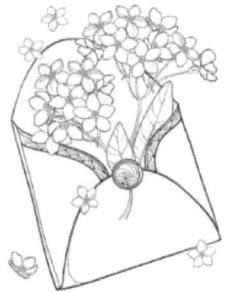

Eleanor, heute ist dein siebzehnter Geburtstag und du bist nicht hier. *Wir wollten doch eine große Party veranstalten und gemeinsam feiern, weißt du noch?* Da ich gerade mal eine Woche jünger bin als sie, haben wir das all die Jahre so gemacht. Nicht nur, da es uns einiges an Geld gespart hat, sondern auch, weil es uns so am besten gefallen hat.

Mir fließt eine Träne die Wange hinunter, doch ich wische diese sofort wieder weg, denn ich stehe vor *ihrem* Haus. Vor Eleanors Haus. Ihre Familie hat mich und meine Freunde eingeladen, um zu feiern, wenn man das überhaupt so nennen kann. *Wieso feiert man einen Geburtstag für jemanden, der nicht mehr am Leben ist?* Allerdings bin ich mir sicher, dass Ellie das so gewollt hätte, was der einzige Grund ist, warum ich das hier mache. Es kostet mich *so* viel Überwindung, diese alt bekannten Wände zu betreten, in denen ich meine halbe Kindheit verbracht habe.

Ich will hinein, wirklich, aber irgendwas wehrt sich gewaltig dagegen. Seit ihrem Tod war ich kein einziges Mal mehr hier, habe das Haus und ihre Familie gemieden, obwohl ihre Eltern für mich fast wie *meine* eigenen sind. Es sind zu viele Erinnerungen. Ich hatte Angst, ich würde es nicht verkraften und jetzt stehe ich schon seit über zehn Minuten vor dieser verdammten Tür und kann nicht klingeln.

»Hey.« Erleichterung steigt in mir auf, als ich Celines Stimme wahrnehme. Kurz darauf umschließen mich ihre Arme fest von hinten. »Komm, lass uns rein«, gibt sie leise von sich.

Ich kann nicht in Worte fassen, wie froh ich in diesem Moment bin, dass sie da ist. Alleine würde ich das jetzt nicht hinbekommen, doch irgendwann werde ich bereit sein und es schaffen. Bis dahin ist es völlig in Ordnung, Hilfe anzunehmen, was auf keine Weise Schwäche bedeutet.

Schon nach dem ersten Klingeln geht die Tür auf und kaum, dass ich mich versehe, nimmt mich Claudia herzig in den Arm. Die Angst, wir könnten uns entfremdet haben, verblasst augenblicklich, denn diese Umarmung fühlt sich wie zuhause an.

Ich habe Eleanors Mutter zuletzt auf der Beerdigung gesehen, wir beide waren in einer Verfassung, in der wir einander nie sehen wollten. Dass sie mich und die anderen nun zu Eleanors Geburtstag eingeladen hat, freut mich, denn es ist ein großer Schritt in Richtung Akzeptanz.

Und für mich ist es ebenfalls ein großer Schritt nachhause.

Vergangenheit.

»Schätzchen, was ist los?« Claudia sieht mich besorgt an als ich tränenübergossen vor ihrer Tür stehe. Ich hatte gehofft, Eleanor wäre hier, aber das ist sie nicht.

»I-ich ...«, meine Stimme versagt und ich hyperventiliere.

»Ruhig, alles ist gut«, beruhigt sie mich und schließt tröstlich ihre Arme um mich. Eleanors Mutter hält mich so lange fest, bis ich mich beruhigt habe, wischt dann mit ihrer Hand meine Tränen aus dem Gesicht und streicht mir über die Wange. Liebevoll und zärtlich.

»Komm erst einmal rein, Liebes«, bittet sie mich mit lieblicher Stimme.

Schniefend ziehe ich meine Schuhe aus und laufe ihr nach. Claudia deutet auf das Sofa in der Mitte des Raumes, wo ich mich direkt daraufsetze. Für einen Augenblick verschwindet sie in der Küche, kommt allerdings keine Minute später mit einer Tasse Tee in der Hand zu mir zurück. »Hier, den habe ich gerade gemacht«, sagt Claudia, während sie mir die Tasse reicht. Dankend nehme ich diese an und lächle leicht, obwohl mir in diesem Augenblick ganz und gar nicht danach ist.

Ellies Mutter setzt sich neben mich und legt ihre Hand lieblich auf meine Schulter. »Und nun sag mir, was passiert ist.«

Genau zehn Wochen und sechs Tage sind vergangen, seit Eleanor nicht mehr unter uns weilt und ich denke, dass ich zum ersten Mal ihren Tod *wirklich* akzeptiere. Ich hoffe nicht mehr darauf, dass ich aus diesem Albtraum aufwache. Ellie hat ihren Frieden gefunden und ich nun auch meinen. Daran glaube ich, daran *muss* ich glauben.

Claudia löst sich von mir, küsst mich links und rechts auf die Wange und wendet sich daraufhin an Celine. Währenddessen laufe ich zu Eleanors Schwester und ihrem Vater, die ich höflich begrüße. Nach einem kurzen Zögern nehme ich Sarah in den Arm und schließe meine Augen. Ich war mir im Klaren, dass es nicht einfach wird, sie alle wieder zu sehen. Doch dass es *so* schwer ist, hätte ich nicht erwartet. In Wirklichkeit ist es viel intensiver als in meinen Vorstellungen.

Etwa fünf Minuten später kommen Asher, Joey, Juliet, und Adam, das nicht alleine durchstehen zu müssen, löst eine große Last von meinen Schultern. Das hier sind meine Freunde, denen es in diesem Augenblick ebenfalls sehr schwerfällt, doch wie es so schön heißt: *Geteiltes Leid ist halbes Leid.*

Gemeinsam setzen wir uns an den Esstisch, mein Blick fällt direkt auf den freien Platz neben Sarah, dort saß Ellie immer. Ich schlucke den großen Kloß in meinem Hals nach unten und wende meinen Blick davon ab. *Akzeptanz.*

»Heute wäre meine Tochter siebzehn Jahre alt geworden«, sagt Eleanors Vater, nachdem er ein räuspern von sich gegeben und sich vor uns aufgerichtet hat. »Ich freue mich, dass ihr alle gekommen seid. Ihr wart meiner Tochter sehr wichtig und deshalb seid ihr unserer Familie ebenfalls wichtig.« Er legt eine kurze Pause ein, womöglich um nicht die Fassung zu verlieren, fährt daraufhin allerdings fort. »Wir vermissen sie jeden Tag. Eleanor kann man einfach nicht vergessen. Also lasst uns den Tag feiern, zu ehren Eleanors«, beendet er seinen Satz und erhebt sein Glas.

»Auf Eleanor«, fügt Claudia hinzu. Ihre Stimme ist leise, doch ich merke, dass es ihr bereits viel besser geht. Ich sehe es ihr an, womöglich hat sie ebenfalls angefangen, zu akzeptieren, was geschehen ist.

Sarahs Augen sind glasig und ihr Ausdruck verzieht sich schmerzlich. Sie hat ihre kleine Schwester verloren. Zögernd lege ich meine Hand auf ihre und schenke ihr ein schmales Lächeln. Das ist alles, was ich ihr in diesem Moment geben kann, zu was anderem fühle ich mich nicht im Stande.

Leicht lächelt Sarah zurück und auch wenn es nur eine kleine Geste war, bedeutet es mir die Welt. Ich muss daran denken, was wir früher alles zusammen erlebt haben. Ja, das war schön. Sie ist drei Jahre älter als Eleanor und wir wollten, als wir klein waren dauernd mit ihr zusammenspielen. Sarah hatte eigentlich keine Lust darauf, aber was soll ich sagen, wir haben trotzdem so oft etwas zusammen unternommen.

Einmal haben Ellie und ich ein Baumhaus entdeckt. Ohne groß darüber nachzudenken, haben wir all unsere Bettsachen mit nach draußen geschleppt und wollten dort übernachten. Das hätten wir tatsächlich gemacht, wäre uns Sarah nicht in die Quere gekommen. Wir durften nicht, was im Nachhinein betrachtet verständlich ist. Sie hat uns aber angeboten, einen Film zusammen anzuschauen und das war unser erster, gemeinsamer Filmabend.

> Denk immer dran, atme tief durch.
> Du schaffst das, falls nicht, ruf mich
> an.

Ich muss Lächeln, als ich die Nachricht von Easton bekomme, denn er ist so aufmerksam. Diese kleine Geste löst in mir so viele Gefühl aus. Er denkt an mich, allein das bedeutet alles für mich.

Beim Aufsehen straft mich Ellies Vater jedoch mit einem Blick, der mir genau signalisiert, dass ich mein Handy lieber weglegen sollte. Wenn ich eins über ihn weiß, dann, dass er es überhaupt nicht leiden kann, wenn am Tisch das Handy benutzt wird.

Flüchtig tippe ich eine Antwort und schiebe mein Handy in meine Hosentasche, damit ich mich voll und ganz auf das Gespräch konzentrieren kann.

»Wie läuft es bei euch in der Schule?«, erkundigt sich Claudia bei uns und blickt in die Runde.

»Es läuft relativ gut. In letzter Zeit haben wir sehr viele Arbeiten geschrieben, aber ich habe ein ganz gutes Gefühl«, antworte ich mit einem schmalen Lächeln auf den Lippen, während die anderen mir nur nickend zu zustimmen.

»Wie läuft es bei dir im Studium?«, wende ich mich zögernd an Sarah. Diese ist allerdings froh, dass ich nachfrage. »Es geht ... Ich habe viel Stoff versäumt und es ist schwer, alles nachzuholen, doch das wird schon.«

Froh nicke ich und lächle, diesmal ist es echt. Nicht aufgesetzt, sondern wahrhaftig. Ich freue mich, dass Sarah endlich Medizin studiert, das war schon immer ihr großer Traum. Es ist hart, klar und sehr schwer, aber nichts, was sie nicht schaffen kann. Sarah ist sehr ehrgeizig, wenn sie etwas will, dann kriegt sie das. Eine Eigenschaft, welche ich auch an Eleanor immer bewundert habe.

»Ich habe noch etwas für euch«, meldet sich Eleanors Mutter, nachdem wir fertig gegessen haben. Aus einer Schublade im Wohnzimmer holt sie ein Album heraus und läuft auf schnellstem Weg zu uns zurück. »Es ist ein Fotoalbum von Eleanor mit Bildern von klein auf. Wir wollten es ihr zum achtzehnten Geburtstag schenken, aber ich denke, es ist besser, wenn ihr es jetzt bekommt.«

Mit meinen Lippen forme ich ein: *Danke*, und lächle leicht. Claudia ist so ein herzensguter Mensch, Eleanor hatte viel Glück mit ihr. Oft habe ich mir selbst gewünscht, sie als meine Mutter zu haben, da sie mich stets verstand hat. Selbst in Momenten, in denen es ihr schwer viel, sich in mich hineinzuversetzen, versuchte sie es dennoch. Meine Mutter hat das nie in Betracht gezogen ...

»Ich räume den Tisch ab, setzt ihr euch aufs Sofa und seht es euch an«, bringt Claudia hervor, ich sehe den Schmerz in ihren Augen. Sie möchte stark sein, doch Stärke heißt nicht Emotionslosigkeit, sondern, dass man es zulassen kann, seine Trauer zu zeigen. Das ist nämlich weit aus angsteinflößender als einfach alles zu unterdrücken. Der beste Weg ist *nie* der leichteste.

Ich atme noch einmal tief durch und versuche, mich zu sammeln, bevor ich mich zu den anderen auf das Sofa mitten im Raum setze. Vorsichtig klappe ich die erste Seite des Albums auf. Darauf ist ein

Bild von Ellie kurz nach ihrer Geburt abgebildet zusammen mit ihren Maßen.

Ihr ganzer Lebenslauf ist hier drin und es ist schön, mit anzusehen, wie sie sich entwickelt hat. Der erste Kindergartentag, der erste Schultag, sogar der erste Zahnarztbesuch ist abgebildet. Sie steht stolz mit ihrer pinken Zahnbürste in der Hand da und zeigt ihre Zähne in die Kamera, alle blitze blank.

Eines der letzten Seiten zeigt ein Bild von ihrem sechzehnten Geburtstag, ich bin ebenfalls mit drauf. Ellie und ich stehen Arm in Arm nebeneinander, tragen beide eine Krone, auf der Sweet sixteen steht und haben jeweils eine Luftschlange im Mund.

Eigentlich sollte zu ihrem siebzehnten Geburtstag wieder ein Bild eingeklebt werden. Auf dem Papier steht sogar schon: *Sweet seventeen.* Doch sie wird für immer sechzehn bleiben …

Ich schlucke schwer, während mir eine Träne die Wange hinunterläuft, jedoch lächle ich sie weg. Ich darf mich nicht von meiner Trauer leiten lasse, doch in diesen Erinnerungen zu schwelgen, war wunderschön. Dadurch hat es sich ein bisschen so angefühlt, als wäre sie wieder da. Ein Teil von Ellie wird immer hier sein und in mir weiterleben, das spüre ich tief in meinem Herzen.

47

Audrey

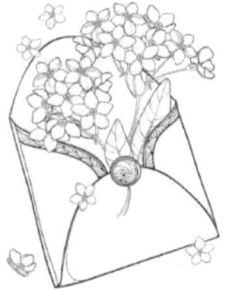

Sweet seventeen!

Ich öffne meine Augen und schlagartig wird mir bewusst, was für ein Tag heute ist. Mein Geburtstag! Nur ich frage mich, wohin dieses Gefühl plötzlich verschwunden ist, diese Aufregung. Ich konnte früher nächtelang nicht schlafen, weil ich mich so sehr gefreut habe, und jetzt?

Na ja, ich schätze, im Alter ändern sich viele Dinge. Ich habe neue Ansichten und priorisiere andere Dinge. So wird es wohl auch mit meinem Geburtstag sein. Für den heutigen Tag habe ich nichts Spektakuläres geplant. Ich werde den Tag höchstwahrscheinlich mit meinen engsten Freunden verbringen und das machen, worauf wir in diesem Moment Lust haben.

Kurzentschlossen schlage ich meine Bettdecke weg, richte mich auf und greife nach meinem Handy, welches auf meinem Nachttisch liegt. Im Handumdrehen antworte ich auf Geburtstagsnachrichten meiner Freunde und verweile liegend in meinem Bett, bis es nach einer kurzen Zeit leicht an meiner Zimmertür klopft. Einen Augenblick später wird diese sachte von meinen Eltern aufgestoßen und beide kommen singend mit einer Torte in der Hand in mein Zimmer. Ein Lächeln entlockt kommt über meine Lippen, denn das machen sie jedes Jahr, es ist sowas wie eine Tradition bei uns geworden.

Dieser Geburtstag wird anders werden ... schwer, weil ich ihn nicht mit der Person verbringen kann, die ich am meisten liebe, aber er wird der Start von einem Neuanfang sein.

Dieser Tag ist ... seltsam, ich möchte mich am liebsten unter meiner Decke verkriechen und erst morgen wieder herauskommen. Doch ich weiß, dass ich mich diesen Gefühlen stellen muss, anstatt sie zu verdrängen.

Viele gratulieren mir und ich bedanke mich, aber nichts daran fühlt sich besonders an. Eleanor war immer diejenige, die meinen Geburtstag durch unsere riesige Party zu etwas tollem umgewandelt hat. Jedoch denke ich, dass es das Beste wäre, wenn ich es ruhig angehen lasse. Eine Party ohne Ellie wäre keine richtige Party.

Als der Schultag, der wie jeder andere verlaufen ist, ein Ende nimmt, gehen Easton, Celine, Joey, Juliet, Adam und ich wie geplant Eis essen und jetzt, da es endlich nur noch Easton und ich sind, freue ich mich, auf einen gemeinsamen, gemütlichen Abend.

»Was wollen wir diesmal anschauen?« Freudig hake ich mich bei Easton ein und laufe wie ein kleines Kind neben ihm her. Ich mag es, wenn sich unsere Arme berühren. Auf so eine absolut unschuldige und doch so tiefsinnige Art und Weise.

»Ehrlich gesagt müssen wir noch einen kleinen Umweg machen«, antwortet er zögernd und zieht mich in eine Seitengasse, in Richtung Stadt.

»Oh, okay, wohin gehen wir?«, frage ich interessiert. Easton zuckt bloß mit den Schultern und mustert mich scheinheilig. »Mal sehen.« Sein Schmunzeln wird zu einem übergroßen Grinsen. Irgendwas hat er vor, ich kann nur noch nicht ganz zuordnen, was es ist.

»Aber ...«, erwidere ich.
Keine Chance.

»Wir sind da«, äußert sich Easton, als wir vor Juliets Haus angekommen sind. Verwundert blicke ich ihn an. »Wow, toll, Jules Haus. Was wollen wir hier?«, gebe ich sarkastisch von mir und blinzle verwirrt.

Easton läuft, ohne auf meine Aussage einzugehen, nach vorne und klingelt an der Haustüre. Bevor ich überhaupt auf irgendeine Weise reagieren kann, öffnet sie sich und laute Musik hallt nach draußen.

»Das ist deine Party, Happy Birthday«, lüftet Easton das Geheimnis.

Jules streckt ihren Kopf aus der Tür, sie trägt ein so unfassbar breites Schmunzeln auf den Lippen. »Es sind nur Menschen da, die du magst, alles wie früher.«

Das ist ... wunderschön.

Angsteinflößend, ja, doch wunderschön.

»Danke, wow, das hätte ich nicht erwartet«, sage ich baff und nehme meine Freundin etwas benommen in den Arm. Ich weiß nicht so recht, wie ich damit umgehen soll, denn einerseits bin ich dankbar, dass sich meine Freunde so viele Gedanken machen, andererseits ist da diese verdammte Angst.

Ellie sollte hier sein.

»Deshalb ja eine Überraschungsparty«, geben die beide gleichzeitig von sich. *Eine Party ... für mich.* Das bedeutet mir die Welt.

Juliet fährt sich durch ihre langen, blonden Haare und winkt mich in ihr Haus hinein. »Jetzt komm und lass dich feiern.«

Nach kurzem Zögern nehme ich die Hand, welche mir Easton entgegen streckt an und lasse mich darauf ein.

Diese Angst ist nur in meinem Kopf und nicht real.

Diese Angst ist nur in meinem Kopf und nicht real.

Diese Angst ist nur in meinem Kopf und nicht real.

Unschlüssig betrete ich Jules Zuhause. Die Wahrscheinlichkeit, dass mein Gesichtsausdruck und meine unbeholfene Art meine Zweifel und Ängste verraten, ist ziemlich groß. Sind wir mal ehrlich, ich bin noch weit davon entfernt, *okay* zu sein, aber das ist in Ordnung.

Es sind schon sehr viele Menschen hier, es läuft gute Musik, die ganz nach meinem Geschmack ist. Vielleicht ist es nicht genau so wie früher, denn etwas fehlt, jemand fehlt. Aber das ist *okay*.

»Ich lass euch dann mal alleine«, verabschiedet sich Juliet und winkt mir. Keinen Moment später, greift Easton nach einer Tüte neben der Garderobe und einem wunderschönen Strauß. »Das ist für dich.« Er streckt mir die Blumen und die Tüte entgegen.

Dankend nehme ich beides an mich und kann gar nicht anders, als zu lächeln.

»Die habe ich extra für dich gepflückt. Es sind siebzehn, weil du siebzehn geworden bist. Ich hoffe, sie gefallen dir.« Nervös kratzt sich Easton am Nacken und neigt seinen Kopf zur Seite.

Margriten sind tatsächlich meine Lieblingsblumen.

»Ich liebe sie«, antworte ich, denn das ist die Wahrheit. Blumen geschenkt zu bekommen ist wohl der Traum jedes Mädchens. Meiner ist nun wahrgeworden und das wegen diesem wundervollen Jungen vor mir.

Langsam öffne ich die Tüte, die er mir gegeben hat. Sie ist in der Farbe Gold, was mir augenblicklich ein Lächeln entlockt. Bedacht hole ich den in Geschenkpapier eingepackten Inhalt heraus. Das Ganze ist etwas unförmig und ziemlich weich, doch ich habe keinen blassen Schimmer, was sich darin befinden kann. Als ich die Verpackung aufreiße, traue ich meinen Augen kaum. »Nein, oder?!«, entfährt es mir aufgeregt.

Ungläubig sehe ich zu Easton hoch. »Wie? Ich mein, das wäre doch nicht nötig gewesen. Das kostet zu viel.«

»Mach dir um das Geld keine Sorgen. Ich habe ein bisschen was zur Seite gelegt gehabt«, entgegnet er lieblich.

Ich ziehe den dunkelblauen Pyjama aus dem Geschenkpapier und entfalte ihn. *Dass Easton sich daran noch erinnert?* Diese Geste zeigt mir wieder einmal, wie aufmerksam er ist.

»Danke«, gebe ich leise von mir und küsse ihn gefühlvoll auf die Wange. *Dieser Junge besitzt mein Herz.*

»Da ist noch ein Geschenk.« Easton zeigt auf eine kleine Schatulle, die ich fast übersehen hätte.

»Sie hat meiner Mutter gehört. Lane hinterließ mir diese Kette nach ihrem Tod und ich wusste nicht, was ich damit machen sollte. Ich denke, du solltest sie haben«, gibt er schnell von sich.

Mein Atem bleibt stehen und mein Blick ist auf die Goldkette in meiner Hand gerichtet. So etwas hat noch nie jemand für mich gemacht. *Wie viel muss ich ihm bedeuten, wenn er mir die Kette seiner verstorbenen Mutter schenkt?*

»Das -« Mir fließt eine kleine Träne über die Wange. »Du weißt nicht, wie viel mir das bedeutet, Easton«, bemerke ich dankbar und sehe wieder zu der Kette.

»Wäre meine Mutter noch am Leben, würde sie dich lieben«, gibt er von sich. Mein Herz schmilzt bei seinen Worten, ich kann mein übergroßes Lächeln nicht mehr unterdrücken.

»Darf ich?«, fragt Easton, während er auf die Kette zeigt.

»Ja, bitte.« Ich drehe mich um und bemerke, wie Easton meine Haare zur Seite streicht und die Kette um meinen Hals befestigt. »Du bist wunderschön«, flüstert er, als ich mich wieder zu ihm umdrehe.

»Die Kette deiner Mutter ist wunderschön«, entgegne ich.

Easton nimmt meine Hand in seine und blickt mich lieblich an. »Jetzt ist es deine Kette.«

Saft gebe ich ihm einen Kuss. Ich kann es immer noch nicht fassen. *Er hätte mir überhaupt nichts schenken müssen und jetzt kommt er mit solchen tollen Sachen?*

Liebevoll nehme ich Easton in den Arm und rieche an ihm. Sein Geruch fühlt sich so vertraut an, so sicher. Mir rollt, ohne es beeinflussen zu können, eine Träne die Wange hinunter. Eine Träne zum Ausdruck meiner Freude.

Easton wischt sie sanft mit seinem Daumen weg. »Manche Menschen sind es einfach wert«, haucht er mir leise ins Ohr.

Mich durchfährt wieder dieses Kribbeln und dieses Gefühl.

Ich liebe ihn.

48

Easton

»Möchtest du was trinken?«, biete ich Audrey an, während ich sie mit mir in die Küche ziehe.

Unentschlossen blickt sie mich an und zuckt mit den Schultern. »Ich weiß nicht.«

»Was ist?«, frage ich und komme ihr näher.

»Nichts, es ist nur so … an dem Abend von dem Unfall habe ich viel getrunken und dann habe ich auf der letzten Party was getrunken und du weißt ja, wie das ausgegangen ist«, antwortet sie leise, während sie ihren Kopf nach unten senkt.

Verständnisvoll nicke ich und greife nach ihrer Hand. »Alles gut, dann trinken wir nichts.«

»Wir? Ehm, du kannst ruhig trinken ... ich. Weißt du was? Egal, gib mir Alkohol.« Audrey steht hinter mir und nimmt sich ohne noch ein weiteres Mal darüber nachzudenken, einen Becher von der Küchentheke.

»Sicher?«, frage ich, aber sie hat schon zum Trinken angesetzt und kaum, dass ich mich versehe, hat sie alles runtergeext.

»Es ist mein Geburtstag, da darf ich mich betrinken«, gibt sie von sich. Rasch greift Audrey nach zwei Bechern und drückt mir einen davon in die Hand. »Auf meinen Geburtstag!«

»Hey, Audrey, alles Gute«, kommt es von Sofia, die Audrey stürmisch umarmt.

»Ohh, danke. Ihr seid auch hier? Das ist ja toll«, entgegnet sie glücklich. Meines Empfindens nach verstehen sich die beiden äußerst gut. Ich schätze, Audrey hat Sofia in ihr Herz geschlossen, wie es aussieht, beruht das auf Gegenseitigkeit.

»Das hier ist für dich.« Sofia streckt Audrey eine kleine Tüte entgegen und Audrey nimmt sie dankbar an sich. »Das wäre doch nicht nötig gewesen, danke schön.«

In dem Geschenk befindet sich ein Gutschein, gemeinsam mit einem Bilderrahmen, in dem ein Foto von uns allen zusammen ist, als wir am See waren.

Audrey verzieht schnulzig ihr Gesicht und nimmt Sofia erneut in den Arm. »Wirklich, vielen Dank.«

Mein Blick fällt nun auf Aaron, der Sofia ständig auf die Schulter tippt. Sie dreht sich um, nur damit sie einen vorwurfsvollen Blick von ihm erhaschen kann.

»Ach ja, das Geschenk ist von uns beiden. Aaron hat den Ramen besorgt«, drückt Sofia schnell hervor, woraufhin wir alle lachen müssen.

»Danke an euch beide«, verbessert sich Audrey und lächelt Aaron flüchtig zu, der nun äußerst zufrieden vor uns steht.

Ich nehme das Geburtstagskind an die Hand und führe sie in die Mitte des Raums. »Schenkst du mir einen Tanz?«, frage ich. Wir schwenken eng aneinandergepresst hin und her, auch wenn die Musik überhaupt nicht dazu passt, aber das ist in diesem Moment egal.

Ein wenig später spielen wir draußen gegen Adam und Celine Beerpong und ich muss zugeben, wir sind grottig. Während es mir noch ganz gut geht, sieht Audrey nicht mehr so super aus. Das war wirklich ein bisschen zu viel Alkohol für sie.

»Ich besorg dir Wasser, ja?«, schlage ich ihr vor.

»Nein!«, entgegnet Audrey undeutlich sprechend und blickt mich schmollend an. »Es ist mein Geburtstag, ich will nicht.« Audrey zieht mich zum Pool. »Es ist so warm«, lallt sie und beginnt, die Träger ihres kurzen Kleides runterzuziehen.

»Was machst du da?«, frage ich geschockt und rücke sie wieder nach oben.

»Ich will baden. Was denn sonst?«, entgegnet sie grinsend.

»Du kannst so nicht baden. Du hast keinen Bikini an, Audrey«.

»Aber ich will!«, protestiert sie trotzig.

»Wie wäre es, wenn wir Juliet fragen, ob sie dir einen ausleihen kann«, schlage ich vor und drehe mich um.

»Nein, ich will jetzt!«, lallt sie erneut und beginnt ihr Oberteil über den Kopf zu ziehen.

»Audrey, hör auf!«, rufe ich und zerre an ihrem Kleid.

»Ich will aber!«, schreit sie und stößt mich von sich weg. Ich umfasse ihre Hüfte und möchte sie schon hochheben, da stößt sie uns nach hinten, ich verliere an Halt und wir fallen beide in den Pool. Das erinnert mich an unseren ersten Kuss, da lief das so ähnlich ab.

Audrey schwimmt zu mir und schlingt ihre Beine um meinen Oberkörper. »Jetzt bekomme ich ja doch, was ich will.« Triumphierend lächelt sie und gibt mir einen liebevollen Kuss.

»Ja, sieht wohl so aus«, gebe ich grinsend von mir und küsse sie erneut.

Nachdem uns Juliet pitschnass im Pool entdeckt hat, bietet sie uns ein paar trockene Klamotten an. Ich ringe kurz mein Shirt aus, bis ich Audrey an die Hand nehme und wir gemeinsam die Treppen hochlaufen, um uns umzuziehen.

»Weißt du, dass du superheiß mit nassen Haaren aussiehst?«, gibt Audrey glucksend von sich.

»Ach wirklich?«, frage ich grinsend und ziehe mein Oberteil über den Kopf.

»Ja«, antwortet sie, während sie auf mich zuläuft. »Und deine Bauchmuskeln finde ich auch superheiß.« Audrey starrt auf meinen Körper und deutet dabei an, ihr Kleid auszuziehen. »Weißt du was, Easton?« Ihre Lippen landen auf meinen. »Wir sollten miteinander schlafen.«

Das Mädchen meiner Träume steht so wunderschön vor mir, küsst mich und möchte, dass ich sie liebe. Mein Herz erleidet einen Stillstand.

»So gerne ich das tun würde, du bist betrunken, Audrey. Ich möchte nicht, dass du hinterher etwas bereust«, sage ich zaghaft und streiche ihr ein Haar hinters Ohr.

»Das werde ich nicht. Ich wollte es auch schon früher, ohne den Alkohol.« Mein Mädchen lächelt.

Egal wie verlockend das ist, ich will, dass sie sich an unser erstes Mal erinnert und bei klarem Verstand ist. »Heute nicht, okay?« Ich presse meine Lippen liebevoll auf ihre Stirn und reiche ihr ein Oberteil zusammen mit einer Jogginghose. »Zieh dir was Trockenes an.«

Audrey lächelt benommen und beginnt damit, sich ihr Kleid über den Kopf zu ziehen, sofort sehe ich weg. Sie ist betrunken, es fühlt sich falsch an, sie anzusehen, wenn sie nicht ganz bei sich ist.

»Ich bin froh, dass ihr diese Party gemacht habt«, gibt sie leise von sich und macht es sich auf dem Bett in der Mitte des Raumes gemütlich. »Legst du dich zu mir?«, fragt sie süß.

Kurzerhand ziehe ich mir ebenfalls trockene Klamotten an, lege mich neben sie und schlinge meinen Arm um Audrey. Ich lausche ihrer Atmung und ihrem Herzschlag.

»Easton«, flüstert sie kaum hörbar.

Sachte fahre ich ihr durch die Haare und blicke auf sie hinab. Ihre Augen sind geschlossen und sie sieht so wunderschön aus. »Ja?«, hauche ich ihr ins Ohr.

»Ich bin in dich verliebt«, nuschelt sie.

Audrey ist in mich verliebt.

Die Worte zu hören, ist so besonders.

Mein Herz pocht wie verrückt und da ist wieder dieses Kribbeln in meinem Bauch, dieses Gefühl.

Sie ist in mich verliebt.

Ich auch.

Ich liebe alles an ihr, das werde ich immer.

Es war sinnlos, sich dagegen zu wehren, denn es war klar, dass mein Herz eines Tags ihres sein würde.

Ich liebe es, für sie da zu sein.

Ich liebe es, die erste Person zu sein, der sie etwas erzählt, wenn sie aufgeregt ist.

Ich liebe ihre Küsse und ich liebe ihr Lächeln. Oh verdammt, wie sehr ich ihr Lächeln liebe.

Sie hat so viel verdient und das will ich ihr alles geben.

»Ich bin auch in dich verliebt, Audrey«, antworte ich, aber sie ist schon eingeschlafen. Liebevoll gebe ich ihr einen Kuss auf die Stirn und decke sie vorsichtig mit einer Decke zu. Ich gehe nicht weg, sondern bleibe hier bei ihr und betrachte sie. Das könnte ich ewig machen. Ihre süße Nase, ihr wunderschöner Mund, ihre seidenglatten Haare und ihre dunklen Lippen. Noch lange bevor ich auch einschlafe, blicke ich Audrey an.

49

Audrey

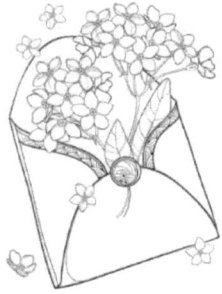

Die erste Übernachtung mit Easton steht bevor und ich habe es im Gefühl, das wird etwas ganz Besonderes werden. Meine Eltern sind im Urlaub, drei Stunden mit dem Flugzeug entfernt, weshalb ich mir überhaupt keine Sorgen machen muss, dass einer von ihnen auf einmal bei uns zuhause aufkreuzt.

»Hey«, begrüßt mich Easton mit einem breiten Lächeln, als ich nach dem ersten Klingeln die Haustüre öffne. Er gibt mir einen liebevollen Kuss auf die Stirn und blickt mit einem verschmitzten Lächeln zu mir. »Wollen wir noch ein bisschen raus? Ehrlich gesagt muss ich Aaron noch etwas vorbeibringen, ich konnte das leider nicht früher erledigen.«

Solange ich mit ihm zusammen bin, ist es mir recht gleichgültig, was wir machen. »Natürlich, ich komme mit. Bei dem Wetter sollten wir sowieso draußen sein.« Strahlend binde ich mir meine Schnürsenkel, nachdem ich in meine Schuhe geschlüpft bin und krame aus dem Metallregal, das an der Wand im Flur hängt, einen Schlüssel heraus.

Ich war noch nie bei Aaron und habe keine Ahnung, wo er überhaupt wohnt, aber wie es sich herausstellt, in einer der reicheren Gegenden. »Was musst du ihm denn überhaupt vorbeibringen?«, wende ich mich interessiert an Easton und hake meinen Arm in seinen, während ich fröhlich neben ihm herlaufe.

»Er wollte heute Nacht mit Sofia campen, aber die beiden haben keine Pumpe, also …« Easton zieht eine aus seiner Sporttasche heraus und hält sie in die Höhe, sodass ich einen Blick darauf werfen kann. »habe ich die mitgenommen«, antwortet er schnell und klingelt an Aarons Haustüre.

»Oh, stimmt, wir wollen ja auch bald alle zusammen campen. Wissen wir jetzt schon wohin?«, frage ich interessiert und neige meinen Kopf zur Seite.

»Nope, aber Aaron hat vorgeschlagen, mit seinem Caprio irgendwo hinzufahren.« In dem Moment, in dem Easton seinen Satz beendet, öffnet sich die Tür und Aaron kommt zum Vorschein, gleich hinter ihm Sofia.

»Heyy«, begrüße ich die beiden und lächle Sofia an.

»Hey, ich wusste gar nicht, dass du auch hier bist«, kommt es von ihr, den Blick an mich gewandt. »Wenn ihr noch nichts vorhabt, könnt ihr gerne reinkommen? Wir können ein bisschen am Pool chillen. Aaron und ich campen ja erst heute Abend.«

Strahlend sehe ich zu Easton, um sicher zu stellen, dass es für ihn ebenfalls in Ordnung ist. Dieser grinst nur, woraufhin ich einwillige. Als ich Aarons Haus betrete, komme ich aus dem Staunen gar nicht mehr raus. Im Vergleich zu seinem Haus erscheint Milos ja ganz mickrig.

Sofia nimmt mich an die Hand und schleift mich in die Küche. »Wie wäre es mit einem Mojito Mocktail? Wir müssten sie aber noch machen«, schlägt sie vor.

Freudig nicke ich, woraufhin sie mich breit anlächelt und ihre Grübchen zum Vorschein kommen. Ich liebe Sofia, sie ist so ein warmherziger Mensch und bei ihr habe ich wirklich das Gefühl, dass daraus eine sehr enge Freundschaft werden kann.

Easton und Aaron setzen sich schon draußen vor den Pool, während Sofia und ich die Mojitos zubereiten. Als Erstes schneiden wir die Limetten in Scheiben. Ein paar heben wir auf, um sie später an dem Rand des Glases zu befestigen, die anderen zerdrücken wir zusammen mit ein paar Minzblättern und Zucker. Danach befüllen wir das Glas mit gecrashtem Eis und geben anschließend Limettensirup und Ginger Ale hinzu.

Voila, schon sind wir fertig.

Den Mocktail füllen wir nun in die passenden Gläser und laufen nach draußen, um ihn am Pool zu genießen und den anderen zu servieren.

»Hier.« Ich drücke Easton das eine Glas in die Hand und lege mich neben ihn auf eine Liege in der Sonne.

»Danke«, kommt es von ihm, bevor er zum Trinken ansetzt.

Ich tue es ihm gleich und verdammt, schmeckt das gut.

»Was habt ihr heute noch so vor?«, fragt Sofia interessiert und schlürft an ihrem Mojito.

»Wir haben nichts Großes geplant. Ich übernachte bei Audrey und vielleicht schauen wir einen Film an und kochen etwas«, antwortet Easton stolz und lächelt mich breit an.

»Achso, achso«, mischt sich Aaron ein, sein scheinheiliger Blick liegt auf seinem besten Freund.

Ich verdrehe leicht die Augen und beiße mir auf die Lippe. »Oh oh, Aaron, jetzt ist es raus«, antworte ich gespielt und halte mir die Hand vor den Mund.

Er grinst verschmitzt und keinen Moment später gibt Sofia ihm einen kleinen Schlag auf die Brust. »Aaron, benimm dich nicht wie ein kleines Kind.«

Wir fangen alle an zu lachen und es ist einer dieser Sommertage, die man nie vergisst.

»Es war wirklich eine super Idee, noch zu ihnen zu gehen«, gebe ich von mir, als Easton und ich ein paar Stunden später wieder bei mir zur Tür hineinkommen. »Weißt du, ich mag die beiden wirklich sehr und ich denke, sie können mich auch leiden.«

Abrupt dreht sich Easton zu mir und nimmt mein Gesicht zärtlich in seine Hände. »Ich habe keinen Moment daran gezweifelt, dass sie dich lieben werden. Würden sie das nicht, hätte ich an ihrer Wahrnehmung gezweifelt.«

Mein Herz schmilzt.

»Das hast du lieb gesagt«, bringe ich hervor und greife nach seiner Hand.

»Ich bin ziemlich lieb, sobald ich um dich herum bin, geht es gar nicht anders«, haucht Easton und küsst mich zärtlich. Mein ganzer Körper kribbelt und reagiert auf *jede* seiner Berührungen.

»Habe ich dir schonmal gesagt, wie sehr ich dein Lächeln liebe?«, flüstert er.

Mein Herz.

»Ich wollte dir noch dafür danken, dass du mir immer zuhörst. Mit dir kann ich über meine Probleme reden und das ohne, dass es dich langweilt. Letztens, ich weiß auch nicht, was in mich gefahren ist. Es tut mir leid. Du bist mir so unglaublich wichtig und ich will dich nicht verlieren«, gibt er diese bedeutsamen Worte von sich. So viel Aufrichtigkeit steckt hinter der Art und Weise, wie er das von sich gibt. Ich zerquetsche regelrecht seine Finger, da ich das so unfassbar süß finde. Mein Herz füllt sich, und zwar mit Liebe.

»Du bist mir auch unendlich wichtig«, hauche ich. »Und es ist selbstverständlich, dass ich immer für dich da bin. Du kannst jeder Zeit mit deinen Sorgen zu mir kommen.«

Easton nickt dankend, und schlingt seine Arme um meine Hüfte, während er seine Lippen auf meine presst. Kaum, dass ich mich versehe, landen wir in meinem Zimmer. Seine Küsse werden immer intensiver, während er mich behutsam auf mein Bett legt. Er liebkost mich mit kleinen Küssen auf den Hals und wandert zögerlich hinunter zu meiner Brust. Voller bedacht zieht er mein Oberteil aus und blickt daraufhin grinsend zu mir. »Du hast ihn an?«

Ich habe ihn an.

Easton starrt auf meinen roten Spitzen-BH.

Vielleicht, aber auch nur ganz vielleicht, habe ich ihn extra angezogen, weil ich genau weiß, wie sehr ihn das freuen würde.

Easton küsst zärtlich mein Dekolletee und wandert immer weiter hinunter. Mein Atem wird schwerer, denn es fühlt sich so gut an. *Wie kann es sein, dass eine Berührung von ihm mich zum Erschaudern bringt?*

Easton blickt langsam zu mir hoch, wohl um zu prüfen, ob ich wirklich will, worauf das hinausläuft.

Sicher nicke ich, denn ich bin bereit.

Langsam zieht Easton meine Hose hinunter, während sein Blick ununterbrochen auf meinen Augen liegt. Ich erschaudere, als er die Innenseite meines Oberschenkels streicht und gebe ein leichtes

Zucken von mir. Daraufhin fängt Easton süß an zu Lachen. »Gefällt dir das?«, flüstert er.

Ja, ja, dreimal ja.

Bitte hör nie mehr damit auf.

»Ja«, hauche ich kaum hörbar.

Daraufhin zieht Easton sein T-Shirt über den Kopf. Mit so einer Leichtigkeit, als hätte er sein Leben lang nichts anderes gemacht. Ohne mich zurückzuhalten, fahre ich sachte über seine Bauchmuskeln.

Er ist echt, wir sind echt.

»Audrey?«

Ich nicke langsam und vergrabe meine Hände in seinen Haaren.

»Ich will dich«, gibt er von sich und küsst mich immer und immer wieder.

»Easton?«, hauche ich kaum hörbar und sehe ihm mitten in die Augen. Seine wunderschönen, grünen Augen. »Ich will dich auch, mehr als alles andere.« Ich umfasse mit meinen Händen seinen Hosenbund und helfe ihm aus seiner Jeans heraus. »Hast du ein Kondom dabei?«, frage ich schnell.

Easton beugt sich hinunter und holt eins aus seinem Geldbeutel hervor. »Bist du dir sicher?«, fragt er voller bedacht.

»Ja.«

Mit diesen Worten zieht er seine Boxershorts aus und stülpt das Kondom über sein Glied. Ich schlucke schwer bei dem Anblick, ich habe keinerlei Erfahrung … Noch nie habe ich einen Typen nackt gesehen mit der Absicht, das wirklich zu genießen. *Ich habe auch noch nie so tiefgehende Gefühle gehabt.*

Easton beugt sich erneut zu mir, küsst mich stürmisch und öffnet meinen BH. Seine Lippen fahren über meine empfindliche Haut und ich vergrabe meine Hände in seinen Haaren.

»Sollte es zu sehr weh tun, sagst du mir Bescheid, verstanden? Dann hören wir sofort auf. Und falls du es dir doch anders überlegst, dann hören wir auch auf«, flüstert Easton und wartet, bis ich langsam nicke.

Es gibt mir ein sicheres Gefühl, zu wissen, dass er sofort aushören würde, falls ich mich unwohl fühle.

Easton zieht mir die Unterhose hinunter und dringt in mich ein. Es tut weh, ja aber zugleich hat sich noch nie etwas so gut angefühlt.

Ich kann es nicht beschreiben, es sind zwei gegensätzliche Dinge, doch trotzdem passen sie.

Es ist nicht nur der Sex, es ist er. Easton ganz alleine würde es schaffen, mich zum Erschaudern zu bringen, ohne auch nur eine Hand an mich anzulegen.

»Bereust du es?«, fragt Easton leise, als ich meine Kleidung von Boden angle und mich anziehe.

Nein, kein Stück. Ich schüttle den Kopf und gebe ihm einen schnellen Kuss. »Ich würde es immer wieder machen«, erwidere ich und kuschle mich neben ihn. Easton nimmt mich liebevoll in seine Arme und krault meinen Rücken.

Er ist mein erstes Mal gewesen. Lange Zeit hatte ich Angst davor und habe mir Gedanken gemacht, doch als es geschehen ist, sind alle Ängste verschwunden, da ich eine Person gefunden habe, der ich vertrauen kann.

Easton und ich liegen für eine Weile einfach nur Arm in Arm da, bis ich schließlich einschlafe. Bei ihm fühle ich mich so sicher, wie bei keinem anderen und wenn ich eins weiß, dann, dass meine Gefühle für ihn wahrhaftig sind.

50

Audrey

Sommer und Sonne, wir kommen!

Mein Koffer ist gepackt, ich habe ihn im Auto verstaut und schon geht es los. Easton, Sofia, Aaron und ich haben uns entschlossen, an einem See zu campen. Sofia war schonmal dort und schwärmt regelrecht davon. Ich war noch nie mit Freunden im Urlaub, deshalb ist es doppelt so aufregend für mich. Ich habe es im Gefühl, dass diese Zeit unvergesslich werden wird.

»Also Leute, ich denke, es ist an der Zeit, gute Musik laufen zu lassen«, kommt es von Aaron. Erwartungsvoll sieht er zu seiner Freundin rüber, die auf dem Beifahrersitz platzgenommen hat.

Easton und ich sitzen gemeinsam auf der Rückbank. Er hat seine Hand mit meiner verschlossen und streicht immer wieder mit seinem Daumen sanft über meinen Handrücken.

Meine Wangen färben sich rot.

Es ertönt die Melodie von: *Hips don't lie*. Wir alle stimmen sofort ein und singen lautstark mit. Shakiras Lieder sind die besten, sie geben Sommervibes pur und die werden wir für diesen Urlaub brauchen.

Wie sehr ich es doch liebe.

Angekommen am See, suchen wir uns erst einmal einen Platz, an dem wir unsere Zelte aufstellen. Ich bin mir ziemlich sicher, dass es nicht ganz legal ist, hier zu übernachten, da es kein öffentlicher Campingplatz ist. Jedoch mache ich mir keine Gedanken. Der Platz ist abgeschottet und Sofia hatte damals auch keine Probleme.

Nachdem alles steht, pumpen wir die Luftmatratzen auf und verstauen unsere Sachen im Zelt. Ich teile mir eins mit Easton und Sofia mit Aaron.

»Wie weit seid ihr?«, ertönt Sofias Stimme.

»Gleich fertig!«, rufe ich zurück.

»Zieht euch Badesachen an, damit wir gleich in den See können«, fügt sie hinzu.

Gesagt getan, ich krame schnell einen roten Bikini aus meiner Tasche und ziehe ihn an. Easton hat bereits alles von mir gesehen, ich schikaniere mich nicht.

»Dein Körper ist wunderschön«, gibt Easton von sich.

Normalerweise mag ich es nicht, wenn Jungs mir Komplimente für meinen Körper geben, aber bei ihm ist das anders. Er bezieht sich nicht nur auf meinen Körper und das weiß ich. Grinsend forme ich mit meinen Lippen ein: *Danke*, und klettere aus dem Zelt heraus.

»Die Aussicht ist wirklich wunderschön«, staune ich, während ich mich umsehe.

»Ja, die Aussicht ist wirklich wunderschön«, stimmt mir Easton zu, jedoch sieht er bei diesen Worten nicht auf den See, sondern nur auf mich.

An unserem ersten Abend machen wir ein kleines Lagerfeuer und essen gemütlich Marshmallows, die ich extra von zuhause mitgenommen habe, ich wusste, es wird gut ankommen. Früher habe ich die jeden Abend mit Shannon im Sommercamp gegessen. Der süße Geschmack, außen knackig und innen weich. Mhm, ich liebe es.

»Wie wäre es mit einer Runde: Ich habe noch nie«, schlägt Aaron vor und nachdem wir alle zugestimmt haben, schenkt er jedem ein Glas Alkohol ein.

»Ich habe noch nie Sex gehabt«, beginnt Aaron mit einem frechen Grinsen zu reden und wir alle setzen das Glas an unsere Lippen.

»Ich wusste es!«, schreit er laut.

Dieser Abend war etwas Besonderes für mich.

Ich habe Easton meinen ganzen Körper anvertraut.

Und er hat mich geliebt.

»Ja, ja«, antwortet Easton lächelnd und verdreht dabei die Augen. »Also, ich habe noch nie mit meiner Freundin oder meinem Freund auf einer Party rumgemacht«, ertönt seine Stimme theatralisch.

Aaron und Sofia setzen gleichzeitig zum Trinken an. Er ganz stolz und sie etwas benommen.

»Ich hatte noch nie etwas mit jemandem aus dieser Gruppe«, sage ich grinsend, nur um einen Vorwand zum Trinken zu haben.

Wir lachen allesamt und nehmen einen Schluck.

»Habt ihr alles dabei?« Ich wende mich an die anderen und blicke sie prüfend an. Wir besuchen heute ein paar Sehenswürdigkeiten. Sofia und ich haben Easton und Aaron dazu überredet. Wir machen ein paar Fotos, genießen die schönen Aussichten und obwohl die beiden anfangs nicht so wirklich von der Idee überzeugt waren, gefällt es ihnen doch ganz gut.

Den Abend verbringen wir in der nächstgelegenen Stadt, essen eine leckere Pizza und schlendern in den Gassen umher. »Oh, schaut mal!« Ich kreische auf und sehe zu dem kleinen Souvenirladen an der Straßenecke.

Alle Köpfe drehen sich schlagartig zu mir. Wie ein kleines Kind stehe ich dort. »So eine Puppe habe ich früher gehabt«, gebe ich von mir und laufe zu dem Laden. Ich nehme das blonde Püppchen in die Hand und betrachte es genauer. Komisch, dass ich darauf so reagiere? Ist ja schließlich nur eine kleine Puppe. Aber nein, nicht für mich. Ich habe Eleanor so eine aus dem Urlaub mitgebracht, weil sie mich so sehr an sie erinnert hat. Ich blicke in die blauen Augen und erinnere mich an die Zeit zurück.

An Ellie.

»Toll?«, gibt Easton fragend von sich.

Ich stoße ihm leicht in die Seite. »Ja, klar ist das toll«, antworte ich und hänge das kleine Püppchen wieder auf den Ständer zurück.

»Willst du sie haben?«, fragt mich Easton und kramt in seiner Hosentasche.

»Was?« Meine Augen weiten sich und ich blicke zu seiner ausgestreckten Hand. »Nein, Easton, du -«

»Kauf sie dir«, gibt er von sich und drückt mir sein Geld in die Hand. »Sie scheint dir viel zu bedeutet, also kauf sie dir.«

»Was? Nein. Ich will sie nicht, wirklich«, kommt es perplex von mir, da ich nicht möchte, dass er sein Geld für mich ausgibt. Easton besitzt so wenig, da möchte ich nicht daran schuld sein, dass er kein Geld mehr hat.

»Scheint so, als müsste ich sie selbst kaufen«, entgegnet Easton, schnappt sich das Püppchen von dem Ständer und bezahlt es.

Wieso tut er das?

»Danke«, sage ich, als er mir den Schlüsselanhänger reicht. »Danke, Easton.«

»Audrey«, flüstert mir Easton leise zu.

Ich bin gerade eingeschlafen, doch ich öffne leicht die Augen. »Was ist denn?«, gebe ich verschlafen von mir, während ich mich zu ihm drehe.

»Lass uns schwimmen.«

Was?

Ich öffne nun ganz meine Augen und sehe seinen leichten Umriss in der Dunkelheit. »Hast du mal auf die Uhr geschaut? Wir können doch morgen schwimmen«, gebe ich von mir und lege mich wieder zur Seite.

»Ich muss meinen Kopf freibekommen. Ich gehe baden. Wenn du möchtest, kannst du mit«, entgegnet Easton schnell und richtet sich auf.

Nun bin ich hellwach und setzte mich auf. »Du gehst da nicht alleine raus, ich komme mit«, gebe ich entschlossen von mir und krame in meiner Tasche herum.

»Kannst du kurz mal die Taschenlampe anmachen? Ich finde meinen Bikini nicht«, frage ich flüsternd und spüre in demselben Moment, wie er meine Hand von der Tasche wegnimmt.

»Den brauchst du nicht«, haucht er und öffnet leise den Reißverschluss unseres Zeltes.

»Wie bitte?«, gebe ich perplex von mir.

Easton streckt mir seine Hand entgegen und zieht mich aus dem Zelt heraus. »Nacktbaden ist doch irgendwie romantisch«, gibt er von sich und führt mich zum See.

Da hat er wohl recht. Langsam ziehe ich meine Klamotten aus und lege sie sauber auf den Boden. Es ist weit und breit keine Menschenseele zu erkennen, die Nacht ist klar und es ist angenehm warm, auch wenn es ein bisschen frischer wird, nachdem ich ein paar Minuten ohne meine Klamotten dastehe.

Zusammen laufe ich mit Easton, stoppe allerdings, nachdem mein Zeh das kalte Wasser berührt hat. *Verdammt ist das kalt.*

»Vertraust du mir?«, fragt er leise und breitet seine Hände nach mir aus.

Ja, Easton, mit ganzem Herzen. »Das tue ich.«

Während ich ins Wasser laufe, mustere ich Easton besorgt. »Was schwirrt dir im Kopf rum?«

»Was? Nichts«, kommt es von ihm.

»Easton ... «, erwidere ich zögernd und schwimme ein bisschen näher zu ihm. »Ich bin extra mitgekommen, damit du deinen Kopf freibekommen kannst, also rede. Du musst vor mir nicht auf cool tun«, sage ich leise und schlinge meine Beine um ihn.

Ich blicke ihn im Mondschimmer an, kann aber seinen genauen Gesichtsausdruck nicht erkennen. Alles, was ich spüre, ist, wie Easton seine Hände sanft um meinen Po schließt.

»Es ist nur, wegen meines Vaters«, gibt er leise von sich und blickt nach unten auf die Wasseroberfläche. Ich hebe seinen Kopf leicht nach oben, damit er zu mir sieht. »Was genau?«, frage ich besorgt. Langsam beuge ich mich zu ihm vor und lege meinen Kopf auf seiner Schulter ab. »Was bedrückt dich?«, hauche ich in sein Ohr.

»Bitte lass uns nicht jetzt darüber reden«, entfährt es ihm leise. »Alles, an was ich jetzt gerade denken kann, ist, dass du nackt vor mir bist, da ist kein Platz für schlechte Gedanken«, gibt er flüsternd von sich und presst seine Lippen auf meine.

*Nackt in einem See baden und einen Kuss im Mondlicht,
romantischer geht es ja wohl gar nicht.* Ich schmelze dahin und auch
wenn ich der Ansicht bin, dass es nicht gut ist, dass er seine
Probleme immer für sich behält, akzeptiere ich es.

51

Easton

Wieso bin ich nur immer so? Ich kann nicht über meine Gefühle reden. Will nicht über sie reden, wobei ich mich Audrey so gerne öffnen würde. Ich verdränge alles und das Schlimmste dabei ist, dass Audrey keinen blassen Schimmer hat, was bei mir wirklich im Kopf ab geht.

Wobei, vielleicht ist es auch besser so. Dann macht sie sich wenigstens keine Sorgen. Ich hingegen weiß fast alles über dieses Mädchen. Sie hat mir von ihrer Mutter, ihrem Vater, ihrer besten Freundin und sogar von Timouty erzählt. Sie sagt mir immer, wie sie sich fühlt.

Genau das möchte ich, sie soll mir alles anvertrauen und erzählen, was ihr auf dem Herzen liegt. Selbst über meine Gefühle zu sprechen ist noch mal etwas komplett anderes.

Wenn ich eins über Audrey gelernt habe, dann, dass sie mehr ist als ihre Vergangenheit. Die Dinge, welche geschehen sind, bleiben unverändert und Teile aus ihrer Kindheit, die sie lieber vergessen würde, gehören zu ihr, aber sie definieren sie nicht. Audrey ist nicht weniger Wert, weil ihr das in ihrer Kindheit gesagt wurde. In keiner Weise hat sie das alles verdient.

Audrey hängt immer noch in der Vergangenheit fest und überlegt, ob es nicht doch einen Grund für alles gibt. Sie möchte nicht akzeptieren, dass es auf dieser Welt Ungerechtigkeit gibt, wenn es andere betrifft, aber sobald es um sie geht, ist sie der festen

Überzeugung, dass alles einen Grund hat. Ich hoffe, dass Audrey tief in ihrem Herzen begreift, dass es nicht ihre Schuld ist.

Der Urlaub ist vorbei und Audrey und ich haben kein einziges Mal mehr über diesen Abend geredet. Ich habe ihr gesagt, dass ich mir um Avery Sorgen mache, was ja auch zum Teil stimmt. Sie ist wirklich komisch, seit sie unseren Vater wieder gesehen hat, was ich auch völlig nachvollziehen kann.

Früher hatte sie keine Schäden davongetragen, zumindest keine, von denen ich weiß. Und auch, wenn es nie angesprochen wurde, war George ein Tabuthema.

Ich glaube, sie hat das gemerkt.

Es ist nicht gut, ich weiß, aber ich wusste nicht, was ich auf all ihre Fragen antworten sollte, ich bin doch selbst noch ein Kind. Das ist alles nicht fair, weder für Avery, noch für unsere Familie.

Ich war nicht bereit, meine Schwester zu erziehen. Das hätten meine Eltern machen sollen, aber die… sind nicht da. Also ja, mag sein, dass ich einige Fehler gemacht habe, aber ich konnte nicht anders.

Jedenfalls war das, das Einzige, was ich Audrey in Kurzform erzählt habe, mehr nicht. Ich fühle mich mies, aber über das andere Thema *kann* ich nicht sprechen.

Heute habe ich Avery versprochen, mit ihr zusammen Eis essen zu gehen, vielleicht lenkt sie das ein bisschen ab. Sie trägt ein süßes, rotes Sommerkleid, mit kleinen Rüschen und ein pinkes Haarband. Ich wuschle ihr durch die welligen Haare. Keine Ahnung, wieso ich das immer mache. *Um sie zu nerven?* Na ja, es klappt auf jeden Fall.

Aves duckt sich und gibt einen genervten Laut von sich.

»Weißt du schon, was für eine Sorte du haben möchtest?«, frage ich und sehe meine kleine Schwester an. Sie hüpft fröhlich und summt den Refrain ihres Lieblingsliedes.

Überlegt blickt Avery zu mir und streicht ihren imaginären Bart. »Schoko und Erdbeere und Cookie oh warte, aber Apfel ist auch lecker. Och man, ich kann mich nicht entscheiden.«

Ich muss grinsen, denn es bereitet mir so viel Freude, sie so glücklich zu sehen. Das ist alles, was ich brauche.

»Und du?«, fragt sie entzückt und pflückt ein kleines Gänseblümchen am Straßenrand. »Ich nehme Maracuja«, murmle ich leise, wobei ich direkt an Audrey denken muss. Ständig kommt sie mir in den Sinn.

»Kannst du die in meine Haare machen?«, fragt Avery und streckt mir das Blümchen hin. Ich nehme es ihr aus der Hand, befestige es sachte unter ihrem Haarband und mache schnell ein Foto. Erinnerungen, die bleiben und von meiner kleinen Schwester kann ich nicht genug haben.

»Ich sehe aber schön aus«, gibt sie strahlend von sich, woraufhin ich herzig lachen muss. »Ja, das tust du, mein kleiner Engel.«

Das Einzige, wofür ich meinem Vater dankbar bin, ist, dass es wegen ihm diesen süßen Engel auf der Erde gibt. Ich wüsste wirklich nicht, was ich ohne sie machen würde.

»Also, was jetzt?«, hake ich nach, als wir schließlich vor der Eisdiele stehen.

Aves Augen werden ganz groß, sie blickt überfordert zu der vielfältigen Auswahl. »Schoko, nein Erdbeere!«

»Alles gut, du darfst auch zwei Kugeln nehmen«, sage ich und streiche ihr über den Kopf.

»Danke, Easton.«

»Gerne.«

Mit der einen Hand nimmt sie ihr Eis, mit der anderen greift sie nach meiner Hand und zieht mich mit sich. »Komm, lass uns das am Wasser essen.«

Während wir uns ans Ufer setzen, wird mir ganz unwohl zumute. Ich hatte gehofft, mich geirrt zu haben, doch als plötzlich wieder das Gesicht dieses Typs auftaucht, weiß ich, dass ich richtig liege. Er fixiert mich mit seinen Augen und macht eine Handbewegung, die signalisiert, dass ich zu ihm kommen soll.

»Ich gehe kurz aufs Klo, kannst du mein Eis halten? Bleib du hier«, bitte ich meine kleine Schwester und laufe in die Eisdiele zu Timouty.

»Schön dich wieder zu sehen. Wo ist deine Süße?«, kommt es mit einem spöttischen Unterton von ihm.

»Was willst du?«, versuche ich ganz ruhig zu antworten.

»Nichts, nur ein bisschen reden.«

»Dann rede.«

»Weißt du, Audrey liebt dich nicht wirklich«, entfährt es ihm spöttisch. »Sie weiß nicht, was liebe ist. Sie weiß nicht, dass wir perfekt zusammenpassen.«

Ich hole tief Luft und muss mich zusammenreißen. Es gefällt mir nicht, wie er über Audrey redet.

»Ach ja? Denkst du wirklich, dass sie mir *dir* zusammen sein möchte, nachdem *du* sie betrogen hast?«, zische ich. »Ich dachte, du bist ein Arsch, aber wie sich herausstellt, bist du auch noch ziemlich dumm.«

»Das war kein Betrügen. Ich habe mit niemand anderem geschlafen, obwohl Audrey mich nicht rangelassen hat.«

Ich kann es nicht fassen. Möchte er einen Preis dafür, dass er mit keiner anderen geschlafen hat?

»Was willst du?«, frage ich erneut.

Er blickt mich verachtend an und kaut laut auf seinem Kaugummi. »Ich verstehe echt nicht, wie sie mit dir zusammen sein kann. Wobei, so eine Schlampe würde es bestimmt mit jedem treiben.«

Das war es, mehr braucht es nicht. Meine Faust landet in seinem Gesicht.

Schmerzerfüllt stöhnt er auf, schlägt aber nicht zurück.

Zum Glück hat das niemand gesehen.

»Ich verspreche dir, wenn du noch einmal so über Audrey redest ...« Meine Hand ist angespannt und ich würde ihm am liebsten noch einen Schlag verpassen.

»Ouch«, erwidert Timouty lachend. Wenn dieser Typ noch länger solche beschissenen Aussagen von sich gibt, ist: *Ouch*, nicht das Einzige, was er sagt.

Eilig nimmt er die Hände hoch und blickt mich gelangweilt an. »Wieso immer gleich auf Stress aus, Miller? Hat dir deine Mami nicht beigebracht, dass Gewalt keine Lösung ist?«, gibt er grinsend von sich, aber er weiß nicht, welche Worte er dort gerade in den Mund genommen hat.

Ich stürze mich auf ihn.

Niemand sagt etwas über Audrey und vor allem nicht über meine Mutter. Wenn man mich mit etwas verletzen kann, dann damit.

Ich prügle auf ihn ein, er hat keine Chance.

293

Die Menschen um uns herum schreien auf und ich werde von hinten weggezogen. Noch ein letzter Schlag in die Magengrube und ich stehe freiwillig auf. Naserümpfend schaue ich zu ihm runter.

»Rede nicht so über Audrey, sonst ist es das Letzte, was du machst.«

Gewaltsam werde ich aus dem Laden gezogen.

Hausverbot.

Avery sitzt ganz ruhig da, zum Glück hat sie nichts mitbekommen. Ich nehme neben ihr an der Uferpromenade Platz und lege meinen Arm um sie.

»Mein Eis ist ja schon leer«, gibt sie leise von sich und blickt mich traurig an.

»Komm, iss mein Eis«, biete ich ihr an.

Averys Gesicht fängt an zu strahlen.

Dieses Strahlen.

Sie hat die Augen unserer Mutter und das schlimme ist, sie weiß es nicht einmal. Aber jedes Mal, wenn ich sie anschaue, sehe ich unsere Mutter in ihr. Es übermittelt mir ein schönes Gefühl, zu wissen, dass ich sie nicht ganz verloren habe. Ein Teil von ihr lebt immer noch unter uns. Hailey hat ihre Nase und ihre kleinen Ohren. Ihren Mund hat eindeutig Avery, so schmal und zierlich. Die Haare haben alle beide.

Silas und ich kommen eher nach unserem Vater.

Wie sehr ich das hasse.

Jedes Mal, wenn ich in den Spiegel sehe, werde ich an das Monster in meinem Leben erinnert. Manchmal frage ich mich, ob mein Aussehen das Einzige ist, was ich von unserem Vater geerbt habe oder, ob ich auch ein Monster bin.

52

Audrey

»Wieso lächelst du?« Easton blickt mich verliebt an und ich kann nicht aufhören, zu grinsen. *Wieso ich lächle?* Weiß ich selbst nicht so wirklich. Ich freue mich auf heute, auf den Tag mit ihm.

Unwissend zucke ich mit den Schultern und gebe ihm einen flüchtigen Kuss auf die Wange. »Ich freu mich einfach«, gebe ich von mir und beiße auf meine Unterlippe.

Er lächelt.

Oh, wie sehr ich sein Lächeln liebe.

Es ist so wunderschön, *er* ist so wunderschön.

»Also komm, lass uns gehen«, sage ich und ziehe Easton von meinem Bett hoch.

»Och, wirklich? Jetzt schon? Wollen wir nicht noch ein bisschen bleiben?« Er sieht mich schmachtend an und fährt mit seiner Hand durch mein Haar.

»Ich würde echt gerne hierbleiben, aber ich kenn das, dann werden aus ein paar Minuten, Stunden und nicht, dass die Sonne nachher untergeht.«

Grinsend schüttelt er den Kopf. »Die Sonne geht noch lange nicht unter.« Mit einem gespielt, genervten Blick sehe ich ihn an und verdrehe meine Augen. »Du weißt, was ich meine.«

»Wenn du das sagst.«

»Danke.« Ich quetsche sein Gesicht, wie das von einem kleinen Kind und blicke ihn herzig an. »Du bist süß, aber das zieht bei mir nicht«, schmunzle ich und blicke ihm mitten in die Augen, in die ich mich verliebt habe.

Er zieht mich sanft an sich, sodass er nur noch ein paar Millimeter von mir entfernt ist. »Du hast recht, Audrey, ich bin süß«, flüstert Easton frech und grinst mich unverschämt an.

Mich übergeht jedes Mal ein Schauer, wenn er meinen Namen sagt.

Ich ziehe mir noch schnell einen Bikini unter mein luftiges Sommerkleid und stopfe ein paar Sachen, wie Picknickdecke, Handtuch, ein bisschen Essen und Trinken in meine Tasche.

»Können wir los?«

»An was denkst du gerade?«, gibt Easton besorgt von sich und durchlöchert mich mit seinem Blick von der Seite.

Mit meinen Gefühlen ist das so, in einem Moment bin ich überglücklich und in dem anderen holt mich die Traurigkeit ein.

»Dieser Feldweg ... ich habe hier immer mit Eleanor und ihrem Hund gespielt. Keine Ahnung, die Erinnerung macht mich traurig«, gebe ich leise von mir und sehe zu ihm auf, nur um zu erkennen, wie verständnisvoll er mich ansieht.

»Das ist doch nichts, dass dich traurig machen sollte. Du hast diese tollen Erinnerungen mit ihr und die sollten dich glücklich machen. Zu dieser Zeit warst du glücklich«, kommt es ruhig von Easton, der seinen Arm um mich schlingt und mir somit ein Gefühl von Sicherheit vermittelt.

Er hat recht.

Wenn das nur so einfach wäre.

»Weißt du, ich muss immer wieder an diese Nacht denken.« Ich schlucke. »Und jedes Mal kommt mir der Gedanke, dass die Person, die für ihren Tod verantwortlich ist, noch frei rumläuft. Das macht mir Angst«, gestehe ich leise, obwohl mein Körper gewaltig dagegen rebelliert. Dieses Thema belastet mich noch immer sehr stark und ich fühle mich wieder leer. Der Gedanke, dass diese Person noch frei rumläuft, lässt mich immer wieder erschaudern und das auf eine schlimme Art und Weise. Die Erinnerung ist schmerzhaft und versetzt mich in Angst und Schrecken.

Ich habe so vieles verdrängt, um mich nicht mit dem Tod von Eleanor auseinanderzusetzen. Ich habe versucht, das zu überleben, aber Zeit ist vergangen. Ich habe ihren Tod akzeptiert und lebe wieder. Jetzt kann ich diese Angst nicht mehr länger unterdrücken.

»Mach dir keine Sorgen, er wird bestimmt bald gefasst«, gibt Easton mit besorgniserregender Stimme von sich.

Irritiert blick ich ihn an. »Er? Wieso gehst du davon aus, dass es ein Mann war?«

»Ehm ... Intuition? Die meisten Verbrecher sind Männer. Außerdem wird so ein schwarzer Jeep meist von Männern gefahren«, antwortet er hastig und geht nervös von einem auf das andere Bein.

»Okay, d-«, fange ich an zu reden, breche dann aber ab, denn in diesem Moment wird mir etwas klar. Misstrauisch sehe ich zu Easton. »Ich habe nie erwähnt, dass es ein schwarzer Jeep war.«

Ich möchte seinen Blick finden, doch er blockiert jeglichen Augenkontakt, sieht auf den Boden und kratzt sich am Nacken.

»Doch, das hast du mal erwähnt«, presst er schnell heraus.

Lüge!

Ich bin mir sicher, es nie erwähnt zu haben.

»Easton, woher zum Teufel weißt du das?!«, schrei ich.

Er blickt mir endlich in die Augen.

Sein Blick sagt alles.

Auf einmal werde ich ganz ruhig. Mein gesamter Körper fängt unkontrolliert an zu zittern, mein Herz bleibt stehen und es ist, als würde sich die Welt aufhören, zu drehen. Meine Augen füllen sich mit Tränen und ich kann mich nicht regen, als wäre ich versteinert worden. Mein Mund öffnet sich. Ich möchte etwas sagen, aber die Worte in meinem Kopf ergeben keinen Sinn für mich.

Leblos starre ich ihm in die Seele und sacke zu Boden.

Ich kann das nicht.

Es ist, als würde mir die Luft zum Atmen abgeschnürt werden.

Mein ganzer Körper verkrampft sich.

»Audrey!«, ruft Easton und will mich in den Arm nehmen. Ich schrecke zurück. *Seine Berührung ist nicht mehr dieselbe.* Sie erfüllt mich nicht mehr mit diesem Kribbeln, nicht mehr mit diesem Gefühl, dieser Wärme. Einzig und alleine mit Kälte.

»Nein!«, schluchze ich laut und stoße ihn von mir weg. »Verschwinde!«, schrei ich und in diesem Moment passiert etwas in mir.

Ich zerbreche.

»Bitte, Audrey, lass es mich erklären«, ruft er und umfasst meinen Oberarm. Ich stoße einen wehleidigen Schrei aus und sehe ihm in die Augen. »Verschwinde!«

Easton rührt sich nicht von der Stelle, steht wie angewurzelt da, bis ihm eine Träne über die Wange fließt.

»Ich sagte, du sollst gehen!«, schreie ich ihn an.

Wieso hört er nicht auf mich?

Easton blickt flehend zu mir, doch ich schüttle wehleidig meinen Kopf. Ich kann das jetzt nicht, ich will nicht.

»Audrey, bitte.«

Nein.

Ich will keine Erklärung.

Auf einmal ergibt alles Sinn. Ich habe mich immer gefragt, wieso er sich am Anfang so verhalten hat. So kalt und abweisend. Ich habe die Schuld immer bei mir gesucht, ich dachte, er wäre einfach komisch drauf gewesen, aber nein, so ist es nicht gewesen.

Ein schwarzer Jeep.

Ich habe niemandem davon erzählt, außer der Polizei.

Easton Miller ist ein *Mörder*.

Er hat Eleanor *umgebracht*, meine beste Freundin.

Der Mensch, bei dem ich dachte, dass ich ihn kenne.

Der Mensch, dem ich alles anvertraut habe.

Der Mensch, der mir in dieser Zeit geholfen hat.

Dieser Mensch, *wo ist er hin?*

Es ist, als würde ich Easton nicht wiedererkennen.

Wie konnte er nur?

Wie konnte er mir jedes Mal so schamlos ins Gesicht lügen?

Wie konnte er mir sagen, wie viel ich ihm bedeute und dass er mir alles anvertrauen kann?

Wie?

Wo ist der Mensch, in den ich mich verliebt habe?

Es ist schon witzig, wie schnell eine Person, von der man dachte, sie zu kennen, fremd wird.

»Ich liebe dich, Audrey!«, drückt Easton wehleidig hervor und nimmt meinen Kopf zärtlich in seine Hände.

Ich versteinere.

Mein ganzer Körper reagiert und ich starre ihm in die Augen.

Er liebt mich.

Easton liebt mich.

Er gibt diese beachtlichen Worte von sich, aber aus seinem Mund sind sie bedeutungslos.

Wenn er mich liebt, wie konnte er mir das antun?

Wie konnte er mir in die Augen sehen und mich anlügen?

Wie konnte er mich so verletzen?

Er hat mir versprochen, ich könne ihm vertrauen. Letzten Endes sind Versprechen doch nur Worte ohne jene Bedeutung. Eine Hülle aus sehnsüchtiger Hoffnung. Tragisch und schmerzhaft, doch nie wahrhaftig. All die Versprechen, welche er mir gegeben hat, bedeutungslos.

Ich schrecke zurück.

Ich habe Angst, Angst vor *ihm*.

Er spürt das und in seinen Augen erkenne ich so viel Schmerz. Easton nimmt zittrig seine Hände von mir und vergräbt voller Verzweiflung sein Gesicht darin. »Es ist nicht so, wie du denkst. Ich habe sie nicht getötet«, entfährt es ihm aussichtslos. Er kommt mir so aufrichtig rüber, aber ich darf mich nicht manipulieren lassen.

»Verschwinde, wie oft muss ich das noch sagen!?«, gebe ich flehend von mir.

»Du musst mir vertrauen, bitte. Wenn du mich lässt, erkläre ich dir alles. Wenn du willst, dass ich gehe, mache ich das, aber ich flehe dich an, lass es mich dir irgendwann erklären. Gib mir die Chance«, sagt er bittend. »Ich wollte dich nie verletzen.«

Nach diesen Worten verschwindet er.

Ich soll ihm vertrauen.

Wie könnte ich ihm je wieder vertrauen?

Ich dachte nicht, dass es mir irgendwann wieder so schlecht geht, wie an dem Tag, als Eleanor gestorben ist, aber jetzt falle ich wieder in dieses Loch.

Die Leere ist wieder da und ich *starre*.

Ich *starre* wieder in dieses nichtexistierende Loch. Ein Gefühl, welches ich nie wieder spüren wollte … es ist wieder da. Meine größte Angst ist wahrgeworden. Ich verfalle in alte Muster, aber diesmal ist es ein komplett neuer Schmerz und etwas komplett Neues, womit ich nicht umgehen kann. Ich muss selbst den Weg hinausfinden. Eleanors Tod war schon schwer genug und jetzt habe ich die Person, die mir damals geholfen hat, nicht mehr.

Wie konnte ich mich so in ihm täuschen?

Man wird immer von den Menschen verletzt, von denen man es am wenigsten erwartet hätte …

53

George

»Verschwinde!« Ein Glas zerbricht auf dem Boden und Jessica sieht ihren Mann geschockt an. Georges Blick ist finster und seine Fäuste sind angespannt.

»Du bist betrunken, bitte geh jetzt! Tu nichts, was du nachher bereust!«, schreit Jessica und läuft einen Schritt auf ihren Mann zu. Dieser taumelt zu ihr hinüber und lacht sie schelmisch an.

Der starke Geruch des Alkohols strömt in ihre Nase, woraufhin sie George am Kragen packt. »Verpiss dich, George und wehe es passiert nochmal so etwas!«

Er gibt ein leichtes Zischen von sich, dreht sich jedoch schließlich um. »Das wirst du bereuen«, lallt Jessicas Mann vor sich hin, während er den Weg nach draußen sucht.

»Am besten kannst du gleich wegbleiben und nicht mehr wieder kommen!«, schreit sie und knallt die Haustüre hinter George zu.

Ihm entwischt erst leises Fluchen, bis er schließlich anfängt, zu schreien. »Du bist eine Hure, weißt du das?! Eine Dreckshure!«

Wütend steigt George in sein Auto und fährt los. Es ist schon Nacht und alle Welt schläft. Die Straßenlaternen flimmern nur schwach und George rast mit über einhundert Kilometer pro Stunde durch die Straßen. Höhnisch lachend und stockbesoffen sitzt er hinter dem Lenkrad und biegt in eine Seitenstraße ab.

Summend stellt er das Radio auf vollste Lautstärke. »Juhu!«, schreit er und nimmt einen Schluck von dem Whiskey, welcher auf dem Boden des Nebensitzes liegt. Anstatt langsamer zu fahren, tritt er noch einmal ordentlich auf die Pedale.

Es brennen keine Straßenlaternen, er kann fast nichts erkennen, da es so dunkel ist und da passiert es. Ein Mädchen rennt hysterisch auf die Straße. George erkennt sie zu spät, hört lediglich die Knochen knacken und als er im Rückspiegel zurücksieht, liegt das Mädchen blutverschmiert auf dem Boden.

George fährt weiter.

Langsam aber sicher realisiert er, was gerade passiert ist, aber die Angst davor, ins Gefängnis zu kommen, ist zu groß, als dass er anhält und dem Mädchen hilft.

In seiner ganzen Panik fährt er schlussendlich zu seinem Bruder. George kann nicht zu seiner Frau zurück, er hat gerade kein Zuhause und einen Mord begangen. *Wo sollte er sonst hin?* Die beiden haben schon immer ein gutes Verhältnis gehabt und als George vor Thomas Haus steht, zögert er keine Sekunde und klingelt Sturm.

»Wer ist da?«, meldet sich Thomas verschlafen an der Tür über den Lautsprecher.

»Fuck, ich bin es, lass mich schnell rein!«, ruft er aufgebracht.

»Wer ist ich?«

»George, verdammt und jetzt öffne die verfickte Tür!« Nachdem er hineingelassen wurde, läuft er angespannt im Raum umher.

»Würdest du mir jetzt endlich verraten, wieso du nachts plötzlich vor meiner Haustüre stehst? Ich meine, ich vermisse dich auch, aber es hätte wenigstens bis morgen warten können«, scherzt Thomas und setzt sich auf sein Sofa.

»Ich.« George fängt an zu lachen und setzt sich neben ihn. »Ich habe gerade jemanden überfahren«, gibt er lallend von sich und grinst.

Thomas Augen verkleinern sich zu Schlitzen und er blickt seinen Bruder schief an. »Sehr witzig«, gibt er zynisch von sich, wird dann aber ernst. »Sag mir, was wirklich passiert ist. Du bist stockbesoffen und offensichtlich auf Droge. Kein Wunder, dass du plötzlich zu mir kommst. Willst du etwa noch mehr Stoff?«

George antwortet erst nicht, sieht Thomas dann aber an und nickt dauernd mit dem Kopf. »Kein Scheiß.«

Thomas Mundwinkel fallen nach unten, als er realisiert, dass es George ernst meint. »Fuck, George! Wieso lachst du? Was ist passiert?« Er wird hysterisch und nun ist Thomas derjenige, welcher aufsteht und im Raum nervös seine Runden dreht.

»Ist doch witzig. Ich meine, würde ich es nicht positiv sehen, müsste ich mich ja schlecht fühlen«, lallt er.

Thomas blickt ihn geschockt an. Verzweifelt vergräbt er sein Gesicht in seinen Händen und stößt ein Stöhnen aus. »George, verdammt noch mal, das ist nicht witzig. Wie kann man das denn positiv sehen? Geht es der Person gut?«, flüstert er aufgebracht und massiert seine Schläfe.

»Das Mädchen«, nuschelt er. »sah ziemlich tot aus.«

Sein Bruder schüttelt immer wieder den Kopf und versucht, nicht die Fassung zu verlieren. »Nein, nein, das kann nicht sein, nein«, wiederholt er immer wieder. »Wieso hast du ihr nicht geholfen?«, fragt Georges Bruder wütend und setzt sich auf den Sessel gegenüber von seinem Bruder.

»Sie wäre eh gestorben, selbst wenn ich versucht hätte, zu helfen, aber weißt du, was dann nicht gut ist? Wegen fahrlässiger Tötung in den Knast zu kommen. Ich bin zu dir gekommen, weil ich dir vertraue. Du wirst doch niemandem was sagen, oder? Ich bin dein Bruder.«

Thomas schweigt, sieht George nachdenklich an und schüttelt den Kopf. »Das kannst du doch nicht verlangen.« Verzweifelt sieht Thomas auf den Boden.

George ballt seine Hände zu Fäusten und lehnt sich ruckartig zu seinem Bruder. »Willst du etwas, dass die Bullen von deinen kleinen Drogengeschäften erfahren? Ich dachte nicht, dass ich dich daran erinnern muss.«

»George …«

»Ich meine es ernst, wenn ich in den Knast komme, reiße ich dich mit mir!«

Thomas Gesicht versteinert. »Du weißt, dass ich das nur wegen dem Geld mache. Ich brauche es … und ich wollte bald aufhören.«

»Das ändert nichts daran, dass du ein Dealer bist«, bringt George lachend hervor. »Wir sind gleich Thomas, denk daran.«

»Vergleichst du gerade wirklich einen Mord, mit einem Drogenverkauft?«

»Bitte, nenn es nicht Mord, das hört sich ja so an, als hätte ich sie überfahren wollen.« Er schweigt für einen Augenblick. »Was ich nicht wollte, nur mal so.«

»Ich …«

»Du hast die Wahl, Thomas. Entweder du hilfst mir, oder du kommst in den Knast. Falls du darauf Lust hast, dann sag mir ruhig bescheid.«

»Nein, ich … ich -«

»Hör zu, ich vergesse jetzt, dass du mir nicht helfen wolltest und deinen kleinen Drogenverkauf, doch wenn ich auch nur herausfinde, dass du den Bullen davon etwas sagst, dann frische ich meine Erinnerung wieder auf.«

»Ich werde nichts sagen«, gibt Georges Bruder nun schließlich von sich »Und jetzt schlafe, du kannst hier auf dem Sofa pennen.«

Am nächsten Tag.

Hastig steigt Thomas in sein Auto und fährt in die Stadt. Angekommen vor einem Restaurant, öffnet er die Autotür, läuft ungeduldig auf dem Parkplatz umher und wartet auf seinen Freund.

Ihm ist die Erleichterung anzusehen, als Josh aus dem Gebäude schlendert. Im Handumdrehen rennt er auf seinen Freund zu und zieht ihn in eine abgelegene Seitengasse.

»Was gibt's?«, fragt Josh und blickt Thomas besorgt an. Dieser schüttelt mit dem Kopf und sieht voller Verzweiflung zu seinem Freund. »Es ist etwas passiert und ich weiß nicht, was ich machen soll«, beginnt er aussichtslos zu reden und blickt nervös hin und her.

»Was ist passiert?« Verwundert sieht sein Freund ihn an. Die Sorge in seinem Gesichtsausdruck ist leicht erkennbar.

»Du musst mir versprechen, es niemandem zu erzählen«, bittet Thomas und sieht Josh flehend an. »Aber ich bin einfach am Verzweifeln, ich habe mir die ganze Nacht darüber Gedanken gemacht und es bringt mich glatt um«, presst er hinaus.

Josh nickt einfühlsam. »Ich verspreche es. Jetzt sag, was ist los?«

Thomas dreht sich noch einmal um und wendet sich schließlich wieder zu seinem Freund. »Es geht um meinen Bruder.«

»Ja?«

»Er ist gestern Nacht zu mir gekommen. Er war betrunken und auf Drogen und er… er hat jemanden überfahren.«

»Was?!«, bringt Josh außer sich hervor.

»Es ist ein Mädchen, ob sie tot ist, weiß ich nicht«, gibt er leise von sich. »Wahrscheinlich will er, dass ich sein Alibi bin, immerhin war er mit seinem schwarzen Jeep unterwegs, nicht so viele haben den hier.«

Josh zieht geschockt die Luft ein.

»Ich bin wirklich am Verzweifeln, aber er droht, der Polizei von meinem Drogenverkauf zu erzählen«, presst Thomas stotternd hervor.

Josh ist ganz bleich geworden und steht mit offenem Mund da. »Oh, Fuck!«, schreit er. Thomas hält ihm ruckartig die Hand vor den Mund. »Pscht, nicht so laut, bitte«, sagt er.

»Das ist krass. Thomas, da-«, flüstert er verzweifelt und sieht auf den Boden.

»Ich weiß.«

»Wieso ist er zu dir gekommen?«

»Keine Ahnung, ich denke, er hat niemand anderen. Was weiß ich denn, sehe ich so aus, als würde ich das wissen?«, bringt Thomas verzweifelt hervor. »Ich habe keine Ahnung.«

»Ich … scheiße«, flucht Josh. »Wieso erzählst du das *mir*?«

Aufgebracht vergräbt Thomas sein Gesicht in den Händen und schnieft leise. »Ich habe keine Ahnung.«

»Was willst du von mir hören?«

»Keine Ahnung.«

»Es sieht nicht so aus, als hättest du eine Wahl.«

»Ich weiß.« Thomas schweigt für einen Moment. »Scheiße, das weißt ich.«

»Also, was wirst du tun?«, fragt Josh schließlich.

»Was denkst du denn? Hoffen, dass niemand herausfindet, dass es George war und dass ich das gewusst habe.«

Schwenken wir einmal um die Ecke hinter der Seitengasse. Was Thomas und Josh nicht wissen, ist, dass sie belauscht werden und zwar von keinem Geringeren als Easton Miller.

54

Audrey

Gegenwart.

Leere.

Das Gefühl purer Leere.

Es ist wieder da.

Ich starre vor mich hin und sitze regungslos auf meinem Bett, gefangen in meinen eigenen Gedanken.

Ich starre *wieder*.

Es ist wie früher und ich weiß nicht, ob ich sowas ein zweites Mal durchstehen kann. Mir schwirrt so vieles im Kopf herum. So viele Fragen. So vieles, das ich wissen möchte und doch habe ich Angst vor der Wahrheit.

Easton hat mich belogen, worüber hat er noch gelogen? Ich dachte, ich könnte ihm trauen. Ich *habe* ihm vertraut.

Das ist nicht fair.

Was habe ich gemacht?

Wieso habe ich das nur verdient?

Wieso passieren mir diese Dinge?

Bin ich wirklich so ein schlechter Mensch?

Das Gefühl von Leere, emotionaler Leere, es umhüllt mich. Ich kann nicht weinen, keine Träne fließt mehr und ich weiß, wie bescheuert sich das jetzt anhört, aber ich wünschte, ich könnte weinen. Alles außer das.

Mir ist ganz übel bei dem Gedanken, was mir bevorsteht und ich kann nicht verdrängen, wie tief ich wieder gesunken bin.

Die Tage sind schlimm und sie vergehen langsam, aber ich kann so nicht weiter machen. Nicht nochmal. Nie wieder. Ich bin stark, das habe ich gemerkt. Ich habe es schonmal daraus geschafft, dann schaffe ich das wieder.

Schlapp laufe ich aus meinem Zimmer und steuere den Weg zu meiner Mutter an. Sie denkt, ich bin krank. Ich war schon seit über einer Woche nicht mehr in der Schule.

»Hey, Mam«, begrüße ich sie leise.

»Hey«, antwortet sie kurz, sieht zu mir hoch und dann wieder auf den Ordner, der vor ihr liegt. Sie sitzt am Küchentisch, schenkt mir aber nicht sonderlich viel Aufmerksamkeit, da sie anderweitig beschäftigt ist. »Geht es dir besser?«, erkundigt sie sich knapp.

Ich nehme neben ihr auf einem Stuhl Platz und gehe mir durch die Haare. »Ja«, gebe ich schnell von mir und räuspere mich kurz darauf. »Ich habe Hunger, willst du auch was essen? Ich kann für uns kochen, dann kannst du das hier fertig machen.«

»Ja, gerne«, antwortet sie.

Ich begebe mich in die Küche, krame eine Nudelpackung mit Tomatensauce aus der hintersten Reihe unseres Lebensmittelvorrats heraus und hole einen Topf aus dem Schrank.

»Denkst du, dass du am Montag wieder in die Schule kannst?«, ruft sie durchs ganze Haus, während ich einen Topf mit Wasser aufsetze.

»Ich denke schon«, gebe ich von mir, doch dieses mulmige Empfinden in meinem Bauch nimmt immer mehr zu. Keine Ahnung, ob ich bereit bin, auf Easton zu treffen. Er hat mir bestimmt schon über einhundert Nachrichten geschickt, aber ich habe sie nicht gelesen und habe es auch nicht vor. Wenn dann muss ich mit ihm persönlich reden und nicht über das Internet.

Vielleicht ist es jetzt mal langsam an der Zeit.

»Prima«, antwortet sie freudig und kommt zu mir in die Küche gelaufen. »Ich habe ab nächster Woche Dienstag frei und wenn es dir besser geht, können Easton und du, deinen Vater und mich gerne an den Strand begleiten«, sagt sie zärtlich und streicht mir über den Kopf.

Ach, das hatte ich fast vergessen.

Mama weiß nichts von all dem. Niemand weiß etwas.

Ich nicke und setze ein gezwungenes Lächeln auf. »Ja, vielleicht.«

Schlagartig wird ihr Blick abweisend und sie schnauft tief durch. »Dir kann man es aber auch nie recht machen. Koch jetzt die Nudeln, ich habe Hunger«, gibt sie energisch von sich, verschwindet wieder aus dem Zimmer und lässt mich stehen.

Super, das ist mal wieder toll gelaufen. Lustlos werfe ich die Nudeln in das kochende Wasser und hole einen anderen Top für die Sauce hinaus.

Ich atme tief durch und mache weiter.

Schritt für Schritt.

Nach dem Essen verschwinde ich. Es darf so nicht weiter gehen. Wenn ich jetzt wieder in mein Zimmer verschwinde, versinke ich nur noch mehr in Selbstmitleid. Trotz der Angst, auf Easton zu treffen, gehe ich an den einzigen Ort, an dem ich mich im Moment wohl fühle.

Ich biege in den Friedhof ein, sehe Eleanors Grab und sofort fällt mir ein Stein vom Herzen. Ich dachte, es würde mir schwerfallen, hierher zu kommen, da ich weiß, dass Easton vielleicht für ihren Tod verantwortlich ist oder auf jeden Fall weiß, wer es ist.

Ich laufe an Lanes Grab vorbei und mein Herz setzt für eine Minute aus. *Wieso nur?* Unschlüssig knie ich mich vor Eleanors Grab und lächle leicht. »Ich freue mich sehr, dich zu besuchen«, beginne ich, zu sprechen. »Ich war länger nicht hier und das tut mir leid, aber jetzt brauche ich dich einfach. Ich wünschte, du wärst noch hier bei mir, um mir beizustehen und zu helfen. Aber wärst du hier, hätte ich diese Sorge nicht einmal, also komm bitte zurück.«

Ich atme einmal tief durch, bevor ich fortfahre. »Ich habe vor über einer Woche erfahren, dass Easton weiß, wer für deinen Tod verantwortlich ist. Er sagt, er war es nicht und… ich glaube ihm das, aber er hat mich belogen. Vielleicht ist das der Grund, wieso ich mich davor drücke, mit ihm zu reden. Ich habe Angst, herauszufinden, wer es war.«

Angst davor, dass ich damit nicht umgehen kann.

»Ich weiß, dass ich es erfahren muss. Für dich und ich weiß, dass ich mich meinen Ängsten stellen muss, das hast du mir beigebracht. Du fehlst mir, Ellie. So, so sehr. In solchen Momenten spüre ich, wie sehr ich dich brauche. Ich komme dich bald wieder besuchen. Bis dann Eleanor.«

Es hat gutgetan, diese Worte einmal auszusprechen. Das habe ich gebraucht. Ich begebe mich auf den Weg nachhause und setze mich in den Garten. Die Sonne scheint und prickelt mir ins Gesicht, aber es fühlt sich nicht gleich an. Es ist eher wie ein stechender Schmerz in den Augen, diese Helligkeit. Aber es ist besser, als in meinem Zimmer deprimiert zu sein.

Ich setze mich auf die Bank und sehe zu den Blumen. Sie sind wunderschön. Kurzerhand stehe ich auf, knie mich hin und pflücke die kleinen Walderdbeeren, die dort wachsen. Früher haben Ellie und ich sie immer gegessen. Wir haben wie verrückte überall danach gesucht und uns in den Mund gestopft. Der süße Geschmack der Frucht trifft auf meine Zunge und ich fühle mich wie früher. Der Geschmack, die Zeit … es erinnert mich an Ellie. An unsere Vergangenheit.

Es bildet sich ein kleines Lächeln auf meinen Lippen, nur ein klitzekleines. Mag sein, dass Eleanor tot ist, aber im Herzen ist sie immer noch bei mir.

55

Easton

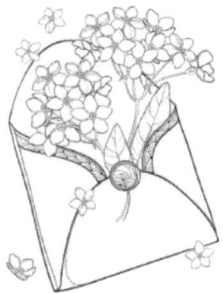

Audrey.

Meine Gedanken drehen sich nur um *sie*. Audrey war weder in der Schule, noch antwortet sie auf meine Nachrichten.

Was habe ich bloß getan?

Ich bin der Grund, weshalb es ihr schlecht geht.

Ich tue ihr weh.

Sie weint wegen mir.

Das halte ich nicht aus.

Ich wollte ihr alles geben, doch nun liegt ihr Leben in Scherben und ich bin daran schuld. Es ist schon eine Woche her, seit sie es erfahren hat und ich mache mir Sorgen. Ich wollte nicht, dass sie es erfährt, nicht so.

Ich hatte nie vor, sie zu verletzten und es war egoistisch von mir, sie überhaupt in mich verlieben zu lassen. Ich wusste genau, dass ich sie irgendwann verletzen werde und habe mich trotzdem auf sie eingelassen.

Mein Herz ist in tausend, kleine Teilchen zersprungen. Sie so zu sehen ist schrecklich gewesen. Verdammte Scheiße, sie hatte Angst. Angst vor *mir*. Audrey ist ängstlich zurückgezuckt, als ich sie berührt habe. *Wie konnte ich es nur so weit kommen lassen?* Eine Berührung, die ihr normalerweise Sicherheit vermitteln sollte.

Ich bekomme kein Auge mehr zu. Keinen Moment schaffe ich es, mich auf irgendetwas anderes zu konzentrieren.

Scheiße, es tut weh.

Ich liebe sie.

Verdammte Scheiße, ich liebe Audrey Andersen.

Ich liebe alles an ihr und ich wollte ihr nie wehtun. Es brennt mir auf der Zunge. Ich will ihr alles erklären, erzählen, was passiert ist und wieso ich es ihr nicht gesagt habe. Ich weiß, dass das keine Entschuldigung ist und nichts wieder gut machen wird, aber sie hat die Wahrheit verdient.

Die Tage vergehen, immer noch nichts Neues von ihr. Meine Sorgen steigen und es bringt mich gefühlt um. Ich habe Angst vor unserer Begegnung, weiß nicht, wie ich reagieren soll. Was noch in Ordnung ist. Ich bin am Verzweifeln.

Wieso verletzte ich die Menschen, die ich am meisten liebe? Ich hasse mich so sehr dafür und bete, dass es ihr gut geht. Was mache ich mir nur vor, natürlich geht es ihr nicht gut. Ihre ganze Welt ist auseinandergebrochen.

Sie vertraut mir nicht mehr.

Sie hat niemanden und ist ganz alleine.

Ich erinnere mich an die Worte, die sie einmal zu mir gesagt hatte. *Du hast mir, ohne es zu merken, geholfen, Eleanors Tod zu akzeptieren und wieder zu leben.* Sie spielen sich in Dauerschleife ab und es ist wie ein Fluch, es hört nicht auf.

Vergangenheit.

»Weißt du noch, was ich dir über die Liebe erzählt habe?«, möchte meine Schwester wissen, doch ich schüttle meinen Kopf. »Du hast mir viel über die Liebe gesagt, ich habe den Durchblick verloren.« Ich grinse Hailey frech an und springe auf ihr Bett.

»Ich habe dir gesagt, dass die Liebe gefährlich ist.«

»Wieso?«, hinterfrage ich ihre Aussage und kuschle mich an ihre Schulter.

»Weil du dein Herz einer anderen Person schenkst. Von einem auf den anderen Moment, kann sie es dir entreißen und dann stehst du ohne da.«

311

Mein Herz pocht wild und mit großen, aufgerissenen Augen sehe ich zu ihr. »Wie? Ich kann ohne Herz gar nicht leben.«

Hailey streicht mir über den Kopf. »Du wirst stark sein müssen«, sagst sie, während ihr eine Träne über die Wange fließt. An diesem Abend sagt sie noch andere seltsamen Dinge. Es ist wichtig, zu wissen, dass ihr Herz zum ersten Mal von einem Jungen gebrochen worden ist.

Ich bin bereit, lass uns reden.

Mein Herz setzt für eine Sekunde aus und ich halte die Luft an. *Sie möchte mit mir reden!*

Ja, natürlich. Vielen Dank, Audrey.

Bedanke dich nicht, ich will wissen, was passiert ist, das ist alles.

Kannst du in einer Stunde in den Park kommen?

Ja, natürlich, bis dann

Als ich in den Park gelaufen komme, steht sie bereits da. Ich muss an das letzte Mal, denken. Daran, wie zerstört sie war.

312

Ich sehe zu Audrey und erkenne so viel mehr in ihr. Sie ist mein Herz und meine Seele. Sie ist der Teil von mir, der schon mein ganzes Leben gefehlt hat. Schade, dass ich das erst viel zu spät realisiere.

Ich schlucke.

Audrey sieht schlimm aus. Immer noch wunderschön, aber man sieht ihr an, wie es ihr die letzten Tage ergangen ist.

Ich beiße mir auf die Lippe und laufe zögerlich auf sie zu. »Hey«, gebe ich leise von mir und bleibe ein paar Meter von ihr entfernt stehen. Ich möchte keines Wegs, dass sie sich unwohl fühlt oder gar Angst hat.

»Hi«, gibt sie knapp von sich. Ihre Stimme ist zittrig, während ihr Blick auf den Boden geheftet ist. »Lass uns hinsetzen«, sagt sie.

Vorsichtig nehme ich neben ihr Platz, wobei ich mich extra auf die äußerste Kante setze. Ich möchte nicht, dass sie nochmal so fühlen muss.

»Du trägst die Kette noch«, stelle ich hoffnungsvoll fest, als mein Blick auf ihren Hals fällt.

Audrey fährt mit ihrer Hand über den Anhänger und fängt an, zu stammeln. »Ehm, ja, daran habe ich garnichtmehr gedacht. Willst du sie wieder?«

Ich schüttle den Kopf. »Behalte sie, bitte«, erwidere ich und sehe verlegen auf den Boden. »Es tut mir so leid«, fange ich an, aber sie unterbricht mich sofort. »Easton, bitte erkläre es mir einfach, mehr will ich nicht hören. Ich will es verstehen.«

Sie ist so verletzt und in ihrer Stimme ist so viel Schmerz.

Ohne einen weiteren Moment zu warten, beginne ich, ihr alles zu erzählen. Ich lasse nichts aus, beginne damit, wie ich das Gespräch zwischen meinem Onkel und seinen Freund belauscht habe, spreche darüber, dass ich es nicht geschafft habe, meinen Vater anzuzeigen und dass ich das für mich behalten habe.

Ebenso, dass ich sie, bei der Polizei heimlich aufgesucht habe, um herauszufinden, wer sie ist. Aber auch, dass ich dort nicht wusste, dass sie auf meine Schule geht. Ich habe ihr erzählt, dass ich mich schuldig gefühlt und ihr deshalb, als sie die Panikattacke hatte, geholfen habe.

Außerdem sage ich, dass ich mich von ihr abwenden wollte, um sie nicht zu verletzen. Ich habe ihr sogar das mit dem Brief meiner

Mutter erzählt, was der Grund gewesen ist, wieso ich meine Meinung geändert habe. Und, wie sehr mir das alles leidtut und dass ich sie nie verletzen wollte.

Sie zittert leicht, schließt die Augen und atmet tief aus. »Das ist … wow, das ist viel«, kommt es schließlich von ihr. »Ich bin nur froh, dass du es nicht gewesen bist.«

Ist das ein gutes Zeichen?

»Ich bereue es, dass ich ihn nicht angezeigt habe, das musst du mir glauben. Und die ganzen Lügen … das wollte ich nicht, aber ich hatte zu viel Angst, dich durch die Wahrheit zu verlieren«, gebe ich geschlagen von mir und lehne mich zurück.

»Wie? Dachtest du, es kommt nie raus?«, fragt sie und sieht im Park umher.

Ich schweige für einen Moment. »Wenn ich ehrlich bin, ja. Ich hätte dich damit verletzt. Das war falsch, ich weiß, aber ich möchte nun ehrlich zu dir sein«, entgegne ich.

Sie nickt knapp und atmet tief durch. »Danke, dass du mir das gesagt hast.« Einen Moment schweigt sie, fährt aber fort. »Ich verstehe dich, okay? Und ich liebe dich, Easton, aber ich kann nicht einfach so tun, als wäre nichts geschehen und ich weiß nicht, wie ich das jemals könnte. *Ob* ich das jemals könnte.«

Sie blickt mir zum ersten Mal an diesem Tag in die Augen. Es ist wie ein Dolch im Herz. Er bohrt sich tief in meine Seele und noch nie habe ich mich so sehr verabscheut, wie in diesem Moment.

September

56

Easton

»Easton?« Vernehme ich die unruhige Stimme meines Bruders. Starr sitze ich in der Bankreihe, den Blick auf meinen Schoß gerichtet. »Hey, du hast das Richtige getan«, gibt er leise von sich und sieht mich bedauernd an.

Ja, ich habe das Richtige getan, ich weiß. Verdammt, es war das einzig Richtige, doch ich habe es viel zu spät getan und habe alles, was mir je wichtig gewesen ist, verloren. Ich habe *sie* verloren.

Mein Herz bleibt stehen, als George den Gerichtssaal betritt. Er sieht heute anders aus, nicht wie eine Person, die Drogen und Alkohol abhängig ist. Er ist gepflegt und trägt ein ordentliches, weißes Hemd. Er hat keinen Alkohol intus, das erkenne ich anhand seiner Art.

Ich sehe den Wunsch nach Vergebung in seinen Augen, aber bei seinem Anblick wird mir bewusst, wie anders alles gelaufen wäre, wenn er nicht mit dem Trinken angefangen hätte.

Vielleicht wäre er dann nicht der Mensch geworden, der er ist.

Vielleicht hätte er uns dann nie diese ganzen Dinge angetan.

Vielleicht hätte er uns dann geliebt.

»Mach dir keine Sorgen.« Meine große Schwester greift nach meiner Hand und legt ihren Kopf auf meiner Schulter ab, doch ich fühle gar nichts mehr.

Mein Blick wandert in die Reihe links hinter uns.

Dort sitzt *sie.*

Dort sitzt *Audrey*.

Sie vermeidet es, mich anzusehen.

Ich sollte mit ihr da sein. Ich sollte ihr beistehen, doch sie lässt mich nicht. Ich habe alles zerstört.

Schweigen sitze ich da, bis meine Schwester mir ängstlich etwas ins Ohr flüstert »Easton, er sieht dich die ganze Zeit an.« Unwohl rutscht sie noch ein Stück näher an mich und drückt meine Hand fester. »Denkst du, er kommt ins Gefängnis?«, haucht sie kaum hörbar.

Abwesend nicke ich mit dem Kopf, obwohl ich mir nicht sicher bin. »Easton, das tut weh«, flüstert Hailey zaghaft und befreit ihre Hand aus meiner.

Entschuldigend blicke ich zu ihr. »Tut mir leid. I-ich -«

Der Vorschlaghammer des Richters ertönt.

Mein Mund schließt sich und ich sehe emotionslos nach vorne.

Mein Magen dreht sich und ich kann keine klaren Gedanken fassen. Kein Wort des Richters vermag ich zu verstehen, bis auf einmal *ihre* Stimme ertönt.

Audrey weint.

Ihr fließen die Tränen über die Wange und ich kann ihr nicht helfen. Ich möchte sie in den Arm nehmen, sie trösten, ihr Liebe zeigen, aber es ist zu spät.

Wie konnte ich es so weit kommen lassen?

Ich bemerke, dass ich ebenfalls weine. Mein Gesicht ist übersät mit Tränen. Mein Herz leidet und ich kann niemand anderen als mich selbst dafür verantworten.

Sei stark, Easton.

Ihr Blick voller Leid trifft auf meinen und ich kann die Leere in ihren Augen erkennen. Audrey sieht mich an, mit ihren verdammt großen Augen.

Sie wendet sich von mir ab. Das ist das letzte Mal an diesem Tag gewesen, dass sie mich angesehen hat. Ich kann nicht anders, als stark zu sein, obwohl mein Herz vor Schmerz zu zerspringen droht.

Oktober

57

Audrey

Ich versuche, mein Leben wieder in den Griff zu bekommen. *Normal* weiter zu leben.

Es ist seltsam, ich laufe an Easton vorbei, wir nicken uns kurz zu und das war es. Er ist wie ein Fremder. *Was ist nur aus uns geworden?* Easton hat akzeptiert, dass ich nicht bereit bin, aber was, wenn es ein Fehler war?

Ich dachte immer, es tut mehr weh, an etwas festzuhalten, als loszulassen, aber was, wenn ich das nicht schaffe? Ich halte an ihm fest und so sehr ich es auch möchte, kann ich ihn nicht ganz aus meinem Leben ausschließen. Ich kann ihn nicht einfach vergessen, wie könnte ich das je? Ich schaffe es nicht, mit ihm abzuschließen und hoffe weiter. *Soll es wirklich so enden?* Ich stelle mir immer wieder die Frage.

»Hey.«

Ich drehe mich um und sehe in kein anderes Gesicht, als in das von Easton. Er hat seine Haare ein bisschen geschnitten. Es gefällt mir. Zudem trägt er einen schwarzen Pullover mit einer Jacke und einer Cargo.

»Hey«, antworte ich kaum hörbar.

Er kratzt sich am Kopf und sieht zu mir. »Ich hoffe, es ist okay, dass ich dich anspreche. Ich muss einfach fragen, wie es dir geht. Keine Sorge, das ist nicht, weil ich mir erhoffe, wieder mit dir zusammenzukommen«, stellt er klar.

Nicht wieder mit mir zusammenzukommen? Ja, ich habe ihm deutlich klar gemacht, dass zwischen uns nichts mehr laufen wird und es ist schon lange her, aber ob ich das wahrhaftig möchte, weiß ich immer noch nicht.

»Nein, alles gut. Ich freu mich, mit dir zu reden«, sage ich schnell und schlucke laut.

»Das ist gut. Wie geht es dir?«, fragt er zaghaft.

Ich taumle von einem Bein auf das andere und setzte ein Lächeln auf. »Mir geht es ganz gut und dir?«, frage ich und öffne meine Haare, welche ich zuvor zu einem lockeren Dutt gebunden hatte.

»Okay«, antwortet Easton knapp. »Ich vermisse dich, Audrey«, fügt er kaum hörbar hinzu.

Ich beiße mir auf die Lippe und verziehe das Gesicht. Ich weiß nicht, was ich fühle, ich habe keinen Plan, ob das hier richtig ist. Ich vermisse ihn auch, natürlich. Jeden einzelnen Tag, jede einzelne Woche, jeder einzelne Monat, weil ich ihn liebe. Aber es ist etwas passiert über das kann ich nicht hinwegsehen.

Easton hat vor knapp zwei Monaten der Polizei erzählt, was er über seinen Vater weiß und ist vor Gericht gegangen.

Für mich und um das Richtige zu tun.

George hat alles gestanden und ist jetzt im Gefängnis.

Diesen Moment werde ich nie vergessen.

»Ich muss dann rein«, drücke ich hervor und biege in den Pausenhof. *Man, man, man.* Ich kann mich einfach nicht normal verhalten. Es sind schon mehr als zwei Monate vergangen. Ich sollte damit umgehen können.

»Audreyy, ich muss dir was erzählen.« Jules hüpft aufgeregt, wie ein kleines Kind auf der Stelle, als ich unseren Kursraum betrete. »Guck mal«, kreischt sie und streckt mir ihre Hand entgegen.

»Hast du etwa einen Antrag bekommen?«, scherze ich und sehe auf den riesigen Diamantring an ihrem Finger. Sie wird ganz rot und grinst albern. »Nein, es ist nur ein kleines Geschenk von Niall«, gibt sie bescheiden von sich.

Klein? KLEIN?

»Sehr süß«, antworte ich und lächle sie an. »Aber seid ihr nicht erst seit einer Woche zusammen?«, frage ich, woraufhin sie empört nach Luft schnappt. »Ehm, ja, aber das hat nichts damit zu tun«, rechtfertigt sie sich. »Ich freu mich für dich. Er sieht wirklich schön aus«, gebe ich von mir und laufe daraufhin zu Celine. Sie war ebenfalls sehr erleichtert, als sie erfahren hat, dass Eleanors Mörder hinter Gittern ist. Wir alle waren das. Und ich habe ihr alles über Easton anvertraut. Sie hat mir beigestanden und jetzt brauche ich unbedingt ihre Meinung.

»Können wir kurz reden?«, frage ich.

»Ja, klar.« Celine gibt Adam schnell einen Kuss auf die Wange und steht von ihrem Stuhl auf. Kaum sind wir aus der Tür verschwunden, fange ich an, ihr mein Herz auszuschütten. »Easton hat mich heute das erste Mal wieder angesprochen und ich weiß nicht, was ich denken soll. Was ich fühlen soll. Ich habe keine Ahnung. Dieses Gefühl ist wieder da, nur anders. Bitte sag mir, dass es eine ganz dumme Idee ist, über ihn nachzudenken.«

Celine blickt mich an, runzelt die Stirn und öffnet ihren Mund. »Ich werde es dir nicht ausreden, so gern ich dir helfen möchte. Du musst auf dein Herz hören, du ganz alleine.«

Ich schnaufe.

Na super, jetzt bin ich genau so weit wie am Anfang. Sonst sagt sie immer ungefragt ihre Meinung und das eine Mal, wenn ich sie wirklich hören möchte, mischt sie sich nicht ein.

»Aber was würdest du in der Situation machen?«

»Na schön. Wenn ich ihn wirklich liebe, dann würde ich es nochmal versuchen«, gibt sie von sich und ihre Worte bringen mich zum Grübeln.

Die nächsten Tage denke ich darüber nach, immer wieder. Aber ich weiß ums Verrecken nicht, was ich davon halte. Ich erwische mich dabei, wie ich *ihn* in der Pause anstarre und er bemerkt das.

Nein, nein, nein, jetzt kommt er auf mich zugelaufen.

»Hey«, begrüßt er mich.

»Ich brauch noch Zeit!«, platzt es aus mir heraus.

Lächelnd sieht er mich an. »Ja«, antwortet er und dreht sich um.

Ja? »Wie ja?«, rufe ich verwirrt.

»Es ist okay, ich warte so lange auf dich, bis du bereit bist.«

»Bis ich bereit bin?«

Er dreht sich um und bleibt stehen. »Bis du wieder bereit bist, mich zu lieben.«

Mein Herz bleibt stehen.

Bis ich wieder bereit bin?

Ich dachte, er hätte es längst aufgegeben.

Schnell schüttle ich den Kopf. »Sorry, es war kindisch von mir, so zu reagieren. Ich meine, es ist jetzt schon eine Weile her und es ist okay, dass du mich ansprichst«, gebe ich leise von mir und lächle.

Er sieht mich verblüfft an und läuft ein paar Schritte zu mir. »Woher auf einmal der Sinneswandel?«

Ich zucke mit den Schultern und beiße auf meine Unterlippe. »Gibt keinen Grund. Ich habe realisiert, dass es falsch ist«, quetsche ich hervor und sehe ihm in die Augen.

Seine wunderschönen Augen, ich habe sie vermisst.

»Wie geht es Avery?«, fange ich an zu reden und verschränke meine Arme vor der Brust.

»Gut, aber sie vermisst dich *auch*«, sagt er.

Toll, das macht es mir noch schwerer. Avery ist so eine Süße und sie ist für mich die kleine Schwester, die ich nie hatte.

»Wie läuft es mit dir und deiner Mutter?«, fragt er zögernd.

»Ehm, ist okay.« Ein Räuspern dringt aus meiner Kehle »Ist bei dir alles in Ordnung? Ich meine, wegen deines Vaters.« Ich wage es nicht, ihm dabei in die Augen zu blicken.

»Ach, ich bin froh, dass der endlich im Gefängnis ist«, antwortet er laut.

»Okay.«

Easton blickt zu mir hoch und fährt sich durch die Haare.

»Dann tschüss«, verabschiede ich mich nach dem Klingeln und laufe zu meinem Kurs zurück. Es ist seltsam, denn es fühlt sich gut an, wieder mit ihm zu reden. Anders, aber nicht schlecht.

Wie es jetzt weiter geht, weiß ich nicht. Noch nicht. Aber wichtig ist nun erstmal, mich auf die kleinen Fortschritte zu fixieren. Ich weiß nicht, was auf mich zukommt, aber eins weiß ich ganz genau: ich muss herausfinden, ob es für mich und Easton noch eine Zukunft gibt.

58

Easton

Sa.19.November

Alles Gute zum 18:)

10:09

Danke.

10:13

Do.23.November

Hey, wie geht's dir?

17 48

Hey, gut und dir?

18:01

> Auch, was hast du die nächsten Tage vor?
>
> 18:02

Fr.24.November

Sorry, war noch bei Celine.

09:55

> Alles gut.
>
> 10:00

Mi.29.November

> Ich vermisse dich, Audrey.
>
> 22:43

Ich vermisse dich auch, Easton.

22:47

Freitag

Hi.

16:23

Hey.

16:3█

Es war schön mal wieder
mit dir geredet zu haben.

16:34

Das finde ich auch.

16:36

Muss meiner Mutter helfen, sorry.

16:36

Alles gut, bis Montag.

16:37

Gestern

Kannst du mir noch das Video
von heute schicken?

14:25

Video

Du siehst echt süß darauf aus.

14:28

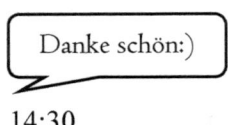

Danke schön:)

14:30

Bitte, Audrey.

14:30

Diese Hoffnung.

Diese verdammte Hoffnung.

Ich weiß, sie hat gesagt, dass das mit uns nichts mehr wird, aber ich werde das Gefühl einfach nicht los, dass wir wieder zueinanderfinden. Wir reden öfters in der Schule und ich denke, wir sind sowas wie Freunde? Das will ich nicht. Ich kann nicht ignorieren, dass mein Herz immer noch nach ihrem Namen schreit.

Avery und ich backen heute Plätzchen, es ist der zweite Advent und sowas wie ein Ritual. Wir haben alle Zutaten Zuhause Schürzen an und los geht es.

»Avery, ich wäre dann so weit!«, rufe ich und kaum, dass ich mich versehe, ist sie auch schon da. »Ich bin bereit.« Sie grinst mich an und ich wuschle ihr durch das wirre Haar.

Gemütlich laufe ich zum Kühlschrank und hole den Mürbteig heraus. »Hier, du kannst ihn schonmal ausrollen.«

Ich stelle meine Weihnachtsplaylist auf laut, während Avery ein kleines Wälzholz aus der untersten Schublade holt. Sorgfältig streue ich ein bisschen Mehl auf die Arbeitsfläche und verreibe es auf ihrem Nudelholz, damit der Teig nicht daran kleben bleibt.

Aves rollt ihn dünn aus und zusammen stechen wir kleine Sternchen, Monde, Herzen, Rentiere, Weihnachtsmänner und Schneemänner aus.

»Darf ich dich was fragen?« Avery blickt mich herzig an. Sie hat ein bisschen Mehl auf der Nasenspitze und ich muss anfangen zu lachen.

Ich erinnere mich an den Tag mit *Audrey*. Wir haben zusammen die Lillifee Muffins gebacken und waren so … verliebt.

»Ja, mein Engel?«

»Wieso kommt Audrey nicht mehr?«, gibt sie schnell von sich.

Ich beiße mir auf die Lippe und atme einmal tief ein. »Weißt du, ich habe etwas gemacht, das sie sehr verletzt hat und sie ist noch nicht bereit, wieder mit mir zusammen zu sein«, antworte ich geschlagen und starre auf den Teig.

»Was denn?«

»Ich habe sie angelogen, um sie nicht zu verletzen, doch das Gegenteil ist passiert«, gebe ich von mir.

»Man darf nicht lügen«, sagt sie empört und sieht mich entsetzt an.

»Ja, das stimmt und ich bin sehr stolz auf dich, dass du das sagst. Es war falsch von mir, sie zu belügen und ich werde es nie wieder machen.«

»Und wieso seid ihr dann nicht wieder zusammen?«, erwidert sie genervt und rollt ihre Augen.

»Das habe ich dir doch schon gesagt. Sie will nicht.«

Avery blickt mich mit großen Augen an. »Und das lässt du dir gefallen?«

»Muss ich«, sage ich, woraufhin sie mich mit ihrem Blick durchlöchert. »Also keine Ahnung, was du mit meinem Bruder gemacht hast, aber er würde um sie kämpfen.«

Ich weiß nicht, was in diesen Moment in mich fährt. Vielleicht ist es meine Trauer um Audrey oder doch mein Verlangen, aber Averys Worte bringen mich zum Nachdenken.

Was wenn ich um sie kämpfen muss?

Ich weiß, sie wäre es wert, aber sie ist nicht bereit. Ich weiß, dass ich irgendetwas machen muss, nur was, weiß ich noch nicht.

59

Audrey

Was ich aus diesem Jahr mitgenommen habe?
Ich habe meine beste Freundin verloren, aber ich habe es geschafft, wieder zu leben.

Ich habe mich verliebt und ich habe ihn wieder verloren.

Aber am Ende zählt das nicht, oder? Es gibt ein neues Jahr, neue Chancen, neue Erfahrungen und neue Erlebnisse.

Ich mag Silvester, sehr sogar. Ich liebe die Feuerwerke, das Gefühl und das leckere Essen. Es ist ein toller Feiertag, an dem ich mit meiner Familie zusammen bin, vor allem mit meinem Vater. Er nimmt sich jedes Mal, wie meine Mutter, frei und das freut mich, denn es ist mir wichtig.

Ich schaue auf die Deko. Jedes Jahr machen wir ein supergroßes Ding daraus. Silberne Ballons, die aufgepustet und Kerzen, die angezündet werden müssen, Luftschlangen, die auf den Tisch kommen und ein Happy-New-Year-Banner, den man aufhängen muss. Ja, ich weiß, es ist ein bisschen übertrieben, aber es ist unsere Tradition.

Ich fange damit an, die Ballons aufzupumpen und in unserem Haus zu verteilen. Ein paar Luftschlangen und nicht zu vergessen, den Banner. Ich decke den Tisch, meine Mutter summt freudig zu den Liedern im Radio und kocht nebenbei.

»So ich bin fertig«, gebe ich strahlend von mir und laufe in die Küche. Mam strahlt ebenfalls und nickt zu dem Gemüse. »Kannst du das bitte in kleine Stücke schneiden?«

Ich mache mich daran und singe bei dem Lied mit, es ertönt in dem Augenblick der Refrain. Diese Zeit mit ihr ist schön, denn sobald die Feiertage anstehen, ist sie total entspannt. Witzig, bei vielen ist das genau andersrum. Wir verstehen uns super und das ist es, was ich jetzt brauche. Eine funktionierende Familie.

Auch, wenn ich daran glaube, dass ich im nächsten Jahr alle Türen zum vorherigen schließen werde, schleicht sich da doch so ein Gefühl in mir hoch.

Es ist wegen Easton, natürlich ist es wegen ihm.

Nächstes Jahr wird das mit uns Vergangenheit sein. Ich rede mir ein, dass das gut ist, immerhin findet er sich wieder zurecht, aber … ehrlichgesagt fehlt er mir, aber es wird besser für uns beide sein.

»Hier.« Ich gebe meiner Mutter das Gemüse und sehe sie lächelnd an. »Kann ich sonst noch helfen?«, erkundige ich mich, aber sie schüttelt den Kopf.

Ich verschwinde daraufhin aus der Küche und verschanze mich in mein Zimmer. An meinem Spiegel verharre ich. Die Kette von Eastons Mutter, ich habe sie immer noch an. Mit festem Griff umfasse ich sie und drücke das kalte Material auf meine Brust. *Noch einen Tag, dann werde ich sie ihm zurückgeben.* Es wäre nicht fair, sie zu behalten. Ich spiele mit dem Gedanken sie abzulegen, doch irgendetwas in mir weigert sich. *Noch diesen einen Tag, okay?*

Es ist mein erstes Silvester ohne sie, ohne Eleanor. Wir haben immer gemeinsam gefeiert, weil sich unsere Familien gut verstehen. Eleanors Familie kommt heute trotzdem zu uns, was mich freut, aber ohne Ellie ist es nicht dasselbe. Als Sarah, Claudia und Arvin da sind, renne ich schnell hinunter und begrüße sie stürmisch. Freudig nehme ich Sarah in den Arm, als hätte sich nichts verändert. Das Gefühl, es ist immer noch da.

Wir setzen uns an den Tisch und ich muss sagen, meine Mutter hat sich wieder einmal selbst übertroffen. »Das ist so lecker«, gebe ich von mir, nachdem ich die erste Gabel in den Mund geschoben habe.

Wir reden über alles Mögliche und lachen eine ganze Menge. Ich hätte es mir nicht schöner vorstellen können. Es fühlt sich ein bisschen so an, wie in alten Zeiten und das Schöne ist, ich fühle mich auf keine Weise fehl an Platz, nur geborgen.

»Ich will dir etwas zeigen«, gibt Sarah nach dem Essen von sich und zieht mich mit sich aufs Sofa. »Das habe ich gefunden.« Sie öffnet ihr Handy und spielt ein Video ab.

Ich schluchze auf. Ellie und ich führen eine Choreografie vor, um ihre Eltern zu überzeugen, dass wir übernachten dürfen. Unsere süßen Partnerlook Outfits und unser wunderschönes Lächeln, ihr wunderschönes Lächeln. Wie sehr ich es vermisse.

»Du warst schon immer meine Lieblingsfreundin von ihr«, flüstert Sarah.

Jetzt bin ich diejenige, die anfangen muss, zu lächeln und ziehe Sarah in eine feste Umarmung. »Und du warst schon immer meine Lieblingsschwester die ich nie hatte.«

Der Abend vergeht, wir sitzen alle gemeinsam am Tisch und spielen Karten. Uno, Ellies Lieblingsspiel und ich bin eindeutig am Gewinnen.

»Das kann doch nicht wahr sein«, gibt mein Vater aufgebracht von sich und wirft seine Karten auf den Tisch. »Du hast so ein Glück.« Energisch wuschelt er mir durch mein Haar und schmunzelt dabei.

»Noch eine Revanche?«, biete ich an, woraufhin alle nicken. Ich teile die Karten aus und keinen Moment später, beginnen wir die sechste Runde. Es ist kurz vor Mitternacht und auf einmal klingelt es an der Tür. Kurz bevor das neuen Jahr beginnt.

»Ich geh schon«, sage ich schnell und lege mein Kartendeck verkehrt herum auf den Tisch, bevor ich schlussendlich aufstehe und mich zur Tür bewege.

Angekommen, öffne ich sie und erstarre.

Es ist Easton.

Er steht vor meiner Haustür mit einem Blumenstrauß mit *Vergissmeinnicht* in der Hand, um kurz vor Mitternacht.

Mein Herz setzt für einen Schlag aus.

»Hey«, flüstert er.

Audrey, sag doch was!

»Hey«, hauche ich und sehe in seine Augen. »Was machst du hier?«

Es folgt eine kurze Pause der Schweigsamkeit. »Ich habe versucht, ohne dich weiter zu Leben und dich gehen zu lassen. Ich habe es versucht, glaub mir, aber ich kann es nicht. Ich will dich, Audrey und ich will keinen weiteren Tag ohne dich an meiner Seite verbringen. Also sag mir bitte, dass du auch so fühlst. Wenn du mich nicht mehr in deinem Leben haben willst, gehe ich, aber selbst, wenn nur die geringste Chance besteht, dass das nicht der Fall ist, bitte sag es mir jetzt. Du bist der Grund, weshalb ich an die wahre Liebe glaube und jemand hat mir mal gesagt, dass man für die Menschen, die einem wichtig sind, kämpfen muss. Deshalb bin ich hier.«

Ich verstumme.

Bevor ich allerdings seine Worte verarbeiten kann, spricht er schon weiter. »Es ist in ein paar Minuten Neujahr und das wäre sowas wie ein Neuanfang, aber ich will nicht ohne dich neu anfangen. Ich liebe dich und alles was ich sagen will, ist, wenn du noch Zeit brauchst, dann warte ich auf dich, aber bitte sag mir, dass es noch Hoffnung gibt.«

Easton läuft einen Schritt auf mich zu und hält mir den Blumenstrauß entgegen. »*Vergissmeinnicht* sind ein Zeichen der wahren Liebe. Es ist ein Versprechen, die Person nie zu vergessen. Audrey, ich liebe dich und auch, wenn du das nicht mehr tust, werde ich nie damit aufhören. Ich will, dass du das weißt.«

Ich nehme den Strauß dankend an mich und rieche an den wunderschönen Blumen. *Auch wenn ich das nicht mehr tue?*

»Ich liebe dich, Easton«, gebe ich bestimmt von mir und sehe ihn an. Ich blicke in seine Augen, die Augen, in die ich mich verliebt habe. Und in diesem Moment wird mir etwas klar. Egal wie sehr ich es möchte, ich kann mich nicht gegen die Liebe wären. Sie ist beständig und so gewaltig, dass es mich wie eine große Welle mitreißt. So sehr ich dagegen ankämpfen möchte, es klappt nicht. Ich kann meine Gefühle nicht mehr unterdrücken. Auch wenn es dauert, bis es zwischen uns wieder normal werden wird, wir haben Zeit.

Es wird anders sein, aber nicht im schlechten Sinne.

Easton hat recht. Wir sollten kämpfen, um der Liebe Willen.

»Lass es uns versuchen«, gebe ich leise von mir und mache noch einen Schritt auf ihn zu. Wir sind nur noch ein paar Millimeter voneinander entfernt.

Sachte nimmt er mein Gesicht in seinen Händen. Seine Berührung löst ein Kribbeln in mir aus. Es ist wieder da.

»Ist es okay, wenn ich dich jetzt küsse?«, fragt er, woraufhin ich langsam nicke. Easton zieht mich mit einer Hand zu sich und dann treffen seine weichen Lippen auf meine.

In diesem Moment bin ich mir vollkommen sicher. Das war die richtige Entscheidung, denn unsere Geschichte kann noch nicht enden, wir brauchen einander.

Ende.

Epilog
Audrey

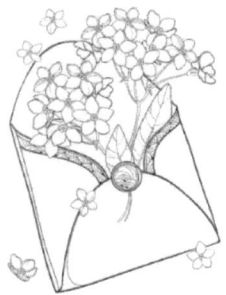

7 April.
Ich lebe und ich fühle wieder die Liebe, seine Liebe. Ich habe keine Angst mehr davor, meine Gefühle zuzulassen.

»Hey.« Easton gibt mir einen sanften Kuss auf die Stirn. Das ist ein Versprechen, sein Versprechen der Liebe.

»Hey«, gebe ich von mir und lächle ihm leicht zu. Ich sitze vor Eleanors Grab. Heute ist es genau ein Jahr her, seit sie gestorben ist. Sachte legt Easton seinen Arm um mich, woraufhin ich meinen Kopf an seiner Schulter anlehne.

Ein Jahr, in dem ich sie so sehr vermisst habe, ist nun vorüber. Meine Eleanor. Aber ich habe etwas gelernt, auch wenn sie schon im Himmel ist, ist sie immer noch bei mir. Die Erinnerungen von uns sind das, was mich stark macht, stärker denn je.

Easton ist für mich da, er hält meine Hand und ich spüre seinen Herzschlag, seine Nähe. Ich hatte immer Angst, dieses Gefühl würde verschwinden. Das Gefühl der Geborgenheit und das Kribbeln, aber es ist noch da und wird für immer hierbleiben, bei mir in meinem Herzen.

Ich habe den Schritt gewagt auf meinen Vater zuzugehen, um über meine Mutter zu reden. Wir werden eine Lösung finden, da bin ich mir sicher. Es kann nur besser werden.

»Easton«, hauche ich leise und drehe mich zu ihm.

»Ja?« Er sieht mir mitten in die Augen und lächelt.

»Ich liebe dich«, sage ich.

Und noch nie war ich mir bei etwas so sicher.
Ich liebe *Easton Miller.*

BONUSKAPITEL

Lies weiter, um herauszufinden, wie Aaron reagiert hat,
als er Eastons Geheimnis herausgefunden hat.

Zu der Zeit von Kapitel 56.

Bonuskapitel

Easton

Ich stehe vor dem verdammten Gerichtssaal, möchte hinein, doch ich kann nicht. Es ist, als wäre ich festgefroren. Silas und Hailey sind bereits drin und ich meinte, ich bräuchte einen kurzen Moment, um mich zu sammeln, doch ich bin am Überlegen, einfach umzukehren.

Wegzurennen.

Das mache ich schon mein Leben lang.

Sobald ich das Gefühl habe, einer Situation nicht gewachsen zu sein, verschwinde ich und blende alles aus meiner Wahrnehmung.

Dieses Mal *muss* ich jedoch stark sein, muss mich meinen Ängsten stellen und nicht versagen.

Für Audrey.

Und für mich selbst.

Es ist das einzig richtige.

Damit George endlich die Strafe bekommt, die er verdient.

Aber was, wenn es nicht klappt? Was, wenn meine Aussage nicht reicht? Was, wenn alles umsonst war?

Ich muss in diesen Gerichtssaal gehen und dem Mädchen, dem mein gesamtes Herz gehört, gegenübertreten. Ohne sie zu umarmen. Ohne ihr Trost zu spenden. Ohne sie meins nennen zu dürfen.

Ich denke, mein Herz überlebt das nicht.

Panik überkommt mich. Langsam und qualvoll und ich kann nichts dagegen tun, als es zu akzeptieren. Ich lasse mich auf die Parkbank fallen und beginne, zu weinen.

Wie ein kleiner Junge.

Mir gelingt es nicht, irgendetwas anderes zu tun.

Mein Körper bebt heftig und ich verliere die Kontrolle über mich selbst.

Ich will das nicht.

Ich will das nicht.

Ich will das nicht.

»Easton?«, ertönt eine Stimme, gefolgt von einer sanften Berührung an meiner Schulter.

Als ich aufblicke, sehe ich zuerst nur verschwommen, erkenne aber schließlich Aaron.

»Woher weißt d-«

»Ich habe es aus Zufall mitbekommen«, unterbricht er mich und setzt sich zu mir auf die Bank. »Du … kannst mit mir reden, weißt du?«

Es bricht mir das Herz, diese Worte aus seinem Mund zu hören, da er womöglich denkt, ich würde ihm nicht genug vertrauen. Allerdings ist das nicht der Fall. Ehrlich gesagt schäme ich mich so unfassbar sehr, dass ich nicht früher eine Aussage bei der Polizei gemacht habe.

»Ich w-wollte es dir sagen, wirklich«, gebe ich mit brüchiger Stimme von mir. In diesem Augenblick scheint mir kein anderer Ausweg, außer, die Wahrheit auszudehnen. *Ich will es ihm nicht sagen, hätte es aber machen müssen, das ist ein Unterschied.*

»Easton, ich mache mir Sorgen um dich … Du sprichst kaum noch mit mir seit Audrey mit dir schlussgemacht hat und ich verstehe, dass du verletzt bist, deshalb habe ich dir deinen Freiraum gegeben.« Eine kurze Pause erfolgt, bevor Aaron weiterspricht. »Aber jetzt gehst du zu der Gerichtsanhörung deines Vaters und ich erfahre es von jemand anderen?«

Ich merke, wie verletzt er von der ganzen Sache ist.

Aaron ist schon seit ich denken kann mein bester Freund. Obwohl ich so viele Geschwister habe, ist er für mich wie ein Bruder. Ich habe nie daran gezweifelt, dass er Teil meiner Familie ist.

»Ich bin nur so v-verdammt … verzweifelt«, ist meine Antwort, bevor ich endgültig in Tränen ausbreche. *Alles was mir wichtig ist scheint mir aus den Händen zu gleiten und jetzt lasse ich meinen besten Freund auch noch im Stich.*

Ich spüre Aarons Arme, die sich auf einmal fest um meinen Körper schlingen. Wir haben uns noch nie wirklich umarmt … es ist ungewohnt. Doch ich bin froh, dass er mir in diesem Augenblick vermittelt, dass ich nicht alleine bin, denn dieses Denken *brauche* ich dringend.

»Es ist okay, Easton, ich bin für dich da«, flüstert er bedacht.

Ich bin nicht allein.

Ich bin nicht allein.

Ich bin nicht allein.

»Du bist mein bester Freund«, sage ich auf einmal. Komplett ohne Kontext, einfach aus dem nichts. *Aaron ist mir wichtig, er sollte das wissen.* »Danke, dass du mir immer so ein guter Freund warst.«

Überrascht blickt Aaron zu mir. »Das hört sich fast wie ein Abschied an«, entgegnet er mit einem kleinen Schmunzeln auf den Lippen, was meine Mundwinkel dazu verleitet, ebenfalls nach oben zu schnellen.

»Das sollte eine Entschuldigung sein«, stelle ich klar.

Ein Lachen dringt aus seiner Kehle. »Oh wow, okay, du bist *wirklich* schlecht darin, dich zu entschuldigen.«

Ich ziehe scharf die Luft ein und gebe ihm einen kleinen Schlag gegen die Schulter.

»Entschuldigung angenommen«, bringt er hervor und neigt seinen Kopf zur Seite. »Weswegen würde dein Vater angeklagt?«

George.

Eleanor.

Audrey.

»I-ich habe ihn wegen … fahrlässiger Tötung angeklagt«, stammle ich. Endlich habe ich die Worte ausgesprochen. Es fühlt sich schrecklich und befreiend zu gleich an, da ich dieses Geheimnis endlich nicht mehr vor den Menschen, die mir am wichtigsten sind, bewahren muss.

»Was?!«, ruft Aaron laut. Sein Blick ist geschockt. Er beißt sich verzweifelt auf die Unterlippe und legt sein Gesicht in die Hände, um sich zu beruhigen.

»Es ist Eleanor Wheeler«, flüstere ich. Die Worte hinterlassen einen bitteren Nachgeschmack auf meiner Zunge und ihr Name läuft wie eine Säure meinen Hals hinunter.

»Eleanor wie in -«

»Audreys Freundin«, beende ich seinen Satz.

»Was?!«, stößt er erneut aus. »Wie kann das sein ... wie ... ich meine, woher weißt du das?«

Und da ist wieder mein Verrat.

Ich hätte von Anfang an die Wahrheit sagen müssen.

Hätte nicht so ein Feigling sein dürfen.

Das ist wohl etwas, das ich am meisten in meinem Leben bereue.

»Ich hasse mich, Aaron«, gestehe ich. »*So* verdammt sehr. Ich weiß überhaupt nicht, wohin mit diesem Gefühl.« Ich werde nie in diese Zeit zurückspringen können, um zu ändern, was geschehen ist. Mit meinem Verrat muss ich ein Leben lang klar kommen, akzeptieren, wie viele Personen ich dadurch verletzt habe.

»Ich verstehe nicht ganz, wieso *du* dich deswegen hasst«, bringt er überfordert hervor. Er fährt sich durch die braunen Haare und blickt flüchtig an mir vorbei. Um uns herum stehen ein paar Menschen, jedoch mit genug Abstand zu uns, sodass sie nicht hören können, worüber wir reden.

Sie sehen, wie ich am Ende meiner Nerven bin.

Doch wenn ich mir selbst wieder einrede, dass dieses Verhalten schwach ist, dann hat George gewonnen. Er hat mir das eingeredet und ich bekomme diese Denkweise bis heute nicht weg, versuche aber jeden Tag, anders als er zu werden.

Sag Aaron die ganze Wahrheit. Er hat es verdient und wird es früher oder später sowieso erfahren.

»Ich habe alle belogen. Meine Familie, meine Freunde und vor allem mich selbst.« Ich schlucke schwer. »Ich habe geschwiegen und dadurch so viele verletzt ... das werde ich mir nie verzeihen.«

Ich wollte das Richtige tun, habe aber das falsche unternommen.

Trotz Aarons geschocktem Gesichtsausdruck, wagt er es nicht, mich zu unterbrechen und hört mir aufmerksam dabei zu, wie ich weiterspreche. »Kurz nach dem Tod von Eleanor, habe ich ein Gespräch von Thomas und seinem Kumpel mitbekommen, wie er erzählt hat, dass mein Vater mitten in der Nacht komplett betrunken und auf Drogen bei ihm aufgetaucht ist. Er hat gesagt, dass mein Vater ihm erzählt hat, dass er ein Mädchen überfahren hat.«

Alles meine Schuld.

»Ich wusste nicht, wer sie ist, kannte sie überhaupt nicht. Ich wollte das richtige tun, doch ich … war ein Feigling. Stattdessen habe ich herausgefunden, dass Audrey die Freundin des toten Mädchens ist und habe es mir zur Aufgabe gemacht, sicherzustellen, dass es ihr gut geht, doch selbst darin habe ich versagt«, beende ich meinen Satz. Meine Stimme wird immer ruhiger, denn die Worte sind zu schlimm, um sie auszusprechen.

Eine längere Pause erfolgt, in der wir beide überhaupt nichts sagen. Aaron sieht mir lediglich starr ins Gesicht, ohne sich zu regen.

Bitte verlass mich nicht auch noch.

»Du wusstest, dass dein Vater für Eleanors Tod verantwortlich ist, bevor du überhaupt mit Audrey zusammengekommen bist?«, gibt er schließlich langsam von sich.

Tränen laufen mir still über die Wange. Ich habe keine Kontrolle. *Auf jede erdenkliche Weise ist das, was ich gemacht habe moralisch falsch.*

»Ich liebe sie, das war nie gelogen. Nie wollte ich sie verletzen …«, rechtfertige ich mich, wobei ich selbst weiß, wie elendig sich das anhören muss.

Shit.

Shit.

Shit.

»Das ist …« Aaron überdenkt seine Wortwahl. »Ich werde dir nicht sagen, dass das, was du gemacht, oder nicht gemacht hast, richtig war, aber ich *weiß,* dass du nie mit Absicht jemandem etwas Schlechtes tun würdest. Diese Situation ist schrecklich und ich kann mir vorstellen, wie du dich fühlst, aber irgendwann wirst du begreifen, dass es *nicht* deine Schuld war.«

Es braucht einen kurzen Moment, bis ich realisiere, was er da gerade gesagt hat. »Du denkst nicht, dass es meine Schuld ist?«

Aaron räuspert sich. »Du bist nicht ganz unschuldig, aber du kannst weder etwas für Eleanors Tod noch für die Tat deines Vaters. Du wolltest ihn beschützen … auf irgendeine verkorkste Art kann ich das verstehen.«

Irritiert sehe ich ihn an. »Ich wollte ihn nicht … beschützen.«

»Dein Herz wollte ihn beschützen, dein Kopf wollte ihn bezahlen lassen, für das, was er unrechtes getan hat, sowohl Eleanor als auch dir gegenüber«, widerspricht Aaron.

»Es geht hierbei nicht um das, was mir George angetan hat.«

Oder etwa doch?

»Da spricht dein Kopf. Dein gutmütiges Herz vermisst deinen Vater und das ist in Ordnung, selbst wenn er ein schlechter Mensch ist. Ich vermisse meinen Vater auch manchmal.«

Oh, Aaron.

»Danke«, entgegne ich, während ich mir eine Träne aus dem Gesicht streiche. »Denkst du, dass ich ein schlechter Mensch bin?«

Augenblicklich schüttelt er seinen Kopf. »Manchmal machen gute Menschen schlechte Dinge, das heißt aber nicht, dass sie schlecht sind. Wärst du ein schlechter Mensch, würdest du dir nicht den Kopf darüber zerbrechen, erinnere dich immer daran.«

Seine Worte regen mich zum Denken an und womöglich glaube ich zum ersten Mal wahrhaftig, dass dahinter etwas Wahrheit steckt.

»Danke, Aaron, wirklich«, bringe ich leise hervor.

»Du bist mein bester Freund, Easton. Denk nicht, dass ich dich je hassen könnte.«

Ich habe so unfassbar viel Glück mit ihm.

»Ich sollte langsam rein gehen, es ist an der Zeit, das richtige zu tun«, sage ich schließlich und richte mich auf. Ob ich den heutigen Tag überleben werde, weiß ich nicht, jedoch schenken mir Aarons Worte Hoffnung.

»Ich verstehe«, entgegnet er und steht auf. Bevor er allerdings geht, sagt er noch etwas. »Gib ein bisschen auf dich selbst acht, ja? Das hast du verdient, auch wenn du denkst, du müsstest nur auf die anderen achten.«

Ein schmales Lächeln breitet sich auf meinem Gesicht aus.

Ich werde es versuchen.

»Bitte versprich mir, dass du niemandem erzählst, was … genau passiert ist«, sage ich schließlich. Ich kann dem Ganzen nicht entkommen und es werden Leute mitbekommen, was passiert ist, doch die ganze Wahrheit erzähle ich nur denjenigen, die mich *wirklich* kennen.

»Du kannst dich auf mich verlassen.«

BONUSKAPITEL

Drei Jahre nach dem Epilog.

Bonuskapitel

Audrey

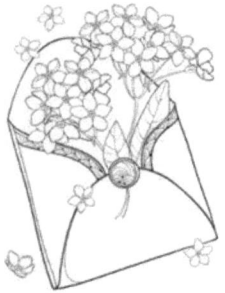

Zufrieden Blicke ich auf die beigefarbene Fassade meines neuen Apartments. *Unserem neuen Zuhause.*

Die Londoner Luft strömt in meine Lungen und lange habe ich mich nicht mehr so frei gefühlt. Fern von all den Sorgen. Fern von der Stadt, die ich mit so vielen schlimmen Erinnerungen verbinde.

Mir ist bewusst geworden, dass ich nicht an dem Ort heilen kann, an dem ich kaputt gegangen bin, deswegen ist dieser Neuanfang so wichtig. *Easton ist mein Zuhause, mir egal, wo wir sind, solange wir beisammen sind.*

Schon seit über zwei Jahren sprechen wir davon, nach London auszuwandern, haben es aber ständig als Träumerei abgestempelt und nie in Betracht gezogen, es wahrhaftig zu machen.

Endlich haben wir auf unser Herz gehört.

»Willkommen in unserem neuen Zuhause«, gibt Easton von sich, während wir den Flur betreten. Die Wohnung ist klein und nicht gerade modern, aber *unsere.* Ich bin mir sicher, dass sobald wir alles eingerichtet haben, sie perfekt sein wird.

»Unser neues Zuhause«, wiederhole ich Eastons Worte.

Es ist, als würde mir eine Last von den Schultern fallen. *Zuhause* war für mich nie ein Ort des Komforts. Meine Mutter hat dafür gesorgt. Doch das ist Vergangenheit und ich kann in die Zukunft schauen mit dem Mann, den ich liebe.

»Ich habe etwas für dich«, gibt Easton von sich, lächelt breit und stellt den Umzugskarton, den er zuvor in seinem Arm getragen hat, auf den Boden. Kurz darauf öffnet er diesen und holt eine verzierte Box heraus. »Eigentlich wollte ich warten, bis wir angekommen sind und alles ausgepackt haben, aber ich kann nicht mehr warten.«

Die Aufregung, die Easton in sich trägt ist deutlich zu erkennen. Er freut sich so auf diesen Umzug, auch wenn er eine lange Zeit große bedenken hatte. Schon sein leben lang hat er für seine Geschwister gesorgt, und diese Aufgabe auf Silas alleine zu übertragen, fiel ihm alles andere als leicht. Sein Bruder möchte nur das Beste für ihn und war einer der Gründe, wieso Easton sich schließlich doch dafür entschieden hat.

Er hat ein Teil seiner Vergangenheit losgelassen und neuen Platz für unsere Zukunft geschaffen, das ist wunderschön. Angsteinflößend, aber das ist es wert.

»Hier«, bringt Easton hervor, während er mir die Box übergibt. Sie ist ein bisschen kleiner als ein normaler Schuhkarton und außen mit wunderschönem Blumenpapier verziert.

Vorsichtig öffne ich den Deckel und gebe ein leises Quieken von mir, als ich sehe, was darin ist. »Easton, was hast du gemacht?« Der Inhalt besteht aus etlichen, getrockneten *Vergissmeinnicht*, die auf dem Boden verteilt sind. Zudem liegen ein paar Zettel darin, von denen ich noch nicht weiß, was darauf steht.

»Das sind all meine Lieblingserinnerungen mit dir«, bringt er liebevoll hervor und nimmt einen der Zettel heraus, um ihn zu entfalten. »Der erste Kuss mit dem Mädchen, das ich liebe«, liest er laut vor.

Ich kann es nicht fassen.

»Easton … das ist einfach unglaublich. Ich liebe es«, flüstere ich und nehme diesmal selbst einen Brief aus der Box.

Audrey hat mir gesagt, dass sie sich in mich verliebt hat.

Daraufhin nehme ich einen nach den anderen Zettel und entfalte ihn sorgfältig.

Wir waren mit meine Geschwister zusammen am Meer. Audrey hat mit Avery im Meer gespielt und jedes Mal, wenn ich sehe, wie gut sie sich verstehen, geht mein Herz auf.

Audrey hat mir das wohl wunderschönste Lächeln überhaupt geschenkt, ich kann nicht genug bekommen.

Audrey und ich haben zusammen im Regen getanzt, als würde es nur uns beide geben.

Bevor ich mich den restlichen widme, schließe ich meine Arme fest um Easton. Ich möchte ihm tausendmal danken, denn das bedeutet mir die Welt.

»Wir sammeln weitere Lieblingsmomente, die wir in diese Box machen und wenn es uns nicht gut geht, können wir einfach die Briefe öffnen und lesen«, erklärt mir Easton. Diese Denkweise ist so wunderschön und alleine, dass *er* sich das ausgedacht hat, verdeutlicht, wie richtig die Entscheidung ist, mit ihm zusammenzuziehen.

»Das ist wunderschön«, flüstere ich. »Du bist wunderschön.« Kurz darauf gebe ich ihm einen langen, innigen Kuss. Davon kann ich *nie* genug bekommen. Seine Zuneigung und Nähe brauche ich mittlerweile. Ohne sie fühle ich mich unvollständig.

»Ich liebe dich, Audrey, so sehr. Und ich bin mehr als glücklich, jeden Tag an deiner Seite sein zu können«, gibt Easton von sich. In seinen Worten steckt so viel Wahrhaftigkeit. »Darauf, dass wir ganz viele Lieblingsmomente sammeln.«

Ich lächle breit. »Darauf, dass wir ganz viele Lieblingsmomente sammeln.«

Was kommt als nächstes?

Ihr könnt euch auf Oam freuen, eine wunderschöne, tragische
Liebesgeschichte mit viel Herzschmerz.

Um keine Updates oder Veröffentlichungsdatums zu verpassen,
folgt mir gerne auf Tik Tok und Instagram:
lilly.glase_autorin255

LESEPROBE

All those beliefs

1

Sofia

Vergebung ist ein großes Wort und wird von vielen als selbstverständlich angesehen, doch das ist es nicht – keineswegs. Ich habe lange versucht, herauszufinden, woher ich weiß, ob ich einer Person wahrhaftig und von ganzem Herzen verziehen habe. Ich schätze, das ist ein Gefühl, bei dem du dir nicht sicher sein kannst, wie es sich anfühlt, aber weißt, dass es *das* Gefühl ist, wenn es da ist.

Wie viel Schmerz und wie viel Leid sind auf dem Weg der Vergebung notwendig und ab welchem Zeitpunkt schaffe ich es, damit abzuschließen?

Ich habe schon lange aufgegeben, eine Antwort darauf zu bekommen. Das mit der Vergebung ist so etwas – sie kommt nicht, weil man es unbedingt möchte, sie kommt unerwartet und manchmal, da kommt sie *nie*.

»Willst du mit mir darüber reden?«, fragt Amara liebevoll und streicht sanft über meine Haare – so, wie es meine Mutter immer tut, wenn ich traurig bin.

Stumm schüttle ich den Kopf.

Heute ist *sein* Geburtstag, aber er ist nicht hier bei mir.

»Das ist okay«, entgegnet meine Freundin zärtlich und richtet sich langsam auf. »Aber es ist auch okay, traurig zu sein. Nur weil er ein schlechter Mensch ist, heißt es nicht, dass du ihn nicht vermissen darfst.« Amaras Worte treffen mich härter, als ich mir eingestehe. Es tut weh – immer noch nach so langer Zeit.

Ich zucke unschlüssig mit den Schultern und vergrabe verzweifelt meinen Kopf in ihrem Kissen. Ich möchte doch nicht weinen – mein Vater hat meine Tränen nicht verdient.

»Süße, alles ist gut«, gibt sie von sich und schlingt ihre Arme ganz fest um mich. »Ich bin hier bei dir. Du kannst so traurig sein, wie du willst, oder so glücklich, wie du willst, denn es sind deine Gefühle.«

Ich möchte keine Trauer zeigen, denn es ist ja nicht einmal so, dass er tot ist – wobei, in gewissermaßen ist er das, denn für mich ist er schon seit Jahren gestorben.

»Ich ...« Meine Stimme bricht. Unwohl sehe ich an ihr herab auf den Boden. »Vielleicht bin ich etwas traurig, ja, aber ich möchte es nicht sein.«

Amara schweigt für einen Moment, bis sie hastig von ihrem Bett aufsteht und mir ihre Hände entgegenstreckt. »Komm, dann tun wir jetzt etwas gegen deine Traurigkeit.«

Ein kleines Lächeln umspielt meine Lippen – ich liebe Amara einfach so sehr. Sie ist die beste Freundin, die ich mir vorstellen kann. Amara ist die Einzige, der ich *all* meine Sorgen anvertraue – sie versteht mich jedes Mal und nie verurteilt sie mich für irgendetwas oder macht sich lustig darüber, weshalb ich so fühle, wie ich nun einmal fühle.

Dankbar nehme ich ihre Hand an und ziehe mich mit ihrer Hilfe nach oben. Aufgestanden nimmt sie mich noch einmal in den Arm. Es ist eine lange, wohltuende Umarmung – die brauche ich.

»Alles wird gut«, flüstert sie mir leise ins Ohr und lächelt zuversichtlich. »Du wirst sehen.«

Wie soll es gut werden, wenn es nichts gibt, was gut werden kann ...

»Was machen wir?«, frage ich schließlich, wische mir meine Tränen weg und zwinge mir ein Lächeln aufs Gesicht.

»Wie wär's mit Kino?«

Freudig nicke ich und sehe sie liebevoll an. »Danke, Amara.«

Vergangenheit.

»Solltest du nicht längst im Bett sein?«, fragt mich mein Vater mit warnendem Blick, nachdem er leise die Tür zu meinem Zimmer geöffnet hat.

»Ja schon, aber das Buch ist gerade so gut«, entgegne ich grinsend und ziehe meine Bettdecke bis an die Brust hoch. »Da kann ich unmöglich stoppen.«

Auf seinem Gesicht ist ein leichtes Schmunzeln erkennbar. Amüsiert lehnt er sich an den Türrahmen und mustert mich still. »Du bist wie deine Mutter, als sie jung war.« Ein weites Grinsen breitet sich auf meinem Gesicht aus – ich liebe es, mit Mamá verglichen zu werden.

»Ehrlich?«

»Natürlich, sie hat stundenlang gelesen – oft hat sie das Lesen mir sogar vorgezogen.«

Bei seiner Bemerkung kichere ich leise und sehe belustigt zu meinem Vater. »Ich verstehe sie, wenn das Buch gut ist, dann vergisst man alles und jeden um sich herum.«

»Da hast du wohl recht, mi hermosa.« Dad tritt an mein Bett und streicht liebevoll über meinen Kopf. »Du darfst dieses Kapitel noch fertiglesen, aber versprich mir, dass du danach schlafen gehst. Morgen hast du Schule und du musst ausgeschlafen sein.«

»Na gut.«

»Gute Nacht, Kleine.«

»Gute Nacht.«

Mein Vater läuft zur Tür, doch bevor er verschwindet, sage ich noch etwas. »Papa?«

Interessiert dreht er sich zu mir und legt seinen Kopf schief. »Ja?«

»Ich habe dich lieb«, sage ich lächelnd.

In ein paar Schritten ist er bei mir und küsst mich sanft auf die Stirn. »Ich habe dich auch lieb, schlaf gut.«

All those beliefs

Lilly Glase
All those beliefs –
Wie auch immer ich dich liebe
ISBN: 9783769398526

Aaron Blythe und **Sofia Alvarado** haben zwei komplett unterschiedliche Charaktere. Er wird als ein reicher, von sich selbst besessener Egoist beschrieben, während sie mit einem großen Herzen und Gutmütigkeit dargestellt wird.

Anfangs verachtet Sofia Aaron für all das, was er verkörpert. Doch als sie gezwungen sind, zusammen an einem Schulprojekt zu arbeiten, merkt sie schnell, dass Aaron eigentlich ganz anders ist, als er vorgibt zu sein.

Für ihn bedeutet Liebe gleich Schwäche – ein weiterer Grund, jemanden zu enttäuschen. Sofia erkennt bald, dass dieses Verhalten nur eine Mauer, zum Schutz seiner selbst ist. Aber niemand kann seine Fassade so lange aufrechterhalten. Irgendwann einmal stürzt sie ein und entfacht Gefühle, welche sich niemand selbst zugestanden hätte.

Hinter der harten Mauer ist doch ein weicher Kern und je mehr Zeit die beiden miteinander verbringen, desto näher kommen sie sich. Aber kann Liebe wirklich halten, wenn sie auf einem Fundament aus Abneigung begonnen hat?

LESEPROBE

The silent truth

Prolog

Was it fate?

Meine Mutter hat mir stets beigebracht, ehrlich und die beste Version meiner selbst zu sein, und was tue ich?

Stehlen.

Unwohl blicke ich auf den Rucksack, welcher unter dem Tisch in der Cafeteria steht.

Ich könnte das Geld nehmen.

Ich muss es tun.

Aven!

Hastig sehe ich im Raum umher und vergewissere mich, dass mir keiner zuschaut. *Niemand.* Unauffällig lasse ich meinen Haustürschlüssel fallen und bücke mich schnell.

Ein Griff.

Nimm das Geld!

Schuldbewusst kneife ich die Augen zusammen, fasse in die Seitentasche des Rucksacks und hole den Geldbeutel hinaus. Zuvor habe ich gesehen, wie der Typ, dem der Ranzen gehört, ihn dort hineingelegt hat. Ich kenne ihn zwar nicht wirklich, doch ich habe ihn schon ein paarmal bemerkt. Er besitzt einen Porsche, wenn ihm ein bisschen Geld fehlt, wird ihm das sicher nicht auffallen. *Und ihm wird es nicht so viel ausmachen…*

Unauffällig öffne ich den Geldbeutel, nehme nur so viel, wie ich brauche, und verstaue ihn wieder in dem Rucksack.

Du bist eine Diebin!

Du bist genau wie dein Vater!

Hektisch stehe ich auf, schiebe den zwanzig Dollar Schein in meine Hosentasche, es war der kleinste Geldschein, den ich finden konnte und wende mich zum Gehen.

Das ist falsch!

Leg das Geld wieder zurück!

Du darfst das nicht tun, aber du musst.

Mein Körper versteinert, als ich auf einmal eine Berührung am Oberarm feststelle. *Tu etwas!*

»Entschuldigung?«

Scheiße. Langsam drehe ich mich zu dem Typ, welcher hinter mir steht. Mein Blick ist gesenkt, ich bin zu schamerfüllt, um ihm in die Augen zu sehen.

»Hi«, bringe ich mit leiser Stimme hervor.

Hi? Wieso sage ich Hi?

»Hi«, entgegnet er.

»Hi«, wiederhole ich. *Aven, was ist mit dir los?!*

»Wieso warst du an meinem Rucksack?«, fragt er ganz ruhig.

Ein erstaunter Ausdruck entfaltet sich auf meinem Gesicht, denn ich würde womöglich nicht so reagieren, hätte ich mitbekommen, wie mich jemand bestiehlt.

»Ich …«« Langsam gleite ich meine Hand in die hintere Hosentasche und hole seine zwanzig Dollar hervor. »Es tut mir leid.« Schuldbewusst sehe ich auf das Geld.

»Zwanzig Dollar?«, gibt er verblüffend von sich.

»Es tut mir so unfassbar leid. Wirklich, so sehr leid. Ich verspreche dir, ich tue es nie wieder«, flüstere ich verzweifelt.

Es tut mir leid, das ist die Wahrheit.

»I-ich -«

»Wieso nur zwanzig Dollar?«

»Wie bitte?«, frage ich verdutzt und runzle meine Stirn.

»Du hättest mein ganzes Geld nehmen können, wieso hast du nur zwanzig Dollar genommen?«

»Also ... i-ich …«, stammle ich benommen. »Hör zu, ich weiß, das ist keine Entschuldigung, aber ich … Ich brauche das Geld …«

Verständnis erblicke ich in seinen Augen.

Er ist nicht wütend auf mich, nein.

»Behalte das Geld.«

»Was?«, gebe ich verdutzt von mir.

»Ich kann dir auch noch mehr geben«, bietet er augenblicklich an und blickt mit großen Augen zu mir.

»Du … ich brauch nicht mehr«, kommt es in Sekundenschnelle von mir.

»Für was brauchst du das Geld?«

»Für … für jemanden«, stammle ich leise.

»Du willst mir nicht einmal sagen für wen? Ist in Ordnung.«

»Wirklich?« Ungläubig ziehe ich meine Augenbrauen in die Höhe.

»Wie ist dein Name?«, möchte er wissen. Er wirkt aufrichtig interessiert. *Vertraue darauf, dass er nichts Böses will.*

»Aven.«

»Aven«, wiederholt er. »Schöner Name.«

»Wie heißt du?«, fasse ich mich schließlich und setze ein Lächeln auf.

»Joe«

»Joe? Einfach nur Joe?«, hake ich nach und neige meinen Kopf zur Seite, während ich ihn betrachte.

»Nun ja, eigentlich John aber so nennt mich niemand.«

Grinsend blicke ich zu ihm »Okay, John.«

Ein Schmunzeln breitet sich auf seinen Lippen aus. Für wenige Momente sieht er lediglich zu mir, bevor er sich auf einen Stuhl neben mich setzt »Wofür brauchst du das Geld, Aven?«, gibt John ernst von sich.

Unwohl tippe ich mit meinem Fuß auf den Boden. Es gefällt mir überhaupt nicht, in welche Richtung das hier geht … »Wie gesagt, ich brauche es für jemanden.«

Er zieht seine Augenbraue in die Höhe und sieht mich verurteilend an.

»Okay, ich möchte damit etwas zum Essen kaufen«, gebe ich schließlich von mir und das ist nichts mehr als die pure Wahrheit.

»Für dich?«

»Für jemanden.« Er sollte nicht wissen, dass es für meine Babygeschwister gedacht ist. Meine Mom hat mir stets beigebracht, private Angelegenheiten für mich zu behalten und niemandem etwas zu erzählen. Denn sobald andere davon wissen, bist du nicht mehr alleinig dafür verantwortlich, was mit dieser Information geschieht.

»Mehr erfahre ich wohl nicht, oder?« Ich nicke knapp.

»Hier, nimm mein Essen«, sagt er auf einmal und schiebt sein Esstablett in meine Richtung.

Schnell schüttle ich den Kopf. »Ich … nein danke, ich habe keinen Hunger.«

John zieht die Augenbrauen zusammen, als mein Magen ein Knurren von sich gibt. *Scheiße!*

»Iss.«

»Ist schon gut.« *Wieso tue ich das? Ich habe Hunger, so sehr, dass mein Magen schmerzt. Wieso kann ich es nicht einfach annehmen?*

»Iss das, oder ich nehme die zwanzig Dollar wieder zurück«, fordert er knapp. In diesem Augenblick empfinde ich so viel Dankbarkeit für ihn, ich kann es nicht einmal richtig in Worte fassen. Denn ich *brauche* dieses Geld. Schweigend setzte ich mich an den Tisch und beginne zu essen. *Es tut gut, so gut.*

Eilig nehme ich gleich einen zweiten Bissen.

»Ist das öfters so, Aven?«

»Hm?«

»Dass du kein Geld für Essen hast.«

»Nein.« *Momentan ist es einfach nur sehr hart für uns…*

»Lügst du gerade?«

»Nein.«

»Ich glaube dir.« Er lehnt sich lässig auf dem Stuhl zurück und verschränkt seine Arme hinter seinem Kopf. »Also, was bekomme ich für das Geld?« *Vertraue niemandem.*

Vertraue niemandem.

Vertraue niemandem.

Kaum unterhalte ich mich mit dem Jungen, schon zeigt er mir, weshalb ich ihm nie vertrauen sollte. »Was?«

»Einen Kuss?«, bringt er grinsend hervor.

»Du möchtest einen Kuss?« Er nickt.

»Einen Kuss, nichts weiter?«, frage ich skeptisch und drehe meinen Kopf zur Seite.

»Ja, ich möchte nur deinen hübschen Mund auf meinem spüren und dann will ich, dass du dich in mich verliebst.«

Lachend blicke ich zu ihm und ziehe meine Augenbrauen nach oben. »Du bist wirklich sehr von dir selbst überzeugt, nicht wahr?«

Grinsend nickt John. »Also?«, hakt er nach.

»Nur ein Kuss? Ich glaube dir nicht«, entgegne ich schnell und platziere das Geld in seine Hand. »Ich werde keinen Sex mit dir haben. Nimm dein Geld zurück.«

»Kein Sex, nur ein Kuss«, versichert er mir lachend.

Lügner! »Ich kenne dich nicht, ich vertraue dir nicht.«

Mein ganzes Leben lang habe ich *vertraut* und wo hat mich das hingeführt? Ich würde gerne vertrauen können, doch wie soll mir das gelingen?

»Du kannst dir sicher sein, denn wir haben hier nicht einmal Gelegenheit zum Sex«, gibt er schmunzelnd von sich und sieht in der Cafeteria umher.

Prompt ändert sich mein Ausdruck zu einem verdutzten Stirnrunzeln. »Was? Willst du, dass ich dich vor der ganzen Schule küsse?«

»Warum nicht?«, entgegnet er lässig.

»Warum nicht?! Es gibt zu viele Gründe.«

»Es gibt auch viele Gründe, die dafürsprechen.«

»Die wären?«

»Ich habe einen Porsche«, sagt er belustigt.

Nun kann ich mir mein Lachen nicht länger verkneifen. Ich sitze breitgrinsend vor ihm und halte meine Hand über den Mund, damit ich nicht komplett loslache. »Du hast überhaupt keine Ahnung, wie egal mir das ist.«

Schmunzelnd rückt er ein Stück zu mir und neigt seinen Kopf. »Ja, mir ist das eigentlich auch egal.«

Ha, bestimmt. »Ich glaube dir nicht.«

»Aber es ist mir ehrlich egal.«

»Wirklich? Du würdest zum Beispiel sofort auf dein Auto verzichten und stattdessen ... hm, mit dem Bus fahren?«

»Sicher«, bringt er überzeugt hervor.

»Glaube ich dir nicht«, entgegne ich schnippisch.

»Willst du wetten?«

»Ah ja, aber sowas von.« Grinsend gehe ich mir durch meine blonden Locken und sehe zuversichtlich zu dem Typen, der vor mir sitzt. Breitbeinig hat er es sich auf dem Stuhl gemütlich gemacht, Idiot. *Nenn ihn nicht Idiot, du wolltest von ihm klauen, du bist hier die Idiotin!*

»Um was genau wetten wir?«, fragt er mit einem verschmitzten Lächeln auf den Lippen.

»Du musst einen Monat mit dem Bus fahren, überall hin, nicht nur in die Schule, überall.«

»Leichter geht es nicht«, sagt er überzeugt.

»Glaub ich wohl kaum.« Menschen wie *er* haben nichts mehr als ihr Geld. Ich bin mir nicht einmal sicher, ob John überhaupt schonmal mit dem Bus gefahren ist.

»Wenn ich es schaffe, dann bekomme ich meinen versprochenen Kuss.« Schmunzelnd blickt er auf meine Lippe.

»Versprochen? Große Worte, dafür, dass wir uns erst seit ein paar Minuten kennen«, antworte ich lachend und wickle eine blonde Haarsträhne um meinen Finger.

»Haben wir einen Deal?«, hinterfragt John und hebt seine Hand.

Wieso lässt du dich auf so etwas überhaupt ein, Aven?

Zieh deinen Nutzen!

Mache es dir zum Vorteil!

»Was bekomme ich, wenn du es nicht durchziehst?«

Schulterzuckend sieht er zu mir »Hm, weiß nicht, suche dir etwas aus.«

Für ein paar Momente überlege ich. »Wenn du es nicht schaffst, musst du einen Monat für mich Taxi spielen.«

John denkt nicht einmal darüber nach, geht sich durch die dunklen Haare und nickt. »In Ordnung.«

»Deal?«

»Deal.«

Ich nehme seine Hand in meine und sehe ihm dabei tief in die Augen, sie sind wunderschön, bemerke ich. Johns Augen sind in dem beeindruckendsten Braunton, welchen ich je gesehen habe. So dunkel, dass sie gar mit der Pupille verschmelzen und eins werden. Wenn ich sie genauer betrachte, erkenne ich sogar ein paar gelbe Sprenkel links unterhalb der Iris. Seine Augen sind ohne Ausnahme die schönsten, welche ich je gesehen habe.

»So, bekomme ich deine Nummer? Immerhin muss ich dir auf irgendeine Weise beweisen, dass ich den Deal einhalte.«

»Ich habe kein Handy«, antworte ich knapp.

»Du hast kein Handy?«

»Nope.« *Ich musste es verkaufen.*

Schulterzuckend sieht er mich an und schweigt für ein paar Augenblicke, bis er schließlich seinen Mund öffnet. »Dann musst du mir wohl doch vertrauen.« Ein Grinsen umspielt seine Lippen, *er findet das witzig!*

»Bestimmt nicht.«

Ein dumpfer Ton gelangt aus seiner Kehle. Ich schätze, dass das ein Lachen ist.

»Du könntest Fotos machen, immer, wenn du im Bus bist und mir diese in der Schule zeigen«, schlage ich vor.

»Dann sind wir jetzt also Freunde?«

Sicherlich nicht. »Wenn du es bevorzugst, das so zu nennen.«

»Einverstanden.«

The silent truth

Lilly Glase
The silent truth –
(I refuse to tell)
ISBN: 9783695133345

Aven Cavelle ist in einer armen, zerbrochenen Familie aufgewachsen und was sie jene Nacht hinter verschlossener Tür erleiden musste, hat ihr nicht nur die Unschuld genommen, sondern auch einen Teil ihrer selbst. Verborgene Wahrheiten haben ihren Charakter tief geprägt – so tief, dass es kaum jemand schafft, sie wirklich zu durchschauen.

John O'Brian ist womöglich der Einzige, der dies hinbekommen könnte. Die beiden begegnen sich täglich auf denselben Gängen der Schule, doch ihre Welten könnten kaum unterschiedlicher sein: Er lebt im Wohlstand und hat ein gutes Familienverhältnis – etwas, das Aven fremd ist.

Trotz eines außergewöhnlichen Aufeinandertreffens, fühlt sich John sofort von ihr angezogen und möchte die Geheimnisse hinter ihrer verschlossenen Art ergründen – während Aven alles daran setzt, genau das zu verhindern.

Über die Autorin

Lilly Glase, geboren 2007, hat sich schon immer für das Schreiben fasziniert. Sie liebt es, in neue Welten einzutauchen und ihrer Fantasie freien Lauf zu lassen. Vor allem durch die große Unterstützung ihrer Familie und Freunde hat sie nie aufgehört, an sich zu glauben. Das Schreiben ist ihre Leidenschaft und schon in jungen Jahren hat sie ihre Gedanken mithilfe von Worten zum Ausdruck gebracht. Wenn sie nicht gerade mit dem Schreiben beschäftigt ist, verliert sie sich auch gerne in den Klängen der Musik, spielt Gitarre und singt oder macht es sich Zuhause gemütlich, um zu lesen.

DANK

In erster Linie möchte ich meiner Schwester danken, welche mich stets unterstützt hat. Ohne sie hätte ich es nicht so weit gebracht. Larissa hat nie aufgehört, an mich zu glauben und hat sich Zeit genommen, um mein Manuskript zu lesen und ihre Meinung zu den verschiedenen Szenen preiszugeben. Meine Schwester war durchgehend an meiner Seite und hat mich mit vollem Herz unterstützt.

Ein weiterer Dank geht an meine Freundin Lea. Sie ist, seit ich die ersten Seiten meines Buches angefangen habe, zu schreiben dagewesen. Lea sagte mir stets ihre Meinung zu den Kapiteln und hat mich durchaus sehr motiviert. Ich bin unsagbar dankbar, dass sie mich auf meinem Weg begleitet hat und schon immer war sie der festen Überzeugung, dass ich es schaffen werde.

Ein riesengroßer Dank geht an meine Testleser: Charlotte, Josephine, Mia und Stacy. Durch eure konstruktive Kritik konnte ich mein Manuskript verbessern und es zu dem machen, was hoffentlich alle lieben werden.

Zudem Danke ich Emma Munzert dafür, dass sie meine Charaktere zum Leben erweckt hat.

Nicht zu vergessen danke ich auch all meinen Freunden, welche mich motiviert und unterstützt haben, Interesse gezeigt und an mich geglaubt haben.

Zu guter Letzt möchte ich meiner Familie danken, vor aller meiner Mama. Sie ist immer für mich dagewesen, hat mich ermutigt und gab mir stets das Gefühl, dass sie an mich glaubt.

Ich kann nicht in Worte fassen, wie unglaublich dankbar ich für all diese Menschen bin. Jeder hat, gewissermaßen dazu beigetragen, dass schlussendlich dieses Buch entstanden ist.

Danke.

Inhaltswarnung:

Verlust, Trauer, Tod, Panikattacken, häusliche Gewalt, emotionaler Missbrauch, psychische Erkrankung, Selbstmord, Mord, Autounfall und Alkoholkonsum.